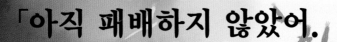

「아직 패배하지 않았어.

당했으면 당한 만큼
되갚아주면 돼.

나는 절대로 포기 안 할 테니까
마지막 순간까지 힘내자!」

「아, 활활 여느……니
작전은 대성공이야.
새빨간 태양이랑 새빨간 요새……
정말 신비한 광경이네.
어때? 라그랑도 보고 싶지 않아?」

「……됐습니다.
알고 있나요?
바보와 연기는 높은 곳을 좋아한다죠.」

II

VOL.

GIRL HOLDING THE SUN

태양을 품은 소녀
악 귀

WRITTEN BY | NANASAWA MATARI
ILLUSTRATED BY | RUKEICHI ANDROMEDA

나나사와 마타리 / 루케이치 안드로메다
지음 일러스트

1 　못을 박다 　　　　　　　　　　　　　　13

2 　평온한 나날 　　　　　　　　　　　　　43

3 　즐거운 만찬 　　　　　　　　　　　　　59

4 　맞닿아 굴러가는 톱니바퀴 　　　　　　79

5 　악귀 　　　　　　　　　　　　　　　　109

6 　장난꾸러기 고양이와 교활한 너구리 　133

7 　라인 공략전 　　　　　　　　　　　　161

8 　저 산을 넘어서 　　　　　　　　　　　185

9 　현자의 선택을 　　　　　　　　　　　209

10 노엘의 동료들 —————— 229

11 천칭 붕괴 —————— 249

12 죽어 가는 짐승에게 행복 있으라 —————— 269

13 새빨간 성채 —————— 291

14 내일 날씨야, 맑아라 —————— 313

15 여명의 전투 —————— 329

16 꿈이 깨어진 광대의 눈물 —————— 355

17 승자에게 축복을, 패자에게는 죽음을 —————— 375

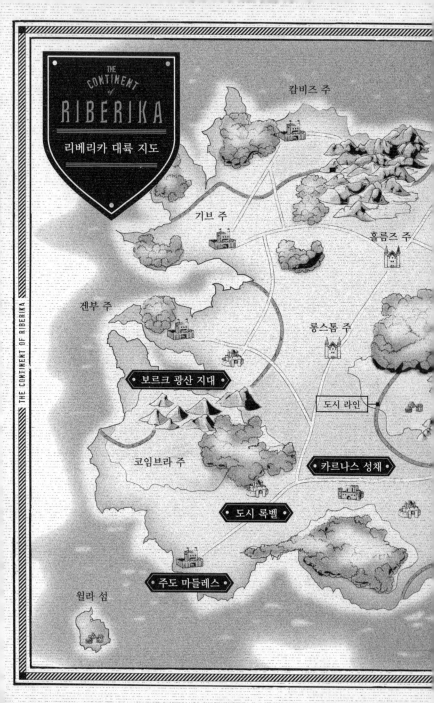

엘 시라인 주

바트레프 주

라 힐다 주

주도 베스타

바하르 주

도시 토르드

리벨딤 주

제국 직할령

제도 필즈

1

못을 박다

바하르 주와 코임브라 주의 경계선. 두 주(州)를 잇는 가도에는 마주 노려보는 형태로 관문이 건설돼 있다. 경계선에 설치한 울타리는 선을 그리면서 쭉 뻗어 나간다. 같은 홀시드 제국의 주임에도 서로 반발하는 양측에 꼭 필요한 방책이었다.

이전에는 주민들 간의 왕래도 활발했고 양호한 관계를 이루었으나 아밀과 그롤이 각각 태수로 착임한 이후 정세가 극도로 악화됐다. 양자의 불화를 대변하듯 바하르와 코임브라를 구분 짓는 관문에 온갖 무장이 갖추어졌고, 현재는 요새라고 해도 과언이 아닐 지경에 이르렀다. 통행 및 교역이 제한되지 않다 뿐이지 대치하고 있는 위병들 사이에는 항상 긴장감이 감돌았다. 「전쟁이 머지않았다」라는 소문이 나돌고 있는 지금은 특히 분위기가 심상치 않다.

그리고 관문으로부터 조금 남쪽, 해안을 따라 펼쳐지는 삼림 지대에 바하르 군의 소대 쉰 명가량이 몸을 숨기고 있었다. 모종의 임무를 위해 평소보다 증강된 편성이다. 군장은 바하르의 복식이 아닐뿐더러 깃발 역시 내걸지 않았다. 제대로 통일되지 않은 무구를 장비하고 있는 그들은 좋게 말하면 용병단, 나쁘게 말하자면 도적 떼라고 형용할 만한 모습이었다.

그 집단을 이끌고 있는 고참 소대장이 지도를 펼쳐 놓고 한 군데를 짚어 가리켰다.

"좋다, 전원 주목하도록. 오늘 목표는 이 마을로 한다."

"알겠습니다."

"늘 하는 말이다만, 작전 행동 중 낙오되어도 구조는 무리다. 각자 불의의 사태에 대비하여 퇴로를 미리 확인하도록."

작전 전 소대장은 반드시 거듭 다짐을 놓았다. 죽음과 바짝 이웃하고 있는 임무이기에 방심은 금물이다.

"물론 명심하고 있습니다."

"코임브라 놈들도 아니고 길 헤매는 못난 짓은 안 합니다. 우리는 영예로운 바하르 공작대잖습니까."

"그래, 마음속 깊이 새겨 넣어라."

"임무 중에는 신중하게, 복귀는 마차 안에서 한잠 푹. 전혀 문제없습니다."

병사 하나가 자신만만하게 웃는다. 공작대에 소속된 그들은 지난 1주일 동안 세 차례의 정찰 임무, 그리고 두 차례의 약탈 임무를 이미 성공시켰다. 치밀한 정찰을 거듭했기에 지금 와서는 코임브라의 군인들보다 주변 지리를 더욱 잘 알고 있다고 자부했다.

바하르 주 방향의 경계선에는 물자 운반용 짐마차를 은폐 상태로 대기시켰다. 물자를 빼앗아서 그곳까지 탈 없이 복귀하면 임무는 완료된다.

"믿음직스럽군, 하나 방심은 하지 마라. 욱하는 인간을 얕봐선 안 되지. 혹여 마을 주민에게 죽어 나가기라도 하면 그따위 개죽음이 또 어디 있겠나. 이 지역에서 벌써 세 번째인 만큼 적잖이 경계하고 있을 것이다."

이 부근에서 거듭 발생한 약탈 사건은 코임브라의 주도에 이미 보고되었으리라. 물론 사달을 낸 인원의 정체까지 파악하지는 못했을 터이나. 반란군 잔당, 혹은 산적의 부류라고 넘겨짚었을 수도 있겠다.

"확실히 경비는 꽤나 삼엄해졌더군요. 그래 봤자 밤에는 구멍투성이였습니다만."

"값싼 봉급이잖나. 안 자고 안 쉬고 전력을 다하는 병사가 어디 흔하겠는가."

"그럼 저희는 아주 모범적인 병사로군요."

병사 하나가 농담을 내뱉었다. 높이 쳐줘도 사치를 부릴 만한 액수를 받고 있지는 않다. 그렇다 해도 다른 주의 수준과 비교하면 어쨌든 높긴 하다만.

"우리는 제법 형편이 나은 편이다. 게다가 임무 때마다 특별 수당이 나오잖나."

"에이, 수당이 전부는 아니죠. 저희는 목숨을 걸었잖습니까. 흠, 아밀 님께서 황제가 되신 다음에는 얼마쯤 더 받을 수 있으면 좋겠군요."

"아밀 님께서는 우리의 활약을 두루 보고 계신다. 지금 흘리는 땀은 필시 보답받을 것이다. 너희는 아직 젊잖은가. 공을 쌓고 쌓아서 더욱 높은 지위를 노리고 나아가라."

위험한 임무이기에 뒤따르는 보상은 대단히 클 것이다. 소대장은 그렇게 확신했다.

이렇듯 양측 경계선 부근에서 약탈 행위를 반복하는 이상 바하르 군의 소행임이 발각되는 것도 시간문제이다. 실제로 곳곳을 순회하는 코임브라 병사의 숫자가 점점 늘어나고 있었다. 그런 상황에서 또다시 약탈을 감행한다면 노골적인 도발 행위밖에 되지 않을 터이나 바하르의 총지휘관을 겸임하는 아밀의 목적은 바로 거기에 있으리라고 짐작된다.

당장에라도 폭발할 듯싶었던 코임브라 태수 그롤은 예상과 달리 움직일 낌새가 없었다. 정치 공세에 힘을 쏟고 있기 때문인가, 혹은 군비를 증강 중인가. 어느 쪽인지는 모르겠으나 아밀은 분명 「상대가 먼저 침략을 개시했다」라는 형세를 원하고 있다. 그다음은 「도적 군을 요격한다」라는 대의를 내세워서 철저하게 섬멸하겠다는 심산일 테지.

"아직 젊은데도 진실로 인정사정없는 분이시다. 아니, 그렇기에 비로소 제국을 이끌기에 적합하다고 말할 수 있겠지."

"그야 그렇지요. 아밀 님 덕분에 바하르가 얼마나 많이 발전했습니까."

"아무렴, 옳은 말이다. 그분께서 필히 황제의 옥좌에 앉으시기를 바란다."

전쟁 발발은 태양 제국에 소속된 주가 서로 분쟁을 일으킴이니 이는 즉 내란을 의미하겠으나 황제 베프남은 각 주에 개입하려는 거동을 전혀 내보이지 않았다. 어느 쪽이 후계자로서 적합한가 똑똑히 보고 판단하겠다는 듯이 방관을 고수하고 있다.

베프남에게도 황제의 좌를 획득하기 전까지 형제 및 친족을 숙청했던 과거가 있다. 영광된 지위를 거머쥐는 과정에서 흐르게 될 피를 당연하다고 여기는 것일까. 평민 출신인 자신에게는 차마 이해되지 않는 사고방식이었다.

어쨌든 간에 틀림없이 전쟁이 벌어진다. 아밀은 용의주도한 인물이니 그롤이 어떠한 행동에 나선다 해도 대처가 가능하도록 계획을 마련했으리라. 자신을 비롯한 병사들은 단지 뒤따라가면 족하다. 처음이자 마지막이 될 대전이었다. 되도록 살아남아서 편안한 은퇴 생활을 누리고 싶다는 바람도 있다.

양쪽 뺨을 때려서 괜한 감상을 떨친 뒤 소대장은 부하들에게 고했다.

"좋다, 해가 떨어지는 시기를 가늠하여 이동을 개시하겠다. 그때까지 휴식을 취하도록 해라. 말하지 않아도 알고 있을 테지만—."

"조용히 눈에 띄지 않도록, 그러나 긴장감을 유지하면서, 말입죠? 다 알고 있습니다."

"방심하다가 된통 당하는 신세는 사양하렵니다."

"잘 알고 있다면 넘어가지. 방금 전에도 말했다만, 방심은 하지 마라. 적당히 익숙해졌을 때가 가장 위험한 법이니까. 선배들이 남긴 교훈은 참으로 도움이 된다. 그래서 내가 거듭거듭 같은 소리를 반복하는 거다."

소대장이 병사들의 얼굴을 쭉 둘러보니 그들은 말투와 달리 진지한 표정으로 임하고 있었다. 병사들은 딱 적당한 긴장감을 유지하고 있을 뿐 아니라 사기 또한 높았다. 재정난에 시달리는 코임브라와 달리 바하르에는 여유가 있었다. 병사들에게 충분한 봉급을 주고 있었고, 설령 전사해도 가족의 생활은 보장된다. 사기가 낮을 수가 없었다.

이번 임무도 성공은 의심의 여지가 없겠군, 부하를 둘러보던 소대장은 만족스럽게 고개를 끄덕였다.

성공을 거듭하면서 경험을 쌓아 나가면 젊은 부하들은 더욱 높은 지위를 노릴 수도 있겠다. 자신은 이미 쉰이 가까운지라 한계가 보이나 젊은이들은 그렇지 않다. 바하르의 젊은 지도자 아밀, 그리고 그의 오른팔 파리드. 두 인물의 대두는 젊은이들의 꿈과 야심을 자극하기에 충분했다. 베프남의 아들로서 어린 아밀이 바하르에 부임했을 때는 도대체 웬 불운이냐고 한탄했었거늘 세상일은 정말 알 수가 없다. 아밀이 이토록 재기 넘치는 인물일 줄은 꿈에도 상상하지 못했다.

이대로 순조롭게 황제의 자리에 앉으면 바하르는 아밀의 측근이 된다. 홀시드 제국 자체를 강력한 뒷배로 두는 셈이니까 영화는 이미 약속되었다고 봐도 무방하다. 그 시대를 살아가는 자들은 틀림없이 더한 번영을 맞이하리라.

손해를 볼 자들은 아밀 대항파의 필두에 서 있는 코임브라, 그리고 바하르와 소원한 겐부 및 기브 주이다. 겐부 및 기브의 사절이 최근 빈번하게 바하르를 방문하는 까닭은 차기 황제와 친분을 맺고자 하는 조바심의 발로일 테지. 그들에게는 일찍이 그롤을 황태자 삼아 떠받들었던 전적이 있었기에.

한편 그롤은 얼마 전 발발했던 적륜군의 반란을 아밀이 꾀한 책모라면서 이리저리 떠들고 다니는 중이지만 분명 헛수고로 끝날 것이다. 진실이야 어쨌든 간에 내리막길에서 버르적대는 코임브라를 굳이 편들겠다고 나서는 인물은 없을 테니까. 본래 세상 이치가 그런 법이다.

"……운명이라는 놈인가, 아니면 태양신의 섭리인가. 한 치 앞이 어둠, 이리도 두려울 수가 없구나."

"무슨 말씀입니까? 대장님."

"아니, 뭘, 코임브라의 앞날을 상상하면 조금 안타까워서 말이다. 그들이 맞이할 앞날을 더욱 혹독한 지옥일 테니."

"헤헷, 마음씨도 고우셔라. 그나저나 동정하는 상대를 약탈해도 되는 겁니까?"

"어디, 이번에는 좀 살살 할깝쇼?"

농담을 늘어놓는 병사들. 물론 적당히 할 마음은 전혀 없었다.

"가엾기는 하나 임무는 임무. 우리는 마땅히 전력을 다하도록 한다. 세상 돌아가는 이치란 이런 법이지."

목소리를 바짝 낮춰서 웃어 보인다. 자신의 임무는 한 명의 병사도 잃지 않고 임무를 성공시키는 것. 그리고 퇴역한 이후 훌륭하게 성장한 그들을 볼 수 있다면 자신의 고생도 얼마간 보답받는 셈이다.

턱에 난 다박수염을 뽑아낸 뒤 소대장은 풀숲 위에서 잠시 선잠에 들었다. 달은 이지러지지 않고 머리 위에서 빛나고 있다. 마치 오늘 임무의 성공을 암시해주는 듯 여겨졌다.

─코임브라 주 외곽에 위치하는 작은 마을.

불빛은 싹 사라졌고 인기척은 전혀 나지 않는다. 습격할 마을의 이름 따위는 알아 둘 필요도 없었다. 이미 물자를 약탈한 촌락인가, 그렇지 아니한가. 단지 그뿐이었다.

소대장은 수신호로 병사들을 불러들였다. 굳이 몰살을 벌일 필요는 없지만 혹여 저항하면 일절 망설임 없이 살해할 작정이다. 마을에는 물론 경계병 한 명도 없었던지라 침입은 쉽게 성공했다. 다음 수순은 평소와 같았다. 가옥에 불을 지르고 주민들을 끌어내 착란 상태에 몰아넣는다. 한 곳으로 모은 남자들을 포박한 뒤에 촌장을 협박한다. 보유한 모든 물자를 상납받고 나서 철수한다. 진짜 산적이라면 여자를 납치할 터이나 괜한 짐 덩어리는 필요 없었다. 약탈 대상은 물자뿐이다.

"……좋다, 산개해서 내 신호에 따라 불을 붙여라. 촌것들이 벌떡 일어나도록 만들어줘라."

"넷!"

소대장이 각 인원을 제 위치로 보내자 병사들은 사전에 피워 놓았던 불씨를 꺼내 들었다. 허리춤에서 기름이 든 통을 집어 들더니 목조 가옥에 쏟아붓는다.

가장 긴장되는 순간이었다. 침을 삼킨 뒤 병사들에게 시선을 보낸다. 전원 고개를 끄덕이면서 준비가 완료되었다는 뜻을 표시했다.

―작전 개시다.

"좋아, 불을―."

"거기까지다, 방화 도적단 놈들!! 손가락 하나 까딱하지 마라!!"

굵직한 목소리가 울려 퍼지는 동시에 마을 가옥 위에서 횃불을 든 인물들이 차례차례 나타났다. 마을의 입구, 아니, 주위 전부를 번쩍 번쩍 비춰 밝히는 불빛. 불을 지르려고 했던 가옥에서는 거칠게 문이 열리더니 무장한 남자들이 잇따라 튀어나왔다. 어떻게 다 들어가 있었을까. 놀랍도록 많은 인원이었다.

"젠장!"

핏기가 싹 가신 부하 중 하나가 불을 지르려고 한 순간, 이마에 화살이 꽂혀 들었다. 화살촉은 머리를 관통하여 가옥에 틀어박혔다. 부하는 입을 빠끔빠끔 움직이다가 곧 혀를 축 내민 채 숨이 끊어졌다.

"도르커스가 애써 경고까지 해줬는데 왜 움직이는 걸까. 우리 쪽 목소리는 잘 들리고 있지?"

지붕 위에서 젊은 여자의 목소리가 들렸다. 무심코 고개를 들자 무장한 젊은 여자가 보였다. 활에는 다음 화살을 메겨 놓았다. 방금 전 사격은 저 여자가 한 듯싶었다. 밤중임에도 식별 가능한 특징적인 붉은 머리카락이 횃불의 불빛에 비추이면서 마치 피처럼 검붉게 보인다.

"대장, 싹 다 죽이는 게 좋지 않겠소? 내가 말하기도 좀 뭣한데 이딴 쓰레기 같은 작자들을 굳이 살려줄 필요는 없다 보오만."

"뭐, 그렇기는 한데 말이야. 모처럼 마주쳤는데 잠깐 대화 좀 나누고 해치워도 늦지는 않을 테니까. 죽여버리면 입을 못 움직이잖아?"

"진짜 대장은 별종이시오. 뭐, 덕분에 내가 이렇게 살아 있기는 한데 말이오."

"이런저런 사람들이랑 대화 나누면 즐겁거든. 응, 누군가와 말을 주고받을 때마다 자신의 세계가 넓어진다는 느낌이 들지 않아?"

"나는 별로 안 드오만."

"그렇구나, 뭐, 사람은 저마다 다른 법이니까!"

이미 승리를 확신하는 듯 태평한 대화. 소대장은 상대의 정황을 관찰했다. 코임브라 군의 병사라고 간주하기에는 아무래도 복장이 달랐다. 굳이 말하자면 자신들과 마찬가지로 도적 비슷한 차림이었다. 장비 또한 통일되지 않았다. 코임브라의 갑옷을 착용한 인원은 유일하게 저 여자뿐. 자경단인가, 마을 주민들에게 고용된 용병 나 부랑이인가. 주위를 둘러봤을 때 보이는 숫자는 마을 안에 있는 적 병이 백 명, 바깥쪽에서 에워싸고 있는 인원이 삼백 남짓가량. 도저히 도주 가능한 포위망이 아니었다.

교섭의 여지가 있는가 불분명하다만, 어쨌거나 우선은 상황을 지켜보는 것이 최선이라고 소대장은 판단했다. 부하들에게 검을 뽑지말라고 손으로 신호한 다음 지붕 위의 여자에게 말을 건넸다.

"기다려라, 일단 대화를 나누도록 하지. 우리는 이곳 일대를 세력권 삼아 활동하는 도적단이다. 혹시 사냥감이 겹친 것인가?"

"사람들 사는 집을 뒤적거리는 시궁쥐를 잡으러 왔어. 너희가 바로 우리의 사냥감이겠네. 응, 우리는 코임브라 소속 군인이니까. 아, 도르커스랑 다른 사람들은 내 직속 부하라서 정식 병사는 아니지만 말이야."

활시위를 튕기면서 여자가 위협의 말을 내뱉었다. 낯빛이 흉포한 형상으로 변화하고 있다. 방금 전까지는 생글생글 미소 짓고 있었는데도 불구하고.

"⋯⋯그렇다면 적당히 몫을 떼어 줄 테니 못 본 척해줄 수는 있겠나? 쇠락하는 코임브라에 적을 둔들 어차피 제대로 봉급을 받지도 못할 텐데?"

"너희를 붙잡으면 포상이 거하게 나올 테니까 별로 관심 없어. 애당초 떼어 준다는 몫도 너희 돈이 아니라 마을 사람들 재산이잖아."

딱 잘라 거절하고 여자는 왼손을 휙 들었다. 동시에 주위를 에워싸고 있던 적 병력이 부하들을 깔아 눕히고 결박했다. 자신 또한 예외는 아니었다. 최악의 상황이지만 아직 자신들이 바하르 군 소속이라는 사실은 발각되지 않았다. 그렇다 해도 이대로는 교수형이다. 어떻게든 빈틈을 노려 도망칠 수밖에 달리 수단이 없다.

'어떻게 하지? 어떻게 하는 게 최선이지?'

고민하는 동안에 옥상 위쪽에 있던 여자가 날렵하게 뛰어내리더니 눈앞까지 다가들었다.

"나는 코임브라 군 백인장, 노엘 보스하이트. 이제부터 너희 심문을 시작할 거야. 도르커스, 부탁할게."

"옛. 어이, 이놈들아. 거기 얼간이들을 이리로 데리고 와라!"

"제, 젠장! 비켜라!!"

부하 하나가 억지로 구속을 풀고 횃불의 불빛이 엷은 방향을 향해 전력으로 달려 나갔다. 둘이 더 뒤를 따라간다.

"뭐하는 거냐, 바보 자식들아! 어서, 당장 쫓아라!"

"예, 예이!!"

코임브라의 병사가 허둥지둥 추적에 나선다. 잘 따돌리면 한 사람 정도는 도망칠 수도 있겠다. 소대장은 무의식중에 득의의 미소를 지었다.

"아하하, 술래잡기하자는 거야? 한밤중에 기운도 좋네!"

"느긋한 소리 할 때가 아니잖소! 이러다가 놓쳐버리겠군!"

"응, 한 명이라도 놓치면 귀찮아질 거야. 나한테 맡겨."

노엘이라고 이름을 밝힌 여자가 활을 들더니 조바심도 동요도 내비치지 않는 물 흐르는 듯한 동작으로 시위를 놓았다. 발사된 화살이 선두를 나아가던 부하의 등을 꿰뚫었다. 적중당한 병사는 몇 걸음 더 걷다가 털썩 허물어진다. 거의 곧바로 나머지 부하 두 명도 화살을 맞고 속절없이 죽어버렸다.

"마, 말도 안 된다. 이 짧은 시간에 셋을 쏘아 맞히다니?!"

경악에 차서 저절로 목소리가 새어 나왔다.

"괴, 굉장하군. 활도 쓸 줄 알았던 거요? 그야말로 숙련된 사수라는 느낌이 드오!"

"활은 별로 안 좋아하지만 말이야. 시위가 끊어지거나 화살이 떨어지면 더는 못 싸우잖아. 역시 창이나 철퇴가 더 좋아. 몇 번이든 휘두를 수 있고 튼튼한 데다 급소를 치면 한 방에 죽어 나가니까!"

그렇게 말한 뒤 노엘은 허리에 매단 철퇴를 빼 들었다. 등에는 두 갈래로 뻗은 칠흑빛 창. 그 천연덕스러운 태도가 소대장을 공포에 휩싸이게 했다. 인간을 죽이기 전에도, 죽인 후에도, 마치 아무 일도 아니라는 듯한 표정. 도저히 제정신을 지닌 인간 같지가 않았다.

"뭐, 뭐냐, 너는 뭐냐!"

"뭐냐니, 노엘이라고 말했잖아. 그리고 말야, 너희는 바하르의 군인이 맞지? 지금까지 빼앗은 물자를 어디에 옮겨다 놨나 가르쳐주면 좋겠는데."

"아, 아니다. 우리는 단지―."

"그래그래, 입을 다물거나 거짓말하면 하나씩 벌을 줄 거야. 도르커스, 아까 마을 사람한테 받아 온 못을 이리 줘. 그리고 저 사람 입에 재갈 물리고. 밤중에 시끄럽게 굴면 마을 사람들이 잠을 못 자니까."

"……진짜 저지를 작정이오?"

"싫으면 다른 데 가 있어도 좋아. 내가 제대로 할 테니까."

"아, 아니, 아무러면 나 혼자 내뺄까."

"그렇구나. 그럼 몸을 꽉 눌러줘."

그렇게 말하고 몸을 굽히더니 옆쪽에 구속돼 있던 부하의 오른 다리에다가 느닷없이 철제 장못을 박아 넣는다. 연속으로 세 개를. 가엾은 부하는 얼굴을 일그러뜨린 채 격하게 몸을 비틀었다. 비명은 재갈에 막혀 억제되었으나 격통의 거대함은 족히 짐작할 수 있었다.

"무, 무슨 짓을 하는가!"

"이 사람이 죽으면 다음 사람한테 똑같이 할 거야. 마음 단단히 먹고 준비하는 게 좋겠네."

"바보 같은 짓 관둬라! 네년, 자비의 마음이 아예 없는가!"

"마을 사람들에게 가차 없었던 주제에 잘도 말하네. 자~ 다음은 왼 다리. 그다음은 두 무릎, 두 손, 두 팔. 아, 이왕에 어깨에도 잔뜩 박아 넣어야겠다. 마지막은 머리에다가 할 테니까 얘기하려면 빨리 하는 게 좋을 거야."

말을 마친 뒤 왼 다리에 녹슨 철제 못을 때려 박는다. 가엾은 부하는 죽을힘을 다하여 바르작거렸으나 구속이 견고했기에 도저히 헤어 나올 수 없었다. 눈을 충혈되었고, 몸은 경련하고, 비지땀이 줄 줄 배어나서 떨어진다. 재갈을 물리지 않았다면 무시무시한 비명이 터져 나왔을 테지. 가만두면 틀림없이 도중에 숨이 끊어질 것이다.

"자, 후딱후딱 와라! 다음은 네 차례니까 말이다. 대장 말대로 각오 단단히 해라!"

"이, 이러지 마라! 싫어, 살려줘!"

다음 제물이 끌려 나온다. 눈앞에서 벌어진 참극을 똑똑히 목격했던 부하는 미친 듯이 울부짖었다. 평범하게 목숨을 걸고 싸우는 전투와는 전혀 다르다. 처형대로 끌려 나오는 와중에 평정심을 유지할 수 있는 인간이 어디 흔하겠는가. 실제로 자신의 몸도 떨림이 멈추지 않았다.

"그만두기를 바란다면 빨리 말하고 끝내자. 사실대로 털어놓으면 이 사람 빼고 전부 다 곧바로 풀어줄게. 응, 약속이야. 다시 묻겠어, 지금까지 빼앗은 물자를 어디에 옮겨다 놨어?"

"윽, 모, 모르─."

모른다고 대답하려고 하자 노엘이 입가를 비뚤어뜨렸다. 즐거운 기색으로 철퇴를 손에 턱, 턱 두드리면서 희롱한다. 모른다고 대답했다가는 또다시 못을 박아 넣으리라. 그렇다면 털어놓아야 할까? 보관 장소를 알아낸다고 한들 도대체 무엇을 할 수 있겠는가. 부하의 목숨을 살릴 수 있다면 값싼 대가잖은가.

"대, 대장님. 이 녀석, 진심으로 우리 머리에 못을 처박을 작정입니다!"

"아, 알겠다. 내가 아는 정보를 전부 말하마! 내 품속에 지도가 들어 있다. 보관 장소를 가르쳐줄 테니까 이만 자비를 베풀어다오!"

"헹, 말귀를 제법 잘 알아먹는군. 어디 보자."

도르커스라고 불렸던 백발의 남자가 품에 손을 넣어서 지도를 꺼내 들었다. 떨리는 손으로 어느 장소를 가리킨다. 당연하게도 용납될 만한 행위가 아니었다. 그럼에도 더 이상의 희생을 막기 위해서 부득이한 선택이다. 책임은 자신이 질 수밖에 없다.

도르커스는 노엘에게 지도를 보인 뒤 고개를 끄덕거리더니 떠나갔다. 노엘은 뒤쪽을 돌아보면서 후드를 뒤집어쓴 인물에게 말을 붙였다.

"리그렛, 뒷일은 맡겨야겠네. 나는 잠깐 갔다 와야 하니까."

"……대체 어디에 갈 작정이죠? 설마 아니겠지만 물자를 탈환하겠다는 말도 안 되는—."

"응, 우선 이 사람들의 운송대를 해치우고 또 근처의 주둔지를 칠 거야. 그다음은 저장고에서 물자를 있는 대로 다 꺼내서 갖고 오려고!"

"무, 무슨 바보 같은 소리죠! 우리 임무는 물자 탈환이 아닐 텐데요!"

"아하하, 그냥, 겸사겸사."

넉살 좋게 둘러댄 뒤 노엘이 이쪽으로 다가들었다.

"있잖아, 그나저나 되게 여유 만만하더라."

"무, 무슨 말이지?"

"풀숲에서 느긋하게 휴식이나 취하고 말야. 너희가 숲에 들어오고 나서 쭉~ 감시했었거든. 진짜 몰랐던 거야?"

눈앞으로 와서 노엘이 두 손으로 뺨을 감싸 잡았다. 정답게 미소 띤 얼굴일지언정 그 손은 피에 흠뻑 물들어 있다. 미끈거리는 감촉이 뇌를 불살랐다.

"쭉, 감시했다고? 서, 설마."

"네가 기분 좋게 잠든 모습도 보고 있었어. 언제든 죽일 수 있었지만, 유인한 다음 처리하는 게 좋겠다 싶었거든. 괜히 소란 피우면 운송대가 도망쳐버릴 테니까 말야. 빼앗은 물자는 마차로 옮겼던 거지? 숲 가까운 곳에 새 바퀴 자국이 남아 있었고. 내가 꼼꼼하게 조사했거든."

"서, 설마. 말도 안 된다."

몸이 떨린다. 눈앞의 괴물이 어둠 속에서 이쪽을 관찰하고 있었다. 목덜미에 칼날을 들이밀고.

소대장이 공포에 질려 얼굴을 경련시키던 때에 노엘이 명령 내렸다.

"그러면 이 지휘관 같은 사람만 태수님한테 끌고 가도록 하자. 아마 증거로 인정은 못 받겠지만. 리그렛, 이 사람은 부탁할게."

"알겠습니다. 그러나 당신의 이후 행동도 전부 보고하겠습니다. 이 작전은 명백한 독단전행입니다."

혀를 차면서 경례한 뒤 한마디를 보태는 리그렛.

"응, 상관없어."

"대장, 출발 준비 다 끝내고 왔소. 아, 이 짜증 나는 여자를 쳐 죽이라는 명령이거들랑 언제든 내려주쇼. 부하 놈들도 아주 기쁘게 함께할 거요. 아예 지금 당장에 해치워버립시다. 명예로운 전사였다고 둘러대면 끝날 테니까."

도르커스가 리그렛에게 대놓고 적의를 드러내면서 노엘에게 경례했다. 리그렛은 또다시 혀를 차더니 짐짓 놀란 척 입가를 잡아 쥐었다.

"어휴, 흰머리 부랑자 아저씨? 제발 부탁인데, 숨을 좀 멈춰주겠어? 쉰내 때문에 뇌가 썩는 기분이야."

"너 따위 음침한 년 말을 들을 바에야 콱 죽어버리겠다. 힘도 없어, 머리도 안 돌아가, 그야말로 밥버러지가 따로 없잖냐. 네년이 사라지면 젠장맞게 높은 세금도 조금은 떨어질 테지. 맞다, 지금 당장 자살해라. 서로 낯짝을 안 봐도 되고, 경사가 한가득이잖냐?"

"대장에게 한 방에 꼬랑지 내린 개새끼가 잘도 짖어대는걸. 등에 칼이나 안 맞게 조심하고 다니는 게 좋겠어."

"너 따위 망할 년에게 찔릴 만큼 약해 빠지지 않았다. 만에 하나라도 어림없을 줄 알아라."

"도둑놈 주제에 뭐가 잘났다고. 미개한 원숭이는 산에 가서 돌이나 깨고 흙이나 퍼먹는 게 낫지 않을까? 어차피 아무것도 안 나오겠지만."

"우리 직업을 바보 취급하지 마라, 암여우 년아! 우리가 파낸 금으로 실컷 사치를 부린 주제에 감히!"

"흥, 바보처럼 땅 파는 짓밖에 달리 재주가 없어서잖아? 미개한 원숭이는 우리 귀족이 내리는 명령을 얌전하게 따르면 되는 거야."

"이년이 듣자 듣자 하니까. 지금 당장 취소 안 하면 진짜로 쳐 죽인다!"

"흥, 할 테면 해봐!"

리그렛과 도르커스가 험악한 언사를 끊임없이 주고받는다. 잠시 동안은 재미있게 지켜보다가 노엘은 「응응, 그만그만」 하고 강제로 중단시켰다.

"있잖아, 사이좋으니까 괜찮기는 한데 지금 엄청나게 바쁘거든. 아침까지 해치워야 하는 목표도 있고."

"사이가 좋다고요? 대장, 당신은 혹시 눈이 썩어버린 건가요? 뭐, 이런 도적놈들을 부하로 들인 시점에서 썩었다고 판단은 했습니다 만. 그 볼품없는 안경을 닦을 때 눈도 정성 들여서 씻는 게 좋겠습 니다. 머리는 이미 때를 놓쳤지만요."

숨 돌릴 틈도 없이 매도를 퍼붓는 리그렛. 그 몸을 밀어젖히고 나 서서 도르커스가 내뱉었다.

"이보쇼, 대장. 이 망할 년을 이 자리에서 해임해버립시다. 그러 면 당장 박살을 내겠소. 혼자서는 아무것도 못 하는 주제에 우리를 얕잡아 본단 말이오! 도저히 참을 수가 없군!"

"저기, 시간 없다고 내가 말했잖아. 혹시 내 말이 안 들렸던 거 야? 진짜 못 들었다면 잘 들리게 만들어줄까?"

노엘이 얼굴에서 미소를 거둔 뒤 진지한 표정을 짓자 도르커스와 리그렛은 딱딱하게 굳은 낯빛으로 몸을 곧추세웠다. 노엘의 손에는 철퇴와 철제 못이 쥐여 있었다.

"도르커스, 백 명으로 앞질러 가서 도적의 운송대를 제압하고 와. 나는 나머지 병력을 데리고 주둔지를 칠 테니까. 그런 다음은 합류 해서 저장고에 갈 거야."

"그, 그 말씀은 너무 좀 대담하지 않소? 아니, 대담하달까, 뭐라 고 해야 하나."

"상대는 틀림없이 방심하고 있을 테니까 괜찮아. 지금 곧바로 가 면 분명히 금방 무너질 거야. 아니, 공격하려면 기회는 지금밖에 없을걸?"

"대장이 이리 말한다면야 따를 수밖에. 그나저나 막상 가봤더니 아무것도 없을 가능성은 어찌하려오? 죽음을 각오하고 거짓말을 할 수도 있잖소."

"아무것도 없다면 물론 호되게 벌을 줘야지, 뭐."

노엘은 웃고 있었다. 만약 거짓된 위치를 지목했다면 나중에 어떤 꼴을 당하게 되었을까. 상상만 해도 두려웠다.

"그리고, 비록 약속을 했다지만 이 녀석들을 놓아줬다간 골치 좀 썩히지 않겠소? 풀려나가면 곧바로 주위 부대에 떠들고 다닐 터인데."

도르커스가 구속되어 있는 부하의 등을 걷어찼다.

"약속은 약속이잖아. 나는 정말로 놓아줄 거야. 뭐, 뒷일은 잘 모르겠지만."

노엘의 의미심장한 말을 듣고 소대장은 저도 모르게 격앙했다. 부하를 살려준다는 약속을 받았기에 순순히 따랐으니까. 그렇지 않으면 결코 기밀을 누설하지 않았다.

"이봐라, 뒷일은 모르겠다는 게 무슨 말인가?! 부하들은 풀어주겠다고 분명히 약속했을 텐데!!"

"응, 약속대로 우리는 못 본 척할게. 나는 너희를 용서하겠어. 그런데 강도질을 당할 뻔했던 마을 사람들은 어떨까? 너희가 요즘 저질렀던 짓은 여기 주변에서 소문이 많이 났거든. 앙심을 품은 사람도 좀 있지 않을까?"

"자, 장난치지 마라! 부하들의 안전을 약속해라!!"

"아하하, 거기까지 뒤치다꺼리는 못해줘. 그럼 나는 바쁘니까 이만."

　재주껏 살아봐, 매정하게 잘라 말한 뒤 노엘은 무심하게 걸음을 뗐다.

　그 자리를 대신하여 살기등등한 마을 사람들이 나타났다. 손에는 괭이 및 낫, 손도끼 따위의 농기구를 들고. 불을 질러다가 식량을 약탈하려고 했던 일당에게 베풀 자비의 마음은 없을 터이다.

　리그렛이 이리 오라면서 쌀쌀맞게 쏘아붙이더니 억지로 소대장을 연행했다. 아직껏 결박돼 있는 부하들이 마을 사람들을 피하려 한들 곧 막다른 길에 몰리게 된다.

　소대장은 유일하게 상황을 제지할 수 있다고 기대되는 인물, 노엘에게 필사적으로 소리 질렀다.

　"네년, 정녕 이 잔인한 짓을 용납할 작정인가?! 너도 무인이라면 도리를 지켜야 하지 않겠나! 부탁한다, 부하들의 목숨은 제발 살려 다오!"

　"나는 약속대로 안 죽이고 가만뒀어. 그러니까 아무 문제도 없지 않을까? 게다가 말야."

　노엘은 고개 돌리고 하얀 이를 내보이면서 유쾌하게 웃었다.

　"세상은 원래 부조리투성이잖아? 그러니까 어쩔 수 없어. 그렇다고 치고 넘어가자, 아님 도저히 숨 막혀서 못 살 거야."

　주도로 복귀하여 아버지 월름에게 보고를 마친 리그렛은 자기 방에서 한숨을 돌린 뒤 수첩을 펼쳤다.

　조금 전 월름은 차마 못 믿겠다는 표정을 지어 보였으나 보고를 올리는 자신 또한 헛웃음만 나오는 기분이었다. 다만 사실이기에 어찌할 도리가 없다.

그 후 노엘은 흰개미당의 인원들을 이끌고 바하르 주 외곽 지역에서 대기 중이던 운송대를 강습, 짐을 탈취한 뒤 순회 병사들의 거점이자 주둔지에 공세를 펼쳐 적 병력을 쫓아냈다. 더욱이 바하르 군의 저장고까지 습격의 손을 뻗쳐서 물자 탈환에 성공하는 귀신같은 전공을 거뒀다.

소식을 듣고 리그렛은 당연히 의심부터 했으나 짐마차에 꽉꽉 들어차 있는 물자를 직접 목격하고도 믿지 않을 수는 없었다. 물자의 양은 피해를 당한 각 마을에 분배해도 한참 남아돌 만큼 많았다.

"정말 소름 끼치도록 괴물 같구나. 마치 옛날이야기에 나오는 「귀신」 같아."

리그렛은 입가를 일그러뜨리면서 내뱉었다.

태수 그롤은 노엘을 극구 칭찬하면서 코임브라 십자 훈장을 하사할 만큼 몹시 만족했다. 다음 임무에 성공했을 시에는 상급 백인장으로 진급시키겠다고 확약까지 내리는 형편이었다. 일전의 반란 이후 늘 당하기만 했기에 보복을 성공했다는 소식이 꽤나 기뻤나 보다.

경과를 지켜보기로 했던 흰개미당도 이번에 세운 공적에 따라 코임브라 군 합류를 정식으로 인정받았다. 다만 노엘의 직속 측근으로 들이는 인물은 도르커스뿐이다. 대략 오백에 달하는 전직 광부들은 코임브라 군 소속 병사의 신분을 받았다. 백인장 봉급으로 전원을 유지하기는 물론 불가능한 탓에 마땅한 조치였다만. 또한 당연하게도 노엘 부대에 배치됐다.

리그렛은 혀를 차고 수첩을 덮은 뒤 몹시 지친 표정으로 천장을 올려다봤다.

"가공할 무력, 냉정한 판단력, 대뜸 흰개미당을 제압해서 부리는 통솔력. 그 전부를 겸비하고 있는 시골뜨기 계집. 그야말로 영웅의 소질을 갖고 있다는 거네."

언사는 거칠지언정 리그렛은 내심 도저히 따라 할 수 없음을 절감해야 했다. 노엘보다 앞선다고 할 만한 부분은 기껏해야 월름의 딸로 태어났다는 혈통, 가문 정도일까. 다른 능력은 전부가 뒤떨어진다. 이제는 인정할 수밖에 없다.

태수의 신뢰를 얻은 노엘은 이제부터 틀림없이 군인으로서 두각을 나타내리라. 또한 자신은 부관의 위치에서 그 과정을 좋든 싫든 똑똑히 지켜봐야만 한다. 노엘을 감시하라는 것이 아버지의 명령이니까. 거역할 도리가 없었다.

그렇다 해도 노엘이 영웅 대접을 받을 기간은 짧을 테지만. 아버지 월름은 이미 그롤을 단념했다. 적대 관계에 있는 바하르 공 아밀을 가까이 하는 것이 증거이다. 조만간 코임브라의 장군 지위를 이용하여 모종의 행동에 나서겠지. 그때가 그롤의 최후이자 영웅담의 막이 내려가는 때이다. 월름에게 친애의 정 따위 품고 있지 않지만, 우수한 모략가라는 사실은 의심의 여지가 없었다. 아버지는 절대 시기와 수순을 잘못 판단하지 않는다.

리그렛은 그롤에게 밀고하려는 마음은 갖지 않았다. 윗사람들끼리 무엇을 어쩌든 흥미가 없다. 이제는 세상만사가 덧없게 느껴졌다.

"……정말 우스워. 전부가 다 우습기만 하네."

리그렛은 품에서 단검을 꺼내 들고 칼날을 본인의 목에 가져다 댔다. 이제까지 몇 번인가 죽으려는 마음을 품은 적이 있었다. 그러나 오늘만큼 스스로의 왜소함과 무재능함을 실감한 적은 처음이었다. 더 이상 살아간들 좋은 날은 결코 오지 않을 것이다. 윌름이 코임브라의 실권을 거머쥔다 하여도. 아버지와 동생은 언제나 멍텅구리 취급을 하고, 주위 사람들은 자신을 그저 윌름의 못난 딸로 치부한다. 언젠가는 자기 자신의 존재를 바로 세울 수 있다고 믿어왔으나 결국 허황된 몽상에 불과했다. 얼간이는 아무리 시간이 흘러도 얼간이다. 그 미개한 백발남, 도르커스의 말은 전부 옳았다. 그렇다면 어서 죽어버리는 것이 낫겠다는 마음이었다.

"내가 죽어 봤자 아무도 슬퍼하지 않겠지만. 후후, 정말 웃음밖에 안 나오는구나."

오늘은 평소와 달리 제대로 실행에 옮길 수 있겠다는 느낌이 든다. 공포심보다도 권태감이 더욱 큰 비중을 차지하고 있다. 이것도 노엘 덕분이라고 생각하면 정말 얄궂기는 하다.

윌름과 로이에는 틀림없이 후련하다는 표정을 지을 것이다. 가족이라지만 진실로 가증스러운 인간들이었다. 그리고 누구 하나 슬퍼하지는 않겠지. 리그렛은 마지막으로 성대하게 혀를 찬 다음 칼날을 단박에 그으려고 했다.

"그게 코임브라식 자결 방법이구나. 그런데 피가 잔뜩 쏟아질 것 같아. 청소하려면 분명히 엄청 힘들겠네."

"윽!! 노, 노엘 대장. 어째서 당신이 여기에 있죠?!"

"문 두드려도 대답이 없길래 잠겨 있지는 않으니까 알아서 들어왔거든. 미안?"

허를 찔린 노엘은 빠른 걸음으로 이쪽을 향해 달려들었다.

단검을 쥔 리그렛의 손이 노엘에게 제압당했다. 무시무시한 완력
이었기에 전혀 움직일 수가 없었다. 노엘은 딱히 동요하는 기색도
없이 단검을 억지로 빼앗아 들고 에잇, 소리 내면서 벽으로 냅다 집
어 던졌다. 단검이 벽에 깊숙이 꽂혀 들어갔다.

"내가 배운 건 있잖아, 목젖 아래를 푹 찌르는 방법이야. 그렇게
하면 반드시 죽는다더라. 그래도 말야, 진짜로 하면 엄청 아플 것
같아."

한쪽 눈을 꾹 감고 농담처럼 목을 문지르는 노엘. 리그렛은 잠시
어안이 벙벙했으나 곧 부글부글 분노가 끓어올랐다.

"……코임브라의 새로운 영웅이신 노엘 님께서 도대체 무엇을 하
러 오셨습니까? 가문밖에 내세울 것이 없는 이 못난 여자를 비웃으
려고 온 겁니까?"

"신시아가, 네 분위기가 이상하니까 신경 좀 써달랬거든. 그래서
일단 말려본 건데."

"그러면 지금 당장 나가주세요. 살든 죽든 내 자유잖아요? 당신과
전혀 아무런 관계가 없죠. 분명하게 말하겠는데 당신의 존재 자체
가 진심으로 눈에 거슬립니다."

리그렛은 혀를 차고 어서 사라지라는 동작을 취했다. 계급은 동격
이라지만 본인의 대장에게 취할 태도가 아니었다. 어쩌면 허리에
달린 철퇴로 찍어 부술지도 모르겠다. 그리되어도 딱히 상관없겠다
는 마음에 리그렛은 의도적으로 무례한 태도를 취했다.

"뭐, 그렇기는 한데 말이야. 그냥 이렇게 화창한 날에 죽으면 아쉬움이 남지 않을까 싶어서."

노엘은 커튼을 열어젖히고 창문으로 빛을 들였다. 확실히 얄밉도록 푸른 하늘이었다.

"죽는 데 날씨가 무슨 상관이라고요! 웃기지도 않아!"

"엄청나게 상관있거든? 나는 맑은 날에는 죽고 싶지 않아. 햇볕을 쬔다거나 많이 바쁘니까 말이야. 맑은 날에 죽는 신세는 절대로 사양하고 싶네."

촐랑촐랑 웃는 노엘. 저렇게 바보 같은 표정을 짓는 시골뜨기 계집이 얼마 전 큰 무공을 세웠다는 현실을 받아들이기가 어려웠다. 반란군 수령을 포획했던 공적까지 헤아리자면 벌써 두 번째였다. 전혀 영웅에 어울리지 않았다.

"그러면 비 오는 날에 죽어버려요!"

"그쪽도 무리. 비 오는 날은 진짜 싫으니까 축축하게 죽는 신세는 사양하겠어. 그리고 흐린 날도 싫기는 하네. 왠지 어중간하잖아!"

"맑아도 안 된다, 비가 내려도 안 된다, 구름이 껴도 안 된다. 언제 어느 날이든 당신이 죽을 날은 오지 않겠군요."

리그렛이 호들갑스럽게 기막히다는 시늉을 하자 노엘은 연신 고개를 끄덕거렸다.

"맞아, 그런 거야. 나는 행복해질 때까지 죽을 수 없어. 친구들과 한 약속을 꼭 지켜야 하거든."

"행복, 행복이라. 흥, 당신은 행복해지고 싶다는 말을 곧잘 하면서 돌아다니는데도 어떻게 해야 행복해질 수 있나 방법은 모르는군요. 바보인가요?"

"응, 그러니까 열심히 찾아다니는 거야."

"무엇이 행복인지도 모르면서 행복을 찾아다닌다니 도대체 앞뒤가 맞질 않습니다. 당신, 정말로 머리가 이상한 게 아닌가요?"

리그렛이 악담을 퍼부어도 노엘은 살짝 고개를 갸웃거린 뒤 엷게 웃었다.

"아하하, 그럴지도 모르겠네."

"뭘 모르겠다는 겁니까. 당신 머리는 틀림없이 이상합니다."

"어쨌든 「그렇게」 만들어졌으니까 어쩔 수 없어. 게다가 세상은 원래 부조리가 가득하고 말이야."

노엘은 즐거운 기색으로 중얼거린 뒤 리그렛의 머리카락을 두 손으로 구깃구깃 뭉쳐 놓았다. 머리카락이 엉망이 되고 말았다. 어차피 죽을 테니까 아무 상관이 없어야 할 텐데도 이 계집에게 바보 취급을 당했다는 생각 때문에 공연히 화가 치민다.

"무, 무슨 짓을 하는 겁니까?!"

"남들 험담할 때랑 혀 찰 때. 리그렛은 되게 활기 넘치고 눈이 음침하게 번뜩이거든. 그 못된 근성은 모략가랑 딱 맞아. 아빠를 쏙 빼닮았네!"

"나를 에둘러서 바보 취급하는 건가요?"

"아니야, 칭찬하는 거야."

리그렛은 그렇습니까, 하고 중얼거린 뒤 일어섰다. 벽에 꽂힌 단검을 뽑으러 가려다가 잠시 생각을 정리하고 다시 자리에 앉았다.

"어라, 이제 죽을 마음은 사라졌어?"

"바보와 대화 나누려니까 기력이 다 떨어진 터라. 죽을 날은 당분간 연기하겠습니다."

"그렇구나. 그럼 말이야, 어떻게 하면 행복해질 수 있을까 함께 찾아볼래? 신시아도 찾아봐준다고 했는데, 셋이면 더 빨리—."

"아니요, 사양하죠."

한마디로 딱 잘라 내쳤다. 노엘이 입을 벌린 채 굳어버린다. 몇 초 지나서 그래, 하고 중얼거리더니 유감스럽다는 듯이 어깨를 늘어뜨렸다.

리그렛은 흐트러진 검은색 머리카락을 정돈한 뒤 시선을 돌리고 나서 아주 자그마하게 목소리를 쥐어짜 냈다.

"뭐, 당신이 나에게도 행복을 나눠 주겠다면 아주 잠깐은 시간을 내서 못 도와줄 것도 없기는 합니다만."

한 박자 늦게 자신이 웬 새침한 소리를 꺼내 놓았는가 깨닫고 입을 틀어막았다. 그러나 이미 늦었다. 노엘은 몹시 기뻐하면서 만면에 미소를 머금었다.

"응, 약속할게! 꼭 함께 행복해지자."

마치 능글맞은 남자의 입발림 소리 같다는 느낌을 받으면서 리그렛은 책상에 푹 엎드렸다.

'어쩌다가 이렇게 됐지? 전혀 영문을 모르겠어. 죽을 작정이었는데 어느 틈인가 바보의 기세에 휩쓸리고 말았어. 뭐가 어떻게 된 거야.'

힐끗 얼굴을 들어서 보니 노엘은 창가에서 햇빛을 쬐며 커다랗게 기지개를 켜고 있었다. 본래 붉었던 머리카락이 이제는 햇빛을 받아 반들반들 빛을 발한다. 하얀 피부에 붉은빛이 어리고, 온몸에서 뭔가 하얀 빛과 같은 광채가 배어나는 듯한 착각에 빠지게 된다. 이 녀석은 사실 인간이 아니라 화초 따위가 둔갑한 괴물 부류가 아닐까 하는 발상을 리그렛은 잠시간 진지하게 고찰해야 했다.

"아아~ 오늘도 좋은 하루를 보낼 수 있을 것 같아~. 앗, 지금 살짝 행복하다는 기분이 들었어!"

"제게는 이미 최악의 하루입니다. 이제야 안락을 손에 넣을 각오가 섰건만, 어느 바보 때문에 다 망쳤으니까요."

"그거 아쉽게 됐네. 대신에 내가 기분이 좋아지는 멋진 물건을 줄게."

농담으로 받아친 뒤 노엘은 허리에 달아 놓았던 나팔을 이쪽으로 던졌다. 부대에 명령을 전달할 때 쓰는 군용 나팔이다.

"이걸 도대체 어쩌라고요?"

"내가 아끼는 보물이야. 그래도 너한테 줄게. 내가 아끼는 부관이니까."

"마음은 고맙지만, 정말로 필요 없으니까 돌려드리죠."

나팔을 내밀어도 노엘은 고개를 가로저을 뿐 받아 들려고 하지 않았다.

"한번 준 물건은 돌려받지 않아. 그래야 멋이 나잖아?"

"전혀 이해가 되지 않는군요. 당신의 행동은 정말 너무나 엉망진창입니다."

"그런가?"

"그래요."

리그렛은 어쩔 수 없네, 하고 한숨을 내뱉은 다음 나팔을 허리춤에 덜렁 매달아 놓기로 했다. 이 이상 바보를 상대하려고 들었다간 군무에 지장이 발생한다. 순순히 갖고 다니면 끝날 텐데 못 들어줄 이유는 또 무엇이겠는가.

죽음을 마음먹었던 결의는 노엘에 대한 기막힘과 분노, 그리고 맥 빠지는 실소에 뒤덮여서 완전히 허물어지고 말았다.

세간은 이래저래 날마다 더 소란스러워지고 있었지만, 노엘은 변함없이 즐거운 하루하루를 보냈다. 해가 질 때까지 흰개미당의 인원들과 훈련을 실시했고, 밤이 되면 술병을 붙잡고 야단법석.

물론 나팔 연습도 잊지 않는다. 싫어하는 리그렛을 끌어들여서 각자 재빨리 움직일 수 있도록 머리와 몸을 숙달시켰다. 그렇게 2주 남짓 지난 지금은 신시아도 눈이 휘둥그레지도록 능란한 움직임을 선보이고 있었다.

"훌륭하군. 처음 보았던 누추한, 아니, 단정한 복장을 갖추지 못한 인원들은 떠오르지도 않을 지경이다. 음, 대단하군."

"신시아 님, 거 표현만 살짝 바꾼들 아무 위안이 안 되잖습니까."

허둥지둥 말을 고치는 신시아에게 백발의 도르커스가 쓴웃음을 지어 보였다. 손에는 손때 묻은 나팔이 쥐여 있었다. 노엘에게 나팔을 받은 인물은 부관 리그렛과 흰개미당의 도르커스. 리그렛은 코임브라 병사, 도르커스는 흰개미당의 통솔자 역할을 각각 맡고 있었다. 두 인물의 고삐를 쥐어 다루는 것이 바로 노엘의 소임 되겠다.

"혹여 기분이 상했다면 사죄하겠네. 폄하할 작정으로 한 말이 아니었다만……."

"아뇨, 아닙니다. 신경 쓰지 마십쇼. 얼치기 리그렛과 비교하면 귀여운 말입죠. 그 여자, 우리를 아직 인간으로도 안 본단 말입니다. 진짜 분통 터지는 여자요."

"리그렛 공과 관계를 개선하기는 아직껏 무리인가?"

"헹, 툭하면 원숭이가 어쩌고 입을 놀리는 여자에게 꼬리를 흔들 만큼 뱀이 없지는 않소이다. 게다가 우리가 인정한 사람은 노엘 대장 하나뿐이지. 그 사람과 약속했기 때문에 우리는 여기에 있는 겝니다."

적의를 드러내는 도르커스에게 신시아는「그러면 어쩔 수 없군」하고 애매하게 고개를 끄덕거릴 수밖에 없었다. 계급은 자신이 더 높았지만, 리그렛은 윌름 장군의 딸이다. 부녀의 관계는 나쁘다고 들었으나 얼굴을 마주하면서 대놓고 주의 주기는 껄끄러웠다.

무엇보다도 성격이 난감하다. 본심을 말하자면 신시아 역시 적잖이 거북했다. 입만 열었다 하면 빈정대거나 비꼬는 말뿐. 진득하게 대화 나누다 보면 저절로 손을 휘두를 것 같다. 따라서 신시아는 최대한 마주치지 않도록 피해 다녔다. 무익한 충돌을 벌일 필요는 없으니까.

그런 리그렛을 우격다짐이기는 하나 제어하고 있는 노엘은 실로 대단하다.

"……그나저나 정작 노엘 대장은 어디에 있지? 오늘도 자네들과 훈련을 하는 줄 알고 와봤다만."

"아, 대장이라면 오늘은 도련님과 함께 서고에 갔을 겁니다. 뭐라 더라, 귀한 책을 빌려서 읽는다고 약속했다던가요. 병사들 훈련은 제게 일임하겠다고 말했습니다."

확실히 일전에 그런 말을 들었던 것 같기도 하다. 노엘이 얌전하 게 독서를 하는 광경이라니 도대체 상상조차 어렵기는 하나 인간은 겉보기로는 다 알 수 없다고도 말하지 않는가. 훈련까지 내팽개치 면서 갈 필요가 있나 의문이 들기는 한데 엘가와 나눈 약속이라면 어쩔 수 없겠다. 일임이 어쩌고 잘난 척하는 말에 대해서는 호통 한 두 마디를 치고 싶기는 하다만.

"그렇군, 그럼 나도 잠시 얼굴을 비춰야겠군. 도련님과 있는 자리 에서 무례를 저지르면 안 되니까 말이야."

"흐흐, 이미 늦었을지도 모릅니다만. 그러면 저는 다시 훈련시키 러 가보겠습니다."

그리 말한 뒤 도르커스는 나팔은 한 손에 들고 걸어 나아갔다. 소 리 높여서 집합 나팔을 연주하자 검을 맞부딪치고 있던 병사들이 허둥허둥 달려온다. 본래 무장 집단이었기에 적응 기간도 짧았다. 이 부대를 노엘이 선두에 서서 지휘하면 필시 큰 활약을 펼칠 수 있 을 것이다.

목청껏 웃으면서 말을 달려 이지창을 치켜드는 적발의 장수. 그 광경을 상상하면 절로 전율이 일어난다.

"그 녀석의 장래는 과연 어떻게 되려는가. 으음, 역시 전혀 상상 이 안 되는군."

신시아는 쓴웃음을 지은 뒤 하늘을 우러러봤다. 요즘은 비가 잘 내리지 않고 쾌청한 날이 이어지고 있다. 오늘도 노엘은 기분 좋은 하루를 보내겠구나.

성의 서고에 들어서자 안쪽에서 즐거워하는 목소리가 울려 나왔다. 이 서고는 코임브라의 역사서 및 병법서에 문학서, 나아가서는 귀족의 수기까지 온갖 책이란 책을 가득 집어넣은 장소다. 지금 상황에서는 딱히 활용될 만한 분위기가 아니기는 하나 모름지기 기록이란 중히 다뤄야 하는 법. 전속 사서를 두어 성의껏 관리하고 있다.

그 목소리를 따라 책장이 줄지어 선 공간을 지나 발을 옮기자 큰 붓을 입에 문 채 팔짱을 끼고 있는 노엘이 눈에 들어왔다. 마치 담배라도 피는 듯 입에 문 큰 대필을 위아래로 흔들거린다. 꽤나 거들먹거리는 태도였다.

또한 주위를 둘러싸는 모양새로 엘가, 시녀, 사서들이 흥미진진하게 들여다보고 있다. 도대체 무엇을 하는가 궁금하여 사리살짝 가까이 가서 봤더니 노엘이 하얀 천에 그림을 그리려고 하는 참이었다.

"……이게 도대체 어찌 된 일이지? 귀한 책을 빌려서 읽는 게 아니었나? 훈련은 내팽개치고 한가롭게 그림 그리기인가, 아주 즐거운 시간을 보내고 있군그래."

"으엑, 신시아!"

등 뒤에서 말을 건네자 작게 비명 지르고 입에 문 붓을 떨어뜨리는 노엘. 허둥지둥 변명을 늘어놓으려고 하던 때에 엘가가 웃으면서 두둔해줬다.

"그렇게 허둥대지 마라, 노엘. 신시아, 약속한 책이라면 이미 숙독을 다 마친 참이다. 그러니 너무 꾸중하지는 말아주게."

"그렇습니까?"

"으음. 코임브라의 철학자가 쓴 책과 여러 서적을 대출해줬지. 그런데 노엘은 한나절이 채 지나기 전에 다 독파하더군. 미처 성이 차지 않았는지 병법서며 역사서까지 닥치는 대로 읽었다."

"……정말인가? 노엘. 설마 잘난 척하겠다고 도련님을 기만한 것은 아니겠지?"

엘가의 말을 듣고도 신시아는 미심쩍어하는 시선으로 노엘을 바라봤다. 적당히 훌훌 넘기기만 하고 다 읽었다면서 자신만만하게 선언할 듯싶어서였다. 이 소녀는 분명 저지르고도 남는다. 아니, 태연하게 해치울 테지. 상대가 설령 태수의 아들일지라도.

"꼼꼼하게 읽었어. 책 읽는 속도가 꽤 빠르거든. 별로 내 목표에 맞는 책은 없었지만. 그래도 제법 재미있었어."

"흐흠."

"가장 재밌게 읽은 책은 코임브라의 역사서였고."

"……그 책에 재미있는 부분은 전혀 없을 터인데? 대부분이 패배의 역사 아닌가."

홀시드에 지배당하기 이전, 코임브라 왕조의 역사는 거의 남아 있지 않았다. 전해지는 기록은 얼마나 볼썽사납게 패배했는가 하는 내용뿐. 코임브라가 약졸 소리를 듣는 까닭은 이러한 과거사가 아무렇게나 과장돼왔기 때문이기도 하다.

하면 진실은 과연 어떠하였을까. 이제 와서 신시아가 조사할 방도는 없다.

"으음. 결론부터 말하면 이 나라는 여러모로 운이 없었던 거야. 뭐, 세상은 원래 그런 법이니까. 어쨌든 이제부터 잘 풀어 나가면 되는 거지."

거들먹거들먹 턱을 쓰다듬으면서 말을 꺼낸다. 후계자의 위치에 있는 엘가에게 결례가 되는 발언인 터라 즉각적인 교육 실시를 마음먹었다.

"네가 뭘 안다고 훈계인가, 이 바보 녀석아!"

"아얏!"

적당히 힘을 빼서 딱 꿀밤을 먹여줬더니 노엘은 볼품없는 표정을 지은 채 머리를 감싸 쥐었다. 딱히 통증을 가하지는 않았기에 그냥 연기일 테지. 그 증거로 혀를 내밀면서 생글생글 웃고 있었다.

"신시아 님, 여기에서는 정숙을 부탁드리겠습니다. 귀중한 책을 다수 보관하는 곳인지라 만에 하나의 사태가 일어나서는 안 됩니다."

"이, 이런 실례를."

여윈 체구의 사서에게 주의를 듣고 신시아는 허둥지둥 사죄했다. 노엘이 은근슬쩍 의기양양하게 웃고 있는 광경도 물론 놓치지 않았다.

"아, 신시아가 혼나는 걸 봤더니 문득 생각이 났어! 역시 신시아구나."

"……이봐. 그 말은 무슨 뜻이지!"

"자꾸 떠들면 또 혼날 거야. 자, 빨리 끝낼게!"

대필을 한 바퀴 돌리더니 백포에 대고 쓱쓱 긋는다. 붉은색이 백포에 스며들면서 순식간에 모양을 만들어 냈다.

완성한 것은 교차하는 두 자루의 철퇴 그림. 아마도 문장을 그린 듯싶었다. 의외로 그림 솜씨가 좋았기에 이대로 바깥에 내걸어도 부끄럽지 않은 완성도였다.

"이게 무엇이지?"

"깃발에 쓸 문장이야. 기사는 가문의 문장을 부대기로 걸고 다니잖아? 방금 읽었던 책에 쓰여 있었어. 그래서 나는 가문의 문장이 따로 없으니까 도련님한테 만들어달라고 부탁했었거든."

"공교롭게도 나 역시 그 분야에는 어두워서 말이네. 문장이라면 천칭밖에 달리 떠오르는 것이 없었지. 그런 까닭에 다 같이 모여서 지혜를 짜내고 있던 참이다. 엉성한 문장을 쓰면 노엘에게 수치가 되지 않겠나."

"노엘 님, 여기 두 자루의 철퇴에는 어떤 의미가 있는 건가요?"

시녀가 솔직하게 의문을 드러내면서 묻는다. 질문을 받은 노엘은 백포를 손에 들고 자랑스럽게 펄럭였다.

"교차하는 두 자루 철퇴는 나랑 도련님의 약속을 나타내는 거야. 다시 말해서 이 문장이 약속의 증거라는 뜻. 두 자루 철퇴의 깃발이 나부끼는 한 나는 온 힘을 다해서 활약할 거야."

의기양양한 얼굴로 말하는 노엘. 그렇군요, 감탄하는 모습의 시녀와 사서. 그리고 얼굴을 새빨갛게 붉힌 채 말을 잇지 못하는 엘가.

엘가의 붉은 얼굴을 목격한 신시아의 머릿속에는 불현듯 어느 광경이 떠올랐다. 성장한 노엘과 엘가가 아름답고 화려한 복장을 갖춘 채 주민들에게 손을 흔들고 있는 모습. 엘가는 태수 지위를 이어받은 뒤 코임브라 영지를 훌륭하게 발전시킨다. 노엘은 부군을 뒷받침하는 아내로서 조신하게 옆을 지키고 서 있다.

그러면 그때 자신은 과연 어찌하고 있을까. 아마도 두 사람이 낳은 아이들의 호위 겸 교육 담당이 되어 분주한 나날을—.

"……잠깐. 그렇다면 즉 내가 노엘을 마님이라고 불러야 한단 말인가?"

"정신이 딴 데로 빠졌네. 무슨 일 있어?"

"아, 아니, 그게, 아무것도 아니다! 그럼, 아무것도 아니고말고!"

멍한 표정으로 묻는 노엘에게 망상을 떨쳐 낸 다음 황급히 대답했다. 아무러면 신분이 천지 차이인지라 실현은 되지 않을 터이나 엘가가 노엘에게 특별한 감정을 품는다 해도 놀랄 이유는 없었다. 궁지에 처했을 때 도움의 손을 건넸던 강한 첫인상. 더욱이 외모는 봐 줄 만하고 무력도 뛰어날뿐더러 코임브라에서는 장래 유망한 젊은 축의 필두다. 이러한 점을 감안하면 놀랄 이유는 없겠으나 분명히 여러모로 곤란하겠다. 주로 노엘의 성격 때문에.

아무튼 다짐을 받아 놓으려고 하던 때 엘가가 낯빛을 흐리면서 말을 꺼냈다.

"좋다, 문장의 사용 건은 내가 아버님께 부탁드리마. 정식 문장으로 인정받을 수 있을 것이다. ……다 완성도 됐고, 오늘은 이만 자리를 파하도록 하지."

웃는 얼굴이었던 엘가가 작게 한숨을 쉬더니 분위기가 획 바뀌어 어두운 표정을 짓는다.

"응, 고마워. 근데 있잖아, 왠지 오늘은 도련님이 기운이 없네. 웃을 때도 어쩐지 지친 기색이었고."

"……그래, 실은 어머님의 몸 상태가 별로 좋지 못해서 말이다. 새로 온 의사가 최선을 다하고 있기는 하나 차도가 보이지를 않아."

엘가는 가만히 두 눈을 감고 한숨 쉬었다. 아직 열두 살인데도 목소리에 짙은 피로가 묻어 있었고 또한 의젓했다.

사라는 록벨에서 탈출하던 때에 화살을 맞았다. 심한 부상은 아니었기에 안심했었다만. 만약 당시 입었던 상처가 원인이라면 신시아의 책임이었다.

"도련님. 혹여 일전에 화살을 맞은 자리가ㅡ."

"아니, 그렇지 않다. 촉이 박힌 상처는 완전히 나았으나 당시에 겪은 심로가 원인이 되어 병을 앓게 되었다고 의사가 진단하더군. 최근 들어서 우리 코임브라가 많은 사건을 겪었던 터라 어머님께서도 지치셨을 테지. ……이제는 제대로 식사를 드시지도 못한다. 물과 과일 조각을 섭취하는 게 고작이야. 그러니 몸이 자꾸 여위기만 하시지."

"그러셨습니까……."

"뭘, 결국은 더위로 인한 일시적인 증상이 아니겠나. 겐부 주에서 약이며 귀한 음식이 여럿 보내줬으니 머지않아 병세도 호전되시지 않겠나. 어머님께서 안 계시면 아버님도 적적하실 테니 말이다."

애써 억지로 웃음 짓는 엘가. 신시아는 뭐라 대답해야 하는가 알 수 없었기에 조용히 고개를 끄덕이기만 했다. 아마 시녀와 사서도 마찬가지였다.

다만 노엘은 조용히 일어서서 엘가의 어깨를 톡톡 토닥여줬다.

"응, 분명히 괜찮을 거야. 해님처럼 밝고 기운차게 살자. 그렇게 지내다 보면 분명히 좋은 날이 찾아올 거야."

"노, 노엘! 도련님께 무례하잖은가!"

"……괜찮다, 맞는 말이군. 어두운 얼굴로 지낸다 한들 어머님께서도 기뻐하지는 않으실 테니. 그렇다면 나라도 충실한 하루하루를 보내는 것이 옳다. 노엘, 감사의 뜻을 전하마."

버럭 소리 지르는 신시아를 제지한 뒤 엘가가 말했다. 그러고는 무엇인가를 떠올린 기색으로 말을 이어 나갔다.

"그래, 방금 전 겐부에서 음식이 들어왔다고 말을 했던가. 실은 그 주에서 사절단이 방문했다. 그들을 환영하기 위해 내일은 만찬회를 열게 되었지. 특별히 급한 일이 없다면 그대들도 참석하도록 하게."

"응, 알았어. 아니지, 알겠습니다!"

"하하, 나는 경어가 아니어도 신경 쓰지 않으나 신시아가 화를 낼 테니까 말은 높이는 게 좋겠구나."

"도련님, 노엘의 결례를 마냥 받아주시면 안 됩니다. 일단 받아주면 이 바보는 전혀 자제를 할 줄 모르는지라 적당히 선을 긋고 단속해야 합니다. 아니, 적당한 수준 갖고는 모자라니 가차 없이 다잡는 것이 좋겠습니다."

"신시아는 단속이 너무 지나치단 말이야. 맨날맨날 시끄럽게 잔소리만 하고."

"그게 누구 때문인 줄은 알고 하는 말인가!!"

"거봐. 또 버럭 소리 질렀어. 신시아는 다른 사람한테는 엄격한데 자기한테는 관대하다니까."

노엘이 의기양양한 얼굴로 빤히 쳐다본다. 신시아는 허둥지둥 두 손으로 입을 막았다. 그러나 때는 이미 늦었을지니 사서가 이쪽으로 가만히 눈을 흘기고 있다.

"끄응. 나, 나를 함정에 빠뜨렸군. 노엘."

"누, 누가 빠뜨렸다고. 혼자 알아서 구멍 파고 떨어졌잖아."

조금도 틀리지 않은 말이었기에 신시아는 주먹만 부르쥐고 받아치지 못했다. 다음번 설교 때 필히 보답을 해주겠노라고 가슴 깊숙이 새겨 넣는다.

"하하, 너희와 함께하면 정말 지루할 틈이 없구나. 대화를 더 나누고 싶기는 하나 이제는 시간이 여의치 않아 아쉽군. 뒷일은 맡기겠다, 신시아. 그리고 노엘, 내일 또 만나도록 하자."

엘가는 손을 들어 보인 뒤 시녀를 데리고 서고에서 나갔다. 그 뒷모습을 지켜보다가 사서도 역시 본인의 직무로 돌아갔다.

"……."

"……."

잠시 동안 노엘과 말없이 서로를 주시한다.

노엘은 방금 전 문장을 그린 백포로 얼굴을 덮어 가리고 뒤돌아섰다. 저게 숨겠다고 하는 짓일까? 살금살금 도망치려고 하는 뒷모습, 그 뒷머리 부근을 꽉 붙잡아서 억지로 멈춰 세웠다.

"끄엑."

"마침 잘됐군. 쇠뿔도 단김에 빼라고 하지 않나. 장소 또한 문제가 되지 않으니 오늘은 이곳에서 예절과 말씨를 복습하도록 하지."

천을 걷어치우고 손가락을 들이댔다.

"그, 그래도, 훈련도 있고. 응, 나는 대장이잖아. 아~ 바쁘다, 바빠."

"신경 쓰지 마라. 도르커스가 네 대신 착실하게 훈련 중이니."

"앗, 훈련에 대해 보고서를 써야 하는데. 막 재촉받은 참이니까 서둘러야지!"

"전부 리그렛 공에게 떠넘겨 놓은 주제에 웬 말이냐! 엉성한 핑계로 급한 위기만 대충 넘기려고 하는 못된 버릇을 어서 고쳐라!"

"넷, 완벽하게 알아들었습니다! 신시아 상급 백인장님께 진심으로 감사드리는 바입니다!"

흠잡을 데 없는 홀시드의 예법으로 경례를 실시하는 노엘. 까딱하면 넋을 잃고 쳐다볼 만큼 숙련된 움직임이었으나 이 자리에서는 어떤 의미도 발휘하지 못했다. 오히려 신시아의 분노에 기름을 부을 따름이었다.

"꺼내는 말과 경례만큼은 번듯하나 얼굴을 보니 전혀 알아듣지 못했군. 네가 뭐라 핑계를 대든 절대로 놓아 보내지 않을 테니까 어서 포기하고 자리에 앉아라."

방금 전 당한 보답을 겸하여 신시아가 최종 통보를 내리자 떨떠름한 기색으로 노엘은 의자에 걸터앉았다. 딱히 신시아도 한가한 처지는 아니었다. 처리해야 하는 서류도 있다. 그러나 이 또한 업무의 범위라고 연신 고개를 끄덕거린 뒤 노엘에게 주종이란 무엇인가, 그 지론을 정성 들여서 설파했다.

—그리고 세 시간 후. 책상에 엎드려 있는 노엘에게 말을 건넸다.

"그러고 보니 중요한 일을 잊고 있었군. 너는 행사용 드레스를 갖고 있나?"

"물론 안 갖고 있는데? 팔랑팔랑하는 옷은 괜히 움직이기도 불편할 테고 나한테는 별 필요 없어."

전혀 흥미를 내보이지 않고 고개를 가로젓는다.

"그렇다면 내일 만찬회에 도대체 무엇을 입고 갈 계획이지?"

"얼마 전 받은 군복. 번쩍번쩍 금빛 훈장을 달고 갈 계획인데. 가서 밥 먹고 나오는 게 전부니까 상관없지 않을까? 응, 일단은 군무잖아?"

확실히 남성이라면 군복 차림이어도 아무 문제가 없다. 그러나 과거의 영광 덕분에 화려한 차림을 선호하는 경향이 있는 코임브라에서는 여성의 경우 드레스가 기본이었다. 애당초 여기사라는 존재 자체가 몹시 드물었기에 이제껏 예외 사례는 일어난 적이 없었다.

"유감스럽게도 안 되겠군. 우리 코임브라에서 이러한 행사가 열릴 때 여성은 드레스 착용이 관례다. 나 또한 달갑지는 않으나 세상은 원래 그런 법이니까 참아라. 네가 입버릇처럼 하는 말이었지?"

「세상은 원래 그런 법이다」, 「어쩔 수 없다」. 분명 노엘의 입버릇이었다. 염세적인 말은 좋아하지 않는지라 고쳐주려고 해봐도 좀체 교정이 되지 않았다. 그런 주제에 체념이 빠른 것치고는 「약속」에 대하여 이상하리만큼 굳은 집착을 보인다. 정말 비뚤어진 성격을 갖고 있는 녀석이었다.

노엘의 가장 못된 버릇은 지키기 어렵거나 사실은 지키려는 의향이 없는 사안에 대해서 「응」, 「알았어」 따위의 대답으로 적당히 수긍하는 척 얼버무리는 짓이었다. 이 말은 『응, 네 말은 알겠는데 지킬 마음은 전혀 없어』라는 표현이다. 노엘은 아무렇지도 않은 얼굴로 궤변을 늘어놓는지라 매사에 주의를 기울여야 한다.

"으음, 그래도 드레스는 갖고 있지도 않은걸. 그러니까 나는 군복 입고 갈게. 괜찮아, 괜찮아. 나 하나쯤이야 아무도 신경 쓰지 않을 테니까."

이 녀석은 자신의 위치를 전혀 모르는군. 신시아는 기가 막혔다. 노엘은 틀림없이 주목을 모을 것이다. 코임브라에 나타난 미래의 효장(驍將)이기에. 게다가 언뜻 보기에는 아리따운 용모를 지닌 여인인 터라 말할 것도 없겠다.

그야 태수 그롤부터가 매번 기회가 있을 때마다 노엘의 무용을 극구 칭찬한다지 않는가. 그만큼 카난 가도에서 벌인 일전이 선명하고도 강렬한 인상을 남겼음을 뜻한다.

노엘이 혹여 실수라도 저지른다면 그롤의 체면 또한 손상되는 셈이었다. 따라서 신시아는 노엘에게 엄격한 사관 교육을 실시했다.

"내가 신경 쓰니까 안 된다."

"아니, 나는 신경 안 쓴다니―."

노엘의 말을 가로막고 신시아는 손바닥으로 짝 소리를 냈다.

"좋아, 지금 당장 서둘러서 옷 가게에 가도록 하자. 물론 내 옷을 빌려줄 수는 있겠지만, 그래 봤자 네 기장에 맞을 드레스는 없군. 과한 요구를 하지 않는다면 하루 안에 어떻게든 되겠지. 미리 만들어 놓은 옷을 수선해서 입으면 되니까."

친분이 있는 가게에 가서 적절한 비용을 지불하면 해결이 된다. 아예 새 드레스를 맞추자면 하루나 이틀 사이에 끝날 일이 아닐 터이나 수선만 하면 가능하리라.

"그래도 신시아한테 미안하고, 오늘은 이제 피곤하고, 배도 고프고, 진짜 속마음대로 말하자면 좀 귀찮고."

"지치고 귀찮기는 나도 마찬가지다. 자, 빨리 가도록 하자. 안 그러면 가게가 문을 닫아버린다!"

"자, 잠깐, 잠깐만. 막 잡아당기지 마. 윽, 팔이 빠져버리겠네!"

소리 높여서 항의해도 무시한 채 강제로 팔을 붙잡아다가 질질 끌어냈다. 철퇴라든가 이지창을 세차게 힘껏 휘두르고 다니는 녀석이었다. 다소 거칠게 다뤄도 전혀 문제없었다.

노엘이 이 성에 오고 나서 하루하루가 정말 바빴다. 단지 바쁘기만 한 것이 아니라 소란스럽다. 그렇다 해도 본심을 말하자면 아주 싫지는 않았다. 당돌한 여동생이 생긴 듯하여 신선한 기분이었다. 병을 앓다가 젊은 나이에 세상을 뜬 오라비도 자신에게 이러한 감정을 느낀 적이 있었을까. 이제 와서는 물론 알 도리가 없겠다.

'그나저나 처음에는 적으로 마주했었던 녀석과 설마 이런 관계가 될 줄은. 인생은 정말이지 알 수가 없구나.'

신시아는 아주 살짝 미소 짓고는 어떤 드레스가 노엘에게 잘 어울릴까 전력으로 뇌를 회전시켰다.

─그와 반대로 노엘은 눈이 핑글핑글 돌고 있었다.

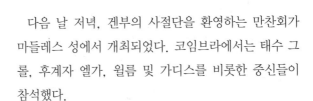

다음 날 저녁, 겐부의 사절단을 환영하는 만찬회가 마들레스 성에서 개최되었다. 코임브라에서는 태수 그롤, 후계자 엘가, 월름 및 가디스를 비롯한 중신들이 참석했다.

또한 손님을 대접하기 위해서 귀족 영애들도 한껏 몸단장을 하고 참가. 계급이 낮은 노엘이 참가를 허락받은 것도 군인 신분이 아닌 접빈을 담당하기 위함이었다. 그롤이 노엘의 무용을 자랑하고 싶어 했다는 것이 가장 큰 이유이겠지만. 덧붙이자면 노엘은 리그렛에게도 참석을 권했다가 「절대로 거절하겠습니다」라는 말로 일축당하고 말았다.

겐부에서는 겐부의 대사를 필두로 하여 호위대장 카이와 휘하의 무관들이 전원 참석했다. 여러 절충은 전권을 위임받은 대사가 전부 진행하고 있기 때문에 카이는 아직 특별히 할 일이 없었다.

"겐부의 여러분. 먼 길을 걸어 우리 코임브라를 찾아줘서 고맙소. 코임브라의 백성을 대표하여 진심으로 환영하는 바요."

그롤이 잔을 한 손에 들고 인사말을 입에 담았다. 때때로 옆쪽에 있는 겐부 대사를 치켜세우기도 하고 평소와 달리 흡족한 모습이었다.

그야 그럴 수밖에, 오늘 만찬회는 서로의 속내를 떠보기 위한 자리가 아닌 순수한 친선 도모가 목적이었다. 그롤은 그런 의도로 환대하고 있다. 그 취지를 짐작했기 때문일까, 참가한 일동의 분위기도 밝았다.

대륙이 통일되기 이전부터 코임브라와 겐부의 관계는 양호했었고, 시간이 흐른 지금에 이르러서도 역시 변함이 없다. 겐부의 조력을 절실하게 원했던 그롤의 입장에서 이번 사절단의 방문은 「코임브라와 뜻을 함께한다」라는 약속 어음이 손에 들어온 격이었다. 아무리 환대해도 모자랄 지경이다.

한편 그롤이 자랑하는 노엘은 무엇을 하고 있었는가 하면.

"있잖아, 역시 이거 허리 부분을 너무 꽉 조인 게 아닐까? 아까부터 배가 막 답답한데."

태수의 인사말을 대강 흘려들으면서 노엘이 불쑥 속삭인다. 신시아가 골라준 연파랑색 드레스를 입고 있었는데, 복부가 답답해서 못 견디겠다는 눈치였다. 노엘은 원래 날씬한 터라 그리 세게 조이지도 않았건마는 익숙하지 않은 복장이기에 속박되는 감각이 드는 듯싶었다. 이제껏 실용성을 중시하는 옷만 입고 다녔을 테니까 어쩔 수 없겠다.

"……시끄럽군. 되도록 입을 열지 마라. 이곳에서 실례는 절대로 용납되지 않는다."

"그래도 입을 안 열면 음식을 못 먹잖아."

"생떼 부리지 말고!"

목소리를 낮춰서 못을 박자 노엘은 피, 하고 볼을 부풀렸다. 모처럼 갖춰서 입은 드레스 차림을 다 망쳐버린다.

덧붙이자면 신시아는 평소 마음에 들어 하는 연분홍색의 드레스를 입고 있었다. 이전보다 얼마간 더 근육이 붙은지라 입을 때 약간 고생을 하고 말았다. 코르셋을 노엘보다 곱절은 더욱 세게 조였다. 복부의 라인을 가능한 한 밀어 넣는 행위가 단지 겉치장에 불과함을 알기는 하나 그만둘 수가 없었다. 주위를 둘러보면 얼굴이 덜덜 떨리고 식은땀이 배어나는 여자도 있었다. 귀족 사회는 언뜻 보기에 화려하다만, 그 뒤쪽에서는 눈에 잘 보이지 않는 노력이 이루어지고 있다.

'……그나저나 여자는 변신한다고 말들 한다만. 여기에 입버릇과 성격을 고친다면 훌륭한 숙녀가 될 수 있을 텐데. 뭐, 무리겠군.'

그렇다, 입을 꾹 다물면 노엘은 어느 가문의 영애가 아닌가 착각이 들 지경이었다. 특유의 적색 머리칼이 드레스의 연파랑색 바탕 위에서 더욱 빛을 발한다. 청옥빛 눈동자에 더불어 단지 연지를 엷게 발라 둔 입술이 흰 살갗의 피부와 이루는 색채 대비는 마치 정교한 인형 같았다. 비단 아름다울 뿐 아니라 어딘가 인간이 아닌 듯한 분위기까지 자아내고 있었다. ─물론 표정 단속은 필수에 입도 꾹 다물어야겠지만.

평소의 산발을 그대로 두면 어린아이 같은 인상이 남을 듯싶어 붙임 머리를 더하여 정돈해줬더니 효과가 지나쳤다. 쇄골을 노출시킨 앞가슴이 묘한 색기를 발출하기에 평소의 노엘과 전혀 다른 사람 같았다. 실제로 옆을 지나가던 도르커스는 붙임 머리의 영향도 있

었겠으나 노엘인 줄을 모르고 히죽히죽 정신을 못 차렸었다. 사정
을 설명했더니 턱이 떨어져 나갈 만큼 입을 쩍 벌리고 놀랐던가.

엘가도 노엘을 알아본 순간에는 눈이 한껏 휘둥그레졌었다. 만찬
회가 시작되기 전까지 힐끔힐끔 곁눈질하면서 얼굴을 새빨갛게 붉
혔다. 어린 시절의 일시적인 번민이라고 믿고 싶다만, 아무튼 불상
사가 발생해서는 안 된다. 조만간 꼭 에둘러서 주의를 줘야 할 필요
가 있겠다. 리그렛은 한 차례 힐끗 쳐다보고 눈살을 찌푸렸다가 세
차게 혀를 차더니 어딘가로 떠나가버렸다.

'여자인 내가 봐도 용모는 빼어나군. 분명한 사실이다. ……분명
한 사실이기는 한데.'

겉모습이 제아무리 수려할지라도 본성은 촐싹데기에 장난꾸러기
소녀일 뿐, 인형 같은 분위기에 속아서는 안 된다.

"결정~. 귀찮으니까 벗어버리자. 숨이 답답하면 건강에 좋지 않
으니까!"

"바, 바보 녀석! 이런 자리에서 의복을 벗는 사람이 어디 있나! 잠
시면 된다, 참고 견뎌라!"

급히 제지한 덕에 큰일이 벌어지진 않았다. 하마터면 코임브라의
역사에 「만찬회에서 알몸이 된 여자」로 남을 뻔했다.

"신시아는 나보다 꽉꽉 조였는데 어떻게 괜찮은 거야? 혹시 배가
부드러워서 그런가?"

"시, 시끄럽다! 쓸데없는 참견이다!"

노엘이 아픈 곳을 사정없이 찔렀다. 딱히 살찐 것이 아니라 복근
때문이었다. 그리고 치장에 힘을 좀 많이 들였을 뿐. 이 장난꾸러기

소녀는 「다 알면서」 물어보았을 가능성이 극히 높았다. 실제로 입가를 실룩거리고 있다. 어느 지방에 애정을 갖고 있기에 더욱 밉살스럽다는 말이 있다던데, 분명 이러한 경우에 쓰는 말이겠다. 볼을 꼬집어주고 싶은 충동은 꾹 참고 웃는 얼굴을 만들었다. 아직 그롤이 발언을 이어 나가고 있었으니까. 손님을 환영하기 위한 중요한 행사에서 실례를 저질러서는 안 된다.

"있잖아, 저 장광설이 다 끝나면 밥 먹는 거지? 답답하고 거추장스러우니까 이제 코르셋은 벗자. 봐봐, 지금은 아마 괜찮을 거야."

또 터무니없는 소리를 한다. 코르셋을 벗으려면 먼저 드레스부터 벗어야 하는데도. 손을 움직이려고 하기에 다시 우격다짐으로 잡아눌렀다. 전원의 의식과 시선은 그롤에게 집중되어 있는지라 눈치채이지는 않을 터이나 작은 목소리로 꾸짖었다.

"바보 같은 짓 하지 마라! 게다가 지금 태수님께서 한창 인사말을 하고 계시지 않나."

"진짜 안 돼?"

"진짜로 안 된다. 제발 부탁이니까 얌전히 좀 굴어다오. 알겠나? 딱 지금만 인형처럼 입 다물고 있어라!"

입가를 손으로 다잡으면서 엄격하게 경고한들 효과는 전혀 없었다. 어떤 상황인가 잘 아는 까닭에 철권이 날아올 일은 없다고 확신을 갖고 있다. 이렇듯 영악하기에 이 장난꾸러기 소녀는 질이 나빴다.

"있잖아, 그럼 여기 술을 마셔도 될까? 어쩐지 목이 되게 마른데."

"아직 건배를 들기에는 이르다. 쓸데없는 짓 하지 마라."

"앗, 이거 엄청 맛 좋은 술 같아. 진짜 좋은 냄새가 난다. 어디 보자, 어디에서 자란 포도일까? 맛 좀 보실까?"

조잘조잘 입을 놀리더니 손에 든 유리잔에 입을 가져다 대려 하기
에 급히 제지했다.

"……정말, 정말로 아주 조금만 견디면 된다. 아무것도 하지 마
라. 그저 마음을 텅 비우고 조금만 더 참자."

"으음, 알았어. ……근데 말이야, 태수님은 진짜 말이 많으시네.
봐봐, 도련님도 막 하품하잖아. 저래도 되는 걸까?"

설마설마하면서도 무심코 그롤의 옆에 시립하고 있는 엘가에게
시선을 보냈다. 그러나 당연하게도 하품 따위를 할 리 없었다. 한껏
긴장해서 자리에 앉아 있었다. 비록 복장은 의젓하나, 그런 까닭에
앳된 인상이 더욱 강조되는 형편이었다.

'아차, 착실한 도련님께서 하품 따위를 할 리가 없지 않은가!'

완전히 속아 넘어갔음을 깨닫고 노엘에게 눈을 돌렸을 때는 이미
유리잔을 싹 비운 다음이었다.

"헤헤헤, 걸렸구나. 앗, 슬슬 건배할 것 같으니까 다시 부어 놓아
야겠네."

"……노엘, 나중에 두고 보자."

벌레 씹은 표정을 짓고 중얼거린 뒤 얼굴을 들었다가 맞은편 자리
에 앉아 있었던 젊은 무관과 눈을 마주치고 말았다. 얼마 전 소개받
았던 겐부의 호위대장, 카이 백인장이었다. 젊은 나이에 호위대장
이라는 직책을 맡았다 함은 상당한 실력자라는 의미일 테지. 무(武)
를 무엇보다도 중시하는 겐부에서는 무관이 연줄로 출세하는 사례
가 아예 존재하지 않는다.

그 카이가 몹시 흥미진진한 광경을 보았다고 말하고 싶은 듯한 표정을 짓고 있었다. 아까 전부터 노엘과 벌인 추태를 다 내보여버린 데야 변명의 여지가 없다. 신시아는 얼굴에 경련을 일으키면서 묵례한 다음 못 본 척할 수밖에 없었다.

"—그러면 코임브라, 겐부 두 주의 더한 발전과 영달을 기원하면서, 건배!"

『건배!』

전원이 일제히 건배를 들고 코임브라의 여성 참석자들이 겐부의 무관들에게 다가가서 술을 따랐다. 명목상은 신분 및 지위에 구애되지 않는 입식 형식의 자리였기에 식사는 각자 원하는 만큼 덜어서 가져가면 됐다. 신시아는 코르셋이 답답해서 별달리 식욕이 돌지 않았으나 아예 먹지 않는다면 괜히 어색하겠다는 생각이 들어 작게 잘라 둔 야채와 생선 파이를 확보했다.

그다음은 환대 역답게 겐부의 사람들과 적당히 인사를 나누고 싶은 마음이었으나 좀처럼 기회가 찾아오지 않았다. 겐부의 무관들이 온통 음식을 먹고 술을 마시는 데 집중했기 때문이었다.

테이블 위쪽에는 코임브라의 신선한 생선을 재료로 쓴 요리가 다수 놓여 있었다. 냄새를 지우기 위해 향신료를 듬뿍 사용한 종류도 있었으나 역시 바다와 접한 겐부에서 온 무관들은 특별히 신경 쓰는 기색이 없었다. 접시에 대량으로 담아 둔 요리를 순식간에 먹어치운다. 본래 품위 없다는 말을 들어도 어쩔 수 없는 행동이겠지만, 그들의 기질은 코임브라 측도 충분히 잘 알고 있었기에 괜한 트집

을 잡는 경우도 없었다. 늘 보는 광경이기에 웃으면서 술을 마시고
있다.

"……후유."

그렇다 해도 신시아는 그들의 무시무시한 식욕을 목격하고 저도
모르게 속이 울렁이는 기분이었다.

'저자들의 위장은 도대체 어떻게 되어 먹은 것이지?'

문득 진지하게 고민에 잠길 뻔했지만, 이내 가까운 곳에 거의 똑
같은 인간이 있다는 사실을 깨달아야 했다. 물론 노엘을 두고 하는
말이다.

어느 사이에 들고 왔는지 마들레스 와인을 다섯 병이나 확보했다.
몹시 행복한 얼굴로 잔에 따라 붓더니 한입에 쭉 들이켠다. 마들레
스 와인은 별로 약한 술이 아님에도 불구하고. 덧붙이자면 서민은
절대로 손을 대지 못하는 고급술이기도 했다.

"에헤헤, 이거, 맛있다~."

칠칠맞은 표정으로 만족스럽다는 듯이 크~ 소리를 낸다. 그 황당
한 광경을 보고 신시아는 저도 모르게 술고래의 머리를 쥐어박았다.

"……이 녀석, 이곳은 술집이 아니란 말이다. 엄하게 격식 차리는
자리가 아니라고는 하나 조금은 자제를 해라."

"비싼 술을 마시는 게 행복으로 이어진다고 누가 말했었어. 그러
니까 아주 싫증 날 만큼 마시는 거야. 봐봐, 이렇게 잔뜩 있는걸."

"단지 술을 마신다고 행복해질 수 있다면 아무도 고생을 하지 않
겠지."

설마 곤드레만드레 취하지는 않을 터이나 못을 박아 두었다. 술은

백약의 으뜸이라지만, 신세를 망치는 원인이 될 수도 있었다.

"그래도 기분은 좀 많이 좋아졌는데. 조금은 가까워졌다는 증거 아닐까?"

"……글쎄다, 과연 그럴까. 나는 절대로 아니라고 생각한다만."

"그래도 혹시 맞을 수도 있으니까 약속한 대로 나누어 줄게. 자, 잔 내밀어. 아까부터 텅 비어 있더라."

"그래, 고맙다."

노엘이 술을 따라주기에 일단 답례한 뒤 받아 들었다. 붉은 액체에 입을 대려다가 젊은 남자가 다가오는 모습을 발견했다. 윌름의 아들, 로이에 그란블이었다. 계급은 신시아와 같다.

"신시아 공, 오랜만입니다. 상급 백인장 승진을 축하드립니다. 제 아버지 역시 진심으로 기뻐하셨습니다."

"오, 로이에 공. 축하 말씀, 감사드립니다. 앞으로도 여러모로 지도 편달을 부탁드리겠습니다."

"하하하, 그렇게 격식 차리지 마십시오. 젊은 사람들끼리 서로 도우며 임하도록 합시다. ……위대한 아버지는 모자란 자식에게 큰 부담이 되는 법이죠. 저 역시 정말로 애를 먹고 있습니다."

이미 작고한 신시아의 아버지와 윌름은 오랜 세월에 걸쳐 친교를 나눴었기에 로이에와도 어린 시절부터 가족끼리 친분을 쌓은 사이였다. 신시아의 아버지가 생존해 있던 무렵에는 그란블 가문의 저택에 초대받는 때도 있었다. 로이에와는 나이가 비슷할뿐더러 함께 검술에 매진하는 비슷한 처지이기도 하여 대화의 기회도 많았다. 아버지의 사후에는 그런 기회가 사라졌기에 서로 인사를 나누는 정도의 관계가 됐다. 덧붙이자면 로이에의 누나 리그렛과는 거의 이야기한 기억이 없었다. 리그렛은 언제나 방 안에 틀어박혀 있을 뿐 도무지 바깥으로 나오려고 하지를 않기 때문이었다. 로이에와 사이가 험악하다는 것도 이유 중 하나였겠다.

"그 드레스, 정말 잘 어울리는군요. 신시아 공은 참 아름다워졌습니다."

"로이에 공도 공치사가 많이 능숙해졌습니다."

"하하, 저는 아무에게나 이런 말을 할 만큼 요령 좋은 인간이 아닙니다. 오로지 진심으로 느낀 바를 말씀드린 겁니다."

"그 말씀은, 아무튼 감사합니다."

로이에의 칭찬을 흘려 넘기고 사교용 미소를 머금는다. 로이에가 어디까지 진심인지 모르겠으나 때때로 이런 말을 꺼낼 때가 있었다. 윌름의 후계자로서 로이에는 유망한 장래가 약속되어 있고, 얼굴 또한 나쁘지 않은 관계로 귀족 여식들 사이에서 인기가 있다. 신시아도 특별히 싫어하는 입장은 아니었으나 지금은 괜히 연애 따위에 정신을 쏟을 여유가 없다. 스스로의 무위를 연마하고 휘하의 병사들을 단련시키는 것도 벅찼다. 거기에 두통의 원인이 되는 장난꾸러기 소녀가 추가된 만큼 말할 것도 없었다.

"……그나저나 신시아 공. 이쪽에 계신 아리따운 여성분은 소문 자자한 노엘 공이 맞습니까?"

아리땁다는 말이 나왔을 때 하마터면 목이 메일 뻔했어도 신시아는 간신히 견뎌 냈다. 아리따움과는 한참 거리가 있는 장난꾸러기 이건마는.

"그, 그렇죠. 이 소녀가 틀림없습니다. 노엘 보스하이트 백인장입니다. ……이봐라, 노엘. 너도 인사를 드려야지. 로이에 공은 너보다 상관이시다."

"엥~. 그래도 태수님이 격식 차릴 필요 없댔는데."

"형식상 하신 말씀이다. 이쪽은 로이에 그란블 상급 백인장. 월름 장군의 자제분이시지."

"처음 뵙겠습니다. 최근에 거둔 활약상, 아버지에게 자세히 전해 들었습니다. ……그리고, 당신의 예하에 배속된 리그렛을 모쪼록 잘 부탁드립니다. 일단은 나 역시 누이로 둔 사람인지라."

로이에의 말을 받아서 노엘도 일어선 뒤 진지한 얼굴로 경례했다. 언뜻 아무렇지도 않아 보이기는 하나 잘 관찰하면 얼굴에 붉은 기운이 감돌고 있다. 살짝일지언정 몸도 흔들거리는 모습이다. 아예 작정하고 퍼마신 만큼 평범한 인간이었다면 이미 졸도했어도 놀라지 않았겠다. 정말이지 터무니없는 녀석이었다.

"아~ 나는 노엘 보스하이트 백인장입니다! 리그렛은 완전히 다 맡겨주세요!"

"하, 하하. 그렇게 격식 차리지 않아도 됩니다. 오늘 밤 이곳은 친교를 위한 자리잖습니까. 자, 나는 개의치 말고 마음껏 술을 즐기도록 하십시오."

로이에는 살짝 질겁하면서도 미소를 지어 보였다. 외모와 내면이 판이하다는 것을 알아차린 듯싶다.

"넷! 감사, 합니다~!"

커다란 목소리로 대답한 뒤 또다시 유리잔에 입을 가져다 댄다.

이런 꼴이어서야 모처럼 갖춰 입은 드레스도 전부 다 헛수고였다.

"소문대로 아주 호쾌한 분이군요. ……그러면 저는 겐부의 사절 단분들께 두루 인사를 드려야 하는 관계로 이만 실례하겠습니다."

로이에는 행여 술꾼의 주정질을 상대하게 될까 경계하는 기색으로 신시아에게 묵례한 뒤 떠나가버렸다. 이토록 소란 부렸음에도 특별히 주목을 받지 않는 것도 장내의 분위기 덕분이리라. 겐부의 인간들은 귀족 여성을 둘러다 놓고 떠들썩하게 본인의 무용담을 늘어놓고 있었다. 때때로 환성을 터뜨리거나 박수 치면서 모두들 흥미진진하게 귀를 기울인다.

'과장도 적지는 않을 터이나 겐부 사람들의 용맹함은 온 세상에 유명하지. 그들이 우리의 편이 되어준다면 분명 마음은 든든하겠군.'

바하르와 진정 전쟁을 벌이게 될까 모르겠으나 겐부와 협력 관계를 맺는다면 틀림없이 이익이 된다. 그런 생각을 하면서 술 마신다고 정신이 없는 노엘의 붉은 머리카락을 만지작거렸다. 사각사각하는 붉은 머리카락을 만지는 감촉이 몹시 기분 좋았다.

연회의 분위기가 한껏 달아올랐을 때 제 휘하의 노엘도 지지 않노라고 그롤이 호들갑스럽게 자랑을 늘어놓는 말소리가 들렸다. 일전에 세운 전공을 두고 하는 말이리라. 취한 까닭도 있어 이야기는 꽤나 과장되었다만. 창 한 자루로 도적 백 명을 베어 넘겼다거나, 적의 기마가 자지러지면서 움직임을 멈추기도 하고, 단지 일갈을 했을 뿐인데 적이 겁먹고 주저앉았다는 등등 썩 허풍 같은 내용이었다. 그러나 갖은 전투 장면을 직접 목격했던 만큼 전부가 농담으로 들리지 않기에 더욱 무시무시하다. 홀로 백 명을 죽이는 일쯤이야 손쉽게 해낼 듯싶다.

'이 여윈 몸의 어디에 그토록 강한 힘이 있는 것일까. 그 창이며 철퇴를 가볍게 휘둘러서 싸울 수 있다는 것이 지금도 신기하기 짝이 없구나.'

그롤의 긴 자랑담이 겨우 끝난 뒤 또다시 환담이 시작됐다.

신시아도 슬슬 겐부 측 방문자를 접대하기 위해 걸음을 떼려던 차에 호위대장 카이가 술병을 한쪽 손에 들고 다가왔다. 빙긋 미소를 머금고.

"……실례하겠습니다. 코임브라의 젊은 영웅에게 겐부를 대표해서 한 잔 따라드려도 괜찮을는지요?"

"뭐, 괜찮아. 아, 네가 누구였더라?"

"이 녀석, 실례잖나! 이분은─."

호통치는 신시아를 가볍게 제지하고 노엘의 유리잔에 술을 찰랑찰랑하도록 따라 붓는 카이. 겉으로 보이기에 심기가 상한 것 같지는 않았다.

"소관은 겐부의 무관, 카이라고 합니다. 보는 바대로 나이는 아직 젊은 축이기는 하나 검 실력을 높이 평가받아 백인장의 지위를 맡아 수행하고 있습니다."

"그렇구나. 아, 이게 아니라. 그렇군요!"

노엘은 불그레한 얼굴로 생글거리면서 답한 뒤 기세 좋게 말을 고쳤다. 언제 무례를 저지를까 모르는지라 신시아는 무의식중에 식은땀을 흘렸다.

"그롤 님의 말씀을 듣자 하니 노엘 공은 몹시 빼어난 무용을 지니고 계시다고요. 우리 겐부의 사람들은 강자에게 경의를 표합니다. 아무쪼록 잘 부탁드리겠습니다."

"나는 노엘 백인장입니다! 모쪼록 잘 부탁드립니다!"

발간 얼굴로 술 냄새 묻어나는 숨을 흩뿌리면서 쾌활하게 경례하는 노엘. 완전히 취해버린 듯했다.

"하하, 그러면 계급도 같은 만큼 괜한 예법은 치워 두도록 할까."

"응, 좋아!"

경쾌하게 대답하는 노엘. 신시아는 위가 찌릿찌릿 아파왔다. 등을 살짝 찔러도 알아차리는 낌새는 없었다.

"듣자 하니까 노엘 공은 실로 대단한 창수(槍手)라 하더군. 한데 말일세, 이러한 가느다란 팔로 과연 어려움 없이 창을 휘두를 수 있는가 소관은 적잖이 의문이 든단 말이지. 그롤 님의 말씀을 의심할 수는 없는 노릇이나 다소 과장이 지나치지는 않나 싶더군."

"카, 카이 공."

"무례하게 들리었다면 그 부분은 사죄드리겠소. 다만 소관은 가짜에게 표할 경의를 한 조각도 지니고 있지 않은 터라."

도발적인 시선을 보내는 카이. 본인의 무용에 절대적인 자신을 갖고 있기에 노엘의 무용담이 차마 믿기지 않으리라. 신시아 또한 제 눈으로 직접 목격하지 않았더라면 의심했을지도 모른다.

"아, 태수님 이야기를 못 믿겠어?"

"솔직하게 말하자면 바로 그렇군. 더욱 분명하게 말하자면 농담도 적당히 하시라고 분노마저 솟는 지경이었네. 대사님께 꾸중을 들을 테니 여기에서만 하는 이야기로 해주시게."

작은 목소리로 카이가 가만히 중얼거렸다. 비록 성품은 담대한 듯하나 처세술은 별로 능숙하지 않은 듯했다. 그런 까닭에 가볍게 흘려 넘기지 못하고 노엘을 시험하러 왔겠지.

"으음, 그러면 어떻게 하는 게 좋을까? 여기에서 한판 붙어볼 수도 없고 말이야. 아, 그럼 팔 잠깐 내밀어볼래?"

"물론 상관없네만, 대체 무엇을 하려는 작정인가?"

"얼른얼른."

"그렇게까지 말한다면야 어디 원하는 대로 하시게."

카이가 단련된 오른팔을 내밀었다. 착석한 자세에서 노엘이 왼손으로 그 팔을 붙잡은 순간―.

"뭣."

카이의 얼굴이 순식간에 고통에 젖어 일그러졌다. 소리는 내지 않았지만 상당한 격통에 시달리는 듯 보였다. 방금 전까지 도발적이었던 얼굴은 핼쑥해졌고 이마에서 비지땀이 배어 나온다.

한편 노엘은 여전히 시치미를 뚝 떼는 얼굴. 다만 눈빛이 전투 중의 그 형상으로 바뀌어 있다.

"저기 말이야, 중요한 건 적을 죽일 힘이 있느냐 없느냐잖아. 팔이 가늘다든가 내 외모가 어떻다든가, 전부 다 아무래도 좋은 문제가 아닐까?"

"끅, 끄윽!!"

"응, 전장에서 남 얼굴이나 팔까지 신경 쓸 틈은 없잖아. 사느냐 죽느냐, 둘 중 하나지. 어때? 카이 백인장도 그렇게 생각하지 않아?"

"끄, 끄흑, 노, 놓아라!"

카이가 다른 한쪽 팔을 휘둘러 구속을 풀어내려고 하자 노엘은 손을 확 놓았다.

"이제 끝. 더 소란 부리면 신시아한테 또 혼날 테니까."

"어, 어찌 이러한 힘이. 자칫하면 팔이 부러져 나갈 뻔했군."

"으음, 이런 걸 일당백의 힘이라고 말하던가? 나는 백인장이니까 이쯤은 하는 게 당연하지, 응. 게다가 내가 다른 동료들을 휘어잡았으니까 진짜로 「일당백」이고!"

"으음, 그대가 무슨 말을 하고 있는가 소관의 머리로는 도저히 이해가 되지 않는군. 다만 방금 전 그롤 님의 말씀은 아무래도 사실인 듯하이. 소관의 무례한 발언을 진심으로 사죄하겠네. 아무쪼록 용서해주시게."

카이가 머리 숙이자 「괜찮아, 괜찮아. 아무튼 같이 마시자」라면서 노엘은 웃고 유리잔에 입을 가져갔다. 다행히 주위 사람들은 눈치채지 못하여 큰 소란으로 비화되지는 않았다. 신시아는 안도해서 가슴을 쓸어내린 뒤 나중에 단단히 혼쭐을 내주겠다고 마음속에 새겨 넣었다. 도대체 왜 하필이면 다른 나라의 사절에게 무례를 저지른단 말인가.

"있잖아, 카이는 아직 젊은데도 말투가 엄청 딱딱하네. 언제나 그런 말 쓰면 피곤하지 않아?"

"음, 사실은 꽤나 거북하여 편안할 틈이 없네. 답례 삼아서 나 또한 묻겠는데, 그대는 다소 지나치게 편한 말씨를 쓰는 게 않은가? 소관은 일단 겐부의 사절이네만."

"같은 계급이니까 괜히 예절 차리지 말자면서."

"예의상 건넨 빈말이잖은가. 무슨 말이든 다 곧이곧대로 받아들여서는 안 된다고 소관은 매일 철저하게 교육받았지."

그렇게 말한 뒤 짐짓 자랑스럽게 몸을 뒤로 젖히는 카이. 노엘이 동정하는 조로 중얼거렸다.

"아, 나도 거의 맨날 혼나는 처지야. 강의 때 졸지 말라고 신시아가 엄청 잔소리하거든."

"자, 잔소리가 웬 말인가! 카이 공, 이 바보 녀석은 제가 추후에 엄히 야단을 칠 테니 금번의 무례는 아무쪼록 용서해주십시오."

"하하하, 신경 쓰지 마십시오. 그나저나, 노엘 공 또한 한창 교육을 받고 있는 처지였는가. 실은 말일세, 소관도 하쿠세키 참모님께 머리를 들지 못하는 신세라네. 젊은이끼리 고생이 많군."

카이는 호쾌하게 웃고 술병에 입을 가져다 대더니 쭉 들이켜서 비워버렸다. 그다음은 실례를 저질렀다면서 뺨에 그어져 있는 상처를 매만진다.

"카이 공은, 뭐라고 할까, 무척 호쾌한 분이군요."

"아니, 뭐. 자주 듣는 말이군요. 다만 뒤집어 말하자면 단순하다는 뜻입니다. 솔직하게 말씀드리자면 사절이라든가 일단 머리부터 굴리고 매사에 신경 써야 하는 임무는 서투른지라. 몸을 움직이는 것이 훨씬 더 아득하게 편히 여겨지는군요."

"카이는 진짜 재미있는 사람이구나. 얼굴은 별로 안 무서운데도 그림책에 나오는 곰 같아."

"노엘!"

노엘에게 버럭 소리 질렀다. 어쨌거나 카이는 유쾌하게 웃을 뿐이다.

"하하하! 무섭다는 말은 불필요하다만 곰이라는 표현은 칭찬이군. 게다가 노엘 공도 충분히 재미있지 않나. 그대처럼 기묘하고 특이한 인간은 처음일세. ……그렇군, 이 또한 모종의 인연 아니겠는가. 젠부와 코임브라가 맺은 우호를, 그리고 우리의 우정을 증거하기 위하여 다시 한 번 건배를 들어보세나!"

카이가 유리잔에 새 술을 부어 채우자 노엘도 뒤이어서 술을 채웠다. 신시아는 어떻게 해야 하나 망설이면서도 일단 유리잔을 들어 올리기로 했다.

"물론 좋아. 그러면—."

노엘과 카이가 이쪽으로 시선을 보내온다.

"내, 내가 선창해야 하나?"

"빨리빨리."

"……그, 그러면. 아, 으흠, 건배!"

신시아를 뒤따라 두 사람이 『건배』하고 외친 뒤 기분 좋게 술을 들이마신다. 그다음은 아무 일도 없었던 것처럼 둘 모두 요리를 덥석덥석 주워 먹고, 술을 줄줄 따라서 들이켰다.

"맛있다~."

"음. 젠부에서는 못 먹어본 음식이 많군. 술도 참으로 달아!"

"아하하, 두 손에 요리를 잔뜩 껴안은 꼴이 진짜로 곰 같아!"

"하하하! 곰보다 더욱 강한 모습을 보여드리리다!"

노엘이 손가락을 들이대면서 박장대소한다. 카이는 그에 호응하여 두 손에 든 고기를 뼈째 번쩍 들어 보였다.

"……."

'……뭐랄까, 나 혼자 지친 듯싶군. 일단 무사히 끝났으니까 잘됐다고 치고 넘어가도록 할까. 그래야겠군.'

신시아는 홀로 한숨을 쉬고 노엘의 접시에 남아 있었던 고기 자투리를 제 몫으로 옮겨 담았다.

"드디어 때는 무르익었다. 우리는 바하르를 친다."

쭉 늘어서 있는 무관, 문관들을 향하여 결의를 굳힌 표정으로 그롤은 선언했다. 일순간의 침묵이 흐른 뒤 장내가 떠들썩해진다. 언젠가 전쟁이 벌어지리라고 다들 예측은 했을지언정 막상 현실이 되어 닥쳐들었을 때 동요하는 것은 무리가 아니었다.

그롤의 명령에 따라 이곳 회의장에는 백인장 이상의 계급을 지닌 자 전부가 소집돼 있다. 그롤의 결단은 그들을 통해 코임브라의 전 병사에게 전달된다. 덧붙이자면 노엘과 신시아 역시 참가하여 대열의 끄트머리 부근에 서 있었다.

"지금 무엇이라고 말씀하셨습니까?"

문관 페리우스가 한 걸음 나서서 진의를 묻는다. 이 자리에서 나오는 발언을 농담으로 치부할 수는 없었다. 모인 인물이 중신뿐이라면 모를까, 이 자리에 있는 모든 인원에게 함구령을 내리기는 사실상 불가능에 가까웠다. 지금 발언은 틀림없이 새어 나가게 되리라.

"바하르를 친다고 말했느니라."

"그 말씀은, 진심으로 하시는 겝니까?"

"교섭의 때는 끝났다. 일전부터 아밀에게 힐문의 사

절을 보냈건마는 모조리 묵살되었다. 그놈은 제 가신으로 판명된 리스티히의 수급마저도 받지 않았지. 그 대신 보낸 무례한 서찰을 읽어보아라!"

그롤이 쭈글쭈글하게 구긴 서찰을 품에서 꺼내 페리우스에게 집어 던졌다.

지면을 확인하니 7월 1일에 제도 필즈에서 「효일(曉日)의 의식」을 거행한다고 쓰여 있었다. 이 서찰은 그롤에게 식전의 참석을 요청하는 초대장이었다.

「효일의 의식」이란 태양제 베르기스가 대륙을 통일한 뒤에 세운 제도이다. 본인이 누구보다 황제에 적합하다는 사실을 대륙 전토에 널리 알리기 위한 식전. 보유한 모든 병력을 동원하여 제도를 방문한 뒤에 스스로의 무력과 재력을 선보인다. 이의가 있는 자는 더욱 웃도는 힘을 가지고 저지해 보이라는 옛 관습이었다.

그렇다 해도 사전에 황제의 허가를 받지 않는 한 「효일의 의식」은 거행되지 않는다. 대군을 움직이는 것은 보통 대단한 행사가 아닌지라 당연하기는 하다만. 그리고 실제로 진군을 저지하기 위한 행동이 발생하는 경우도 없었다. 사전에 대항마가 될 만한 자는 회유, 혹은 숙청을 마치기 때문이다. 사실 형식적이라 해도 무방한 의식이었다.

"설마 이러한 시기에 아밀 님을 황태자에 임명하실 줄이야⋯⋯."

페리우스가 저도 모르게 얼굴을 찡그렸다. 그러한 행사를 벌인다면 어찌 되는가 황제 베프남이 예측을 못할 리 없었다. 황자 두 사람이 제위를 두고 투쟁하도록 일부러 불에 기름을 부은 셈이다. 살아남은 자를 후계자로 삼을 의도이겠으나 이미 아밀을 점찍었음은 의심의 여지가 없다. 그롤이 행동에 나서지 않는다면 이대로 아밀이 황태자의 지위를 거머쥘 테니까.

'그러나 어찌해서라도 막아야만 한다. 무익한 피가 흘러넘침은 물론이고 지금의 그롤 님은 바하르 공에게 도저히 미치지 못하잖은가. 황제가 되겠다는 야심만 억제한다면 태수로서 살아가는 길이 남아 있거늘.'

그롤은 백성 및 가신들에게 신망이 두텁지 않은 데다가 일단 반란을 겪어 피폐해진 코임브라에는 승산이 없다. 페리우스는 객관적인 시각으로 판단 내렸다.

"아밀 따위 비열한 작자가 다음 황제가 되는 사태를 결단코 용납할 수 없다. 그렇다면 관례에 따라 놈을 웃도는 힘을 동원하여 저지하겠다고 결심하였노라. 아무런 문제도 없을 터이다!"

"기다려주십시오. 아무리 태양제께서 직접 남기셨다 하는 말씀이오나 바하르에 기습을 가할 대의로 삼을 수는 없습니다. 저희가 오명을 뒤집어쓰게 될 앞날이 훤히 보이지 않사옵니까."

"아밀을 쳐부술 수 있다면 그따위야 상관없다! 놈을 철두철미하게 박살 낸다면 아버님 또한 나를 인정하실 수밖에 없지 않겠는가!"

어딘가 정신이 나간 듯한 표정으로 입가를 일그러뜨리는 그롤. 얼굴에 핏기가 없고 볼은 경련을 일으키고 있다.

"병사를 움직여서 바하르의 토지를 침범한다면 무고한 백성의 피가 흐를 것입니다. 저희 또한 수많은 병사를 잃겠지요. 그리할 만한 대의가 금번의 전쟁에 있다 여겨지지는 않습니다. 차라리 폐하께

급사를 보내 지난번 반란의 사실이 해명되기까지 효일의 의식을 중지해달라 요청드리는 것이 최선인 줄 압니다!"

페리우스는 목소리를 거칠게 하여 호소했다. 설령 천운이 아군을 도와 바하르를 격파한다 쳐도 그 앞쪽에 기다리는 것은 가시밭길이다. 아밀을 쓰러뜨리더라도 곧장 황제가 될 수 있다는 보증 따위 없었기에. 오히려 세상을 혼란에 빠뜨린 역적을 치겠다는 대의명분을 내걸고 다른 주의 태수들이 황제 후보로 이름을 내걸 가능성이 대단히 높았다. 또다시 난세가 도래하리라.

"나에게 대의가 없다 하였나? 그게 웬 허튼소리인가! 아밀 놈의 책모로 말미암아 대체 얼마나 많은 코임브라의 백성들이 죽은 줄은 알고 하는 말인가! 우리에게는 놈에게 복수할 의무가 있다!"

"태수님, 경거망동을 하면 안 되십니다. 분명 바하르 공이 만들어놓은 함정이니 뻔히 알면서 발을 들이면 안 되옵니다!"

"닥쳐라, 페리우스! 이미 결정한 사안이니 이제 와서 뜻을 도로 뒤집는 일은 결단코 없으리라! 함정이라면 밟아 부수면 그만 아닌가!"

"안 됩니다! 태수님, 냉정하게 살펴봐주십시오. 바하르 공이 손을 썼음이 뻔히 들여다보이는 유혹이 아니옵니까. 무엇보다도 지난번 반란 때문에 코임브라의 백성들은 몹시 쇠한 상태입니다. 지금이야말로 그들에게 구원의 손을 내밀 때입니다!"

그롤은 황제의 그릇은 아닐지도 모른다. 그러나 세상에 소문난 대로 무능한 폭군은 결코 아니었다. 오랜 세월에 걸쳐 자리를 지킨 페리우스는 잘 알고 있었다. 지금의 궁핍한 형세를 타파하기 위해 그롤은 페리우스를 비롯한 문관들의 말에 귀를 기울이고 노력도 거듭

해왔다. 다행히도 바하르의 책모로 반란을 일으켰던 적륜군을 격파한 덕에 최악의 상황은 회피할 수 있었다. 이제 조급하게 굴 필요는 전혀 없었다. 이쪽에서 손을 쓰지 않는다면 바하르는 움직이지 않는다.

정말로 중요한 것은 이제부터 맞이할 앞날이었다. 금광에 의존하지 않고 살아가기 위한 새로운 산업 육성은 조금씩이나마 진척을 보이고 있다. 코임브라 주가 보유한 비옥한 평야와 풍부한 해양 자원을 최대한으로 활용하는 것. 내륙 지역에서는 따라 하지 못하는 코임브라의 이점이다. 주도 마들레스에 활기가 돌아오면 교역은 또다시 활성화된다. 하루아침에 결과가 나오지는 않을 터이나 분명하게 싹을 틔우고 있다. 불필요한 전쟁을 할 상황이 아니었다.

"에잇, 더는 듣지 않겠다! 내게는 느긋하게 기다리고 있을 시간 따위 없느니라! 아밀 놈에게 꼬리를 흔드는 넋 놓은 작자는 나의 가신으로 필요하지 않다!"

"제발 제 말을 끝까지 들어주십시오. 저희의 노력은 이제 곧 머지않아 성과를 거두려고 하는 참이옵니다. 태수님께서 공을 들이셨던 계획이 훌륭하게 꽃을 피울 날이 다가올 것입니다. 그날까지 아무쪼록 인내를—."

"태수님! 저희 무관의 말을 들어주십시오!"

다시 한 번 간언을 올리려고 하던 페리우스를 가로막고 장군 윌름, 가디스가 앞으로 나와 경례했다.

"오오. 윌름, 그리고 가디스! 자네들의 의견은 어떠한가. 설마 장군의 직위에 있는 자가 페리우스처럼 벌써부터 겁을 집어먹지는 않앉을 테지?"

저울질하는 눈빛의 그롤에게 윌름은 고개를 가로저어 보였다.

"저 윌름을 잘못 보셨습니다. 코임브라의 군인 된 자로서 전쟁이 벌어진다면 주군의 검으로 나설 뿐. 병졸 하나에 이르기까지 이러한 의지는 다르지 않습니다. 앞길을 막아서는 모든 적을 분쇄하겠나이다!"

"백성들을 선동하여 반란을 일으키고 막대한 피를 흘리게 만든 원흉이 바하르임은 명백한 사실, 더욱이 사라 님의 건강이 좋지 않으신 까닭도 전부 예의 반란이 원인입니다. 어느 쪽에 대의가 있는가, 온 세상의 양식 있는 인물이라면 모두 다 아는 바입니다. 태수님, 마음 가시는 대로 나아가십시오. 저희는 어디까지든 따라갈 뿐입니다!"

어딘가 연기하는 듯한 말투로 거칠게 목소리를 높이는 가디스. 다소의 관찰력을 갖고 있다면 그 뻔한 속내를 알아차렸을 터이나 그롤은 몹시 감격하여 눈물마저 짓고 있었다. 아밀에 대한 증오, 분노, 질투로 인하여 눈은 어두워졌고 사랑하는 아내 사라의 병세가 위중한 지경에 접어든 터라 냉정한 판단력을 완전히 잃어버리고 말았다. 지금 그롤의 머릿속에 있는 것은 아밀을 배제하겠다는 충동과 사라의 목숨이 끊어지기 전에 스스로 황태자의 지위를 획득하겠다는 갈망뿐이었다. 어찌해서든 제위를 획득하여 죽어 가는 아내에게 스스로의 영광을 선사하고 싶은 마음이었다.

"……과연 내가 가장 신뢰하는 인재들이로다. 자네들의 충성과 각오, 분명하게 지켜보았네. 이리된 이상 조속히 바하르를 쳐서 아밀의 죄를 세상에 널리 알려야겠군. 놈에게는 떠오르는 해의 영예

따위가 아니라 지는 해의 오명을 한껏 안겨주도록 하겠다!"

"넷! 저희 무관 일동, 그롤 님과 코임브라를 위해 목숨 바쳐서 전력을 다하여 싸우겠노라고 맹세하옵니다!"

"윌름, 그리고 가디스, 양대 장군이여. 자네들의 활약을 진심으로 기대하는 바이네!"

"분에 넘치는 말씀이십니다. 저 윌름, 태수님의 신뢰에 기필코 보답하겠나이다."

"장군의 지위와 명예를 걸고 반드시 태수님께 승리를 바치겠습니다!"

윌름과 가디스는 서로 시선을 맞춘 뒤 대열로 돌아갔다.

"이제 우리의 방침은 완전하게 결정되었다. 이제껏 내가 진흙탕과 같은 굴욕을 오로지 인내했었던 까닭은 후고의 염려를 끊을 필요가 있기 때문이었다. 그 보람이 있어 겐부의 협력을 얻는 데 성공하였고, 또한 기브 주에서 보낸 다대한 지원 물자가 도착하였다. ……그리고 제군들에게 한 가지 더 근사한 보고가 있군."

그롤이 손짓하자 문관 대열에서 한 명의 남자가 앞쪽으로 나왔다. 금발에 여윈 몸, 전신을 호화롭게 장식했고 긴 턱수염이 특징적인 중년 남자였다.

"이쪽은 리벨덤 주의 특사, 그리엘 공이라네. 이전부터 내밀히 진행하고 있었던 이야기가 바람직하게 정리되었기에 이제야 제군들에게도 소개를 할 수 있게 되었다."

리벨덤이라는 이름이 나왔을 때 장내가 술렁였다. 당연한 반응이다. 리벨덤은 바하르와 극히 가까운 관계에 있는 반면에 코임브라와는 소원했기에. 코임브라가 몰락한 원인은 금광의 고갈 및 대륙과의 교역 중단이었으나 또 하나의 이유는 해운 도시 리벨덤의 현저한 발전에서 기인했다.

남방 제도에서 리벨덤, 바하르를 경유하여 제도로 이어지는 새 교역 루트는 엄청난 수의 통행인과 부와 번영을 불러들였다. 바하르와 리벨덤은 코임브라의 몰락과 맞바꿔서 눈부신 발전을 이룩했다고 말할 수 있겠다.

"이렇듯 친히 소개해주시다니 다시없는 영광입니다. 저는 리벨덤의 특사, 그리엘이라고 합니다. 금번의 소란을 전해 들은 저희 주군께서도 바하르 공의 비열한 행위에 분개하고 계십니다. 저희는 추후 어떠한 사태가 일어난다 하여도 중립을 유지하겠노라고 코임브라 공께 약속드렸습니다."

"중립을 유지하겠다 말했소? 태수님, 지금 그리엘 공의 발언을 설마 신뢰한다는 말씀은 아니하실 테지요?!"

페리우스가 그롤에게 반문했다. 페리우스가 듣기에는 도저히 믿을 만한 발언이 아니었다. 차라리 바하르와 한패가 되어 포위에 나선다고 하면 더 현실적이겠다. 그만큼 리벨덤과 코임브라의 사이는 험악하다. 뭐라고 입을 놀리든 간에 결국은 틀림없이 수작질을 부릴 것이다.

"나는 리벨덤 사람들이 상인으로서 걸어온 역사와 그 긍지를 믿는다. 무릇 상인이란 시류를 민첩하게 파악해야 하는 법, 반란군을 격파한 우리에게 진정 기세가 쏠렸노라고 판단한 까닭이리라. 그 증거로 우리에게 막대한 자금을 제공해주었다. 내가 승리한 후 결코 리벨덤에 해를 끼치지 말아달라는 약속과 함께 말이다."

그롤이 증서를 페리우스에게 던져 건넸다. 거기에는 리벨덤에서 보내온 금화의 수량이 기록되어 있었다.

"……태수님의 말씀일지라도 저는 역시 믿지 못하겠습니다. 아무쪼록 냉정하게 살펴주십시오. 리벨덤은 바하르와 가장 인연이 깊은 주, 그들이 저희를 편든다는 것은 하늘과 땅이 뒤집어져도 있을 수 없는 일입니다. 그들이 보낸 금 따위야 주가 지닌 재력을 감안하면 사소한 지출에 불과합니다. 어떠한 보증도 되지 않는다는 말씀입니다."

"태수님, 외람되오나 저 역시 같은 의견입니다. 아무쪼록 재고를 간청드립니다!"

"페리우스 공의 의견대로 당장 서두르는 행동은 금물인 줄로 압니다. 지금 판단을 잘못한다면 무시무시한 재앙을 초래할 것입니다!"

페리우스와 가까운 문관들이 각각 동의의 뜻을 표시했다. 확실히 리벨덤 사람들이 근본부터 상인이라는 말은 틀림이 없다. 그들은 목숨보다도 금을 중히 여길 뿐 아니라 이익을 얻기 위해서라면 어떤 짓이든 한다. 따라서 신용할 수 없었다. 현재 상황에서 바하르의 어용상인 노릇을 하고 있다면 더더욱이잖은가. 장래의 우량 고객 아밀을 위해 엉성한 연극을 하는 것쯤은 대수롭지도 않을 터이다.

리벨덤의 거짓 변설을 믿고 개전을 결의한다는 것은 제정신을 가지고 할 만한 행동이 아니었다. 페리우스는 간절하게 소리 높여서 호소했다.

―그러나.

"또 겁부터 집어먹은 게냐, 이 겁쟁이들아!"

"태수님께서는 이미 판단을 내리셨소. 그 의지를 거스르겠다 함은 반역과 다를 바 없소이다!"

윌름파, 가디스파의 무관들이 노성을 내지르자 문관들도 맞서 응수했다.

"반역이라니 흘려들을 수 없는 말이군! 불필요한 전쟁을 피하려 함은 당연지사. 만용을 부릴 뿐 앞뒤 가리지 못하는 것은 그쪽 아닌가!"

"닥쳐라!! 윌름 님과 가디스 님, 두 장군이 동의하였고 태수님께서 개전의 판단을 내리셨다. 이미 코임브라의 방침은 결정되었다. 네 녀석들 따위 나약한 겁쟁이들은 성에 틀어박혀서 돈 계산이나 하여라!"

"아무렴. 지금 추이를 지켜보겠다면 다시없을 기회를 놓쳐 보낼 뿐. 페리우스 공, 수치라는 말을 알고 있다면 즉각 직책을 내려놓고 물러나는 게 좋겠소!"

"혈기에 치우친 어리석은 자의 말을 들어 무엇하리오!"

페리우스도 지지 않고 일갈한다. 기세만 높은 무관들은 일순간 몸을 움츠렸으나 또다시 악담을 쏟아부었다.

지금 회의장에 자리한 세력은 윌름파, 가디스파, 둘 중 어느 쪽에도 속하지 않은 인물들까지 셋으로 나눌 수 있겠다. 윌름, 가디스가 개전에 동의하는 이상 무관들 대부분이 개전파가 된다. 반면에 반개전파는 페리우스를 필두로 하는 문관과 소수의 무관뿐. 모두가 냉정하게 현재 상황을 판단 가능한 인물들이었으나 불행하게도 코임브라에서는 비주류에 속했다.

"태수님, 허울만 좋은 겉발림 말에 넘어가서는 안 됩니다. 일단 전투가 벌어지면 중단하기란 쉬운 일이 아니잖습니까. 어느 한쪽이 치명적인 패배를 당할 때까지 이어지는 법입니다. 혹여 열세를 보인다면 리벨덤은 틀림없이 저희를 치고 들어올 테지요!"

페리우스의 말을 들은 그리엘이 껄껄 웃었다.

"하하하, 거참. 별난 말씀을 다 하시는군, 페리우스 공. 이번 전투에서 결정적인 열세에 몰린다 함은 요컨대 패배를 의미하는 바요. 쳐들어오는 적은 우리뿐 아니라 인접하고 있는 모든 주가 되지 않겠소이까?"

"그리엘 공은 무엇을 말하려는 게요!"

"방금 말씀드렸던 사안이 전부지요. 리벨덤은 자금을 제공한 뒤에 중립을 유지하겠다고 굳이 찾아뵙고 약속까지 드렸소. 이 뜻을 정녕코 믿지 못하겠다면 우리야 바하르를 편들 수밖에 없겠군그래."

"원하는 대로 하는 게 좋겠소. 우리가 개전한다는 전제로 이야기를 진행시키는 짓은 그만둬주시오. 같은 제국의 신하끼리 불필요한 전쟁을 할 필요가 대체 무엇인가!"

"어허, 실례했군요. 그롤 님의 마음은 이미 결정이 난 줄로 지레짐작을 했습니다. 진심으로 사죄드리는 바입니다."

격앙하는 페리우스에게 깊숙이 고개 숙이는 그리엘. 그 광경을 본 그롤이 버럭 노성을 내질렀다.

"그만두지 못하겠는가, 페리우스!! ……그리엘 공, 나의 가신이 실례를 저질렀소. 그대의 발언대로 내 마음은 이미 결정되었다네!"

"하하하, 괘념치 마십시오. 저희들 또한 중립을 운운하면서 적잖이 뻔뻔한 말을 하고 있다는 자각은 충분히 느끼는 바입니다. 그리

고 세상 사람들이 인식하는 리벨덤의 평판이 명예롭지 않다는 사실
도 역시 말입니다. 그것참, 악평이란 실로 닦아 내기가 어려운 법이
로군요."

그롤의 평판이 명예롭지 않는 사실을 잘 알면서도 그리엘이 은근
히 무례한 발언과 함께 고개를 끄덕거렸다. 그럼에도 흥분에 찬 그
롤은 미처 깨닫지 못한다. 그리엘은 입가를 비뚤어뜨리면서 발언을
이어 나갔다.

"그롤 님, 요는 승리하면 되는 겝니다. 이 전쟁은 뭐라 구실을 대
든 결국은 제위를 다투는 대결이 되겠지요. 승리하면 당신이 바로
정의가 됩니다. 우리는 당신의 그릇, 그리고 태양처럼 활활 타오르
는 집념에 걸어보고 싶습니다. 집념이야말로 사람의 마음을 움직이
는 법이니까요."

"……나는 아밀 따위에게 지지 않는다. 반드시 승리하여 홀시드
의 정점을, 태양의 좌를 손에 넣어 보이도록 하지!"

"그 기개가 중요합니다. 그롤 님, 결코 서둘러서는 안 되십니다.
신중하게, 또한 무위를 과시하면서 바하르를 착실하게 제압하는 것
이 요점입니다. 한 차례의 패전이 전부를 망칠 것입니다. 아무쪼록
잊지 말아주십시오."

"그리엘 공의 충고, 진심으로 감사하네. 서두르다가 일을 그르칠
수는 없는 노릇이니 말일세."

그리엘의 말을 들은 그롤이 연신 고개를 끄덕거렸다. 그 광경을
지켜보다가 그리엘은 만족스러운 미소를 머금은 채 물러났다.

"전 장병에게 고한다. 제위를 노리고 아버님의 눈을 흐리는 간신

아밀 놈에게 철퇴를 가하기 위하여 우리 코임브라는 군사를 일으킨
다. 준비가 갖추어지는 대로 출진하여 카르나스 요새를 함락시킨
뒤 바하르의 영토로 치고 들어갈 것이다. 상세한 사항은 윌름, 가디
스를 거쳐 전 병력에게 전달시키겠다. 각자 단단히 각오하고 준비
에 임하라!!"

『옛!!』

『코임브라 만세, 그롤 님 만세!!』

『코임브라에 승리 있으라!!』

그롤이 일어서자 도열해 있던 무관들이 경례하여 그에 호응했다.
개전에 반대했던 문관들은 더 이상 막을 도리가 없노라고 그저 하
늘을 우러러보면서 탄식할 따름이었다. 그럼에도 막아보려고 했던
페리우스는 위병에게 구속당한 끝에 강제로 퇴출당하고 말았다.

덧붙이자면 끝 쪽에 서 있었던 노엘은 깜빡 졸아버렸던 까닭에 신
시아에게 있는 힘껏 등을 꼬집히고 말았다.

윌름이 집무실에 돌아오자 로이에가 바짝 목소리를 낮춰서 물었다.

"아버님, 이대로 정말 괜찮으시겠습니까?"

"……무얼 말이냐?"

"전쟁이 벌어지면 코임브라의 영토는 상당한 피해를 입게 됩니
다. 영토의 황폐화에 더불어 막대한 병력 손실은 피할 수 없겠지요.
……그렇다면 차라리 저희 손으로 직접 태수를 구속하거나, 혹은
저세상 사람으로 만드는 것이 어떨는지요. 사태가 이리된 이상 악

명 따위를 신경 쓸 때가 아닙니다."

로이에는 그롤의 적극적인 제거를 제안했다. 코임브라의 병권 대다수를 쥐고 있는 인물은 윌름과 가디스 두 명이었다. 윌름이 반기를 들고 그롤을 구속한다면 전쟁이 벌어질 틈도 없이 사태는 수습된다. 아밀의 황태자 취임 의식은 아무 걸림돌 없이 거행되리라.

"턱없는 소리 말거라. 태수 처단은 우리가 해야 할 일이 아니다. 게다가 금번의 전쟁은 아밀 님 본인의 의지이기도 하다. 아밀 님께서는 태수를 발판 삼아서 더욱 이름을 드높일 작정이신 게야."

"태수를 제압하는 역할은 아밀 님께서 직접 수행해야 한다는 그런 말씀이십니까?"

"스스로의 손으로 완전하게 결판을 내고 싶으신 게지. 금번의 전쟁에서 무명을 떨친다면 추후 원활한 대륙 통치로 이어지기도 할 테니까 말이다. ……나 또한 무익한 전쟁은 가능한 한 피하고 싶은 마음이다만. 흥, 애당초 그 어리석은 계집만 없었다면 피할 수 있는 전쟁이었다."

노엘의 얼굴을 떠올리고 가증스럽다는 듯이 내뱉는다. 그다음은 미간을 주름지도록 찌푸린 채 마음을 가라앉히고자 쭉 숨을 내쉬었다. 무익한 전쟁을 피하고 싶다고 한 말은 사실이다. 윌름이 배제하고 싶은 대상은 그롤 하나뿐이니까. 코임브라의 백성들이 죽고 코임브라의 영토가 황폐해지는 사태는 바라는 바가 아니었다.

"아버님은 그 사실을 알고 계셨기에 태수의 경거망동에 찬동하신 겁니까?"

"그리된 게다. 이런 까닭이 아니었다면 그러한 망언을 나와 가디스가 받아들일 리가 없지 않느냐. 우리는 코임브라의 장군이거늘."

월름의 공작에 의해 가디스 일파도 이미 아밀과 내통하는 관계를 구축했다. 아직 망설임은 있는 듯싶다만 거의 다 기울어졌다고 봐도 되겠다. 전후에는 월름과 가디스가 코임브라를 맡아 다스리기로 약속을 받았다.

"그나저나 페리우스 님은 완전히 현재 상황을 꿰뚫어 보고 계시더군요."

"그 녀석이 그리 끈질길 줄은 예상 밖이었다. 하마터면 제 뜻을 관철시킬 뻔하지 않았더냐. 그 기백, 문관으로 가만두기에는 아까운 남자로다."

월름의 목소리가 이긴 까닭은 평소 그롤의 신뢰가 두텁기도 했지만, 듣기에 좋은 달콤한 말이기 때문이었다. 페리우스의 간언이 그롤의 귀에는 꽤나 거슬릴뿐더러 신경을 건드리는 말이었을 테니까.

"그야말로 일이 얄궂게 됐습니다."

"태수가 격앙하는 때에 정면으로 바른 소리를 올린다 한들 다 헛수고다. 나는 오래도록 태수를 섬겨왔던 까닭에 그 성격을 누구보다도 잘 알고 있지. 답답하구나, 그분에게 보필할 만한 가치가 있었더라면 얼마나 좋았을꼬."

월름은 지친 기색으로 탄식했다. 아밀이 코임브라 태수였다면 월름은 기쁘게 헌신했을 것이다. 그롤에게는 그만한 능력이 없다. 자신보다 명백하게 뒤떨어지는 어리석은 애송이의 변덕에 휘둘리는 신세 따위 죽도록 견디기 어려웠다. 그렇기에 배반했다.

현 상황에서 진심으로 그롤의 안위를 염려하는 인물은 페리우스와 몇몇 문관이 전부이리라. 그들의 의견을 물리치는 그롤은 사람의 본심을 보는 눈이 없었다. 보는 눈이 있다면 월름은 이미 실각했을 것이다. 더욱이 세상 물정을 적확하게 읽을 줄도 모를 뿐 아니라 사적 감정을 억제하면서 냉정하게 판단할 줄도 모른다. 그롤에게 통치자의 그릇이 없음은 명백하다.

"추후 저희는 어떻게 움직여야 하겠습니까?"

"아밀 님께서 개전 후에는 일말의 자비도 없는 줄 알라 밀서를 보내셨다. 시기를 보아 몸을 빼내지 않는다면 우리까지 태수와 함께 바하르 군에 분쇄당하겠지."

월름이 험악한 시선으로 로이에를 바라본다.

"그러나 우리는 아밀 님께 조력하겠다고 뜻을 밝혔을 텐데요. 설마 적으로 간주할 리는 없지 않겠습니까?"

"안이하군. 그분은 그러한 사정 따위 전혀 개의치 않으신다. 방해꾼 노릇을 한다면 틀림없이 섬멸당할 것이다. 잘 들어라, 전투의 흐름을 적확하게 보고 판단해야 한다. 그 흐름을 잘못 판단하면 탁류에 휩쓸려서 파멸하는 미래를 맞이할 테니."

"……며, 명심하겠습니다."

로이에가 고개를 끄덕거리는 것을 확인하고 월름은 창문을 열어 태양을 우러러봤다. 강렬한 햇살이 눈에 들어오기에 무심코 눈을 찡그렸다.

뒤쪽에서 로이에가 조심스러운 목소리로 질문을 꺼냈다.

"아버님, 한 가지만 더 여쭤봐도 되겠습니까?"

"……뭐냐."

"사라 님의 악화된 병세, 혹시 아버님께서 손을 쓰셨습니까?"

로이에는 사라의 병세 악화를 윌름의 소행이라고 의심하는 듯했다. 확실히 사라에게 새로 붙인 의사는 윌름이 리그렛에게 지시하여 수배한 인물이다. 그러나 행동을 일으키도록 지시 내리지는 않았다.

"그렇지 않다. 내가 내렸던 지시의 내용은 정보 수집뿐이다. 태수는 중요한 사안을 전부 사라 님에게 상담하니까 말이다. 치료는 평범하게 이루어지고 있을 것이다. 이제 와서 사라 님께 손을 쓴들 어떤 의미도 없지 않겠느냐."

"확실히 그렇습니다. 실례되는 질문을 드려 죄송할 따름입니다. 무엇인가 의도가 있으신 줄 여겨 지레짐작을 하고 말았습니다."

"상관없다. 뭐, 이것도 운명일 테지. 지난번 반란 때 태수와 사라 님은 그 가증스러운 계집 덕택에 기적적으로 목숨을 건졌다. 그러나 결국은 다 마찬가지다. 파멸이라는 운명을 바꿀 수는 없음이야. ……그래, 태수는 가족과 함께 지난번 반란에서 일찌감치 죽어야 했다."

"……."

"잘 듣거라, 로이에. 우리까지 파멸의 운명에 휘말려서는 안 된다. 반드시 살아남아야 한다. 우리에게는 코임브라를 재건한다는 사명이 있으니까 말이다."

수많은 병사가 죽고 백성들이 고통에 신음하게 되리라. 그럼에도 윌름은 스스로의 뜻을 관철할 작정이었다. 다음 황제의 자리에 아밀이 올라서면 윌름은 그간 세운 공적에 따라 코임브라의 지도자가 된다. 그롤에게 불충한 행적임은 분명하나 코임브라의 역사에는 비할 데 없는 충신으로 남을 터이다. 왜냐하면 모든 행동은 코임브라의 고름을 짜내기 위한 고육지책이니까.

"잘 알고 있습니다."

"그러면 됐다."

"……그나저나, 누님은 어찌하려는 의향이신지요. 뛰어난 무용을 지닌 노엘 공의 부관으로 보낸 만큼 최전선에 나갈 가능성이 높을 텐데요. 이대로 두면 흐름에 휩쓸리고 맙니다."

리그렛의 안위를 염려하는 로이에. 사이좋지 않음은 분명하지만, 육친의 정은 남아 있는가 보다. 다만 윌름에게는 아예 감정이 없었다. 아직은 어떻게든 써먹을 수 있는 말이기에 처분하지 않았을 뿐. 역할을 다하면 어찌 되든지 알 바가 아니었다.

"누구라 하든 흐름을 거스르면 파멸을 맞이할 뿐이니라. 죽든 살든 제 앞날은 본인에게 달려 있겠지. 굳이 살리겠다고 손쓰지는 않을 것이다."

윌름은 고개 돌려서 차갑게 단언했다.

리그렛의 마지막 역할이란 즉 노엘의 감시였다. 윌름이 미처 다 판별하지 못한 소녀— 어떤 생각을 하는가 알 수 없는 짐승. 죽어야 했던 그롤의 구출해 낸 어리석은 계집이다. 다소 실력은 출중할지언정 단지 그뿐. 결말은 전혀 바뀌지 않을 것이고 바꿀 수도 없다. 그러나 다시 또 불필요한 행동을 벌인다면 간과할 수 없었다. 아밀의 눈도 신경 써야 했다.

'그 계집이 없었더라면 이렇듯 사태가 번거로워지지는 않았거늘.

실로 가증스러운 계집이다. 다만 이제 곧 응보를 받게 되겠지. 방해꾼은 모두 죽어버릴지어다!'

그때는 리그렛도 운명을 함께하리라. 그롤, 노엘, 그리고 리그렛. 윌름을 번민케 하는 골칫덩어리 패거리가 단번에 처분된다. 미래의 코임브라에는 선택받은 인간만 남기면 된다. 수많은 희생의 위에 풍요로운 국토를 가꿔서 쌓아 올리겠다. 달리 방법이 없어 선택한 고육지책이었다.

윌름은 살짝 입가를 들어 올린 채 추후의 행동 계획을 점검하면서 상념에 잠겼다.

―며칠 뒤.

마들레스 성에서는 그롤의 호령에 따라 성대한 열병식이 개최되었다.

전쟁이 가깝다는 소문이 구석구석 퍼져 나갔고, 백성뿐 아니라 영주들까지 동요에 휩싸였다. 강병으로 이름 높은 바하르를 상대하여 과연 승리할 수 있을까 하는 당연한 의문이었다. 따라서 그롤은 먼저 주변의 혼란을 수습할 필요가 있었다. 무엇보다도 병사들의 전의를 고양시켜야 한다는 절실한 목적도 있었다.

얼마나 효과가 있었는가 확인할 수는 없지만, 주도는 오랜만에 활기를 되찾았다. 코임브라 주 각지에서 소집된 병사의 수는 도합 5만. 각 부대에서 선발된 정예병이 성 아래에 정렬해서 발코니에 선 그롤의 연설에 귀를 기울이고 있었다. 그의 당당한 모습은 바라보는 자에게 용기를 불어넣었고, 투지를 불러일으키는 데 충분했다.
─실상은 어떠하든 간에.

정예병의 축에 들어가 있는 노엘, 그리고 신시아도 열병식 참가를 허락받았다. 그렇다 해도 발코니에 선 그롤이 너무 멀어서 뭐라고 말을 하는가 전혀 알아들을 수가 없었다. 다른 병사들도 마찬가지일 테니까 아마도 단지 시늉만 듣는 척을 하고 있지 않을까. 옛날에 머물렀던 그 망할 교회에서 노엘도 곧잘 듣는 시늉을 했었기에 잘 알았다. 장광설은 피곤하고 재미도 없다. 게다가 전혀 들리지 않는다면 더더욱.

옆에 서 있는 신시아는 직립 부동의 자세에서 그저 그롤의 말에 귀를 기울이고자 노력하고 있었다.

"있잖아, 태수님이 무슨 말씀을 하는지 전혀 안 들리지 않아?"

"……."

"혹시 신시아는 들리는 거야? 저기, 들리면 나한테도 가르쳐줄래?"

"……."

살짝 짜증 난 모습으로 볼을 실룩거리는 신시아. 그 꼴이 재미있었기에 노엘은 다시 한 번 물음을 던져보기로 했다.

"여보세요~. 말괄량이 아가씨, 신시아 양~. 내 목소리가 들리나요~? 들리면 기운차게 대답을─."

귓가에 대고 큰 목소리로 말을 붙였던 순간, 강렬한 철권이 내리떨어졌다. 이렇게 될 것은 예측할 수 있었지만 그만둘 수가 없다. 왜냐하면 재미있으니까. 아픈 느낌은 물론 싫지만, 시답잖은 응수가 재미있다. 작은 행복이라고도 말할 수 있겠다.

"태수님의 말씀은 추후 서면으로 배부된다. 지금은 이 분위기를 체감하는 것으로 충분하지. 알아들었다면 얌전히 좀 있어라!"

"뭐야, 역시 다들 듣는 시늉만 했던 거잖아. 아, 그래서 그런지 괜히 막 졸음이 쏟아지네."

노엘이 거하게 하품을 하자 신시아가 눈을 부라렸다.

"아무래도 한 대 더 맞고 싶은가 보군, 노엘 백인장."

"사양하겠습니다, 신시아 상급 백인장님!"

"이제 와서 격식 차려도 소용없다, 바보 멍청이 녀석!"

한 대가 더 떨어졌다. 별로 아프지는 않았다. 이번에는 조금이나마 힘을 빼줬나 보다. 머리를 문지르면서 쓱 하늘을 올려다봤다. 유감스럽게도 흐린 날씨다. 해님은 숨어버렸다. 맑은 날에는 좋은 일이 생긴다. 비 오는 날에는 안 좋은 일이 생긴다. 흐린 날은 어느 쪽인지 모르겠다. 그러니까 좋아하지도 싫어하지도 않는다.

"후유, 전쟁이 가까운데도 너무 여유롭지 않습니까? 대장답게 위엄 있는 자세를 보이도록 조금이나마 노력은 해주십시오. 부관인 제가 도리어 부끄러워지는지라. 죽을 만큼 민폐라고요."

뒤쪽에 시립하고 있던 리그렛이 기막혀하면서 눈을 흘긴다. 노엘은 즐겁게 웃어넘기고는 커다랗게 기지개를 켰다. 그리고 고개 돌린다.

"아하하. 미안."

"알아들으셨다면 됐습니다."

"그렇구나."

"……."

솔직하게 사과하자 리그렛이 무엇인가 망설이는 듯한 표정을 지었다. 신경 쓰였던 노엘은 솔직하게 물었다.

"있잖아, 뭔가 하고 싶은 말이라도 있어? 혹시 또 험담을 떠올리는 거야? 내 머리가 이상하다는 말은 저번에 들었는데."

"아, 아뇨. 아무것도 아닙니다. 저 따위는 신경 쓰지 말아주십시오."

"그렇구나. 그럼 다른 질문을 해도 괜찮을까?"

"뭐, 뭔가요?"

어쩐지 긴장한 표정을 짓는 리그렛. 꽤나 드물게 보는 표정이었기에 노엘은 살짝 장난기가 돌았다.

"우리가 이제부터 누구랑 싸우는 거였더라?"

"……이제 와서 웬 말인가요. 저희의 적은 당연히 바하르죠. 여름 더위 때문에 머리가 푹 상해버린 겁니까?"

쿡쿡, 본인의 관자놀이를 찌르고 바보 취급하면서 말을 던지는 리그렛. 방금 전 묘한 기색은 완전히 사라지고 없었다. 사람을 깔보고 이죽거릴 때마다 리그렛은 정말로 생기 넘친다.

"그런데 바하르와 싸워야 하는 이유가 뭘까?"

"흥, 간단한 질문이군요. 지난 반란이 바하르 공의 책모라는 것은 명백합니다. 그 죗값을 치르지도 않고 제위를 노리겠다는 것은 언어도단. 따라서 태수님께서는 개전을 결의하신 겁니다. ……이쯤은 백인장의 지위에 있는 인물이라면 당연히 알고 있어야 하는 사안입니다."

의기양양하게 설명한 다음 리그렛이 코웃음 쳤다.

"그래도 바하르는 같은 제국의 주잖아. 게다가 먼저 전쟁을 일으

키면 우리는 세상을 어지럽히는 악당이 되고. 어떤 말을 붙여서 장
식해도 먼저 병력을 움직이는 쪽은 우리가 되는 셈이니까."

"그 모자란 머리로 생각을 조금 해보세요. 승리하면 우리의 주장
이 먹혀듭니다. 바하르 공의 명성은 땅에 떨어질 테고, 우리의 태수
님께서 황태자 자리에 오르게 되겠죠. 그것이 바로 이 전쟁의 진짜
목적입니다."

"음, 맞네. 전부 리그렛의 말대로 되면 완벽하겠네. 역시 내 부관
이야. 똑똑하다, 똑똑해!"

노엘이 익살을 부리자 리그렛의 관자놀이에 불끈 핏대가 섰다. 시
험 삼아 리그릿을 흉내 내서 이죽거려봤더니 부아가 났다. 본인이
당하기는 싫은가 보다.

덧붙이자면 딱히 물을 필요도 없이 그쯤이야 노엘도 물론 알고 있
었다. 다만 꼭 확인해 둬야 했다. 자신의 지식은 **그 장소**에서 주입
받은 것뿐. 군사학 및 병법, 갖가지 무기를 사용하는 전투술. 그리
고 황제에게 충성을 맹세하는 갖가지 맹약. 바깥으로 나오고 알게
됐으나 세간에서 통용되는 상식과 동떨어져 있는 지식도 많았다.
그러니까 노엘은 잔뜩 대화 나누면서 확인한다. 그렇게 하면 자신
뿐 아니라 모두의 세계가 넓어지니까.

'자기 의지로 좋아하는 대화를 나눌 수 있다는 게 정말로 즐거워.'

그곳에서 나온 뒤에는 쓸데없는 소리를 늘어놓는다고 구타당한
적이 없었다. 신시아에게 가끔 철권을 얻어맞기는 해도 미움이 담
겨 있지는 않았다. 그 쓰레기 놈들과 전부가 다 달랐다. 실컷 대화
를 나눴기에 노엘은 알 수 있었다.

바깥으로 나온 이후로 노엘은 자유로워졌다. 그리고 예의 반란이 일어난 뒤에 또 변했다. 다양한 것을 손에 넣을 수 있었다.

"노엘, 뭔가 마음에 걸리는 부분이라도 있나? 웬일로 진지한 표정을 짓고 있군. 안 어울린다."

"와, 은근슬쩍 대못을 박네. 실은 잠깐 생각 좀 했어. ……있잖아, 뜬금없기는 한데, 신시아는 전쟁 좋아해? 리그렛한테도 묻고 싶은데."

"무슨 말을 하는가 싶었더니. 전쟁을 좋아하는 인간이 대체 어디에 있겠나."

"너무나 어리석은 질문인 터라 대답할 필요성을 못 느끼겠습니다. 정말 민폐니까 더는 말 걸지 말아주세요."

쓴웃음 짓는 신시아, 고개를 홱 돌리는 리그렛. 전쟁을 좋아하는 인간은 없다. 하기야, 당연하겠지. 노엘은 또 한 가지를 배웠다. 그런 전제로 문득 의문스럽게 여긴 부분을 물어보기로 했다.

"신시아는 그렇게 생각하는 거지? 그럼 어째서 전쟁을 피할 수 없는 군대에 있는 거야?"

"그것이 나의, 기사의 책무이기 때문이다. 기사로서 약한 백성을 지키기 위해 싸우고, 주군에게 충절을 다하는 것. 내가 지켜야 하는 정의이자 신념이지."

"그렇구나. 역시 신시아는 대단해. 누군가를 위해 그렇게까지 할 수 있으니까."

정말로 대단하다고 노엘은 감탄했다. 진심으로 대단하다고 여겼다. 자기 자신을 희생해서 전혀 알지 못하는 타인을 위해 목숨을 건다. 자신은 할 수 있는 일이 아니었다. 그러니까 신시아는 대단하다.

"응, 신시아는 대단해. 그리고 분명히 올바를 거야."

다만 막 언급했던 약한 사람은 분명 코임브라의 백성만 두고 하는 말이었을 것이다. 신시아마저도 그러하니까 다른 사람을 말할 것도 없겠다.

마을에서 생활하는 동안 알게 됐는데, 소중하게 아끼는 사람은 자신의 주변 누군가로 한정된다. 모르는 인간이 어떻게 되든 알 바가 아니었다. 세상이란 원래 그런 법이라고 노엘은 이미 학습했다.

세상에 있는 정의가 하나뿐이라면 그 하나가 틀림없이 올바른 행위가 될 것이다. 그런데 둘, 셋, 혹은 더욱 많이 있다면 어떻게 될까. 모두가 각자의 정의를 내걸고 자신이야말로 올바르다고 주장한다면.

그때는 가장 목소리 큰 사람의 말이 곧 정의가 된다. 본인의 정의를 관철하기 위해 재력을 비축하고, 무력으로 위협하고, 예리한 검을 휘둘러 상대의 입을 봉하려고 한다. 노엘이 그 장소에서 배웠던 「역사」의 양상은 그것들의 반복이었다.

─태양제의 검이 되어 적을 처단하고, 방패가 되어 네 한 몸을 바치도록 하라.

거듭거듭 거듭거듭 주입받았던 문장 중 하나. 지금이라면 조금은 알 수 있겠다. 그 장소는 아마 「목소리 큰 사람」을 위해 헌신할 인간을 만들어 내는 장소였다. 결과는 대실패로 끝났지만.

'꼴좋네. 너희 계획은 완전히 실패했어.'

얄궂게도 실패작 취급을 받던 노엘만 홀로 살아남았다. 태양제의 검이라든가 방패가 될 의향은 전혀 없었다. 자신뿐 아니라 다른 「친구들」도 지금은 같은 마음일 것이다. 만약 눈앞에 황제가 나타난다면 손가락질하면서 웃어줄 테다. 실패작에게 비웃음을 당하면 어떤 기분이 들까.

"그렇다면 너는 어떻지? 너 역시 지키고 싶은 사람이나 장소는 있을 텐데."

"……글쎄, 있을까? 으음, 역시 잘 모르겠는걸. 아, 우리 편은 지키고 싶네."

"평소처럼 자신감 있게 얘기하지 그러나. ……눈빛이 흔들리는군."

신시아가 지적하기에 노엘은 일부러 눈을 빙글빙글 돌려 보였다. 철권이 아닌 한숨이 떨어졌다.

우리 편에 있는 사람들은 가능한 한 지킬 마음이었다만, 단지 같은 편에 있다는 이유 때문에 아예 목숨마저 버리고 싶지는 않다. 그렇게 행동하다가는 몸이 아무리 많아도 부족할 테니까. 코임브라의 백성 전부를 지키려고 하는 신시아는 정말 대단하다.

"갑자기 물어봐도 대답이 어려운걸. 아, 절대 황제를 위해 죽고 싶지는 않아. 응, 죽어도 싫어."

태양제 베프남을 위해 죽는 신세만큼은 절대로 사절이다. 그렇게 불손한 말을 내뱉자 신시아가 낮은 목소리로 책망했다.

"이 녀석, 불경한 발언은 자중해라. ……너도 지금은 어엿한 기사 신분이니까 신념 하나 정도는 세워 놓도록 해라. 아무런 뜻도 없이 싸운다면 짐승과 마찬가지잖나."

확실히 짐승은 아마 어떠한 뜻도 갖고 있지 않을 것이다. 다만 살기 위해서 싸운다. 그것이 바로 본능이다. 분명 자신도 그에 가까웠다. 그런 생각을 잠시 떠올리다가 이내 노엘은 고개를 갸웃거렸다.

"으음, 신념이라. ……내 생각은 신시아랑 조금 다르겠네."

"무슨 뜻이지?"

"나는 별로 싸우는 게 싫지 않거든. 딱히 신념을 갖지 않아도 나는 이제껏 쭉 싸웠어. 머릿속에 있는 생각은 언제나 죽고 싶지 않다는 절박감뿐이었으니까."

"……."

"그래도 싸우게 되고 나서는 나도 많은 것을 손에 넣었어. 신시아랑 도련님이랑 친구가 됐고, 도르커스랑 흰개미당 사람들도 동료가 되어줬고. 재미있는 리그렛도 부관이 되어줬잖아. 방에는 보물이 가득. 그러니까 나는 싸우는 걸 좋아하는지도 몰라."

노엘이 천진하게 미소 짓자 신시아는 눈살을 찌푸렸고, 리그렛은 눈이 휘둥그레지면서 말을 잃었다.

"……싸우는 것이 좋다는 식의 발언, 다른 곳에서는 삼가도록 해라. 미치광이 취급을 받고도 남을 테니까."

"그래도 진짜 사실인걸. 싸우면 더 많은 보물을 잔뜩 가질 수 있지 않을까?"

"에잇, 시끄럽군. 알겠나? 상관 명령이다! 아무튼 언급을 금지하겠다!"

"치사하네. 그럼 싸우는 것은 정취가 깊다, 이런 표현은 괜찮을까?"

일전에 신시아에게 듣고 기억했던 단어를 써봤다.

"그 말도 거의 같은 소리가 아닌가. 도대체가, 쓸데없는 말만 기억하지 마라!"

"엥. 전에 가르쳐준 사람은 신시아잖아. 꼭꼭 기억하라고 말한 주제에."

"시, 시끄럽다! 그건 그거, 이건 이거다!"

노엘이 어휴, 너무해라, 하고 두 손을 들어 올렸을 때 옆쪽에서 더는 못 견디겠다는 분위기로 웃음을 터뜨리는 사람이 있었다.

겐부에서 온 무관, 곰을 빼닮은 카이 백인장이었다. 볼에 그어진 상처가 특징적이기에 잘 기억하고 있었다. 굳이 말하자면 도르커스와 가까운 부류의 인간이리라.

"흠흠, 이것 참. 실례를 했군. 방금 전 발언에 나도 모르게 감탄을 하고 말았소. 싸움을 두고 정취가 깊다 표현하다니. 노엘 공은 겐부 사람과 비슷한 사고방식을 갖고 계시는군."

"그런 거야?"

"음. 우리 겐부의 무사는 누구보다도 강해져야 한다고 어릴 적부터 배우며 자란다오. 즉 싸움이란 인생 그 자체인 셈이지."

"싸우는 것이 인생. 그거 어쩐지 굉장히 정취 깊은 말 같아."

"하하, 동감이군. 조만간 겐부에 들러 놀다 가시게. 그대만 한 실력자라면 언제든 환영할 테니."

카이가 그렇게 말한 뒤 노엘의 등을 힘 있게 두드렸다. 또 이것저것 알게 된 기분이 들어 노엘은 기쁜 마음으로 대답해줬다.

"응, 약속이야. 언젠가 꼭 놀러 갈게."

"그래, 언제든 내키는 때에 오시게! 소관이 직접 안내하리다."

카이가 연신 고개를 끄덕거리기에 노엘도 기분 좋게 대답했다. 한편 신시아는 또 땅이 꺼져라 한숨을 쉬고 있었다. 「말도 안 나온다」

는 바로 이런 경우에 쓰는 말이다. 일전에 신시아가 가르쳐줬던 재미있는 표현이었다. 말이 안 나온다고 말을 한다. 참 신기한 일도 다 있다.

"으흠. 아무튼 지금은 곧 맞이하게 될 전투에 집중하도록 하자. 다음 전쟁이 끝나면 분명 평온한 세상이 찾아올 테니까."

"응, 알았어. 나도 전투에 집중할게. 싸우고 싸워서 마지막 순간까지 싸워 나가겠어. 그렇게 하면 분명히—."

거기에서 노엘은 말을 끊었다. 또 혼날 것 같다는 생각이 들었기에.

지금 자신이 있는 까닭은 끝까지 싸워 살아남은 덕분이었다. 그러니까 마지막 최후의 순간까지 노엘은 줄곧 싸워야만 한다. 무슨 일이 있더라도 싸워서 살아남으면 분명 행복해질 수 있다. 그래, 분명히 이것이 행복해지기 위한 가장 좋은 방법이다. —그런 기분이 들었다.

여름도 한창때를 맞이하려고 하는 무렵. 코임브라 태수 그롤은 제국 전토에 격문을 띄우는 동시에 바하르 주에 선전 포고를 했다. 격문의 내용은 다음과 같다.

하나, 비열한 술책을 부려 역적을 선동하고 코임브라의 백성을 살육한 아밀의 죄는 골백번 죽어 마땅하다.

하나, 수치를 아는 자, 하물며 고귀한 피를 이어받은 자라면 본인의 죄를 순순히 인정하고 용서를 구함이 당연하다. 그럼에도 죄를 인정하기는커녕 후안무치하게도 효일의 의식을 치른다는 망언을 내뱉는 꼬락서니를 결단코 용서할 수 없노라.

하나, 이 태평성대에 넘치도록 과한 군비를 증강하여 코임브라에 대해 도발 행위를 거듭했음은 무력을 동원함으로써 스스로의 무도한 야망을 정당화하고 정의의 목소리를 굴복시키고자 하였기 때문이리라.

하나, 황제 폐하께서는 종전부터 아밀의 소행을 우려하고 계셨다. 최근 들어서는 아밀과 내통한 간신 놈들의 전횡으로 인하여 쏟아지는 비탄의 목소리를 내는 통로조차 봉쇄되고 말았다. 실로 도리에 어긋난 행위이리라.

하나, 위대하신 태양제 베르기스의 말예로 태어난

이 몸은 아밀의 무도한 행위를 더 이상 간과할 수 없노라. 우리 코임브라 주 신민은 간적 아밀, 아울러 그 일당에 대하여 선전 포고를 한다. 이는 아밀의 흉행을 저지하여 제국의 화근을 뿌리 뽑기 위한 행동이다. 우리의 정의에 동조하는 자는 간적 놈들을 격멸하기 위한 행동을 즉각 실행에 옮기도록 하라.

그롤은 코임브라의 사실상 전군을 이끌고 주도 마들레스를 출발, 카난 가도를 따라 동진(東進)했다. 그 숫자는 대략 5만. 마들레스에는 경비 부대로 5천을 남겨 두었다. 도합 5만이라는 숫자는 정규병과 임시로 징병된 병력을 더한 숫자이고, 코임브라가 보유하고 있는 전력을 총동원했다고 말할 수 있겠다. 훈련 상태, 사기는 별반 높지 않았으나 숫자만큼은 상당한 규모를 이루었다.

해상 방면은 로이에가 이끄는 선단이 바하르 군 소속의 군선을 견제하기 위해 출항했다. 본래는 리벨덤의 해군 또한 경계해야 하는 형국일 터이나 밀약에 따라 교전을 회피 가능하다는 확신이 섰다. 경계해야 하는 적은 리벨덤의 항구에 정박해 있는 바하르의 군선뿐. 리벨덤이 중립을 유지함으로써 코임브라는 육상에 주안을 두고 행동할 수 있게 되었다.

그롤은 성벽에서 불안감 어린 얼굴로 배웅하고 있는 엘가에게 손을 들었다. 경비 부대는 노병, 부상병을 중심으로 인선했다. 지휘관은 일단 페리우스를 임명해 두었으나 실제로 싸울 상황은 없을 것이다. 이른바 장식용 부대였다.

그롤은 못내 염려를 떨치지 못하면서도 말 머리를 돌려 옆쪽으로 따라붙는 월름에게 말을 건넸다.

"월름, 격문은 틀림없이 각 주에 보냈겠지?"

"넷, 파발을 보냈으므로 지금쯤은 각 주의 태수분들께 도착했으리라고 여겨집니다. 그롤 님의 결의가 분명 전해지겠지요. 대의는 우리에게 있습니다."

"리벨덤의 움직임은 어떤가?"

"수상한 낌새는 전혀 없습니다. 사전에 맺은 약정대로 그들은 중립을 지키고 있습니다."

"좋다, 이제 뒤로 물러날 수는 없다. 어찌해서든 카르나스를 쳐서 무너뜨리고 바하르의 영토로 밀고 들어간다. 서전이 가장 중요한 갈림길이 될 테지."

"저희에게 맡겨주십시오. 바하르 영주들을 치고 복속시키면서 바하르의 주도 베스타까지 태수님을 모셔다드리겠습니다. 이미 몇몇 영지는 복속 완료되었습니다. 카르나스를 무너뜨리고 저희의 힘을 과시하면 복속은 더욱 순조롭게 진행되겠지요."

"역시 월름이군. ……돌이켜보면 오래도록 많이도 폐를 끼쳐 왔군. 미안하네만 이번에도 내게 힘을 빌려주게나."

"과분한 말씀이십니다. 저 월름도 태수님을 섬길 수 있었기에 다시없는 행운이었습니다."

"……음, 믿고 맡기도록 하겠네."

월름의 말을 듣고서 감격하는 그롤. 그리고 전방에서 나아가는 가디스의 대열을 가리킨다.

"하하, 저곳을 보게나. 가디스 녀석도 단단히 벼르고 있군. 녀석은 록벨에서 저지른 실태를 이곳에서 일거에 설욕하겠다는 심산일 테지."

"가디스 공은 저번 태수님의 연설을 듣고 결사의 각오를 품었습니다. 금번에는 사력을 다하여 전투에 임하겠지요."

"실로 믿음직하군. 이제껏 나는 천운의 돌봄을 받지 못하였으나 그럼에도 참 과분한 가신을 두었어."

그롤은 기분 좋게 웃으면서 선두를 나아가는 집단을 계속 바라봤다. 코임브라의 5만 군세는 가디스 부대를 선두로 놓고 위풍당당하게 행군하고 있다. 바람에 펄럭거리는 수많은 천칭 깃발이 실로 장관이다. 뒤를 돌아보면 병력를 유지하기 위한 대량의 물자, 그리고 카르나스를 시작으로 하는 다수의 성을 함락시키기 위한 공성 병기가 뒤따르고 있다. 대부분은 우방 겐부, 기브에서 원조를 받아 마련했다.

대군인 터라 진군 속도는 그리 빠르지 않지만, 특별히 문제는 없다고 그롤은 판단 내렸다.

'포고문이 도착했을 때 아밀 놈은 꽤나 당황하여 쩔쩔맬 테지. 그러나 그때는 이미 시기가 늦었을지니.'

효일의 의식을 거행할 때는 동원 가능한 최대의 병력을 이끌고 황제에게 선보여야 한다. 밀정의 보고에 따르면 귀족, 상인들을 모아서 식전 준비에 착수했다던가. 실로 괘씸하기 짝이 없으나 이렇게 되고 보니 오히려 반가운 일이었다.

바하르의 위기를 듣고 나서야 전력으로 되돌아올 터이나 결국은 소용없는 짓. 제도 필즈에서 바하르 주도 베스타까지는 아무리 서두른다고 한들 2개월은 걸린다. 제도에 주둔하고 있는 바하르의 주력이 제아무리 정예라고 해도 마찬가지다.

전투 준비를 감안하면 3개월의 여유는 예상해도 무방하리라. 그만한 시간을 확보한 만큼 공략은 충분히 여유로웠다. 바하르의 영주들에게 항복을 받아 내는 것, 베스타를 함락시키는 것 전부가 쉬운 일이다. 이제 조바심만 부리지 않으면 된다. 조바심을 내다가 적은 병력에게 패퇴를 당하는 사태는 절대로 피해야만 했다. 코임브라에는 약졸밖에 없다는 불쾌한 평판을 믿는 자가 아직껏 적지 않기 때문이었다. 한 차례의 패전으로 인하여 바하르의 영주들이 일제히 저항하고 나선다면 목불인견의 사태가 벌어지리라.

목표는 확실하게 기반을 다지고 신중하게 병력을 진군시키면서 아밀 일당을 철두철미하게 분쇄하는 것. 이것이 이번 작전의 방침이었다.

"태양신께서도 이제야 나를 거들어주시는군. 제 기반이 무너지게 되면 아밀의 체면은 완전히 곤죽이 날 테고, 황태자 이야기는 싹 사라진다. 무모하게도 결전을 청하려고 든다면 모조리 분쇄해주마!"

강행군으로 한껏 피폐해진 군세 따위는 갓난아기의 손목을 비틀기보다 손쉽게 무너뜨릴 수 있다. 상황이 어찌 되든 간에 그롤의 승리는 흔들리지 않는다.

'한 마디라도 사죄했다면 나는 용서했을 수도 있었다. 그러나 이미 늦었다. 아밀이여, 순순히 본인의 죗값을 받아들이도록 하라!'

그롤은 땀을 훔치고 구령을 붙인 뒤 가도를 달려 나아갔다. 허둥지둥 친위대가 뒤를 따랐다.

"이것은 아밀에게 철퇴를 가하기 위한 정의로운 전쟁이다! 공적을 세운 자에게는 계급의 구별 없이 바라는 포상을 내리도록 하겠다!"

병사들을 고무하자 큰 환성이 터져 나왔다. 사기는 왕성, 대의는 자신에게 있다. 그롤은 위독한 상태에 있는 사라의 얼굴을 떠올리다가 이윽고 검을 쳐들면서 병사들의 목소리에 호응했다.

—코임브라 군의 진격이 시작됐다.

바하르와의 경계선에 설치돼 있는 관문을 압도적인 무력으로 쳐서 어려움 없이 돌파한 뒤 코임브라 군은 카르나스 요새로 밀려들었다. 카르나스 요새는 대륙 통일 전 건축된 요새로, 그 견고한 수비력은 현재도 건재했다.

그렇다 해도 현재 바하르 군 수비대의 수는 천 명에 미치지 못한다. 바하르 군의 주력은 제도에 있었기에. 카르나스 요새에서 보낸 항의의 사절을 내쫓은 뒤 그롤은 전군에 총공격을 명령했다.

"카르나스는 견고하기로 이름 높은 요새이나 결코 우리를 저지하지는 못하리라. 코임브라의 진정한 힘을 뼈저리도록 깨닫게 해줘라!!"

명예로운 선봉, 공성 부대 제1파는 오명의 설욕을 노리는 가디스 장군. 그 병력은 1만에 이르렀다. 먼저 전력 파악을 위해 파성추를 보유한 부대를 출전시켜서 공격에 임한다. 다만 실전 경험이 적은 병사가 많은 까닭에 막상 격돌하는 단계가 되자 엉거주춤하는 자가 속출. 그러던 때에 성벽에서 저격을 당하는 바람에 선봉 부대는 아비규환의 상황에 처했다.

그러기를 몇 차례 반복한 뒤에 가디스는 드디어 본대를 투입, 공성탑을 활용한 공격을 개시했다.

디르크 천인장의 지휘하에 들어가 있던 신시아와 노엘은 공성 부대 제2파로서 병력을 전개한 뒤 대기 중이었다.

제2파의 디르크, 다른 천인장을 한데 편성한 8천 병력은 후방 부대 비슷한 역할로 간주되고 있다. 그롤은 마음에 들어 하는 노엘을 제1파의 선봉에 편성하고 싶어 했지만, 가디스가 『선봉을 신참에게 내준다는 것은 코임브라 군인의 치욕이 된다』라면서 거부하고 나섰다. 윌름 및 다른 무관까지 그에 동조했기 때문에 그롤 또한 그렇다면 가디스에게 일임하겠노라고 고개를 끄덕거렸었다.

다만 가디스가 공세를 펼치고 나서 오늘로 사흘째. 제1진의 병사들에게 누적되는 피로와 피해가 제법 높아져 있는 상황이었다. 그롤의 인내도 이제 슬슬 제어가 되지 않을 지경에 다다르려고 했다.

"그나저나 적도 상당히 잘 버티는군. 오늘이야말로 결판이 날 줄로 예상했다만."

신시아가 찌푸린 얼굴로 중얼거리자 노엘이 그에 대답했다.

"시간 끌기가 목적이라면 마지막까지 사력을 다할 거야. 아마도 전원이 결사대 아니려나?"

"결사대?"

"응. 여기에서 조금이라도 시간을 벌면 분명히 좋은 일이 생길 테니까. 응, 어느 나라의 속담에 시간은 돈이라는 말이 있잖아?"

어째서인지 안경을 걸치고 있는 노엘이 전부 다 아는 척하면서 입을 열었다. 본성을 알지 못했다면 자칫 지성 넘치는 여참모로 착각할 수도 있었겠다. 유감스럽게도 신시아는 진짜 정체를 다 알아버렸지만. 진실로 유감이었다.

"흠, 좋은 일이라. 적의 목적이 무엇인지 너는 알고 있다는 말인가?"

"아닌데, 전혀 모르겠는데. 도대체 뭘까?"

노엘의 태연자약한 대답 때문에 일순간 어안이 벙벙하였으나 금세 마음을 다잡았다. 이러는 적이 한두 번도 아니고 일일이 신경 쓰자면 날이 저물어버린다. 무엇보다도 지금은 한창 전투 중이었다.

"물어본 내가 바보였군."

"아하하, 그러게 말야."

"네가 할 소리는 아니잖나!"

한 방 철권을 떨어뜨리는 신시아. 그 바람에 노엘의 안경이 튕겨서 떨어질 뻔하자 노엘 부대의 병사들 사이에서 웃음소리가 새어나왔다. 신시아는 헛기침하고 긴장감 없는 태도를 타박하면서 노엘에게 말을 건넸다.

"……그나저나 어째서 안경을 쓰고 있었지?"

"아직은 안 싸워도 되는 분위기니까. 가끔은 지성을 강조해볼까 해서 말이야. 머리가 좋아 보이지 않아?"

그 말을 들은 병사들이 무심코 웃음을 터뜨리다가 급히 진지하게 표정을 가다듬었다. 지성 있는 사람은 저런 소리를 하지 않는다.

이런 녀석인 터라 병사의 지휘를 제대로 맡을 수 있을까 신시아는 은근히 불안해했었으나 그 걱정은 기우에 그쳤다. 여성 지휘관이라는 이유만으로도 얕보이기 십상인데도 노엘은 부대를 잘 통솔하고

있었다. 난폭하고 거친 흰개미당이 부대원의 대부분을 점하고 있는
데도 그들은 얌전하게 지시를 따라 행동했다.

신시아도 당초에는 정말 고생을 겪었던 터라 그 부분만큼은 한껏
을 칭찬을 해도 좋겠다. 우쭐거릴 테니까 지금은 굳이 칭찬하지 않
는다만.

"······마음에 들어 하는 물건인 줄은 알겠다만 투구를 써라. 불쑥
화살이 날아들지도 모르잖은가!"

"으음, 더워서 머리가 푹푹 찌니까 필요 없달까? 게다가, 응, 햇
님의 빛을 쬐면 기분도 좋고. 그런 점에서 안경은 별로 방해가 안
돼서 좋아."

어긋난 안경을 의기양양하게 쓱 올려 보이는 노엘. 얄밉지만 모양
이 난다.

확실히 이렇듯 여름의 햇살은 강렬할뿐더러 무척 더웠다. 땀을 닦
고 닦아도 끝이 없었다. 이 시기에 갑옷과 투구를 착용한 채 장기간
의 전투를 수행하는 것은 고문에 가까운 행위였다. 징병된 병사들
의 입장에서는 무슨 소리를 하느냐는 말이 나올 테지만. 그들의 방
어구는 조잡한 가죽 갑옷과 질 나쁜 투구, 무기는 숫자만 맞춰 대량
생산한 검과 창이다. 방어구를 두고 말하자면 정말 없는 것보다는
간신히 나은 부류에 속했다.

"그러나 죽는 신세보다는 낫지 않겠나. 투구가 싫다면 적어도 이
마 보호대라도 써라. 자, 움직이지 말고!"

"엥, 나는 필요 없다니까, 앗, 잠깐만."

버둥거리는 노엘을 꽉 붙들고 머리에 철제 이마 보호대를 억지로

둘러 감았다. 방어구로서는 이보다 더 못 미더울 수가 없다만, 미간에 입을 치명상은 피할 수 있겠다.

"이제 됐다. 음, 제법 잘 어울리는군."

"으음, 은근히 불편하기는 한데 일단은 고마워. 이거, 소중하게 쓸게. 또 보물이 늘어나버렸네."

"소중하게 쓰지 않아도 되니까 목숨을 우선으로 여겨라."

"아하하, 전쟁이니까 무리한 말은 하지 마."

노엘은 쓴웃음 짓고는 이마 보호대를 더듬거리면서 확인했다. 노엘의 장비는 이마 보호대에 안경, 움직이기 쉬운 경갑, 허리에는 철퇴를 매달았고, 손에는 칠흑빛 이지창을 쥐고 있었다. 일반 병사와 명백하게 다른 장비, 그리고 특유의 붉은 머리카락은 전장에서 꽤나 눈에 띌 것이다. 눈에 띈다, 즉 쉽게 적의 표적이 된다는 뜻이다.

"노엘 대장, 저래서야 이번에도 안 되겠소. 밀어붙이면서도 엉덩이는 아주 뒤로 쏙 빼는뎁쇼."

노엘의 뒤에 대기 중이던 도르커스가 망원경으로 들여다보면서 중얼거렸다. 신시아도 부관에게 망원경을 빌려 들고는 카르나스 요새의 상황을 살폈다.

"저래서는 절호의 과녁이 아닌가. 어째서 단번에 성벽을 타고 오르지 않지?"

"그야 제일 먼저 돌격해서 죽는 신세는 사양하고 싶을 테죠. 그렇다고 해서 성문 쪽도 당연히 방어가 단단합죠. 상대가 대비를 갖춰 기다리는 데야 어디를 치든 이쪽의 희생이 늘어날 수밖에요."

성문에 달라붙은 병사는 파성추로 돌파하려다가 극히 비참한 상태에 빠지고 만다. 문 위에 뚫어 놓은 구멍으로 끓어오르는 기름을 흩뿌리고, 그런 다음은 불화살을 쏘아 박는다. 도망치려는 자에게 는 성문에서 정확하게 겨냥한 화살이 날아들더니 가차 없이 꿰뚫어 죽여버린다.

한편 성벽을 넘어 올라서려고 하는 부대는 어쩌고 있느냐면 이쪽 도 전혀 진척이 없었다. 선두에 있는 인원은 당연히 신분 낮은 병사 들이다. 강제로 몰려 나가게 된 병사에게 높은 전의를 요구하는 것 은 가혹하리라. 공성 사다리를 설치하는 작업은 애를 먹는 중이고, 위에서 쏟아붓는 화살 때문에 꼼짝을 못 하는 형편이었다.

제1파의 공성 부대를 지휘하는 가디스 장군도 이래서는 어쩔 도 리가 없겠다. 게다가 위험을 회피하는 기질이 안 좋게 작용했다. 총 공격 명령이라고는 하나 서전에서 큰 희생을 내는 사태는 피하고 싶을 터. 공격을 계속함으로써 적의 사기를 꺾고, 문을 열게 만들고 싶겠지만.

어쩌면 성 밖에 복병이 숨어 있을 가능성을 고려하는지도 모르겠 다. 때때로 요새 내부에서 봉화를 피우는 광경이 관측됐기에. 가디 스는 그때마다 뿔피리를 불어 병력을 되돌리고 경계 태세를 취했 다. 코임브라의 전술서에는 공성 시는 강공을 피해야 하며, 또한 성 밖 병력과의 연계에 주의하라고 쓰여 있었다. 그 지침을 준수하는 견실한 전법이기는 하나 이래서는 아무리 시간을 들이더라도 요새 를 함락시킬 수 없었다.

그러나 설령 신시아가 지휘관이었더라도 상황을 크게 반전시킬 수 있을 것 같지는 않았다. 책상 위의 계획과 실전은 전혀 다르니까.

"있잖아, 명령은 분명 총공격인데 왜 툭툭 건드리기만 하는 걸까? 게다가 가끔 후퇴도 하고."

"……병력 손실을 최대한 피하고 싶어서겠지. 압력을 가함으로써 스스로 문을 열게 만들려는 것이 목적인 듯싶다만."

"한 명이 죽으면 열 명, 열 명이 죽으면 백 명, 계속 죽는다면 천 명으로 또 공격한다. 총공격이라면 이렇게 하는 게 당연한데도?"

노엘이 진심으로 이상하다는 듯이 고개를 갸웃거렸다.

"그야 누구든 죽기는 싫을 테니까 말이오. 엉거주춤하는 것도 무리는 아닙죠. 너부터 죽어 나가라는 말을 듣고도 고분고분 달려 나가는 바보가 어디 있겠소."

"그래도 꽤 많이 죽어 나가는 것 같은데."

"……아니, 뭐, 그렇기는 한데."

"뭔가 말이야, 힘쓰기를 싫어한다는 느낌이 들거든. 공격하는 쪽도 별로 의욕이 안 느껴지고. 어쩌면 함락시킬 마음이 아예 없다든가!"

"무슨 바보 같은 소리냐. 서전은 극히 중요하다. 가디스 장군님께서 신중해지는 것도 무리는 아니지."

"응, 그렇겠네."

노엘이 적당히 맞장구를 쳤다.

"그리고 문제가 될 법한 발언은 되도록 입에 올리지 마라. 그렇지 않아도 네 빠른 출세를 시샘하는 자가 있는 형편이다. 적을 늘릴 필요는 없잖나."

노엘은 아마도 신경 쓰지 않았지만, 귀를 기울이면 도저히 못 들어줄 만한 온갖 욕설과 악담이 여기저기에서 들려온다. 개중에는 스쳐 지나갈 때에 조소하는 인물도 있다. 그 전원이 월름파였고, 노엘은 완전히 낙인이 찍혀버린 처지였다.

계급이 아래에 있는 인물의 경우에는 그때마다 주의를 주고 있지만, 위에 있는 인물에게도 같은 대응을 할 수는 없었다.

"뒤에서 내 험담을 하는 사람도 많다더라. 그런 점에서 리그렛은 얼굴 보면서 대놓고 말해주니까 좋아!"

노엘이 리그렛에게 웃음 짓자 몹시 세차게 혀 차는 소리가 들렸다.

"신시아 님, 바보가 하는 말은 그냥 두는 게 좋지 않을까요."

"……으, 으음."

신시아는 말을 흐리면서 듣지 않은 것으로 했다.

"그리고 방금 전 이야기 말입니다만, 저희 코임브라 군에는 공성의 경험을 지닌 인물이 아예 없습니다. 따라서 가디스 장군님의 망설임도 무리는 아닐 테지요. 지금은 포위를 지속한 채 압박해서 항복을 받아내는 것이 정답입니다. 장군님도 그런 의도를 갖고 계시겠죠. 어딘가의 머릿속 텅텅 빈 여자나 흰머리 원숭이가 아니온지라 저희는 머리를 써야 합니다."

리그렛이 입가를 비뚤어뜨리면서 힐끔 도르커스에게 시선을 보냈다.

"망할 계집아, 그 말은 나와 대장을 두고 하는 소리냐!"

"글쎄? 짚이는 데가 있다면 분명 그 사람이 맞지 않을까? 원숭이는커녕 노엘 대장도 알아들을 말이잖아."

리그렛이 남 일처럼 말한다. 도르커스가 적의를 담아 매섭게 쏘아보는데도 기죽기는커녕 도리어 마주 노려보는 리그렛. 노엘이 없다면 정말 서로를 죽이려고 들 만큼 험악한 분위기였다.

"대장, 이 망할 계집, 정말로 해치워버립시다. 그래, 이 여자를 방패에 붙박아서 전진하는 게 어떻겠소. 진군 나팔 대신 엉엉 울어줄 거요."

"할 수 있다며 어디 해보든가. 아아, 정말 사고방식 자체가 야만스러워서 못 견디겠어. 그리고, 부탁이니까 입 좀 다물어줄래? 냄새나서 졸도할 것 같단 말이야."

"응, 사이좋게 노는 것도 거기까지!"

이지창을 지면에 박아 세우고 말다툼을 강제로 중단시키는 노엘. 그 기세에 눌린 양자는 입을 다물었다.

"도르커스, 리그렛. 우리는 갈팡질팡하면 안 돼. 헛되이 죽고 싶지 않다면 말이야. 그리고, 같은 편끼리 발목을 잡는 짓도 하면 안 되고."

"며, 면목 없습니다."

"흥, 저는 사죄할 만한 짓을 하지 않았습니다만. 애당초 코임브라가 자랑하는 위대한 영웅 노엘 대장이라면 갈팡질팡하지 않고 최전선에 가지 않았을까요?"

무례하게도 노엘을 도발하는 리그렛. 매번 느끼는 바이나 이 화법에 신시아는 도저히 익숙해질 수가 없었다. 대화 중에 야유와 조소, 혹은 본인을 굳이 비하하는 방식으로 항상 악감정을 끼워 넣는다. 상대에 대한 배려가 정말이지 일절 없었다.

그럼에도 전혀 신경 쓰지 않는 노엘은 진정 거물이었다. 자신이었다면 즉각 부관의 전속 요청을 올렸을 테지.

"리그렛, 내가 신호하면 돌격 나팔을 힘껏 불어. 그다음은 궁병으로 공성 부대의 원호를 잘 부탁할게. 도르커스는 흰개미당을 데리고 단박에 공성 사다리를 걸쳐줘. 내가 모두의 선두에 설 테니까 뒤에서 따라오면 될 거야."

노엘이 팔짱을 끼고 담담히 명령을 전달했다. 그러나 성채를 노려보는 얼굴에서는 강렬한 살기를 감지할 수 있었다. 일찍이 노엘과 대치했던 때 느꼈던 바와 동일한 감각이었다.

"다, 당신, 정말 선봉에 서겠다는 겁니까? 머리뿐 아니라 눈까지 이상해졌잖아! 제일 먼저 화살을 맞고 죽어 버릴 거야!"

"대장, 이 바보 여자의 말대로 너무 위험하오. 미끼가 필요하다면 내가 갈 테니―."

"아하하, 그 커다란 몸은 위에 도착하기 전에 고슴도치가 될걸? 나는 꽤 빠르니까 괜찮아. 단박에 달려 올라가서 수비 대장을 격파한 다음 방해되는 궁병들을 휘저어 놓으면 함락시킨 거나 마찬가지인걸. 그렇지?"

"기다려라, 노엘! 돌출 행동은 엄금, 보조를 맞춰 공격하라고 디르크 천인장님께서 분부를 내리지 않았나! 우리만 먼저 치고 나갈수는 없단 말이다!"

신시아는 급히 제지했지만 노엘은 들으려고 하지 않았다.

"보조를 맞추기만 해서는 요새를 함락시킬 수 없어. 아군이 헛되이 죽어 나가는 모습을 가만 지켜보라는 거야? 나는 싫은데. 신시아도 그렇게 생각하지 않아?"

어떻게 해야 하나 신시아는 고민스러웠다. 하는 말의 취지는 알겠으나 확실한 명령 위반이었다. 그렇다 해도 카난에서 치른 전투 때 명령을 위반함으로써 태수의 목숨을 구할 수 있었다. 게다가 노엘의 높은 전투력은 의심의 여지가 없다. 지금은 신시아의 부대도 노엘과 동조하는 것이 좋은 선택일 수도 있겠다.

'총공격으로 요새를 함락시키라는 태수님의 명령에는 분명 위반되지 않는다. 그렇다면 어떻게 둘러댈 수…… 있는가?'

신시아는 진지하게 고민하면서 검토를 거듭했다. 노엘 부대는 흰 개미당이 5백, 거기에 최근 징병된 인원을 더하여 7백 남짓. 신시아 부대는 정규병이 1천이었다. 도합 1천 7백의 병력으로 실시하는 일점 돌파는 상당한 위력을 발휘하리라.

"……좋다, 그렇다면 나도 함께하지. 이대로 가면 꼬박 1주일이 흘러도 함락은 어려울 테니. 입구부터 벌써 미적거리면 베스타 공략 따위 몽상과 다를 바 없다."

"해냈다. 이번에도 분명히 성공할 거야. 신시아랑 함께일 때는 패배한 적이 한 번도 없는걸."

노엘이 진심으로 기뻐하며 미소 지었다.

그때 낮은 뿔피리 소리가 전장에 울려 퍼졌다. 제1파의 부대에 보내는 철수 신호. 디르크 천인장의 부대가 큰북을 때려 소리 내면서 진격의 신호를 울린다. 가디스 부대와 교대하여 전방으로 나서야 할 때가 왔다.

"에이~ 모처럼 각오를 다졌는데 다 소용없게 됐네. 뭐, 보조를 맞추지는 않을 테니까 어차피 나중에 혼나겠지만."

"……나는 조금 안심되는군. 제멋대로 공세에 나서는 행동은 중대한 명령 위반이니까 말이다!"

"아하하, 말은 잘한다니까."

노엘은 그렇게 말한 뒤 이지창을 지면에서 뽑아 들고는 머리 위에서 몇 바퀴 돌리고 나서 성채를 가리켰다.

"그러면 갈까? 노엘 부대, 출격하겠어!!"

"넷!!"

"우리도 간다! 단박에 카르나스 요새를 쳐서 함락시킨다! 노엘 부대에 뒤처지는 녀석들은 용서하지 않겠다!"

신시아도 지지 않겠노라고 소리를 높여 부하에게 출격을 명령했다.

─바하르 군, 카르나스 요새. 수비대 1천 병력을 지휘하는 자는 호슬로 천인장이다. 연령이 58세임에도 신체는 강건, 무엇보다도 그 장렬한 충성심은 태수 아밀도 인정하는 부분이었다. 이 자리를 최후까지 사수하는 역할을 호슬로는 제 얼굴을 벌겋게 붉히면서 강하게 지원했었다. 필히 죽음을 각오해야 하는 장렬한 임무라는 사실을 족히 알면서도.

수비대의 인원은 모두 직속의 고참 병력으로 구성했기에 사기는 대단히 고양된 상태였다. 그롤이 보낸 항복 권고를 일축한 다음에는 이제껏 쭉 열 배에 달하는 코임브라의 군세와 완강하게 맞대항하고 있었다. 이미 공성전이 시작된 지 사흘, 본래는 채 하루를 못 버티고 함락되었다 해도 놀라지 않을 병력 차였다.

스스로 활을 손에 들고 싸우면서 호슬로는 쉰 목소리로 노성을 질렀다.

"버티고 버티고 버텨야 한다! 이곳에서 번 시간만큼 아밀 님의 승리는 더욱더 굳건해진다! 우리는 다가올 승리를 위해 기쁘게 포석이 될지어다!"

"호슬로 대장님의 이름을 빛나는 태양 제국의 역사에 남기도록 하자! 한 명이라도 많은 역적을 죽이고, 한 순간이라도 오래 이곳을 지킨다! 세 검의 깃발에 담긴 긍지와 용맹을 역적 놈들에게 보여주어라!"

부관이 바하르의 깃발을 가리키면서 고무했다. 대 · 중 · 소가 교차하는 세 자루의 검, 바하르 군의 깃발이다. 전쟁이 나면 남녀노소 누구든 다 검을 쥐고 일어선다는 의미를 지니고 있다. 태양제에게 최후까지 저항했던 가장 용맹한 군인의 역사와 영예를 갖춘 긍지 높은 문장이었다.

"역적 놈, 죽어랏!!"

호슬로는 잡아당겼던 시위를 놓아 성문에 달라붙어 있는 코임브라 병사의 목을 꿰뚫었다. 적은 전소된 파성추를 철거한 뒤 새로운 장비와 교환하려고 하는 듯 보인다만 움직임이 둔했다.

"화살을 성문에 집중시켜라!"

"궁병대, 쏴라!!"

화살이 난비하여 엉거주춤하는 코임브라 병사의 머리 위로 내리쏟아진다. 파성추의 잔해가 성문을 가로막는 장벽이 되어주고 있었다. 적 병사의 낌새를 보건대 목숨을 걸고 장해물을 제거하고자 할 만큼 용맹한 전사는 없을 것이다.

전투에 있어서 물자 및 훈련도는 물론 중요하나 가장 큰 핵심이 되는 요소는 병사들의 사기를 높이 유지하는 일이다. 병사들의 사기를 높이는 방법은 몇 가지 있는데, 호슬로가 실천해왔던 것은 「항상 부하들과 생사를 함께한다」라는 방법이었다. 말만 해서는 사람의 마음은 움직이지 않는다. 행동으로 나타냄으로써 사람이 따라온다. 그것이 마땅한 이치라고 호슬로는 믿었다.

'농성한 지 이미 사흘. 앞으로 1주일 정도 더 버티면 이곳의 역할은 충분히 하는 셈이다. 우리의 목숨과 교환 조건으로 성을 열어도 불충이 되지는 않을 터. 태수님의 명령은 사흘은 사수하라는 내용이었지. 병사들은 기대 이상의 활약을 펼쳐주었다.'

병사들의 사기는 대단히 높아 항복을 권고하고자 왔던 사절을 베어버릴 기세였다. 지휘관으로서 참으로 자랑스럽기 그지없었다. 다만 임무를 충분히 달성한 다음이라면 책망할 자는 아무도 없을 것이다.

'고참병뿐이지만 살아날 수 있다면 그게 좋겠지. 설령 지금은 납득하지 못할지라도 아밀 님과 함께 영광의 시대를 걸을 수 있을 테니까.'

호슬로가 스스로의 의지를 부관에게 밝혀서 말하려고 했을 때 오른편에서 귀청을 찢는 비명 소리가 울려 퍼졌다. 호슬로가 급히 시선을 그쪽으로 보냈더니 내벽에 병사의 몸이 붙박여 있었다. 거뭇한 창날에 복부를 꿰뚫린 병사의 복부에서 무시무시한 양의 혈액과 무참하게 드러난 장기가 흘러넘치고 있다. 다음 순간, 무엇인가가 터져 나가는 소리와 함께 단번에 시체가 화염에 감싸였다. 인간 타오르는 냄새가 충만하면서 병사들의 움직임이 미세하게 둔해지고 말았다. 불화살도 아니건마는 어째서 불길이 솟아오른단 말인가. 전혀 이해가 되지 않았다.

"무, 무슨 일이—."

"호슬로 님, 적의 제2파가 공격을 개시했습니다! 부대 하나가 돌입하여—."

성 바깥에서 드높은 나팔 소리가 울려 퍼지더니 보고 중이던 병사의 머리가 깨져 나갔다. 흩날리는 뇌척수액 및 혈액과 함께 나타난 인물은 피투성이가 된 적 병사. 손에 대략 장검 길이의 철퇴를 쥐고 있었다.

"코임브라 군 노엘 백인장, 카르나스 요새 1등 진입. 해냈다!"

미소를 머금고 이름을 밝히는 젊은 여자. 이마 보호대를 착용한 그 여자의 몸은 새빨갛게 물들어 있었다. 본래의 붉은 머리카락이 피보라를 뒤집어씀으로써 묘하게 요염한 진홍빛 광채를 발한다.

"이 녀석을 쳐서 떨어뜨려라! 후속 부대가 물밀듯이 닥쳐들 것이다!"

호슬로의 목소리를 따라 병사들이 창을 내뻗어 강제로 추락시키고자 달려들었다. 노엘이라고 이름을 밝힌 여자는 창을 어려움 없이 피한 뒤, 회피 동작과 더불어서 리듬 좋게 철퇴를 때려 박았다. 앞을 가로막고 나서는 병사들의 목숨이 잇따라 끊어진다. 누군가는 두개골이 찌그러져서 파였고, 누군가는 부러진 뼈가 몸에서 몇 개나 튀어나왔다. 안면을 얻어맞은 병사는 차마 똑바로 바라보지도 못할 참상이다. 갑옷이며 투구가 어떠한 의미도 발휘하지 못했다.

"괴, 괴물인가!"

보다 못하여 활을 쏘려고 했던 부관에게 노엘은 어떤 망설임도 없이 철퇴를 투척했다. 무시무시한 기세로 회전하는 철퇴가 부관의 두 개골을 분쇄한 뒤에 그대로 병사 한 덩어리를 후려쳤다. 우스갯말 같은 광경이었기에 일순간 말을 잃었다가 간신히 마음을 다잡았다.

"네, 네년, 잘도 나의 부하를!!"

"그쪽도 우리 편을 잔뜩 죽였으니까 피차일반이잖아. 응, 전쟁 중 이니까."

마치 잡담을 나누듯 대답하더니 내벽에 꽂혀 있었던 검은 이지창을 뽑아 든 노엘. 두 갈래 창날을 지닌 그 창은 마주하는 자를 자연스럽게 압도했다.

호슬로는 활을 내던지고 허리에 장비한 애검을 뽑아 들었다. 지금 당장 이 여자를 죽여야 했다. 성벽의 한 곳이 돌파당한 까닭에 병사들 사이에서 동요가 치달리고 있다. 작은 구멍일지라도 수성 시에는 치명상으로 작용한다. 병력의 숫자에서 뒤진다면 더더욱. 한번 꺾인 사기를 다시 끌어올리기는 지극히 어려운 법, 반드시 지금 이 순간에 쳐서 수습해야 한다.

"코임브라의 군인치고는 용감하군. 그러나 너 따위 계집이 최전선에 나서는 것을 허락할 만큼 인재난에 시달릴 줄은. 세간의 평판이 아주 잘 들어맞는구나!"

거기까지 말하다가 문득 새벽 계획으로 제작된 괴물들을 떠올렸다. 흑양기(黑陽騎) 소속의 레베카는 그 계획을 체현한 듯한 인간이었다. 레베카는 여자이면서도 짐승 같은 전투력을 발휘하여 바하르 병사들의 간담을 서늘케 했다. 그리고 괴물들을 여유롭게 제어해 보인 파리드는 더한 괴물이 틀림없다고 호슬로는 등줄기가 얼어붙었던 것을 기억한다.

호슬로는 지금 그때와 같은 감각을 맛보고 있다. 목숨을 주고받는 전투에 남녀의 구별 따위 무의미하다. 방금 전 말은 스스로를 고무하기 위해 외쳤을 뿐. 마음속 깊은 곳에서는 지금 당장 도망치라고 시끄럽게 경종을 울리면서 맹렬하게 반응하고 있다. 결사의 각오를 품었을지라도 공포라는 감정은 느껴지는가 보다.

"싸우는 데 성별은 상관없잖아. 물론 나이도 외모도 인종도 말이야. 중요한 것은 죽이느냐 죽느냐, 그거겠지."

"확실히, 네 녀석의 말이 옳다!!"

노엘이 창을 만지작거리는 일순간의 틈을 찔러서 호슬로는 단박에 육박하여 검을 찔러 넣었다. 창의 이점은 긴 공격 거리에 있다. 바짝 접근하면 그 길이가 최대의 결점이 된다. 호슬로의 목표는 노엘의 몸통. 갑옷 위쪽으로 일격을 선사해서 위축되었을 때 숨통을 끊을 작정이었다.

검 끝이 흉부에 도달하려고 하던 순간, 노엘이 장갑 낀 손등을 휘둘러서 억지로 궤도를 빗겨 보냈다.

"아직이다!"

동요하지 않고 대각선 베기를 날렸지만, 이번에는 이지창의 끄트머리에 막혀 저지됐다. 저 거대한 창을 노엘은 대수롭지 않게 휘둘러 댄다. 무시무시한 완력의 소유자. 호슬로는 두 손에 힘을 담아 창과 함께 밀어붙여서 노엘을 베어 넘기고자 이를 악물었다. 거리가 벌어지면 더 이상 승산은 없다.

"너는, 이곳에서 죽는다! 바하르를 위해 기필코 죽이겠다!"

"있잖아, 항복할 마음은 없어? 그래주면 시간도 안 걸리니까 좋을 텐데. 이것저것 이야기도 해보고 싶고."

"헛소리! 네까짓 역적 놈들에게 어찌 항복하란 말인가!"

"그래도 말야, 이대로 가면 너희들의 소중한 동료랑 가족들이 험한 꼴을 당할 텐데."

노엘이 시험하는 어조로 물음을 던졌다.

"닥쳐라, 우리의 승리는 굳건하다! 다가올 영광을 위해 기꺼이 바하르의 초석이 되리라!"

"바하르는 텅텅 빈집인데 무슨 이유로 이렇게 승리를 확신하는 걸까? 정말 신기해."

"역적을 기다리고 있는 것은 오로지 파멸뿐이기 때문이다!"

"아하하, 얼버무려도 소용없어. 사실은 이제까지 했던 짓 전부가 코임브라의 군대를 끌어들이기 위한 연극이었으니까 그런 거잖아. 맞지?"

노엘이 하얀 이를 드러내고 웃는다. 입을 열지 못하는 호슬로에게 노엘이 계속 말했다.

"제도에 갔다고 가장하고 주력은 도중에 되돌아오는 거 아니야? 옛날에 베르기스인가 하는 사람이 쓴 유인 계책이었던가? 태양제의 위업을 재현해서 황제가 될 때 업적으로 자랑하려는 거지?"

"모, 모른다! 나는 아무것도 모른다!"

"뭐, 상관없어. 도저히 항복을 못 하겠다면 더 이상은 시간이 아까우니까. 바하르의 도시 전부를 불태워서 벌판으로 만들어버리면 숨어 있는 주력도 허둥지둥 튀어나오겠지."

"무, 무슨―."

"바하르의 깃발은 누구든 다 검을 쥐고 일어선다는 상징이라면서? 그러면 남녀노소 가리지 말고 굴하지 않는 전원을 다 죽여야겠네. 응, 전쟁이니까. 어쩔 수 없겠어."

"이, 이 괴물, 아니, 악귀야! 네년 따위가 바하르를 망치도록 놔둘까 보냐!!"

호슬로가 증오를 담아 칼날을 밀어붙이려고 했을 때 복부에 통증이 치달았다. 끊어지려고 하는 의식을 붙잡아 상태을 확인하니 노엘의 왼쪽 주먹이 명치에 박혀 있었다. 갑옷 위쪽으로 적중됐는데도 불구하고 무시무시하게 강력한 충격. 더욱이 믿기 어렵게도 호슬로가 전력으로 짜낸 검격을 달랑 한쪽 손으로 버티고 있다.

"끄, 끄윽, 아, 악귀가―."

고통스러운 표정을 지은 채 몸이 기역 자로 꺾여진 호슬로. 머리 위에서 무엇인가가 회전하는 불길한 소리를 듣는 동시에 호슬로의 의식은 급속도로 어둠 속에 잠겨 들어갔다.

―마지막으로 들려왔던 말은.

"예전에도 그런 말로 불린 적이 있었어. 그래도 말야, 악귀라는 말도 곰곰이 생각하면 제법 괜찮아. 죽은 귀신이 다시 죽지는 않잖아. 그럼 언제까지든 같이 놀 수 있으니까."

전부를 다 듣지 못하고 호슬로의 목이 뚝 떨어졌다.

　노엘이 호슬로의 목을 베는 동시에 공성 사다리를 타고 올라온 아군이 일제히 쇄도했다. 선두를 달리는 도르커스는 대검을 휘둘러서 바하르 병사를 베어 죽였다. 주위의 적은 수비 대장의 목이 떨어짐으로써 전의를 대부분 잃어버렸다. 흰개미당은 한 명을 상대로 여럿이 덮쳐들어서 확실하게 적의 숫자를 줄여 나갔다.

　노엘은 근처에 있던 바하르 병사의 머리를 깨부수고 한숨 돌리면서 철퇴와 창에 묻은 끈적한 피를 닦았다. 고개를 뒤로 돌리면 리그렛이 흠칫흠칫하면서 사다리를 타고 올라오는 모습이 보인다. 돌격에 참가하지 못했던 리그렛은 필사적으로 돌격 나팔을 불고 있었다. 그 소리를 듣는 자는 유감스럽게도 없었다만.

　"아하하. 늦어, 리그렛. 벌써 적장은 해치웠거든. 이제 깃발을 내걸고 승리 선언을 하면 적은 단박에 붕괴되겠네."

　"헉, 헉헉, 그, 그러면 빨리 좀 해주세요! 애당초 이런 난전에서 나팔 소리를 대체 누가 듣는다는 겁니까!"

　"목소리는 평소대로인데 얼굴은 다 죽어 가는 사람 같아서 재미있네!"

　"시끄러워! 당신이 시켜서 이 꼴이 된 거잖아!"

새된 목소리로 외치는 리그렛. 어지럽게 튀기는 핏방울과 시체의 산을 바로 눈앞에서 목격한 까닭인지 낯빛이 정말이지 새하얬다. 마냥 기다리게 두면 가엾으니까 노엘은 커다랗게 숨을 들이마셨다가 전장 전체에 울려 퍼지도록 큰 목소리를 쏟아 냈다.

"코임브라 군 노엘 백인장, 적장의 목을 베었다!!"

"들었냐, 이놈들아! 노엘 대장이 멋지게 적장의 목을 베셨단다! 이게 적장의 목이다, 승리의 함성을 질러라!"

노엘이 집어 던진 목을 받아 들고는 도르커스는 망루에 기어 올라가서 수급을 높이 들어 올리고 소리쳤다. 흰개미당의 부대원들이 노엘 부대의 두 철퇴 깃발을 자랑스럽게 번쩍 쳐들었다.

"이제부터 소탕에 착수하겠어! 남아 있는 적군들 전부 밀어뜨려 버려!!"

『알겠습니다!!』

그 광경을 목격하게 된 바하르 병사들의 사기는 쭉 곤두박질쳤고, 금세 혼란 상태에 빠져들었다. 본래 호슬로의 인망과 통솔력에 의존하여 유지되고 있었던 부대였기에 가장 큰 기둥이 허물어지고 나면 약해지기 마련이었다. 죽음은 각오했을지언정 전의가 꺾여버린 상태에서 전투의 지속은 불가능하다. 축적되어 있던 피로가 단박에 덮쳐들기 때문이었다.

『노엘 백인장이 적장의 목을 베었다! 뒤처지지 마라, 단번에 밀어붙여라!』

반대로 적장 토벌의 함성을 들은 코임브라 군 세력은 갑자기 기세가 거세어졌다. 디르크가 병사들을 고무하자 방금 전까지는 엉거주춤하던 병사들이 앞다퉈서 성문과 성벽에 달라붙어 적군에게 검을 겨눈다. 이미 카르나스 성채 공성전의 승패는 결판난 것이나 마찬가지였다.

"후유."

성내의 적 잔당을 대부분 척살한 뒤 노엘은 시체가 마구 나뒹구는 성벽 위에 걸터앉아서 한여름의 햇살을 쬐고 있었다. 맑은 날에는 절대 패배의 예감이 들지 않는다. 오늘도 상처 하나 없었다. 역시 맑은 날이 좋다.

'긴 전투는 지치는구나. 상대의 움직임을 계속 지켜보려면 고생이야.'

노엘은 순발력을 활용하는 전투가 자신에게 가장 적합하다는 자각을 갖고 있었다. 항상 선수를 치고 속공으로 몰아붙여서 적의 머리를 부순다. 반대로 서투른 분야는 지구전이다. 오래도록 긴장을 유지하자면 무척 지치거니와 몸도 나른해진다. 놀 때는 안 그런데도 전투에 집중할 때는 피로가 정말 상당했다.

"……역시 실패작이라는 걸까. 그래도 나는 힘내야지."

"뭐가 실패작인가?"

노엘이 한숨을 쉬고 열기를 가라앉히고 있을 때 뒤쪽에서 신시아가 말을 건넸다. 신시아는 검에 묻은 피를 떨친 뒤 검집에 집어넣는 참이었다.

"응? 아무것도 아니야. 그보다 방금 전에는 원호해줘서 고마웠어. 내가 올라갈 때 적 궁병대의 주의를 끌어줬잖아. 한순간이나마 빈틈이 생기더라."

"별것 아니다. 오히려 너의 창 투척이 더 효과적이었지. 적의 움직임이 완전히 멈춰버리더군. 정말 훌륭한 일격이었다."

"헤헤, 굉장하지? 왜냐면 이게 신기한 창이거든. 아니지, 저쪽에서 보면 악귀의 창이 될까?"

"악귀의 창? 그 말은 도대체 무슨 뜻이지?"

"방금 전 적장이 나를 「악귀」라고 불렀어. 귀신은 무척 강하니까 왠지 멋있지 않아? 옛날에 그림책에 나오기도 했고."

귀신은 강하고 무시무시하다. 절대로 혼자서는 당할 도리가 없다. 그러니까 그림책의 주인공 고양이― 노엘은 친구들과 힘을 모으고 지혜를 짜내서 귀신을 퇴치한다. 물론 귀신을 퇴치한 노엘은 구한 사람들과 함께 행복하게 살았다.

퇴치당한 귀신은 다시 시선을 받지 못한다. 언뜻 귀신은 비참한 최후를 맞이했다고 여겨진다. 그러나 퇴치당하기 전까지는 귀신도 분명 행복하게 살았던 것이 아닐까? 마지막까지 본인이 원하는 대로 살았으니까.

그런 생각을 떠올리면서 노엘이 기쁘게 웃자 신시아는 어이없어하는 표정으로 고개를 가로저었다.

"웃을 말이 아니잖나. 상대를 귀신이라고 부르는 것은 「너는 사람도 아니다」라는 더할 나위가 없는 모욕이다. 뭐, 그만큼 무시무시했다는 뜻이 되겠다만."

"그런 의미였구나. 으음, 왠지 정취가 깊네."

"전혀 정취가 깊지 않다. 알겠나? 죽음을 앞둔 적의 막말 따위는 어서 잊어버려라."

"별로 상관없어. 잔뜩 사람을 죽여야만 하는 게 전쟁이잖아. 일단 항복하라고 권유도 해봤지만 말야. 거절당해서 죽였어."

"한창 전투 중이었으니까 그 행동은 옳다. 죽이지 않으면 죽을 테니까. 상대가 먼저 고집을 부린 이상 네가 신경 쓸 필요는 전혀 없지."

"응, 그렇겠지. 어쩔 수 없겠지."

"……그보다 이 성채는 완전히 우리의 손에 떨어졌다. 복장을 단정히 하고 태수님께 보고 드리러 가자."

신시아의 말에 고개를 끄덕거리고 일어섰다. 자신의 모습을 확인해보니 확실히 심한 꼴이 되어 있었다. 자랑거리였던 붉은 머리카락은 이리저리 피가 튀어 올라서 불길한 느낌으로 굳어버렸고, 얼굴이며 손은 피가 말라붙어서 찐득찐득했다. 새 갑옷에 흠집이 나지는 않았다만 꼼꼼히 닦고 손질을 하지 않으면 못쓰게 될 수도 있겠다. 그리고 철퇴도. 신기한 창은 제멋대로 타올라서 깨끗해지니까 손질도 필요 없고 편리하다.

"으음, 왠지 좀 신경이 쓰이네. 있잖아, 근처에 강이 있으니까 멱 감고 가도 될까? 장비도 손질하고 싶고."

"굳이 강에 가지 않아도 성채에 있는 우물을 쓰면 되잖나."

"아냐, 거기는 좀. 차가운 강에 떠다니면서 낮잠, 앗, 명상을 하고 싶어서. 맞아, 인간 세상의 허망함이라든가 잠깐 고민 좀 해보려고. ……아하하."

무심코 본심을 쓱 흘릴 뻔했기에 허둥지둥 얼버무린다. 그러나 신시아는 빠짐없이 듣고 있었나 보다. 눈썹이 언짢은 각도로 올라간다. 이렇게 되면 다음에 오는 것은 철권이다. 적당히 힘을 조절한 일

격을 맞은 뒤 노엘은 「유감이네」라고 한마디 중얼거렸다. 이렇게 화
창하고 더운 날에 차가운 물속에 잠겨 낮잠을 잔다면 최고일 텐데.

그렇다, 마치 물고기, 혹은 시체처럼 둥실둥실 떠다니다 보면 어
쩐지 세계가 하얘지고 기분이 몹시 편안해지는 기분이 든다. 죽음
을 맞이한다면 물속이 기분 좋겠다. 나중에 몸이 부풀고 못 봐줄 꼴
이 되기는 하겠지만, 죽어버리면 아무래도 상관없으니까.

곧바로 전장 정리에 착수하여 시체 및 잔해를 치운 카르나스 성
채, 군사 회의장. 성곽에는 코임브라의 천칭 깃발이 자랑스럽게 펄
럭이고 있다. 바하르의 세 검 깃발은 전부 끌어 내려서 적군의 시체
와 함께 소각했다.

그롤은 설치되어 있는 자리에 앉아 만족스럽게 연신 고개를 끄덕
였다.

"제군들, 우선 치하의 말을 전하겠네. 바하르 토벌을 위한 첫수는
성공했다고 말할 수 있겠군."

그롤은 첫날의 총공격으로 단박에 몰아붙여서 무너뜨릴 작정이었
으나 목표와 달리 사흘이나 들이고 말았다. 전사자의 수는 약 3백,
부상자 수는 1천을 넘었기에 상당한 타격이었다. 그렇다 해도 이곳
을 넘어서면 나머지는 방어가 약한 요새 및 도시가 대부분이다. 또
한 코임브라가 이름 높은 요새를 함락시켰다는 사실은 바하르 영주
들에게 가하는 압력으로 작용하리라.

"태수님, 경하드립니다. 이 성채에서 일단 병력들에게 휴식을 준

뒤에 정벌을 진행하면서 베스타를 목표로 진군하십시다. 저항하는 자가 어떻게 되는가, 이곳 카르나스의 함락에 의해 널리 알릴 수 있게 되었습니다."

윌름의 말에 그롤도 동의를 표시했다. 그리고 가디스에게 시선을 보낸다.

"……흠. 자네에게도 묻지, 가디스. 어떤가, 같은 의견인가?"

"네, 넷. 저 또한 완전히 같은 뜻을 갖고 있습니다."

"그런가. 그건 그렇고 이번 자네의 전투는 실로 한심하기 짝이 없었다. 나는 그때의 결의가 겉발림이었다고 믿고 싶지는 않군. 잘 듣게, 다음에는 기필코 내 기대를 배반하지 않도록 분발하라!"

"넷, 분부 받들겠습니다!"

가디스는 굴욕에 얼굴을 일그러뜨리면서도 새삼 부복했다.

"그에 비하여 노엘의 활약은 실로 훌륭했었지. 단신으로 성채에 돌입, 더욱이 적장의 수급을 베었잖은가. 그야말로 호걸이라 부르기에 마땅한 전공이야. 다음 전투에서는 꼭 선봉을 맡기고 싶군."

그롤이 기분 좋게 찬사를 입에 담는다. 끝 쪽에 서 있던 노엘에게 전 무관의 시선이 집중됐다. 윌름이 가증스럽다는 듯이 노려본들 노엘은 시치미를 뚝 떼는 얼굴이었다. 노엘의 입장에서는 어째서 원망을 들어야 하나 전혀 알 도리가 없었다.

잠시 사이를 두고 노엘의 상급자, 디르크 천인장이 한 걸음 앞쪽으로 나아가 섰다.

"태수님, 외람되오나 올리고 싶은 말씀이 있습니다."

"디르크인가. 그리 격식을 차리다니 웬일인가?"

"노엘 백인장의 무용은 분명 대단히 놀라웠습니다. 금번의 전투를 자평하건대 무공 제1등은 의문의 여지가 없겠습니다. 그러나 이자는 보조를 맞추라는 명령을 위반했습니다. 애초에 돌출 행동을 계획한 듯 뒤도 돌아보지 않고 선행하여 사다리를 걸치고 올라섰습니다. 공적을 세운다면 명령 위반도 무방하다는 그런 관례를 만들어서는 안 되는 줄로 압니다. 따라 하는 자가 늘어나면 군법에 적잖은 혼란이 발생하게 됩니다."

디르크는 가디스와 같은 전철을 밟는 것을 두려워하여 전력의 일제 투입에 따른 공성을 목표로 했었다. 그러나 노엘은 전진 신호가 떨어지자마자 단박에 사다리를 걸치고 성벽을 밟고 올라서버렸다. 성공했기에 다행이나 만에 하나라도 실패했다면 사기에 영향을 끼쳤으리라.

디르크는 도르커스가 지휘하는 흰개미당의 교란 전법에 쭉 고전을 겪어야 했던 남자였다. 북부 출신의 귀족이지만, 사람들을 잘 돌볼 줄 알았고 가난을 함께 나누는 품성 덕분에 부하들의 인망 또한 두터웠다. 결점은 융통성이 없고 사고가 지나치게 고지식하다는 것. 그 때문에 이번에도 노엘의 활약이 내심 기쁘기는 할지언정 한마디 못을 박을 수밖에 없었다.

"자네의 말은 지당하나 어쨌든 이 성채를 함락시키는 데 성공했다. 그렇다면 다소의 물의는 눈감아줘야 하지 않겠는가. 오히려 잘했다고 칭찬을 하고 싶은 마음이다."

"태수님. 무릇 군법이란 병사들을 다루기 위한 사슬입니다. 그 누구일지라도 규정을 위반하는 행위는 용납되지 않고, 또한 용납해서도 안 됩니다. 군법을 소홀히 취급하는 데 익숙해져버리면 병사들은 앞을 다투어 공적을 두고 분쟁을 벌일 것이고, 명령에 복종하지 않게 됩니다. 그래서는 도적과 어떤 차이도 없지 않겠습니까.”

“……으음. 확실히 자네의 말도 일리가 있군.”

“태수님, 디르크 천인장의 발언이 옳은 줄 압니다.”

윌름이 동조하자 그롤은 눈살을 찌푸렸다.

“자네도 같은 의견인가. ……확실히, 신상필벌의 준수는 군대의 초석이 된다고 병법서에도 쓰여 있네만.”

“처치 곤란한 전례를 만들어서는 안 됩니다. 지금은 엄벌을 내려주십시오.”

“뭐, 기다려보게, 윌름. 노엘 백인장, 이쪽으로 오도록 하라.”

그롤은 고민스럽게 턱을 쓰다듬은 뒤 노엘을 불러들였다. 안경 쓴 노엘이 여유롭게 걸음을 옮겨 다가서서 인사한 뒤 공손하게 무릎 꿇었다.

“실례하겠습니다. 주제넘는 짓을 저질렀습니다. 용서를 청합니다.”

“금번의 활약, 상찬을 받아 마땅하다는 것이 내 생각이다. 본래는 즉각 진급시키고 훈장을 내리고 싶은 마음이군. 그러나 디르크의 말도 무시할 수는 없으니. ……이번 건에 대해서 무엇인가 하고 싶은 말은 있는가?”

“…….”

“노엘이여, 입을 다물면 알 수가 없잖은가.”

“네. 이번 전투에서 승패를 가른 것은 「시기」였다고 판단하는 바입니다. 따라서 군법에 위배됨을 알면서도 독주하고 말았습니다.”

"오호라. 그나저나 시기가 중요하다는 말은 무슨 뜻인가? 바하르의 주력이 이곳으로 돌아오려면 아직 3개월은 더 걸릴 터인데. 이곳에서 다소 시간을 들일지언정 치명적인 실책이 되지는 않는다고 여긴다만."

그롤이 의아해하면서 물었다. 노엘은 윌름을 힐끔 곁눈질로 보고 난 다음 자신의 생각을 꺼내 놓기 시작했다.

"……외람되오나 바하르 공이 정말로 아직 제도에 있다 여기시는지요?"

"음, 놈은 지금쯤 포고문을 받아 든 무렵일 테지."

"그 말씀에 정녕 틀림이 없겠습니까?"

"제도에 잠복해 있는 밀정에게서 온 보고다. 틀림없다 하였지, 윌름."

"넷, 사흘 전 들어온 보고에 따르면 바하르 공은 현재도 제도에서 효일의 의식에 대비하여 준비 중이라 하였습니다. 포고문은 당도했을 터이나 이제 출발한들 아무리 서둘러도 3개월은 걸리겠지요. 설령 강행군을 거듭할지라도 피폐한 군세 따위 무엇이 두렵겠습니까."

"……."

말할까 말까 망설이는 노엘에게 그롤은 다소 조바심을 느끼면서도 물었다.

"노엘, 하고 싶은 말이 있다면 분명하게 말하도록 하라. 거짓, 과장됨 없이 네 생각을 솔직하게 말해보아라."

"넷, 그렇다면 제 생각을 솔직하게 말씀드리도록 하겠습니다. 저는 주변의 요새 및 도시들은 무시한 채 전력으로 가도를 동진하여

주도 베스타 한 곳을 목표로 해야 한다고 주장하는 바입니다."

노엘의 의견에 주위 무관들이 일제히 술렁거렸다. 군의 방침 전환을 백인장 따위가 진언했기 때문이었다.

"……실로 대담한 의견이군. 어째서 그리 주장하는가?"

"태수님, 저러한 말을 들을 필요는 없습니다! 이제 와서 방침 전환이라니 어불성설입니다!"

"진정하라, 윌름. 단지 듣기만 하는 데 무슨 문제가 있겠나."

"이번 작전의 방침은 바하르의 영주들에게 항복을 받아 내면서 착실하게 주도 베스타로 진격하는 것이라 들었습니다."

"바로 그러하다."

"그러나 그래서는 시간이 지나치게 오래 걸립니다. 지금 베스타에 급습을 펼친다면 적은 절대로 제때 구원을 오지 못합니다. 그 사실을 알면서도 주도는 바하르 공의 심장부. 외면하거나 내버릴 수가 없기에 허둥지둥 달려오겠지요. 그때 대치하여 결전을 벌이는 것입니다. 적에게 피로를 강제할 수 있고, 유리한 조건에서 싸울 수 있습니다. 지금은 속도를 늦춰 솜씨를 부리기보다는 어설프더라도 서두르는 것이 중요한 상황인 줄로 판단됩니다."

분명하게 잘라 말하는 노엘. 윌름은 쓸데없는 소리를 한다 싶어서 명백하게 얼굴을 찡그렸다. 아밀이 가장 피하고 싶어 하는 것은 전쟁이 장기화되어 수렁에 빠지는 상황이기 때문이었다. 그 사태를 피하기 위해 윌름은 온갖 수단을 강구했다. 미래의 영광을 거머쥐기 위하여.

바하르 군 주력이 도중에 반전하여 도착할 때까지 소요되는 공백의 시간, 그것이 이 작전의 최대 약점이었다.

"……흠."

"무슨 소리를 하나 싶더니만. 태수님, 귀를 기울일 필요는 전혀 없으십니다."

강하게 단언하는 월름. 한 박자 쉬었다가 노엘을 내려다보면서 말을 이었다.

"노엘이여, 적의 주력이 이미 돌아오고 있다는 분명한 증거라도 확보했는가? 가디스 장군의 밀정을 통해서도 같은 보고가 들어와 있다. 우리가 파악한 정보를 허위라고 주장하려거든 지금 당장 증거를 내놓아봐라!"

"증거는 전혀 없습니다."

"흥, 그리할 테지! 잘 들어라, 전략의 기본은 아군의 피해를 줄이면서 어떻게 적에게 타격을 주느냐를 고찰하는 데 있다. 먼저 차근차근 숨줄을 죄어 베스타 주변의 영주들에게 항복을 받거나 혹은 정벌한다. 그들의 협력을 얻어 낸다면 단단하기로 이름난 베스타일지언정 고초를 겪을 필요도 없이 우리의 손에 떨어질 테지. 우리 쪽으로 가담하겠다는 밀서도 이미 상당한 숫자가 들어와 있다."

"……."

아무런 말없이 귀를 기울이는 그롤. 노엘은 표정 한 번 바꾸지 않는다.

"네 말대로 강경 수단을 택한다면 싸우지 않아도 되는 자들이 필시 적으로 돌아서게 된다. 카르나스 공성전과 비교도 되지 않는 손실이 발생할 테지. 즉 공을 탐하고자 무작정 전투를 펼칠 필요가 전혀 없다는 뜻이다. 알아들었다면 추후 억측으로 의견을 올리는 짓은 삼가도록 하라!"

윌름이 여전히 무릎 꿇고 있는 노엘에게 호통을 쏟아부었다. 그 말에 동조한다는 듯이 다른 무관들도 강하게 고개를 끄덕거린다.

그롤도 완전히 같은 생각이었다. 노엘의 베스타 급진 방책은 위험만 클 뿐 얻을 것은 적다는 생각밖에 들지 않았다. 이쪽으로 가담하겠다는 영주들과 절충 교섭만 마친다면 그들은 코임브라의 편에서 참전하게 된다. 대군으로 포위하면 베스타 공략도 순조로울 테지. 어쨌든 아군인 줄 여겼던 자들이 적으로 돌아서는 셈이다. 분명 현저한 사기 저하가 나타나리라.

애당초 적의 주력은 바하르에 없지 않은가. 윌름뿐 아니라 가디스가 보낸 밀정의 보고도 마찬가지였다. 노엘의 가설이 사실이라면 물론 위협적일 터이나 결국은 기우에 불과한 것. 공상의 적을 두려워해서야 전쟁 수행은 불가능하다. 현 상황의 방침을 유지해도 문제없다고 그롤은 그렇게 판단 내렸다.

"나 또한 윌름의 생각이 옳다고 여겨지는군. 밀정의 보고라는 무엇보다 확실한 증거까지 있지 않은가. ……설령 네 말을 따라서 한눈팔지 않고 베스타로 향한다고 치자. 만에 하나라도 공략이 지연되는 사태가 벌어진다면 우리는 끝장이다. 베스타는 견고한 성이지. 아무리 네 무용이 뛰어날지라도 손쉽게 함락시키지는 못할 터. 더욱이 보급로가 길어지는 한편 주위가 온통 적으로 들어차서야 싸움이 되지 않는다."

"그러나 베스타는 바하르의 급소입니다. 바로 지금이 가장 좋은 기회이지요. 그곳을 치면 반드시 어떤 반응이 일어납니다. 전군이 안 된다면 제 부대만이라도 선행을 허락해주십시오."

"……으음."

"네 분수를 알고 처신하라! 감히 백인장 따위가 어찌 제멋대로 행동하려 드는가! 애당초 주도가 급소라는 소리는 웬 말인가, 다 아는 뻔한 소리가 아닌가!"

"……윌름 님께서는 오셀로 놀이를 알고 계십니까? 저는 제법 솜씨가 좋은 편입니다. 그 놀이는 귀퉁이가 급소이지요."

"무, 무슨 소리인가, 갑자기."

갑작스러운 그 발언에 윌름을 비롯하여 장내에 있는 자들은 모두 당황했다. 그런 분위기를 전혀 개의치 않고 노엘은 담담히 말을 이었다.

"귀퉁이를 확보했다고 필승으로 이어지지는 않습니다만, 귀퉁이를 가만히 지켜보면서 내어 준다면 절대로 승리하지 못합니다. 얼마나 지배권을 넓힌다 해도 나중에 전부 뒤집어엎을 수 있지요. 그러니까……."

안경을 만지면서 노엘은 계속하려고 했다. 그런데 그 말을 가로막는 웃음소리가 울려 퍼졌다. 어린아이의 놀이에 비유하는 말을 들은 무관 대부분이 비웃음, 혹은 쓴웃음을 지었다.

노엘은 하고 싶은 말은 했으니까 이제 됐다는 생각에 딱히 반론하지 않고 물러났다. 리그렛을 흉내 내서 혀 차는 소리를 들려주고 싶기는 한데 신시사에게 혼날 테니까 그만둬야겠다. 아하, 이런 때 혀를 차고 싶어지는구나. 또 한 가지 배웠다.

　사실은 좀 더 강하게 주장하고 싶었으나 유감스럽게도 증거가 없었다. 그러니까 말을 못했다. 아니었다면 이런 식으로 돌려 말하지도 않았다. 노엘은 문득 더 높은 지위에 오르고 싶다는 바람에 휩싸였다.

　"흥, 실로 우스꽝스러운 이야기를 다 듣는군. 전쟁은 결코 놀이가 아니다. 목숨이 깎여 나가도록 자신의 피를 흘려야 비로소 승리를 획득할 수 있는 법이지! 태수님, 이러한 자의 발언을 결코 귀담아 들어서는 안 되십니다. 무력은 다소 뛰어나다고 하나 결국은 비천한 태생의 인물입니다!"

　"동감입니다. 저러한 발언을 인정한다면 우리 코임브라 기사의 수치가 됩니다! 아니, 감히 백인장이라는 지위에 두기에도 이미 부적합하다고 봐야 하겠습니다!"

　윌름에 이어서 가디스가 악담을 한다. 노엘은 두 인물을 주시하다가 다시 고개 숙였다.

　"그렇게까지 비난할 일은 아니잖나. 노엘은 기사가 된 지 아직 몇 날 되지도 않았으니까. ……노엘이여, 이제부터 배워 나가면 되는 것이다. 너는 내 명령에 따라 의견을 제시한 것에 불과하다. 이번에 들은 말들은 신경 쓰지 말도록 하라."

　노엘의 무용을 높이 사는 그롤은 옹호의 말을 건넸다. 그래서는 모자라다고 느낀 무관 중 하나가 진언했다.

　"……태수님, 카르나스 요새는 이미 함락되었습니다. 따라서 노엘을 경질하시는 것은 어떻겠습니까? 더 이상 이렇듯 주제넘은 인물은 필요하지 않습니다."

"과한 처벌은 필요하지 않다. 네놈이야말로 주제넘은 소리를 지껄이지 마라!"

"며, 면목 없습니다."

그롤이 일갈하자 무관은 급히 사죄하고 물러났다.

"……다만 추후에는 명령에 위반하는 행위를 용납하지 않겠다. 노엘이여, 디르크의 지시는 반드시 준수하도록 하라. 디르크의 착실한 전법은 필시 참고가 될 것이다."

"명심하겠습니다!"

그롤이 다짐을 놓자 노엘은 일어서서 경례했다. 약속하겠다는 말은 하지 않았다. 무슨 말을 하는지 이해했다는 뜻으로 한 대답에 불과하다. 지키지 못할 약속을 강요받을 것 같을 때에는 말을 흐리고 애매하게 답함으로써 대처한다. 노엘의 처세술이었다.

군사 회의장에서 물러난 뒤 노엘은 즉각 신시아의 부름을 받고 멈춰야 했다. 목덜미를 붙잡힌 채 성채 지하, 고용인들의 방으로 짐작되는 장소까지 억지로 끌려가는 처지에 놓였다.

"바보 녀석 같으니! 정말로 네 머리에는 무엇이 들어 있는 거냐! 애써 큰 전공을 세워 놓고도 그래서는 전부 엉망이 되지 않았나! 이렇게 되지 않도록 너에게 교육을 실시해주었건만!"

"의견을 말하라길래 솔직하게 말했을 뿐이야. 엄청나게 바보 취급만 당했지만. 모두에게 미움받는다는 것도 희한한 경험이네. 으음, 이런 걸 바늘방석이라고 하던가?"

아하하, 노엘이 머리를 긁적거리자 강렬한 철권이 날아들었다. 이번에는 힘도 빼지 않았다.

"군사 회의장에서 오셀로를 예로 드니까 그렇게 된 거다!"

"신시아는 그 게임이 약하니까 말이야."

"이런 바보를 봤나!"

철권이 아니라 뺨을 꼬집혔다. 정말 화났을 때는 이렇게 나온다. 진심으로 반성할 때까지 놓아주지도 않는다. 노엘은 정말 진지하게 반성한다는 표시로 불쌍한 표정을 지어 보였다. 그래도 놓아주지 않는다. 두 손을 들고 항복 표시를 해도 소용없었다.

1분이 지나서야 겨우 풀려났다. 분명 뺨이 붉어졌을 것이다. 신시아는 미안해하는 표정을 지었다.

"아야야. 벌써 반성했다는데도, 너무해라."

"미, 미안하다. 무심코 방금 전 기억을 떠올리는 바람에."

남의 뺨을 꼬집으면서 회상하지 말라고 핀잔 놓고 싶었지만 노엘은 입을 다물었다. 어쩐지 혼날 것 같았다.

"방금 전 기억?"

"……으음. 네 의견이 만에 하나 사실이라면 정말 큰일이 나겠구나 싶었지."

"달리 좋은 예시가 안 떠올라서. 아무 증거도 없는 그냥 억측이기도 하고. 바보 취급은 익숙하니까 괜찮지만 말야. 그래도 왠지 짜증이 나는 이유는 대체 뭘까?"

"……그야 당연한 감정이다. 그러한 취급을 받는다면 나라도 화가 나겠지."

그렇게 말한 뒤 커다랗게 숨을 들이마시는 신시아.

"신시아?"

"아니, 더욱 화내도 무방할 지경이다! 네 활약을 직접 목격한 인물이라면 그렇듯 감히 조소를 흘리지는 못할 터인데! 아아, 정말로 분하군. 답답하구나, 분통이 터지는구나! 도대체 뭐란 말인가, 그 언사는!! 노엘의 의견을 고려조차 안 하고 일축하다니! 정말로 적의 함정이라면 우리는 궁지에 빠지게 되지 않는가!!"

신시아가 근처에 있는 선반을 철장갑 낀 주먹으로 분쇄했다. 노엘보다도 분노가 격해 보였다. 상당히 소리가 크게 울려 퍼졌으나 다행스럽게도 근처에 사람은 없는 듯싶었다. 제법 아슬아슬한 소리를 꺼냈다는 사실은 본인은 깨닫지 못하고 있다. 노엘의 말을 믿는다는 것은 윌름의 보고가 거짓이라는 뜻이 된다.

"저기, 왜 신시아가 화내는 거야?"

"벗이 모욕당했는데 당연히 화가 나지 않겠나!! 놈들이 상관만 아니었다면 반쯤 죽여 놓았겠지! 자신들은 카르나스 공략에 실패한 주제에!"

신시아는 얼굴을 새빨갛게 붉힌 채 발을 퍽퍽 굴렀다. 노엘은 눈을 똥그랗게 뜨고 그 광경을 지켜보고 있었다.

벗— 친구. 노엘은 신시아를 그렇게 여기고 있었지만, 신시아도 그렇게 여기는가 알지 못했다. 마침내 확인할 수 있었던 노엘은 괜히 기뻐졌던지라 방금 전까지 솟았던 짜증은 완전히 사라져버렸다.

"정말 고마워, 신시아. 나 때문에 화내주는 사람은 난생처음이라서 살짝 기쁘기도 하고 쑥스럽기도 하고."

"그런 문제가 아니다! 이 가라앉지 않는 분노를 나는 어찌하면 좋

단 말인가!"

"아하하, 한번 심호흡하고 마음 가라앉혀. 괜찮아, 아직 어떻게 될지 모르는 거잖아. 코임브라에는 신시아랑 도련님이 있고. 이길 수 있도록 열심히 싸우자. 나는 반드시 약속을 지키거든."

노엘은 거칠게 콧김을 뿜는 신시아의 어깨를 토닥여서 달래주고는 온화하게 미소 지었다.

노엘은 정치 부분을 잘 알지 못했다. 그러나 하필 바하르의 영토를 먼저 치고 들어왔다는 것이 악수임은 알 수 있었다. 기습을 펼칠 작정으로 침공했을 터이나 상대 역시 작정한 채 매복 중이겠지. 그렇게 되도록 유도한 적의 작전상 승리라고 평해야 하는가.

말도 안 되기는 하나 정말로 노엘의 억측이었다면 상황은 간단하다. 이대로 전진해서 승리를 거둘 뿐. 다만 그렇게 되지는 않으리라.

"……너는 이상한 데서 거물의 자세를 발휘하는군. 바보인지 머리가 좋은 녀석인지 정말이지 판단이 고민스럽다."

"아하하, 칭찬해줘서 고마워."

"별로 칭찬으로 한 말이 아니다."

방금 전 노엘은 신시아를 위해 말을 가렸다. 『그 밀정의 보고는 정말 진실로 올바를까요? 윌름 장군이 날조했을 가능성은 고려하셨습니까?』라는 말을 꺼냈다면 노엘의 교육을 담당하는 신시아도 덩달아 처벌을 면치 못했을 것이다. 그러니까 그만뒀다. 그쯤은 노엘도 판단이 됐다. 노엘은 도망치면 되지만, 신시아는 그럴 수 없었다.

상대를 강제로 판 위에 끌어올리는 급습책은 각하당하고 말았다. 그렇다고 해서 이대로 느긋하게 굴면 상황이 적의 의도대로 진행되고 만다. 특히 코임브라의 승리를 별로 원하지 않아 보이는 윌름이 자신을 주시하고 있었다. 허리춤의 철퇴에 손을 뻗고 싶어졌지만 꾹 참았다. 세상살이란 참 어렵다.

"아아~ 왠지 날씨도 조금 안 좋아졌네."

"한차례 비가 오려는가. 행군에 영향을 주지 않으면 좋으련만."

"그쪽은 괜찮지 않을까? 그런 느낌은 아니니까."

방금 전까지 내리쬐고 있었던 태양은 거무스름한 구름에 뒤덮여서 지워 없어져버렸다. 다만 아직 비는 내리지 않는다.

노엘이 야영지에 돌아가려고 하던 때에 낯익은 얼굴이 둘쯤 눈에 들어왔다. 한 명은 여윈 몸에 엄격한 용모를 지닌 중년. 방금 전 노엘의 명령 위반을 엄중하게 비판했던 디르크 천인장이다. 곁에 있는 인물은 노엘의 부하 도르커스였다.

그대로 지나쳐도 괜찮았겠지만, 일단 인사는 해야겠다는 생각에 가까이 다가갔다. 상관을 보면 인사를 잊지 말라고 신시아에게 엄한 교육을 받았다.

"디르크 천인장님, 방금 전 실수를 저질러 죄송했습니다!"

"아, 노엘 백인장인가. 아니, 사죄하고 싶은 사람은 오히려 나일세. 그토록 창피를 줄 의도는 아니었는데 말이지. 윌름 님을 비롯하여 가디스 님도 귀관을 까닭 없이 싫어하는 듯싶더군. 그분들이 북부 출신에게 쌀쌀맞은 것은 어제오늘 일이 아니다만, 그렇다 쳐도 이번에는 도가 지나쳤어."

"북부 출신이 문제입니까?"

"그래, 가난한 북부 출신자는 홀대받는 게 예삿일이라네. 코임브라의 요직을 차지하고 있는 인물은 거의 다 남부 출신이지. 귀관도 조임 출신이라고 들었네. 뭐, 이만하면 대충 알아들었을 테지."

"……."

아하, 노엘은 깨달았다. 그래서 모두 자신을 우습게 보는 것일까. 리그렛이 대놓고 불만스러운 표정을 짓는 이유도 그러한 의식이 밑바탕에 깔려 있기 때문인지도 모르겠다.

옆쪽의 신시아도 괴로워하는 표정이었다. 그런 분위기가 팽배했다면 차마 가르쳐주기 힘들었을 수도 있겠다. 다만 윌름과 가디스가 자신을 싫어하는 이유는 단지 출신의 문제는 아닐 것이다.

"애써 전공을 세웠건마는 미안하게 됐네. 나 역시 장소를 달리 선택해야 했어. 그 때문에 마침 도르커스에게 불평을 듣고 있던 참이네."

"그야 그렇지. 모처럼 노엘 대장이 큰 전공을 세웠는데도 댁 때문에 물거품이잖나. 게다가 버러지 놈들에게 바보 취급을 당한다는 게 어디 가당키나 한가? 젠장, 남쪽의 높은 분들께서는 도대체 뭐가 불만이야!"

"전공을 올린다고 모든 행동이 용납되지는 않는다. 남쪽이든 북쪽이든 출신과 관계없이 말이지. 그것이 군대라는 조직이다. 개중에는 그렇게 여기지 않는 자도 있는 듯하다만, 나는 가만히 묵과할 수 없었어."

"이 돌대가리 놈아! 그러니까 언제까지고 천인장 신세를 못 벗어나는 거다. 일단은 귀족 나리 주제에 말이야!"

　도르커스가 혀를 차고 백발의 머리통을 긁적거리자 디르크는 쓴웃음 지었다. 언사가 제법 거친데도 특별히 신경 쓰는 기색은 없었다. 어쩌면 노엘과 신시아 같은 사이일까.

　"어차피 몰락한 가문이지. 거기에 얽매여서 삶의 방식을 바꾸고 싶지는 않군. ……아, 이 녀석은 나와 안면이 좀 있다네. 광산 지대가 북적거릴 때부터 알고 지냈던 악연이지. 참고로 얼마 전까지는 내가 흰개미당 토벌 임무를 담당했었고."

　"그래서 살살 다뤄줄 줄 알았다면 아주 착각이었다. 뭐, 꽉 막힌 성격인 거야 뻔하니까 나도 상대가 편하기는 했다만."

　"조금만 더 밀어붙였다면 아예 섬멸했을 텐데 정말로 운 좋은 녀석이군."

　"뭔 소리를 지껄이나? 고전만 거듭하다가 경질 직전이었잖나!"

　"얼빠진 녀석! 전부 너희를 방심시키기 위한 연기였을 뿐 딱히 고전했던 게 아니다!"

　디르크가 도르커스의 등을 세차게 두드렸다.

　"둘이 사이가 좋네요."

　"에라, 아주 퍽퍽 때리는구먼. 그냥 지겨운 악연이오. 뭐, 서로 진지하게 죽이려고 들었던 것도 아니고. 이 형씨는 우리를 가능한 한 살려서 붙잡으려고 했거든. 그러니까 우리는 그 부분을 파고들었습죠."

　"같은 코임브라의 사람끼리 서로 죽이려고 들 필요가 대체 무엇이냐는 것이 내 믿음이었으니까. ……그나저나 설마하니 이 악당 놈들이 코임브라를 섬기게 될 줄은 꿈에도 상상하지 못했군. 그만큼 귀관을 믿고 따른다는 말이 되겠지. 이 난폭한 녀석을 복종시킨 수

완, 참으로 훌륭하네."

"감사합니다!"

"……으음. 그나저나 귀관은 신시아 상급 백인장과 꽤나 친밀하게 지내고 있는가 보군."

"네!"

"서로를 진실로 알아주는 벗이란 얻기 힘든 법이지. 그 인연, 소중히 여기도록 하게."

"넷, 소중히 여기겠다고 약속드립니다!"

노엘은 등을 똑바로 펴고 경례했다. 신시아는 바깥에 나오고 나서 처음으로 사귄 친구다. 밀트와 마을 사람들은 소중한 이웃이었지만 친구는 아니었다.

코임브라에 오고 나서 아군이 잔뜩 늘었다. 동료들이 노엘의 주위에 함께 있어준다. 그럼에도 친구는 별로 없었다. 그러니까 사귄 친구는 소중하게 여기고 싶다는 것이 노엘의 바람이었다.

"대답이 기운차니 실로 보기에 좋군. ……혹여 군의 작전 방침에 대해 무엇인가 제안이 있다면 추후에는 나에게 먼저 말하도록 하게. 귀관의 무력은 확고하다는 것을 나 또한 잘 알고 있네. 못 믿겠다는 인물도 있는 듯하나 우연이나 기적 따위로 적장의 목을 거둘 수는 없는 법이지. 귀관은 젊고 미래도 유망하니까 급하게 공을 다툴 필요는 없어."

그렇게 말한 뒤 노엘의 어깨를 토닥여줬다. 노엘은 출세를 하고 싶어서 서두르는 것은 아니었다. 승리하기 위해서 최선이라고 판단한 일을 했을 뿐이다. 그러나 그 뜻은 인정받지 못했다. 태수도 디르크도 윌름 장군의 의견이 더 타당하다고 인식하고 있었다.

이런 경우는 어떻게 해야 할까. 노엘은 알지 못했다. 노엘의 수하는 흰개미당이 5백에 병졸 2백을 더하여 7백의 부대. 이래서는 베스타를 함락시키기는 불가능하다. 그러니까 노엘은 솔직하게 자신의 의견을 제시했다.

"디르크 천인장님, 내일은 제 부대에 적 잔당을 추격하라는 명령을 내려주시면 안 되겠습니까?"

"잔당 추격이라. ……그게 전부는 아닐 테지. 또 돌출 행동을 벌이려는 의도인가?"

눈살을 찌푸리는 디르크에게 노엘은 품속에서 지도를 꺼내 놓고 어느 지점을 가리켰다.

"네, 산악 지대에 있는 도시 라인, 그 주변의 「소초」를 습격하고 싶어서 드린 말씀입니다. 아무쪼록 허가를 내려주시면 좋겠습니다."

노엘은 보고 없이 이곳을 칠 계획이었으나 디르크에게 허가를 요청하기로 했다. 도르커스의 친구라면 혹시 알아줄지도 모른다는 기대가 들었기에.

"그 주변은 우리의 제압 예정 지역에 들어가 있지 않군. 베스타까지 이어지는 길을 착실하게 확보하라는 것이 태수님의 지시이기도 하니까. 지금 한 말은 그 부분을 감안해서 꺼낸 발언인가?"

"네. 이곳을 공격하는 작전은 결코 허사가 되지 않습니다. 언뜻 전략적으로 무가치하게 보이나 적의 배후를 위협함으로써 심리적으로 몰아붙일 수도 있겠습니다. 눈에 거슬리는 소초를 지금 미리 태워버리면 훗날의 침공에도 도움이 될 것입니다."

"……좋다, 알겠네. 내가 태수님께 아뢰도록 하지. 다만 부대가 괴멸적인 피해를 입는 사태는 피하도록. 어디까지나 견제 수준에 머물러야 한다. 카르나스를 함락시킨 영웅이 패전하여 달아난다는 그런 소문이 돌아서는 위험하니까. 임무를 마치거든 즉각 귀환하라."

"넷, 명심하겠습니다!"

옆쪽의 도르커스와 신시아는 잘 모르겠다는 표정을 짓고 있었다. 다만 노엘에게는 극히 중요한 일이었다.

라인은 가도에서 떨어진 위치에 있는 작은 도시이다. 배후에는 바르케스 산맥이 이어지고 있는 산기슭의 도시이기도 하다. 덧붙이자면 가도를 따라 더욱 동쪽으로 가서 세 가도의 합류 지점으로 교통의 요충지인 도시 토르드, 그곳을 넘어 동진하면 주도 베스타에 당도할 수 있다.

토르드는 요충지라는 이유도 있어 그런대로 방비를 갖추고 있지만, 라인은 그렇지도 않다. 산악 지대의 도시라는 점을 제외한다면 딱히 특징이 없는 거점이었다.

노엘의 목적은 이곳을 제압하고 발판 삼아서 단박에 바르케스 산맥을 넘어 베스타를 습격하는 데 있었다. 앞서 언급한 지리적 위치를 감안하면 지역 주민들만 아는 지름길이 있을 것이다. 만약 없다면 강행 돌파를 감수할 수밖에. 충분히 가능하다는 것은 노엘이 그 교회에서 끝까지 도망쳤을 때 이미 증명을 마쳤다. 인간은 하려고 마음먹으면 무엇이든 할 수 있다. 자신이 해냈는데 다른 사람들이 해내지 못할 리 없었다.

산을 무사히 넘은 다음은 수확 이전의 전답, 베스타의 성 아래 거주 지역에 불을 질러서 태반을 잿더미로 만들겠다. 그럼으로써 숨죽이고 있는 녀석들을 끄집어내면 된다. 만에 하나 주력이 가까운데 있다가 허겁지겁 방어를 위해 나온다면 횡재하는 셈이다. 소수병력의 이점을 살려 또다시 산을 넘어 철수하면 그만이다.

그렇게 되면 어떻게든 결전으로 끌고 갈 수 있다. 결전에서 노릴 목표는 적의 격파가 아닌 전투를 장기화시켜 수렁으로 만드는 것. 양측이 심대한 피해를 입을 터이나 일방적인 패전은 아니게 된다. 상호 출혈만 되도 감지덕지였다. 그것을 위해서라도 라인은 필히 함락시켜야 했다.

이러한 사안을 솔직하게 이야기한들 아무도 진지하게 들어주지 않으리라는 것은 방금 전 건으로 잘 알고 있었다. 윌름에게 바보 취급당하는 것이 불 보듯 뻔하다. 그자는 코임브라가 유리해지는 것이 마음에 들지 않는가 보다. 정말로 머리를 딱 쪼개주고 싶었다.

그런고로 노엘은 보고하지 않고 제멋대로 해치워야겠다고 결심했다. 신시아, 엘가와 한 약속을 지키기 위해서는 어쩔 수 없었다. 그들과 함께 행복을 찾아 나서려면 코임브라는 꼭 건재해야 했다. 노엘과 달리 몸 하나만 빼서 도망칠 만한 성격은 아닐 테니까.

가장 큰 문제는 수하 7백만 이끌고 해낼 수 있는지이다. 그 부분은 노엘과 다른 사람들 모두가 얼마나 힘을 내는가에 달려 있겠다.

"놀라운 기백이군. 음, 다음 작전에 대비하여 분발하고 있을 줄이야. 도르커스, 네 대장은 정말 용맹하구나."

"그야 그렇지. 적군들이 뭐라고 부르는지 아나? 헤헤, 듣고 놀라지 마라. 악귀라고, 악귀. 조만간 바하르 놈들은 악몽에 가위눌리게 될 거란 말이지."

"전장의 악귀인가, 참으로 무시무시하군. 아니, 믿음직하다고 말해야 하나. 귀신 소리를 듣는다 해도 내 딸과 비슷한 나이이건만. 전쟁이 끝나면 그쪽으로도 꼭 소개를 해줘야겠군."

"디르크 형씨, 거 쓸데없는 참견일 텐데."

"무슨 소리인가. 기사일지라도 아이를 낳아 다음 시대에 이름을 이어 나가는 것도 중요한 사명이지. 잊어서는 안 될 것이다."

"또 또 잔소리를 늘어놓으시는군. 참견쟁이 맞선 아저씨 같으니라고!"

"너는 말버릇부터 좀 고치려고 노력해봐라! 이제는 군인 신분이 잖은가!"

도르커스와 디르크가 불평을 주고받으면서 서로를 살짝 세게 쿡쿡 찌르고 있다. 왠지 모르게 낯익은 광경이었다.

구경하면 재미있어서 질릴 틈이 없지만, 달리 할 일이 있었던지라 노엘은 자리를 뜨기로 했다. 할 일이란 두 가지. ─밥을 먹고 내일에 대비하여 일찍 자는 것. 어쩐지 날씨도 좋지 않을 것 같으니까 그게 제일이었다.

다음 날 아침, 노엘은 병사들과 함께 출발 준비를 하고 있었다. 디르크에게서 허가를 받은 까닭에 이런저런 말을 들을 걱정도 없었다. 콧노래를 흥얼거리면서 척척 식량을 말에 묶어 달았다.

기승이 허락되는 인원은 노엘, 도르커스, 리그렛뿐이다. 다른 병사들은 허리춤에 물자를 매달아 준비를 갖춰야 했다. 노엘의 부대는 기병대가 아니기에 어쩔 수 없었다. 내내 도보로 이동하자면 고될 수는 있겠으나 부대의 주력 흰개미당을 기병으로 만들어 봤자 이점은 적을 것이다.

"노엘."

"좋은 아침, 신시아! 오늘은 좋은 날씨라서 참 다행이야."

노엘은 한껏 기운 넘치는 목소리로 인사를 했다. 오늘은 구름 한 점 없이 쾌청하다. 좋은 일이 일어날 것 같다는 예감이 든다. 그러나 신시아는 어째서인지 그늘이 드리워진 표정을 짓고 있었다.

"그래, 좋은 아침이군. 그보다 정말로 갈 작정인가?"

"그야 물론이지. 바하르를 이기기 위한 첫걸음이니까."

"어째서 그런 벽지의 소초를 치러 가려고 하지? 만

약 무슨 일이 나도 구원을 가기는 어렵다. 굳이 위험을 저지를 필요가 있나?"

"응, 이게 필요가 있거든. 그 도시는 어떻게 해서든 먼저 함락해야 해. 그래야 다음으로 이어지니까."

"⋯⋯이봐, 잠깐만 기다려봐라. 설마하니 라인을 아예 공략할 작정인가?! 너는 소초를 한 차례 공격하고 귀환한다고 말하지 않았나!"

신시아가 눈을 부릅뜨고 큰 소리를 질렀다. 노엘은 집게손가락을 입가에 가져다 대고 조용히 하라면서 간절하게 신호를 보냈다. 주위에 알려지면 어쩐지 귀찮아질 것 같았으니까.

"아하하, 목표는 크게 잡아야지. 무리 같다 싶으면 예정대로 한 번만 공격하고 돌아올 거야."

"미안하지만 전혀 신용이 되지 않는군. 네가 할 짓이야 뻔하지, 무슨 일이 있어도 기필코 치고 들어갈 작정이잖은가!"

"그렇게까지 무리는 하지 않아. 죽으면 아무것도 안 되고. 다른 동료들도 같이 가는 길이니까 말이야."

노엘은 얼버무렸지만 신시아의 시선은 흔들리지 않았다.

"아무래도 나도 따라가는 게 좋겠군. 지금 당장 허가가 떨어질지 모르겠다만 무모한 작전을 가만히 두고 볼 수는 없는 노릇이지."

"그건 안 돼. 너무 큰 병력은 눈에 띄기도 하고, 시간이 걸리니까. 단박에 밀어닥치는 게 이번 작전의 요점이거든."

신시아의 부대는 1천. 라인을 함락시킨 다음이라면 꼭 협력을 받고 싶은 마음이다만, 지금은 아직 필요 없었다. 인원수가 많아지면 적이 방비를 단단히 굳히게 된다. 즉 이쪽은 소수에 불과하다고 적의 방심을 유도할 필요가 있었다.

"아니, 그러나—."

"흠, 뭔가 걱정되시는가 보군. 괜찮다면 소관이 동행하리다."

신시아의 뒤쪽에서 뺨에 상처가 있는 거한이 나타났다. 겐부의 무관, 카이 백인장이었다. 그 뒤쪽으로 특징적인 삿갓을 머리에 쓴 병사들이 줄지어 선다. 카이의 이야기로는 기동력이 뛰어난 경장병이라는 병종으로 구성된 부대였다. 방어력이 약한 대신 그만큼 날렵하고 기습 임무가 특기라고 했다.

"카이 공인가. 아니, 귀관이 참전한다면 여러모로 위험할 텐데. 이번 전쟁에 겐부 주는 정식으로 참전을 표명하지 않았지. 외교 관계상 골치 아픈 문제가 될 수도 있고."

"걱정 마시게. 겐부의 깃발을 내걸 의향은 없을뿐더러 증거를 남기지도 않을 테니까. 그롤 님에게 일단 교전 허가도 받아 두었지. 무엇보다도 노엘 공의 활약을 바로 곁에서 볼 수 있다면 다소의 위험 따위야 싼값이잖나."

그롤은 물론 겐부 사람이 전투에 참여하는 데 거부의 뜻을 드러내지는 않을 것이다. 겐부의 지도자들은 물론 그만두라고 소리치고 싶겠지만.

노엘은 가볍게 고개를 가웃거린 뒤 일단 마지막으로 확인을 받기로 했다. 그런 다음에도 꼭 따라오겠다면 상관없다. 무슨 일이 일어나든 결단을 내린 카이의 책임이다.

"으음, 정말 괜찮아? 나중에 무슨 일 나도 화내면 안 돼."

"물론이고말고. 지난번 카르나스에서 보여주었던 1등 진입, 실로 훌륭하다고밖에 표현할 말이 없었지. 나도 모르게 전율에 휩싸였을 정도다. 그 전투 솜씨, 그야말로 귀신 같다고 눈을 의심할 경지였네. 이번에는 더욱 가까운 곳에서 두 철퇴의 깃발이 싸우는 모습을 꼭 견문하고 싶군."

그렇게 말한 뒤 머리 숙이는 카이. 경장병들도 뒤이어서 머리 숙였다. 참으로 이색적인 광경이었다.

"그렇다는데. 어때? 정말 괜찮을까?"

"……괜찮을 리가 없다고 여겨진다만, 카이 공의 행동에 간섭할 권한이 내게는 없군. 태수님께서 허가를 내주셨다는 데야 더더욱."

신시아는 곤란해하면서 고개를 가로저었다.

"그러면 같이 갈까? 아, 자기 식량은 꼭꼭 챙기고."

"오오, 감사드리겠네. 대원들, 제 몫의 식사는 갖고 있겠지!"

『넷!』

허리춤에 매달아 놓은 식량 주머니를 자랑스럽게 들어 보이는 경장병들. 카이와 비슷하게 호쾌한 사람들이 잔뜩 모여 있는 듯했다.

"보았다시피 자잘한 걱정은 일절 불필요하겠네. 우리는 노엘 공의 뒤를 뒤따라갈 테니 선도를 부탁하지. 그대가 부대의 지휘관이니."

"응, 알았어. 그럼 슬슬 우리도 출발할까. 리그렛, 진군 나팔을 불어. 도르커스, 선두 맡길게."

"알겠습니다. 전원, 나를 따르라! 노엘 부대, 출발한다!"

"……잠깐 기다려. 어째서 내가 나팔수 노릇이야. 다른 녀석한테 시키면 되잖아!"

"어이, 망할 계집아. 후딱 나팔이나 불어 재껴라! 너는 달리 할 줄

아는 것도 없잖냐!"

"매사에 정말 시끄럽네, 이 흰머리 원숭이가! 지금 막 불려고 했어!"

부채질당한 리그렛이 대단히 불쾌하다는 기색으로 출발 신호를 불었다. 기승한 도르커스가 힘차게 출발하자 흰개미당 5백이 뒤를 따른다. 이어서 코임브라의 병사 2백, 그리고 겐부의 경장병 1백. 노엘이 지휘하는 병력은 도합 8백이 된다.

전원이 출발하는 것을 지켜본 뒤 노엘은 신시아에게 말을 건넸다.

"좋아~. 그러면 나도 갈게."

"노엘, 정말 조심하도록 해라. 이곳은 적의 세력권, 코임브라와는 전혀 사정이 다르다. 방심은 금물이다."

"응, 조심할게."

"다음에 만날 때는 우리도 제법 앞으로 전진했을 테지. 함께 베스타에 쳐들어가는 날을 기대하고 있으마. 또 서로 무사히 만나자!"

"알았어!"

노엘이 고개를 끄덕거리고 경례하자 신시아도 받아주었다. 말에 뛰어올라 탄 노엘은 기세 좋게 코임브라 군의 야영지를 뛰쳐나갔다. 잠시 동안 말을 달려서 천칭 깃발과 노엘 부대의 두 철퇴 깃발을 내걸고 있는 집단을 금세 따라잡았다.

"기다렸지!"

"……꽤나 오래 걸렸군요. 친구분과 헤어지려니까 많이 아쉬웠나 봅니다."

빈정거리는 말투로 리그렛이 말을 건넸다.

"응, 소중한 친구니까."

"예예, 그러십니까. 정말 무사태평이군요."

혀 차는 리그렛을 마주 보면서 노엘은 웃음 지었다.

"리그렛도 소중한 동료니까 분명히 좋은 친구가 될 수 있을 것 같은데."

"……정말 고맙군요. 그러나 저는 사양하겠습니다. 여러모로 민폐인지라. 그런 친분 관계는 저 야만스러운 흰머리 원숭이와 쌓도록 해주세요."

"그거 유감이네. 아, 잠깐만 나팔 좀 빌려줄래?"

"당신 물건이잖아요. 자요, 마음대로 쓰시죠."

리그렛은 취구(吹口)를 정성 들여서 닦아 내고는 휙 집어 던졌다.

노엘은 나팔을 받아 들고 있는 힘껏 불어서 소리를 냈다. 아직 이 주변에는 적군이 없는지라 특별히 문제 되지는 않는다. 조금 더 나아간 다음은 자제할 마음이었지만. 다음에 나팔을 분다면 돌격의 때일 것이다.

덧붙이자면 나팔로 분 곡목은 노엘 행진곡이다. 작곡자 노엘. 경쾌한 리듬에 맞춰 다리가 저절로 나아가도록 느낌을 줬다. 언젠가 가사도 붙이고 싶다는 바람을 떠올리는 한편 노엘은 말을 달려서 앞으로 나아갔다. 병사들도 음색에 맞춰 기운차게 행군한다. 무척 좋은 느낌이었다. 참고로 옆쪽에서 따라오는 리그렛은 입을 일자로 꽉 다물고 내내 불쾌한 기색이었다.

―도시 라인, 영주 베로테의 저택.

"……코임브라의 악귀라고 했나?"

"네. 카르나스에서 도망쳐 온 병사들 사이에서 소문이 났다는군요. 저 또한 들은 소식인지라 자세한 내용까지는 알지 못합니다만."

"실로 우습고 황당한 말이군. 카르나스의 함락은 이미 예정된 사태. 호슬로 공은 안타깝게 됐으나 그는 사정을 전부 알면서도 포석이 되어주었다. 오로지 아밀 님께서 일륜의 영광을 손에 넣기 위하여 뒷받침이 되고자 말이다. 악귀가 어쩌고 하는 헛소리는 당연히 코임브라의 유언비어가 분명하다!"

라인을 다스리는 베로테 백작이 불쾌한 목소리로 내뱉었다.

바르케스 산맥으로 이어지는 이곳 라인의 주변은 빈말이라도 풍요로운 토지라 평하기는 어려웠다. 그럼에도 베로테는 전답을 일구고 상업을 장려함으로써 백성들이 굶주리지 않도록 필사적으로 노력을 들였다. 아밀의 측근, 파리드 및 밀즈처럼 눈부신 성과는 아닐지언정 바하르에 대한 충성을 견주자면 뒤지지 않노라고 강렬한 자부심을 품고 있었다.

아밀이 바하르에 오게 된 당초에는 단지 황제의 혈연에 불과하다고 어떤 기대도 갖지 않았다. 그러나 그 짐작은 좋은 방향으로 배반당했다. 아밀이 시행한 개혁은 심신 강건이라는 말로 얼버무렸던 바하르의 재정을 회복시켰고, 새로운 무역 루트까지 개척해 냈다. 이제 와서는 바하르의 태수는 아밀이야말로 적합한 인물이라고 굳게 믿고 있었다. 세상을 뜨기 전 선대 바하르 태수도 아밀의 재기를 인정한 바가 있기에 틀림없다.

주군 아밀이 계획대로 황제가 되면 바하르는 더한 번영을 누릴 것이다. 황제의 고향이 되는 셈이기에. 새 태수는 파리드, 혹은 다른 측근이 임명될 터이나 그런 사사로운 사안은 아무래도 좋았다. 중요한 것은 바하르, 그리고 라인에 사는 백성들의 행복뿐. 달리 무엇이 중요하겠는가.

그때를 위해서라도 아밀은 이 전쟁에서 필히 승리를 거둬야 한다. 벽지 라인이 전쟁에 휘말리게 되는 사태는 없다는 것이 베로테의 예측이었으나 어쨌든 전투 상황에 직면한다면 목숨을 걸고 싸울 각오를 이미 굳혔다.

"바하르의 승리는 가까이 왔다. 적의 유언비어에 속아서 동요하는 일이 없도록 주의시켜라."

"그, 그러나, 유언비어치고는 상당히 구체적인 내용이었습니다. 교차하는 두 자루 철퇴의 깃발, 피처럼 붉은 머리카락과 죽은 사람처럼 하얀 얼굴의 여자. 검은 이지창은 연옥의 화염을 흩뿌리고, 거대한 철퇴로 인간을 때려 부순답니다. ⋯⋯정말이지 무시무시한 이야기였습니다."

"이런 얼빠진 놈을 보았나! 쓸데없는 소리를 늘어놓을 틈이 있다면 주변 순찰이나 돌도록 해라! 너 같은 놈이 있기 때문에 그렇듯 바보 같은 소문이 자꾸 퍼져 나가는 게 아니더냐!"

"죄, 죄송합니다."

허둥지둥 사죄하는 종자를 일별한 뒤 의자에 깊숙이 걸터앉았다. 꼴을 보아하니 라인의 주민들 사이에도 유언비어가 퍼져 나갔을 우려가 있다. 한 차례 포고문을 붙여서 수습해야 할까. 이런저런 생각을 하던 때에 급하게 문 두드리는 소리가 들렸다.

"무슨 일인가!"

"베로테 님, 큰일 났습니다! 적이, 코임브라의 군대가 나타났습니다!"

"너까지 웬 말을 늘어놓는 게냐. 놈들은 카르나스에서 한창 태세를 정비 중이라는 보고가 들어왔다. 설령 침공을 개시했다고 쳐도 이곳에 오려면 아직 먼 나중 일이다!"

무엇보다도 가도에서 떨어져 있는 이곳 라인까지 병력을 보내리라는 생각이 들지 않았다. 아밀에게서도 주변 영지의 항복을 받아낸 다음 그룹은 필시 가도를 따라 동진하리라는 서찰이 당도했다. 카르나스 주변의 영주들에게는 시간을 끈 다음이라면 항복해도 죄를 묻지 않겠다고 사전에 통보를 마쳐 두기도 했다.

"그러나 코임브라 군의 병사가 화살에 편지를 매어 쏘았습니다! 여기 보십시오!"

"즉시 도시의 문을 개방하고 우리에게 항복하라. 거역하겠다면 몰살을 각오하도록. 객기를 부리다가 판단을 그르치지 말라. …… 뭣이라? 역적 놈들이 웬 헛소리를 지껄이는가!"

편지를 바닥에 내팽개친 뒤 발로 거듭거듭 짓밟는다. 그때 또다시 부하가 달려왔다.

"베로테 님, 길가에 위치해 있는 소초 두 곳이 코임브라의 습격을 받았습니다. 적은 두 철퇴의 깃발, 지휘관은 노엘이라고 이름을 밝혔다고 합니다."

"……허보는 아니었다는 말인가. 게다가 두 철퇴의 깃발이라고 했나? 소문의 악귀가 이런 벽지까지 찾아올 줄은!"

"그러나 적의 수는 그리 많지 않은 듯합니다. 소초는 파괴되었다

해도 인적 피해는 경미합니다. 도망쳐 나온 자의 말을 들어보면 적은 기껏해야 3백 정도로 알려졌습니다."

"고작 3백이라. 그 말은 틀림없는가?"

"넷, 가까운 곳에서 다른 적 세력은 발견되지 않았습니다."

"……흐음. 다만 만약에 대비하기 위해 척후를 보내도록 하지. 함락된 소초 주변을 철저하게 조사하라. 이곳 라인을 공략할 작정으로 들이닥쳤다면 최소한 2천은 데려왔을 터!"

"분부 받듭니다! 즉시 척후를 보내겠습니다!"

라인 주변의 소초에는 인원을 각각 수십 명가량 배치한 것이 고작이다. 벽지이기도 하고 평소의 경계 대상은 기껏해야 산적이나 맹수가 전부이기 때문이었다. 따라서 적이 불과 3백가량일지라도 괴멸은 면할 수 없었다.

가장 큰 문제는 적이 이대로 이곳 라인까지 들이닥칠 것인가 하는 점이었다. 굳이 화살에 편지까지 매어 쏘았다 함은 공략할 의향이 있다는 의미일 터이나 단지 교란에 불과할 가능성도 있었다.

'뭐, 아마도 견제를 할 작정일 테지. 만약 정말 공격한다면 맞싸워 무찔러주마.'

―세 시간 후, 출동 보냈던 모든 척후가 귀환했다. 적은 소초를 파괴한 뒤 이곳 라인을 목적지 삼아 이동 중으로 파악되었다. 역시 적의 숫자는 3백. 지휘관은 기승한 적발의 여성 사관. 두 철퇴의 깃발을 내걸고 여유롭게 행군하고 있다던가.

"고작 3백에 불과한 병력으로 정녕 라인을 제압하겠다는 말인가. 악귀인지 무엇인지 모르겠다만, 나 베로테를 아주 깔보고 있군!"

굴욕과 분노에 젖어 베로테가 후들후들 떨었다. 만에 하나라도 코임브라의 주력이 이쪽으로 향한다면 시간을 끈 다음 항복할 의향이 기는 했다. 아밀 또한 그리하도록 허가를 내렸으니까.

다만 고작 3백의 병력으로 나타났다면 상황이 달라진다. 라인의 상비병은 3백이다만, 임시 징병을 실시하면 1천은 끌어모을 수 있었다. 그만한 병력이라면 확실하게 요격이 가능하리라. 바하르의 인간은 패배를 싫어하는 자가 많았다. 지역의 특색이기도 하고 과거의 무훈을 자랑거리로 여기기 때문이다. 약졸 코임브라 따위에게 질 리가 없다. 설령 악귀가 지휘하는 부대일지라도. 전투는 병력의 숫자와 사기가 결과를 좌우한다. 한 사람이 다소 강하더라도 다수의 힘을 뒤집기는 불가능한 법이다.

"베로테 님, 어찌하시겠습니까? 설마 항복 권고를 받아들인다는 말씀을 하진 않으시겠죠."

"······잠시 기다려봐라."

신중을 기하고자 베로테는 고찰을 이어 나갔다. 지금 항복한다는 수단도 일단 있기는 하다. 다만 아무러면 3백을 상대로 대뜸 항복하면 아밀도 용서해주지 않을 터이다.

코임브라와의 전쟁은 거의 틀림없이 바하르의 승리로 끝난다. 언뜻 코임브라가 기세 좋게 지배권을 확대하는 듯 보인다. 그리되도록 아밀이 유도한 만큼 당연한 결과이다. 그리고 코임브라 군이 만반의 준비를 갖춰 베스타를 침공할 때 그롤은 분명 현세의 지옥을 맛보는 처지가 되리라. 아밀이 세운 계책은 그때가 돼야 비로소 완성을 맞이하기에. 들은 바에 따르면 이미 코임브라의 유력자를 변절시키는 데 성공했다던가. 베로테가 보기에 상황은 이쪽이 압도적으로 유리했다.

그렇다면 베로테 또한 무훈 하나쯤 갖고 싶어지는 상황이었다. 소문 자자한 악귀를 처단한다면 명성도 올라간다. 아밀의 신임도 두터워지리라. 포상 삼아서 추가 영지를 하사해줄 수도 있겠다.

"베로테 님, 무슨 고민을 하고 계십니까! 지금이야말로 역적을 무찔러서 우리의 충성을 나타내야 할 때입니다!"

"말할 나위도 없다. 적의 본대가 들이닥쳤다면 또 모르겠으나 고작 3백에 겁먹어서 검을 버리고 무릎 꿇는다면 후세에 길이 남을 비웃음거리지. ……좋다, 백성들 중 병력을 모집하라. 최소한의 수비병을 남기고 출진하겠다. 우리 도시가 전화에 휘말리도록 두고 싶지는 않다. 주위의 전답이 피해를 입는 사태도 피하고 싶으니까 말이다."

"넷!"

"요격 장소는 서쪽 구릉이 좋겠군. 높은 위치를 먼저 점하는 우리가 유리해진다. 적이 소수일지언정 방심은 금물이다. 서둘러 병력을 집합시켜라!"

"넷, 즉시 출격 준비를 갖추겠습니다!"

이제 2개월이면 수확의 가을을 맞이한다. 애꿎은 손실을 피하기 위해서라도 저 구릉에서 맞받아 요격하는 것이 최선이었다. 코임브라 군이 라인으로 오고자 하면 저 구릉을 피해서 지나치기는 불가능하다.

"우리 바하르 인의 무력을 코임브라의 어리석은 자들에게 철저히 깨닫도록 해주마!"

베로테는 자리를 박차고 일어서서 주먹을 부르쥐고 노성을 내질렀다.

베로테가 이끄는 1천 병력이 구릉에 도착했을 때 아래쪽으로 휴식을 취하고 있는 집단이 눈에 들어왔다. 코임브라의 천칭 깃발, 그리고 소문 자자한 두 철퇴의 깃발이 꽂혀 있었다.

"……적지에서 이리도 당당히 휴식을 취할 줄이야. 저 바보 놈들은 대체 얼마나 우리를 얕보고 있단 말인가!"

"베로테 님, 즉시 습격에 나서십시다! 언뜻 보기에 복병이 숨어 있는 낌새는 없습니다. 지금 친다면 일격에 박살을 낼 수 있을 겝니다!"

"음, 고작 3백, 우리가 공세를 펴면 손쉽게 도살할 수 있을지어다. 좋아, 간다!"

기승한 베로테가 검을 뽑아 단번에 휘둘러 쳤다. 1천의 바하르 병사가 한꺼번에 언덕을 달려 내려가서 코임브라의 집단으로 덮쳐들었다. 적도 습격을 알아차리기는 했으나 이제 와서 대열을 가다듬을 시간은 없다. 혼란 상태에서 아군과 맞서 싸우거나 꼬리를 말고 도망치거나 둘 중 하나였다.

"저, 적습! 바하르 군의 적습이다!" "히, 히익!! 도, 도망쳐, 도망쳐라!!"

"한 명도 살려 보내지 마라! 우리의 삶터 라인을 공격하려고 한 역적 놈들이다, 일절 자비를 베풀지 마라!!"

베로테가 명령하자 후방에 대기 중이던 궁병대가 일제히 화살을 날려 적 집단에 쏟아부었다. 귀가 따갑도록 비명을 지르면서 코임브라의 병사들이 앞다투어 퇴각해 간다. 손에 들고 있었던 무기를 집어 던지고 코임브라의 천칭 깃발까지 내버려 두는 꼴이라니. 정녕 볼썽사나운 광경이었기에 베로테는 조소를 머금었다.

"흥, 이따위가 악귀의 부대라고? 단지 겁쟁이 떼가 아닌가!"

기세가 오른 베로테가 선두를 달려 나아가던 때에 허둥지둥 말에 오른 듯 보이는 여성 사관의 모습이 눈에 들어왔다. 병사들을 내팽개치고 본인 혼자만 말에 타 도망치려는 듯했다.

"저, 전원 철수하세요! 적은 우리의 두 배 이상이야! 나는 먼저 도망칠 테니까 가능한 한 시간을 끌어야 합니다!"

"멈춰라! 네년이 병사들 사이에서 소문 자자한 악귀라 불리는 인물인가! 네년도 기사 나부랭이로 행세를 하고 다닌다면 순순히 전투에 임하도록 하라! 병사를 내팽개치면서 제 목숨만 건지겠다고 도망치다니 지휘관으로서 긍지가 없단 말인가!"

"시, 시끄럽네! 긍지 따위를 어디에 써먹으라는 거야! 선수를 빼앗긴 이상 당장은 도망치는 게 상책이지! 뭐하는 거야, 빨리 막으란 말야!!"

혀를 차면서 노엘이 쏘아붙인다. 코임브라의 병력은 전혀 통솔이 이루어지지 않았을뿐더러 위치를 지키려는 의지가 아예 없었다. 게다가 저딴 지휘관을 위해 목숨을 내던지려고 하는 인물이 도대체 누가 있겠는가.

"어처구니가 없군! 이리도 어리석은 여자가 어찌 악귀 소리를 들는단 말인가! 악질 농담이로다. 당장에 네 목을 쳐주도록 하마!!"

"나, 나는 죽지 않을 거야! 웃기지도 않아!"

기승한 노엘은 전력으로 말을 달렸다. 코임브라의 병사들도 뒤를 따라서 전방에 있는 작은 숲을 목표로 뒤도 돌아보지 않고 달려 나아갔다.

"멈춰라, 수치도 모르는 놈들! 정정당당히 싸워라!!"

이따위 저열한 작자들이 자신에게 항복 권고를 보냈다는 사실이 떠올라서 차마 견디기 어려운 분노가 끓어올랐다. 욕설을 퍼부으면서 추격을 명령했다.

그러나 상상 이상으로 적의 속도가 빠르다. 한동안 전력으로 추적했는데도 결국 숲 안쪽으로 도망을 허락하고 말았다. 부하들도 이제는 숨을 거칠게 몰아쉬고 있었다.

"젠장, 도망치는 걸음이 뭐 이리 빠른가! 마치 쥐새끼 같군!"

"헉, 헉헉!"

"전원, 추격 중지! 일단 태세를 정비한다!"

베로테는 말을 멈춘 뒤 숲속에서 부대를 정지시켰다. 꼴사납게 도주하는 적의 추적 따위야 손쉽다고 생각하고 있었다만, 예측과 달리 완전히 놓치고 말았다. 적의 손실도 최초의 활 사격으로 발생한 사망자가 고작이었다. 사방으로 흩어져서 도망치지 않고 한 방향으로 도주한 것이 원인이었다. 분함을 꾹 참느라 이를 갈았지만, 계속 추적하는 데도 한계가 있었다. 일단 호흡을 가다듬은 뒤 대열을 재정비해야 했다.

"베, 베로테 님, 왜 그러십니까? 저, 적도 지쳤을 텐데요. 이대로 추격하면 분명 따라잡습니다! 어차피, 이곳은 바하르의 영토입니다!"

"좋은 의기다! 잠시 휴식한 뒤 곧바로 추적하겠다! 이곳은 우리의 앞마당이지. 놈들이 어디로 도망치든 끝까지 추적해주마! 악귀의 정체는 이미 들통났다. 그 여자를 처단한 다음은 목을 효수해주지!"

땀을 닦고 물통을 들어 수분을 보충했다. 말에게도 먹이고 태세를 정비했다. 병사들도 마찬가지로 심호흡을 반복하면서 신속한 체력 회복을 위해 노력하고 있다. 이 상태라면 이제 5분쯤 지나서 행동이 가능하리라.

그렇게 생각하던 때에 바하르의 깃발을 든 기병이 안색이 확 바뀐 채 달려왔다.

"위, 위급 사태입니다! 코임브라의 대군이 라인을 습격! 필사적으로 방어전을 펼쳤으나 수비대는 괴멸했습니다!!"

"뭐, 뭐라고? 도, 도시에 적군?"

너무나도 갑작스러운 소식에 베로테는 멍하니 반문할 수밖에 없었다.

"우리 라인은 함락되었습니다!!"

기병은 필요 이상의 큰 목소리로 외쳤다. 부하들에게도 그 목소리가 가닿자 술렁거리는 소리가 퍼져 나왔다.

"하, 하하하. 네가 도대체 무슨 소리를 하는 게냐. 적은 이 앞쪽으로 몰아붙였다! 그런 대군이 있을 리 없잖나! 꿈이라도 꾼 것이 아닌가!"

"하오나, 실제로 지금 라인에 적의 깃발이 펄럭이고 있습니다!! 저쪽을 보아주십시오!!"

전령이 손가락질하는 방향을 노려본다. 라인의 거리 방향에서 무시무시한 양의 검은 연기가 올라오고 있다. 이 광경은 도시에서 약탈 및 방화가 이루어지고 있다는 증거이리라. 허리춤에 매달아 둔 망원경으로 확인해보니 베로테의 저택에 바하르의 세 검 문장이 아닌 코임브라의 천칭 깃발이 걸려 있었다. 쉬이 믿기지 않는다 한들 이 짧은 시간에 라인이 함락되어버렸음을 의미했다.

"도, 도시는 대체 어떻게 되었나?!"

"연기가 피어오른다는 것은……. 설마, 남겨 두고 온 사람들은 몰살을—."

"이봐, 빨리 돌아가자고! 돌아가서 우리 가족을 지켜야지!"

라인에서 임시로 징병된 인원들이 동요한 낯빛으로 일어섰다. 베로테는 소리 높여서 진정시키려고 했으나 전령의 말에 가로막혔다.

"라인을 함락시킨 코임브라 세력은 베로테 님을 붙잡기 위해 이쪽으로 향하는 중입니다! 즉시 도망쳐주십시오! 저는 근처의 마을에 소식을 전하러 가겠습니다!"

할 말만 남긴 뒤 말 머리를 돌려서 전령이 떠나갔다. 완전히 침착을 잃은 병사들은 웅성거리면서 움직이기 시작했다.

"내, 냉정하게 처신해야 한다! 아직 함락당했다고 확인된 것이 아니다!"

베로테가 애매하게 얼버무리면서 병사들의 사기를 유지하려고 한들 납득하는 인원이 누구 하나 있을 리 없었다.

"어떻게 봐도 이미 함락됐잖나! 우리가 출격한 틈을 노린 거다! 백작, 전부 당신 책임이라고!"

"맞다, 맞다!! 냉큼 코임브라에 항복하면 되었을 텐데! 이봐, 빨리 도시로 돌아가자!"

"네놈들, 그게 누구에게 하는 말버릇인가! 평민 따위가 무례하도다!"

"우리 도시가 함락된 마당에 백작 대접을 받겠다는 거냐, 바보 자식아!!"

베로테의 곁에 있던 병사가 제지해도 들으려고 하지 않는다. 아니, 이러고 있는 동안에도 후방의 병사들이 흩어져 간다. 이대로 두면 부대를 유지하기는 불가능하다. 도대체 어떻게 하면 되는가. 사력을 다해 머리를 회전시키고 있던 차에.

"저, 적습! 적습!!"

비통한 부르짖음에 이어서 불화살이 빗발같이 가차 없이 내리쏟아졌다. 화염을 두른 화살이 병사의 갑옷을 관통했고, 많은 인원이 비명을 내지르면서 쓰러져 갔다. 그리고 무엇인가 터져 나가는 듯한 소리가 들리더니 숲속이 일순간에 온통 불길로 가득 메워졌다.

"뭐, 뭐냐, 도대체! 불길 번지는 속도가 심상치 않구나! 설마 기름이라도 뿌려 두었다는 말인가?!"

"아니요, 기름이 아닌 무엇인가 덩어리 같은 물체가 터져 나간 듯 보였습니다. 아, 아무튼 이곳은 위험합니다. 지금 당장 숲을 빠져나가야 합니다!"

"아, 알겠다. 전원, 서둘러 후퇴하라! 서두르지 않으면 이 업화에 휩쓸리게 된다!!"

들이닥치는 열파를 견디면서 베로테는 말을 버린 채 부하에게 어깨를 내리눌리면서도 어떻게든 탈출하고자 했다. 불의 장벽을 피해타 죽은 병사의 주검을 밟아 넘으면서 불 속을 비집고 빠져나갔다. 탁탁 터지는 소리, 인간의 쉰 목소리가 붉은 세계에 메아리친다. 멈춰 선다면 틀림없이 불의 물결에 휩쓸린다. 단 한 순간, 정적에 감싸여 있던 숲이 대화재의 장으로 모습이 돌변했다.

"제, 제길. 그야말로 작열 지옥이잖은가! 수, 숨을 쉬기만 해도 가슴이 타는 듯하다!"

"베로테 님, 입을 열면 안 됩니다! 보십시오, 이, 이제 곧 출구입니다!"

"으윽! 어쩌다가 이런 사태가!"

이토록 깊이 진입한 기억은 없는데도 불구하고 출구가 너무나 멀고 멀었다. 뒤를 따라오는 부하는 얼마나 남았는가. 그마저도 알지 못했다.

'도, 도대체 무슨 일이 일어났단 말인가. 정녕코 영문을 모르겠군!'

그리고 간신히 당도한 불바다의 출구에서 기다리고 있었던 것은─.

"대단하네. 이 업화 속에서 무사하다니. 전부 다 태워 죽일 작정이었는데. 마지막 순간만큼은 운이 좋았던 걸까?"

"네, 네년은!"

"백작님, 물러나주십시오!"

베로테를 부축해주고 있던 부하가 검을 뽑아 들어서 눈앞에 서 있는 인물을 베고자 달려들었다. 그 칼날이 닿기 전에 몸이 멈춘다. 등 뒤쪽으로 갑옷을 꿰뚫어 찢고 두 갈래의 예리한 날 끝이 튀어나왔다. 부하는 부들부들 경련한 끝에 완전히 움직임이 멎었다. 지면으로 붉은 액체가 끊임없이 흘러 떨어지고 있었다.

"네, 네년이 감히—."

베로테는 부르짖으려고 했지만, 공중을 날아다니는 재가 목에 달라붙어서 숨이 막히고 말았다. 눈앞에 이지창을 들고 가로막아 선 인물은 얼마 전까지 쫓아다녔었던 노엘. 그리고 그 뒤쪽에는 두 철퇴의 깃발을 내걸고 있는 병사들이 창을 거머쥔 채 모든 앞길을 가로막고 있었다.

"재미있는 술래잡기는 이제 끝이야. 함정에 걸린 너의 패배. 저항하지 않으면 목숨은 살려줄게."

"나, 나의 패배라고?"

"맞아, 내 승리이고 너의 패배. 이게 말이야, 옛날에 황제 베르기스가 특기로 썼던 전술이라더라. 이래저래 책략을 써서 적을 사지로 유인하는 거야."

"사, 사지? 서, 설마, 전부가."

"맞아, 일부러 지는 척했던 거야. 응, 도망치는 적은 쫓아가고 싶은 게 인간의 본성이잖아? 뭔가 이상하다고 느끼면서도 깜빡 기세에 휩쓸려서 쫓아가게 되는 거지. 옛날에 나도 사냥감을 쫓다가 낭떠러지에서 떨어질 뻔한 적이 있거든."

천진난만하게 웃는 노엘. 베로테는 느릿느릿한 동작으로 등 뒤를 돌아다봤다. 방금 전까지 천을 넘겼던 병사들의 모습은 이제 열을 헤아릴 만큼 줄어 있었다. 병사들은 완전히 전의를 상실한 탓에 검을 쥐어 잡지도 못했다.

다른 병사는 도시 방향으로 도주했든가, 혹은 숲속에서 차마 말 못할 소사체가 되어 있든가. 지금은 그마저 알 수 없었다.

"……어, 어떻게 이런, 어찌 된 추태인가!"

노엘은 황제 베르기스가 특기로 썼던 계책이라고 말했다. 확실히 대륙 통일을 이룩했던 베르기스는 일부러 스스로를 미끼 삼아서 적을 이끌어 낸 다음 철두철미하게 격멸하는 전법을 즐겨 사용했다. 대치 중이던 적은 함정인 줄을 알면서도 치고 나오게 된다. 눈앞의 인간 한 사람을 죽이면 전부를 뒤집어엎을 수 있었기에. 그것이야말로 베르기스의 노림수인데도 저항하지 못한다. 단 일격으로 전부를 끝낼 수 있다는 유혹을 이겨 내기란 어려운 법이었다.

아밀이 실행하고 있는 대유인 또한 이것을 본뜬 계책. 태양제의 위업을 재현해 보임으로써 스스로의 명성을 높이고자 함이었다. 베로테는 그것을 소규모로 전개한 계책에 감쪽같이 걸려든 셈이었다. 어리석기 짝이 없는 짓이었다고 뒤늦게 후회가 밀어닥쳤다.

"내 앞에서 그러한 추태를 보인 까닭은 이렇듯 사지로 우리를 이끌어 내기 위한 유인책이었던가!"

"항복 권고를 보내거나 적은 인원으로 도발해서 상대가 화나게 만들어 유인하는 거지. 게다가 나 같은 계집아이가 상대라면 분명히 격분해서 튀어나온다고 예상했어. 그리고 텅텅 빈 라인을 별동대로 공략. 그 소식을 너희에게 알려서 동요를 불러일으키고, 틈을 찔러서 화계를 실행한 거야. 아, 함락을 알린 전령도 사실 내 부하였거든. 물론 대군은 아무 데도 없어. 도시도 전혀 괴멸되지 않았고."

"전부 네년이 파 놓은 함정이었다는 말인가! 이 베로테, 일생의 불찰이구나!"

"응, 전부 함정이야. 그 망할 장소에서 배운 지식도 의외로 도움이 되네. 이렇게 잘 통할 줄은 기대 안 했거든.”

노엘은 옆에 서 있는 기분이 편치 않은 여자에게 불쑥 「어때? 대단해?」라고 말을 붙이면서 자랑했다. 베로테는 무의식중에 허리춤의 검으로 손을 뻗었다.

“마지막으로 한 번만 더 물을게. 항복하면 목숨은 살려줄 거야. 나는 반드시 약속을 지켜. 이것저것 묻고 싶은 말도 있고 나누고 싶은 이야기도 있고. 바하르의 높은 사람이랑 대화할 기회가 이제까지 전혀 없었거든.”

노엘은 이지창을 만지작거리면서 「자, 어떡할래?」라고 물었다.

항복 따위 어불성설이다. 이러한 계집년에게 무릎을 꿇는다는 것은 귀족의 긍지가 용납하지 않는다. 무엇보다도 불타 죽어 간 부하들을 위해서라도 이 여자를 필히 죽여야 했다.

“네년도 함께 데려가주마, 코임브라의 악귀야!”

베로테는 노엘의 몸체를 겨냥하여 검을 번쩍였다.

노엘은 몸을 비틀어 검격을 피한 뒤 그대로 한 바퀴 돌아서 이지창을 깊숙이 내찔렀다. 베로테의 목구멍 아래에 이지창의 날 끝이 틀어박혔다. 작열하는 통증이 뇌를 휘돌았다. 비명조차 터뜨릴 수가 없었다. 휙휙, 하는 소리만 새어 나온다.

“그러면 어쩔 수 없네. 네 목만 받아서 쓰도록 할게.”

그렇게 말한 뒤 이지창을 횡으로 후려쳤다. 숲속의 나무에 선혈이 쏟아졌다. 노엘은 굴러가는 목을 아무렇게나 꿰찔러서 한숨을 내쉬었다.

“후유.”

"노엘 대장, 훌륭합니다. 기운차게 승리 선언을 부탁드립니다. 다들 기다리고 있잖습니까!"

"기운차게 부탁드립시다!"

흰개미당의 인원들이 시끌시끌 떠들어 댄다.

"응, 알았어. 적장, 라인 영주 베로테, 노엘이 무찔렀다!!"

노엘이 목 달린 창을 쳐들자 환성이 터져 나왔다.

"이겼다, 우리의 승리다!!"

"노엘 대장이 또 전공을 세웠다! 아주 큰 공적이라고! 이봐들, 승리의 함성을 지르세나!!"

"역시 도르커스 두령이 믿고 따르는 사람답군! 노엘 대장 만세! 도르커스 두령도 만세!"

"노엘 대장 만세! 패배를 모르는 노엘 부대에 영광 있으라!"

노엘의 강한 무력에 이끌리기 시작한 병사들이 자발적으로 승리의 함성을 내지르면서 자랑스럽게 검을 들어 올렸다. 노엘은 눈을 깜빡깜빡하면서 살짝 놀라다가 진심으로 기뻐하면서 미소 지었다.

"고마워. 역시 모두와 함께 지내면 왠지 즐거워지네. 무척 위험한데도 어째서일까? 정말 신기해라!"

그렇게 중얼거린 뒤 노엘은 두 철퇴의 깃발을 쳐들어 환성에 보답했다. 내내 쏟아지는 불똥이 마치 태양에서 떨어지는 비와 같았다.

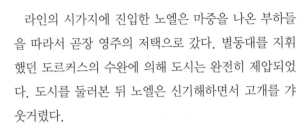

라인의 시가지에 진입한 노엘은 마중을 나온 부하들을 따라서 곧장 영주의 저택으로 갔다. 별동대를 지휘했던 도르커스의 수완에 의해 도시는 완전히 제압되었다. 도시를 둘러본 뒤 노엘은 신기해하면서 고개를 갸웃거렸다.

"어라, 저택을 불태웠던 게 아니었어?"

"그럴까 싶긴 했소만, 이 녀석들이 나가려고 하지를 않았던 터라. 태워서 죽일 수도 없는 노릇이니까 창고만 하나 불을 질렀소. 업무에 열심이라고 해야 하나, 고집불통이라고 해야 하나. 뭐, 싫진 않더군."

"그랬구나."

머리를 긁적거리는 도르커스를 일별한 뒤 긴장한 낯빛으로 늘어서 있는 인원들을 쳐다봤다. 종자 및 고용인, 메이드와 같은 인물들이다. 이 와중에 도망치지 않았던 만큼 꽤나 직무에 충실한가 보다. 그렇다 해도 지금은 반항하려는 거동은 딱히 없었다.

바하르 사람은 누구나 다 용감할 뿐 아니라 침략자에게 저항을 나타낸다는 말을 들었다만, 역시 사람은 각각 달랐다. 아무러면 정말 출신지로 성격이 고정될 리가 있겠는가. 본인의 출신지를 전혀 알지 못하는 노엘은 그런 식으로 넘겼다.

'태어난 장소를 아예 모르는걸. 역시 그 교회를 고향으로 쳐야 할까?'

"으음."

노엘이 의미도 없이 침음하자 고용인 중 한 사람이 머뭇머뭇하면서 말을 건넸다.

"……저기, 한 가지 여쭈어봐도 괜찮겠습니까?"

"뭔데?"

"베로테 님은, 저희의 주인은 어떻게 되셨습니까?"

"응. 일단 항복하라고 권해봤거든. 그런데 되레 검을 휘두르길래 죽여버렸어. 목은 여기 있는데, 볼래?"

노엘이 손에 든 자루를 앞으로 내밀었다. 힉, 소리를 내고 종자들이 뒷걸음친다.

"아, 아뇨. 괜찮습니다."

"명복을 빌어주고 싶을 수도 있겠지만, 지금은 못 넘겨주거든. 미안해."

"……그, 그렇습니까. 유감이기는 하나 어쩔 수 없겠군요."

"응, 그리고, 너희를 죽일 계획은 없고 도시 사람들도 건드리지 않을 거야. 그러니까 이제 원하는 대로 해도 좋아."

"그, 그리 말씀하셔도. 저희 또한 베로테 님을 잃는 바람에 어쩌면 좋을까 알 수가 없는 처지입니다."

"괜찮아, 괜찮아. 우리는 금방 떠날 테니까. 그롤 님에게 부탁해서 제대로 된 인력을 보내달라고 할게."

"네, 네. 감사합니다."

고용인들은 은근살짝 안심한 기색을 보였다.

"그나저나 여기 주변을 가장 잘 아는 사람을 나중에 데려와주면 좋겠는데. 조금 물어보고 싶은 게 있거든."

"그야 문제없습니다만. ……여기 주변이라고 말씀하셔도 범위가 다소 과하게 넓습니다만. 구체적으로 어느 지점인지요?"

"도시의 뒷산— 바르케스 산맥을 자주 드나드는 사냥꾼이나 나무꾼을 보내줄래? 가능한 한 빠르게 부탁할게!"

노엘은 그렇게 말한 뒤 고용인의 어깨를 토닥였다. 그리고 도르커스에게 어디든 조용한 곳으로 안내해달라고 요구했다.

안내를 받아 간 곳은 베로테가 사용했었던 집무실. 회화 및 항아리가 장식돼 있는 제법 깔끔한 방이었다. 특히 바하르의 명산품이라고 이름난 비단으로 짠 융단이 노엘의 눈길을 이끌었다.

"와아, 이거 대단하네. 정말 예뻐. 문양이 반짝반짝 빛나는구나. 어떻게 만든 걸까?"

"오호, 상당히 뛰어난 솜씨로군. 바하르가 아닌 곳에서 구입하려거든 눈이 휘둥그레지도록 비싼 값이 붙겠지. 겐부의 공관에도 이와 비슷한 물품을 갖춰 두었기에 기억하고 있지."

"저희 도시에서 만든 융단일 겁니다. 어느 벌레의 고치로 오랜 시간을 들여 실을 뽑아다가 저희의 기술을 활용하여 엮어 내지요. 다른 주에서는 이 광택과 빛깔, 그리고 미려한 문양을 도저히 흉내 내지 못합니다."

카이가 융단을 만지면서 감상을 늘어놓자 늙은 종자가 자랑스러워하는 얼굴로 설명을 했다. 그들에게 긍지란 무력이 아닌 이렇듯 융단의 제조 기술인지도 모르겠다.

"그러한가. 과연 비단을 특산품으로 내세우는 바하르답군. 소관도 제법 감복하였네."

"감사합니다. 베로테 님은 가장 완성도 높은 물품을 즐겨 사용하셨습니다. 이 융단을 특히 마음에 들어 하셨지요."

그 사람의 보물이었나 보다. 노엘은 살짝 갖고 싶어지고 말았다. 보통은 남의 보물을 빼앗으면 혼나게 된다. 그러나 이미 죽은 사람의 물건이라면 어떨까. 역시 안 될지도 모르겠다.

그래도 신시아는 죽은 오빠의 유품이었던 안경을 선물해줬다. 똑바로 물어보고 안 된다는 대답이라면 포기해야겠다. 그렇게 생각했다.

"있잖아, 혹시 내가 이 융단을 팔아달라고 말하면 화낼 거야?"

노엘이 시험 삼아 물어보자 연로한 종자는 천천히 고개를 가로저었다.

"아니요. 이 저택의 주인, 베로테 님은 이미 이 세상에 안 계십니다. 베로테 님은 사모님을 일찍 떠나보내셨고 자식도 두지 않으셨습니다. 그렇다면 비록 원수일지언정 당신이 가져다 써주신다면 융단에게도 더 잘된 일이겠지요. ……그 대신, 부탁이 있습니다. 아무쪼록 라인의 주민들에게 난폭한 행위는 자제해주십시오."

"응, 약속할게. 도르커스, 여기에 머무르는 기간은 얼마 안 되겠지만, 절대로 약탈이라든가 못된 짓을 안 하도록 단속해줘. 이 지시를 어긴 사람은 내가 직접 엄벌에 처한다고 전하고. 구체적으로 말하자면 철퇴로 머리를 깨부숴줄 테니까."

"넷! 대장이 그리 말씀하신다면 전원 덜덜 떨면서 주민들에게 친절히 대할 거요. 그건 그렇고 이 융단을 어디에 쓰려고 그러시오?"

"나중에 누군가에게 맡겨서 마들레스까지 옮겨 달라고 한 다음 내 방에서 아주 요긴하게 쓸 거야. 이 위에서 낮잠 자면 분명히 기분 좋을 것 같거든. ……어디 한번!"

노엘은 융단 위에 두 팔을 크게 벌리고 누워서 뒹굴었다. 대단히 매끈매끈해서 기분 좋았다. 이 위쪽으로 신발을 신고 밟기는 몹시 아까울 것 같았다. 그래도 사용되어야 비로소 가치가 있다는 종자의 말을 듣고 하기야, 하고 생각했다. 도구를 고이 보관해 봤자 의미도 없이 닳아 떨어지기나 할 테니까.

"실례합니다. ……으음, 도대체 뭘 하는 겁니까, 당신은. 설마 거기 어슬렁거리는 부랑자의 흉내입니까? 정말이지 지저분하군요."

방에 들어온 리그렛이 사람을 깔보는 눈매를 지은 채 내려다본다. 부랑자라는 말을 꺼냈을 때는 도르커스에게 시선을 옮겼던 터라 또 평소와 같은 응수가 시작됐다.

"누가 부랑자냐! 참는 데도 한계가 있다는 사실을 이제 슬슬 그 빈약한 몸뚱이에다가 제대로 교육시켜줄까? 아앙?"

"어머, 내가 실례를 했네. 무심코 본심이 새어 나왔어. 그리고 매사에 폭력으로 해결을 보려고 하는 태도는 지성 낮은 짐승이라는 증거거든?"

"헤헤, 아주 재미있는 소리를 지껄이는군. 이 망할 계집이!"

"응응, 거기까지만 해."

노엘은 도르커스를 말리기 위해서 별수 없이 일어섰다. 지금 갑자기 칼부림이라도 내서 융단이 괜히 더러워지면 무척 슬플 테니까.

이미 소중한 보물이었다.

"자, 리그렛도 왔고, 다음 작전에 대해 상의해볼까?"

노엘이 재촉하자 긴 책상의 주위에 도르커스, 리그렛, 그리고 카이가 자리를 잡고 앉았다. 늙은 종자는 정중하게 인사한 뒤 바깥으로 나갔다.

"저 할아버지, 좋은 사람이었네. 융단도 줬고."

"흥, 단지 당신을 거역하다가 몰살당할까 봐 두려웠던 것이 아닙니까? 즉 단순한 비위 맞추기죠."

"사람의 호의를 솔직하게 받아들일 줄도 모르는 건가. 근성이 썩어 빠진 인간은 정말 싫군."

"사실대로 말했을 뿐이야."

"뭐, 그런 이유도 있겠지만."

리그렛의 말도 틀리지 않다는 생각이 들었기에 노엘은 딱히 반론하지 않았다. 그래도 융단을 줬으니까 노엘이 보기에는 역시 좋은 사람이었다.

"그나저나 웬 상의를 하자는 말이죠? 애당초 라인을 제압한 의미조차 저는 이해가 안 되네요. 점수 벌기가 목적인가요?"

"아니, 노엘 공에게 무엇인가 계획이 있겠지. 그나저나 공세를 펼친 지 하루도 지나지 않아 라인을 함락시킬 줄은. 소관은 진심으로 감복하였네!"

카이의 부대는 도르커스와 함께 별동대에 편성되어 도시 제압과 방화 임무를 수행했었다. 도시의 병력은 거의 대부분 비어 있었던 터라 손실은 전혀 발생하지 않았다. 무엇보다도 거친 행사를 특기로 삼는 흰개미당에 경장병이었다. 바로 그 때문에 노엘은 이 역할을 맡겼다.

"카이랑 도르커스가 잘해준 덕분이니까. 완벽한 타이밍이었어. 두 사람 모두 고마워."

"하하, 답례를 받을 만한 임무가 아니었다네. 몸풀기에 딱 적당하더군."

"헤헤, 별거 아니오. 노엘 대장도 도망치는 연기가 아주 훌륭했다고 들었수다."

"응. 실은 리그렛을 흉내 내면서 도발했거든? 그랬더니 적이 엄청나게 화내면서 쫓아오더라. 되게 효과적이었어!"

"……지금 흘려듣지 못할 말이 들렸습니다만. 누구의 흉내를 냈다고요?"

물론 완전히 다 듣고 있었던 리그렛이 얼굴을 실룩거리면서 묻는다. 다시 한 번 커다란 목소리로 대답해주려고 했지만, 도르커스의 말에 가로막혔다.

"거, 일일이 시끄럽게 굴지 마라. 네년이 잘못 들었을 테지. 그보다 대장, 그 녀석은 좀 쓸 만합디까?"

"응, 아주 잘 써먹었어. 그 녀석을 쓰면 도시 하나를 온통 불사르는 것도 식은 죽 먹기야."

노엘은 손가락으로 책상을 톡톡 두드렸다. 괜히 멋을 부리고자 하는 행동일 뿐 딱히 의미는 없다.

"헤헤, 도움이 됐다니까 나도 기쁘오."

성미 까다로운 리그렛은 신경 쓰여서 견딜 수가 없었는지 이미 두 번쯤 혀를 찼다. 다시 한 번 더 커다랗게 혀를 차더니 짜증스러운 기색으로 발언을 했다. 아직도 화가 가시지 않았나 보다.

"애당초 어느 틈에 그런 물건을 반입한 거죠? 저는 일절 알지 못했던 물건입니다만. 이렇게 뭐든 숨기면 부관 업무에 지장이 생깁니다!"

베로테의 병력을 숲에서 불살라 토벌할 때 사용했던 그 녀석이란 바로 연소석(燃燒石)이다. 보르크 광산에서 금 대신 채굴되었던 붉은 광석. 불에 담가 부숴서 점토 형태로 만들어 둥글게 뭉치면 완성. 기름에 담가 불을 붙이면 성대하게 불타오르다가 마지막에는 세차게 파열한다. 도르커스를 비롯한 흰개미당이 몸 바쳐 개발한 극비의 특산품이었다. 제조할 때 광석을 물에 담그는 까닭은 다른 이유가 아니라 곧바로 부수면 파열하기 때문이었다.

"네년에게 알려줘 봤자 좋을 게 아무것도 없잖나. 그러니까 내가 의견을 올렸다. 놀래주기 위해서라도 그 바보에게는 반드시 비밀로 하자고 말이야. 헤헤, 꼴좋군!"

"흥, 천한 인간이 할 법한 생각이네. 정말 저열하기 짝이 없달까."

"오기 부리는 꼴을 보니까 아주 뿌듯하군그래."

도르커스와 리그렛이 서로를 노려보고 있다. 싸움질할 만큼 사이가 좋다면 아무 문제도 없겠으나 이 두 사람은 가만히 두면 정말 죽자고 덤빌 것이다. 노엘이 단단히 감시하고 통제해야 한다. 그런 마음 씀씀이도 지휘관에게 요구되는 자질이라고 신시아에게 배웠다.

"많이 놀랐어?"

"놀랐다기보다는 불쾌합니다. 부대의 정보는 전부 가르쳐주셔야죠. 안 그러면 무슨 일이 났을 때 대처가 불가능합니다. 예를 들어서 당신이 덜컥 전사했을 때 곤란하겠죠? 대신 부대를 이끌 사람은 바로 저니까요."

리그렛이 도발하는 투로 말을 건네는데도 노엘은 딱히 화를 내지 않았다. 일부러 말을 안 했던 것은 사실이니까.

"그야 그렇겠다. 미안, 리그렛."

"대장의 전사를 가정하는 건가, 정말 질 나쁜 여자로군. 대장, 지금이라면 쳐 죽여도 누구 하나 불평이 없을 거요. 지금 한 방에 끝내버립시다. 시체는 뼈까지 불살라서 재를 강에다가 흘려보내면 그만이잖소."

"할 수 있다면 어디 해보시지, 이 흰머리 원숭이야!"

"그래, 지금 당장 해치워주마. 목 내밀어라."

도르커스가 허리에 매단 검으로 손을 가져갔다. 리그렛은 일순간 멈칫했으나 곧 매섭게 노려보면서 역시 검을 뽑아 들 태세를 취했다. 실제로 맞붙는다면 틀림없이 도르커스가 이길 터이나 리그렛의 성격상 사과의 말을 건네기는 무리이리라.

"저기, 동료니까 죽자고 덤빌 필요는 없잖아. 도르커스는 흰개미 당의 당수이고 리그렛은 소중한 부관인걸. 둘 모두 나한테 필요한 사람이야. 그러니까 있잖아, 사이좋게 지내자."

노엘이 판에 박힌 말을 꺼내자 기운이 쭉 빠진 두 사람은 검에서 손을 떼고 시선을 외면했다. 카이는 흥미진진하게 지켜보기만 할 뿐 특별히 타박하는 기색은 없었다.

"……그래서요, 노엘 대장. 당신은 이제부터 무엇을 어쩌려는 계획을 갖고 계시죠? 방금 전 말씀드렸습니다만, 이런 벽지 도시를 제압한들 전략적인 의미는 아무것도 없다 여기는 바입니다만."

"아하하, 무슨 소리야, 리그렛. 이제부터가 진짜 작전인데. 즐거운 불꽃 축제는 이제부터 시작이잖아!"

"네? 저는 말뜻을 모르겠군요. 아무리 지휘관이라고는 하나 어린애의 농담을 받아줄 만큼 한가하지는 않습니다."

고개를 획 돌리는 리그렛에게 노엘은 어조를 바꿔서 명령하듯이 말하기로 했다. 이번만큼은 안 따라주면 곤란하니까. 필요할 때는 실력 행사를 해야 한다고 신시아도 말했었다.

"진지하게 들어주겠어? 리그렛, 태수님께 전령을 보내서 여기 베로테의 목을 가져다드려. 그리고 이렇게 전해. 우리 노엘 부대는 바르케스 산맥의 지름길을 써서 바하르의 주도 베스타를 습격한다고. 우리 인원만으로도 화공은 성공을 자신하지만, 증원군을 보내준다면 함락도 가능하다고. 되도록이면 신시아 부대를 보내달라고 요청하자. 같이 작전을 수행하려면 의사소통이 잘되는 사람이 좋아, 안 그러면 번거로워지니까."

"웃기지도 않네요. 그런 무모한 작전에 대체 허가가 떨어질 리 없잖아요. 얼마 전 당신이 똑같은 말을 꺼냈을 때도 모든 사람들이 실소를 터뜨렸을 텐데요."

"내 부대 7백이랑 카이의 1백을 더해서 8백 명. 거기에 신시아 부대의 1천을 더하면 베스타에 괴멸적인 피해를 가할 수 있어. 도르커스가 갖고 온 연소석을 전부 써서 말이야. 성 아래쪽 전답을 전부 불사를 수 있겠지?"

"아주 호쾌한 말씀이군. 그나저나 그만한 짓을 저지른다면 꽤나 대단한 악명을 짊어져야 할 거요. ……대장은 충분한 각오를 갖고 계시오? 악귀뿐 아니라 온갖 악독한 별명이 붙을 터인데."

"바하르 때문에 코임브라의 수많은 마을, 도시가 비참한 처지에 놓였어. 그러니까 우리가 복수한다고 상대가 불만 늘어놓을 입장은 아니잖아. 응, 승리한 쪽의 목소리는 곧 정의가 되니까. 모두가 인정해주면 그냥 진짜가 되는 거야. 세상은 원래 그런 법이니까 어쩔 수 없어. 그러니까 나는 할 거야."

노엘은 태연하게 단언했다. 도르커스는 일순간 말을 잇지 못했으나 록벨의 참상을 알고 있는 만큼 특별히 반대하는 마음은 없는 듯했다. 곧 찬성의 뜻을 표시했다.

"먼저 수작을 부린 것은 저쪽이렷다. 뭔 짓을 하든 끝까지 함께합죠. 코임브라의 원한을 뼈저리도록 새겨 넣어주겠소."

"……겐부에서는 예로부터 인과응보라는 말이 전해 내려온다네. 선행에는 선행이, 악행에는 악행이 제 자신에게 돌아온다는 의미이지. 다만 반드시 그렇게 되지 않는 것이 또 세상의 모습일 따름. 그야말로 이 세상은 복잡기괴하니까."

팔짱을 낀 카이가 눈을 감고 묵직하게 중얼거렸다. 노엘은 말뜻을 잘 이해할 수 없었다. 그야말로 복잡기괴했다.

"뭐, 내가 극악무도한 악당이라잖아. 어떤 악행을 저지르든 이제 와서 누가 신경 신경 쓰겠어. 맞다, 다음에는 깃발에다가 귀신 가면을 그려서 들고 다닐까? 분명히 다들 깜짝 놀랄 거야!"

"참아주세요! 제가 있는 한 절대로 그런 깃발은 못 내겁니다. 나까지 바보로 보이게 되잖아!"

리그렛이 책상을 두드리면서 반대한다. 그냥 농담이었는데 진심으로 받아들였나 보다.

"하하하! 그런 부분도 실로 겐부 사람의 기질과 가깝군. 노엘 공, 코임브라에서 계속 냉대를 받을 듯싶거든 이쪽으로 망명하는 게 좋겠군. 소관이 진심으로 환영해드리리다. 나의 주군 시덴 님께서도 틀림없이 마음에 들어 하실 터."

진지한 표정으로 카이가 망명 제안을 한다. 대답이 곤란했던 노엘은 「조금만 고민해볼게」라고 적당히 답한 뒤 긴 책상 위에 펼쳐 둔 지도를 쳐다봤다. 이제 조금 더 기다리면 지리에 해박한 라인의 인물이 찾아올 것이다. 나무꾼이나 사냥꾼이라면 바르케스 산맥은 앞마당이나 마찬가지이다. 어떻게 하든 정보를 꼭 이끌어 내야 했다.

"내가 물어볼 때 솔직하게 가르쳐주면 좋겠지만. 혹시 안 되면 리그렛, 네가 캐물어줄래?"

"대단히 죄송합니다만 저는 베스타 기습에 찬성하는 사람이 아니온지라. 당신이 그토록 고집부리는 이유라도 가르쳐주시죠."

혀를 차려다가 꾹 참고 리그렛은 납득이 안 간다는 표정으로 반문했다.

"응, 알겠어. 여기에는 태수님이나 장군님들이 있는 자리가 아니니까 솔직하게 말할게. 사실 내가 더 궁금하거든. 왜 다들 바하르의 영토를 복속시키겠다고 고집부리는 건지 알 수가 없어."

"그야 대장, 전쟁 후에 아밀에게 책임을 추궁한 뒤 바하르의 땅을 거하게 노획하기 위해서잖소. 비약이 좀 심한 말이기는 해도 아밀

이 실각한다면 그롤 태수님이 차기 황제 최유력 후보니까. 비약이
든 뭐든 다 통하겠지."

도르커스가 그렇게 말하자 카이와 리그렛도 동의했으나 노엘은
반론했다.

"이긴다면 말이야. 애당초 이번 원정의 목적은 바하르 공의 황제
취임 저지였잖아. 굳이 바하르의 영지를 제압할 필요는 없다고 보
거든."

"그야 뭐, 그렇소만. 기반을 굳게 다지자는 게 딱히 이상한 작전
은 아니지 않소?"

"도르커스의 의견도 이해는 되는데, 시간을 들이면 안 된다고 생
각해. 내가 걱정하는 건 적의 주력이 정말 제도에 있느냐는 것이야.
그 부분을 확인하기 위해서라도 베스타에 일격을 가하고 싶어. 만
약 근처에 숨어 있다면 역시 주도를 방치하지는 못할 테니까. 자기
명성과 관련되는 문제잖아."

"……또 그렇게 뜬금없는 소리를 하시는군요. 제 아버지와 가디
스 장군님이 보낸 밀정에게서 온 보고입니다, 절대로 틀릴 리가—."

"그래도 정말 신경이 쓰이거든. 윌름 장군에 가디스 장군, 그리고
리벨덤의 특사 그리엘. 모두 시간을 들여서 신중하게 행군하자고
태수님에게 진언했어. 바하르 공이 가장 싫어하는 건 희생을 각오
한 채 전력 진군하는 상황일 텐데도 말야. 기껏 돌아왔더니 정작 본
거지 베스타가 이미 함락당했다면 웃음도 안 나올걸."

"……흠음, 분명 옳기는 옳은 말이군. 소관이 바하르 공의 입장이
었다면 손수 키워 낸 주도가 함락당하는 사태를 도저히 견딜 수 없

을 테니까. 명예와 관련되는 문제이기도 하지."

카이가 일리 있다고 가볍게 고개를 끄덕거렸다.

"나라면 먼저 코임브라를 도발해서 선공을 유도하겠어. 역습하기 위한 명분을 준비하는 거지. 그다음은 영토 안으로 끌어들여서 매복시켜 둔 병력으로 협공, 마무리는 퇴로를 끊고 일망타진. 매복 병력은 뭐냐면 제도로 보내는 척 꾸몄던 주력 부대야. 아마도 근처에 있어. 그리고 바하르의 해군은 리벨덤과 한통속이 아닐가? 바하르는 주력 부대가 귀환하기 전까지 시간만 끌면 승리는 틀림없겠지. 이때 가장 중요한 작업이 마지막까지 코임브라의 지휘관에게 「승리한다」는 자신감을 갖게 해주는 거야."

어느 사이에 걸쳐 썼는가 노엘은 안경을 의기양양하게 쓱 들어 올려 보였다. 긴 말을 한다고 목이 말랐던 터라 물을 잔뜩 마셨다. 더위 때문에 미지근해져서 별로 맛있지 않았다.

"……대장, 지금 말씀은 너무 큰 목소리로 하면 위험할 텐데 말이오. 어디에 귀 기울이는 작자가 있을까 모르잖소. 어디에든 쥐새끼는 있는 법이지."

도르커스는 말을 흐렸다. 다만 시선은 리그렛을 노려보고 있었다. 윌름의 염탐꾼이라고 확신하고 있기 때문이었다.

리그렛은 불쾌감 어린 표정을 숨기려고도 하지 않았다. 당연한 반응이겠다. 노엘은 대놓고 윌름 및 가디스가 세운 방침을 두고 잘못되었다 말한 셈이니까.

불쾌함을 느끼는 이유는 그것이 전부는 아니었다. 리그렛은 아버지 윌름이 아밀과 내통하고 있다는 사실을 이미 알아차렸다. 몇 번인가 바하르에서 온 사절이 아버지의 집에 출입하는 장면을 목격한 적이 있기에 거의 틀림없었다. 그러나 그 사실을 폭로한들 믿어주는 자는 아무도 없을 것이다. 미친 자 취급을 받아 유폐당하는 꼴이 훤히 보인다. 그래서 리그렛은 얌전히 흐름에 따라가는 길을 선택했다. 살아남기 위해서 어쩔 수 없었다.

노엘은 그 흐름을 정면으로 거스르려고 한다. 리그렛은 이제부터 어떻게 해야 할까 알 수가 없었다. 불안하고 불쾌해서 못 견딜 지경이었다.

"……흥, 당신의 예상은 전부 억측에 불과할 테죠?"

"응, 물론 그렇지!"

분명하게 잘라 말하는 노엘. 증거는 아무것도 없다. 척후를 보내고 싶기는 하나 노엘의 말을 믿어주지 않으면 아무 의미가 없었다. 적 주력이 이쪽에 있는 실지 광경을 보여줄 수 있다면 좋으련마는 그러기는 불가능했다.

"거봐요, 근거도 없는 불확실한 정보로 급진책을 취한들 단지 황당하고 어리석은 짓밖에 안 되죠. 아니면 당신이 짜낸 계책을 쓰면 반드시 이긴다는 확증이라도 있는 건가요?"

"아하하, 네 아버지한테도 똑같은 질문을 받았는데 꼭 이긴다는 확증을 누가 갖고 있겠어. 무슨 일이든 직접 해봐야 알 수 있는걸."

또다시 노엘은 잘라 말했다. 아무리 사고를 거듭한들 결국은 직접 부딪쳐보지 않는 한 사태가 어떻게 굴러갈까 알 수 없었다. 세워 둔 계책 전부가 잘 들어맞는다면 세상에는 황제가 몇 사람이나 탄생했겠다.

"정말 웃기지도 않네요. 그런 식이니까 코임브라 군의 망신이라고 비웃음을 당하는 겁니다. 명색이나마 기사 행세를 하고 다니려면 상식을 좀 익히고 처신하시죠!"

"있잖아, 상식 따위는 아무래도 상관없거든? 얼마나 비웃음을 당하든 이기면 되는 거야. 방금 전에도 말했지만 「반드시 이긴다는 확증」은 이 세상 어디에도 존재하지 않아. 만약 있다면 그걸 역이용해서 함정에 빠뜨릴 뿐. 전쟁이라는 건 상대의 허를 찌르는 속임수 대결이잖아? 나는 예전에 그렇게 배웠는데."

"……궤, 궤변이군요. 그렇게 말대꾸만 하니까 윗사람들에게 밉보이는 겁니다! 이제 적당히 좀 자중을 해요!"

리그렛은 정작 본인의 태도는 아랑곳하지 않고 쏘아붙였다. 늘 윌름에게 쓸데없는 말을 한마디 더 했다가 거북한 처지에 놓이는 사람이 바로 자신이었다. 상관 및 동료, 부하와도 그 탓에 거리가 벌어지고 말았으니까. 자각은 하는데도 도저히 그만둘 수가 없었다. 계속 이렇게 굴다가는 조만간 악귀라고 불리는 이 상관에게 박살나는 날도 머지않았다 싶어서 내심 불안에 떨고 있었다. 그럼에도 입은 멈추질 않으니까 일종의 병이라고도 할 수 있겠다.

"아무튼 내가 이 이상 명령을 위반할 수는 없잖아. 태수님이 도저히 안 되겠다고 하면 「타격」은 포기할 거야. 상관의 명령이랑 군법은 꼭 지켜야 하니까 말야."

타격을 그만둘 뿐 화공은 실행할 작정이다. 그러지 않는다면 전부 헛수고로 끝나버리기에.

"다, 당연한 말을 뭘 잘난 척하면서 말하는 거죠."

"자, 그러면 태수님에게 보낼 전령은 잘 부탁할게. 도르커스, 나무꾼이나 사냥꾼이 오면 나를 불러줘. 카이는 편한 대로 지내. 병사들이 충분히 휴식을 취할 수 있게 신경 써줘."

"분부 받들겠소!"

"그러면 나는 잠깐 데굴데굴할게."

노엘은 각 인원에게 말하고 불쑥 몸을 움직이더니 비단 융단 위에 누워서 데굴데굴 굴러다녔다. 이제부터 운명이라는 녀석은 어떻게 굴러갈 것인가. 자신은 전혀 예상할 수 없었다. 그렇다면 지금 할 수 있는 일을 전력으로 해낼 뿐. 노엘은 단순하게 여기기로 마음먹었다.

되도록 신시아가 와준다면 기쁠 텐데. 친구와 함께 선 전장에서는 패배한 적이 없었다. 베스타 타격도 분명 성공하리라.

—바하르 주, 어느 야영지. 제도에서 한창 되돌아오던 중에 아밀은 병력들을 멈춰 세운 채 짧은 휴식을 취하고 있었다. 그 숫자는 도합 3만. 남쪽의 가도에서는 발자크 장군이 지휘하는 2만 병력이 이동 중이다. 북쪽과 남쪽에서 동시 협공을 가하려는 노림수였다.

바하르의 전역에 수비병으로 남기고 온 전력은 대략 1만. 당연하게도 각 도시의 방어는 약해진다. 비록 계책일지언정 제 영역의 도시를 적에게 넘겨주려니까 역시 견디기 힘들었다. 아밀은 치밀어 오르는 초조감을 꾹 눌러 죽이느라 고생하고 있었다.

"아밀 님, 카르나스 성채에서 급사가 도착했습니다. 호슬로 천인장은 마지막까지 용감하게 맞서 싸운 끝에 장렬한 최후를 맞이하였다는 소식입니다."

"그런가, 호슬로는 임무를 다하였는가. 내가 제위를 거머쥐는 그날이 오면 필히 장군의 유족에게 보답해야겠구나."

"그리고, 또 하나 나쁜 보고가 들어왔습니다. 바르케스 산맥의 기슭에 있는 도시, 라인이 함락되었습니다. 영주 베로테 백작은 요격에 나섰으나 전사했다는 소식입니다. 현재는 적의 지배하에 놓였다는군요."

아밀의 지낭, 참모 밀즈가 서류를 한 손에 들고 보고했다. 삐죽삐죽 튀어나온 더벅머리에 사람 좋아 보이는 온화한 표정. 언뜻 단순하게 싹싹한 남자 같지만, 이자가 제안하는 계책은 전부 하나같이 악랄한 수단뿐이었다. 인간은 겉모습만 보고 알 수 없다는 말을 고스란히 구현한 인물이다.

아밀의 무력을 담당하는 축이 파리드와 흑양기라면 계책 담당은 밀즈. 이렇듯 두 요인을 최대한으로 활용함으로써 아밀은 제위 획득 직전까지 당도했다. 아밀의 패도(霸道)에 빼놓을 수 없는 인물들이었다.

"라인이 함락되었다고? 다소 사태가 번거로워지겠군."

아밀은 펼쳐 둔 지도를 봤다. 코임브라 군이 주도 베스타를 직접 노리려면 중앙의 가도를 지나는 방법밖에 없었다. 그러나 적이 위험을 감수하고 산을 넘어서 공세를 펼치려고 들면 이곳 라인은 최단 거점이 된다.

"……외람되오나 아뢰겠습니다. 적에게 특별히 심산 따위는 없고, 단지 허술한 거점을 공격했을 가능성이 높지 않겠습니까? 코임브라의 우매한 녀석들이라면 충분히 가능하지 않을는지요."

무관 중 하나가 마냥 듣기에 좋은 의견을 내놓았지만, 밀즈는 말도 안 된다고 부정했다. 물론 아밀도 같은 판단이었다.

"어이쿠, 이런. 적을 얕봐서는 안 되지요. 자꾸 방심하는 게 뛰어난 무용을 지닌 바하르 사람들의 최대 결점입니다. 전쟁이라는 시시각각 상황이 변화하는 법, 지휘관은 그 점을 고려해서 다음 수를 놓아야 합니다. 일단 라인을 함락시킨 장수는 틀림없이 산을 넘겠다는 작정일 테죠. 현지의 주민이라면 샛길 한둘쯤 알고 있어도 이상할 게 없으니까 말이죠."

머리카락을 북북 긁더니 밀즈가 라인의 위치에 천칭을 본뜬 말을 놓은 뒤 바르케스 산맥으로 전진시켰다.

"다만 형님의 발상이라는 생각은 도저히 안 드는군. 코임브라의 영락 이후부터 형님은 몹시 신경질적으로 체면을 신경 쓰게 되었다. 위험을 무릅쓰면서까지 급전책을 취하기는 쉽지 않았을 텐데."

그렇게 되도록 몰아붙였던 사람이 바로 아밀이다. 돈을 아끼지 않고 유언비어를 조장하여 그롤의 악평을 철저하게 퍼뜨렸다. 그에 대비되는 형태로 바하르의 눈부신 발전이 돋보이도록 했고, 아밀이 보다 뛰어나다는 인상을 백성들의 인식에 심어 두었다. 사도(邪道)임은 잘 알고 있으나 제위를 거머쥐기 위해 이쯤은 당연한 수단이었다. 그롤도 대항 수단은 얼마든지 구사할 수 있었던 만큼 비판받을 까닭은 없었다.

"그러면 머리 잘 돌아가는 군사라도 자기 편으로 끌어들인 걸까요?"

"아니, 그와 비슷한 이야기는 들은 적이 없군."

"그렇다면 그 지휘관이 독단으로 함락했을 수도 있겠군요."

"그래서 골치 아프군. 말이 제멋대로 움직여서는 형님과 정면 대결을 벌이는 데 찬물이 쏟아지는 격이잖은가. 밀즈여, 안 그런가?"

아밀이 밀즈에게 시선을 보낸다. 입가를 끌어 올린 밀즈가 품에서 또 한 장의 서류를 꺼내 들었다.

"옳은 말씀이십니다. 제 밀정이 조사한 바에 따르면 라인을 함락시킨 지휘관은 노엘 보스하이트 백인장입니다. 병력은 1천에 못 미치는 규모라더군요. 지금은 라인에서 병사들에게 휴식을 주고 다음 작전에 대비하는 듯싶더군요."

"고작 1천 정도라면 위협이 되진 않겠습니다만, 증원군이 합류할 경우 까다롭겠군요. 지금 베스타의 수비대 병력으로 성 바깥을 완전하게 지켜 내기란 불가능합니다."

"그러합니다. 목청에 단검을 갖다 붙이고 다니는 상황이나 마찬가지죠. 아밀 님, 즉시 라인을 탈환하는 것이 옳다 여겨집니다."

다른 참모가 의견을 제시했다. 다만 아밀은 고개를 가로저었다.

"바보 같은 소리 말거라. 우리는 은밀 행동 중, 병력을 탈환 임무에 보낸다면 본대의 위치 또한 발각당할 우려가 있다. 그렇게 되면 전부가 물거품이지. 정면에서 곧이곧대로 결전을 벌이는 짓은 어리석음의 극치. ……으음, 그 노엘이라는 자는 참으로 골치 아픈 일을 벌여주었군."

"그래서 말입니다만, 그 노엘이라는 장수는 최근 코임브라에 등용된 인재라고 들었습니다. 게다가 여인답지 않게 악귀라고 불리면서 두려움을 살 만큼 뛰어난 무용의 소유자. 사실 호슬로 공을 처치한 자도 그치입니다. 어허, 참. 약졸로 이름 높은 코임브라에 왜 악귀가 있나 모르겠군요. 정말 곤란하게 됐습니다."

밀즈가 대책 없다는 동작을 취해 보였다. 그러나 역시 뻔뻔한 연기에 불과하다. 이자의 머릿속에서는 이미 어떻게 하면 배제할 수 있는가 계책을 마련하고 있다. 아밀 또한 밀즈에게 방심할 수는 없었다. 자칫하면 이 책략가는 제위를 찬탈하기 위해 움직일 가능성마저 있었다.

그러나 이만한 인간을 제대로 활용하지 못하면 황제의 지위를 유지하기란 애당초 어림없겠다. 모든 인재를 포용하고 받아들일 수 있는 도량이 요구되는 지위였다.

'그래서 더욱 재미있단 말이지. 내가 해야 할 일은 온갖 다양한 인간들을 보고 판단하여 적절히 사용하는 것이다.'

아밀은 여유로운 미소를 머금고 곁에 시립해 있는 파리드에게 말을 건넸다.

"쿡쿡, 여자답지 않게 악귀라는군. 파리드여, 그대가 먼저 떨쳐야했을 명성을 빼앗기고 말았군그래."

"넷. 그 노엘이라는 인물, 분명히 저희에게 위협이 되겠지요. 지난번 코임브라의 반란 때 리스티히 공을 포획했을 뿐 아니라 저희 휘하의 게브, 네드가 그자에게 목숨을 잃었습니다. 둘 모두 상당한 강자였지요. 소문을 다 믿지는 않는다 해도 방심은 못 하겠습니다."

파리드가 눈살을 찌푸린 채 신중한 의견을 내놓았다. 자신의 힘에 자신은 있으나 적을 얕보지는 않는다. 방심은 자만을 낳아 패배를

불러일으키는 첫걸음이 된다. 그 장소에서 철저하게 주입받았다.

"그거 참으로 무시무시한 사람이군요. 그렇다면 참모로서 어떻게든 수를 내야 하겠습니다."

"그러면 우리 흑양기 중 최정예를 소수 선발하여 라인을 습격하는 방안은 어떻습니까? 단지 노엘을 쫓아내고자 한다면 아마 특별히 어려운 작전은 아닙니다. 소수라면 적이 의혹을 품을 우려도 없으리라고 여겨집니다."

"흠, 하나의 수단이기는 하군. 정석을 따르자면 방해되는 말은 일찌감치 없애는 것이 제일이지만. 가만히 두면 훗날 큰 골칫거리가 되리라."

아밀이 시선을 허공에 보내면서 막 근심에 잠겼을 때 밀즈가 징글맞게 웃음소리를 흘리기 시작했다.

"후후후, 뭘요. 전혀 걱정할 필요 없으십니다. 이러한 때를 위하여 많은 돈과 긴 시간을 들여서 코임브라에 협력자를 만들어 둔 겁니다. 게다가 전후의 영달이라는 어음까지 내주지 않았습니까? 조금 이르기는 해도 그 장군님을 움직여보도록 하죠!"

"윌름을 쓸 작정인가? 너무 요란하게 움직이면 아무리 형님이라고 해도 눈치챌 가능성이 있을 터인데."

"잘 알고 있고말고요. 그러나 쓸 만한 자를 두고도 안 써먹으면 아깝잖습니까. 바하르가 발전한 것은 대량의 허비를 유효한 자원으로 억지로나마 전환한 덕분입니다. 이 방법은 내정뿐 아니라 전투에서도 통용되죠."

밀즈가 이를 드러내 놓고 미소를 머금는다. 온화한 표정은 온데간데없이 사악한 모략가의 형상으로 변모해 있다. 이 이면성이야말로 이 남자의 진면목이다. 단단함과 부드러움을 자유자재로 구별하여 쓰는 그 수법은 아밀을 위해 대단히 큰 도움이 되고 있었다. 제위를 얻는 그날이 오면 밀즈를 재상, 파리드를 원수로 임명할 계획이다. 바하르 또한 손에서 놓을 의향은 없다. 대관을 두어 직할령으로 지배하고, 자신의 의지가 완전하게 뻗치도록 관리할 작정이었다. 바하르의 용감한 병사들은 남김없이 모두 다 곁에 두고 싶었다.

"과연 그렇군. 분명 네 말이 옳다. 쓸 만한 자는 전부 써먹어야겠지. 신분이 노출되어 목을 베인다 한들 특별히 상관은 없겠군. 형님을 혼란에 빠뜨릴 수 있을 테지."

"감사합니다, 아밀 님. 저 밀즈에게 전부 맡겨주십시오. 코임브라의 악귀 따위야 종잇장 한 장으로 없애 보이겠습니다!"

"좋다, 귀신 퇴치의 건은 자네에게 일임하지. 윌름에게 보낼 지시도 네가 판단한 대로 처리하라. 어떠한 수단을 사용하든 허가하겠다. 파리드여, 우리는 예정대로 병력을 진군시키도록 하자."

"분부 받들겠습니다. 후후후, 아밀 님께서 나아가시는 패도의 선도 역을 맡을 수 있기에 저 밀즈는 영광의 극치로소이다!"

"맡겨 주십시오!"

밀즈와 파리드가 분부를 받아 깊숙이 머리 숙였다. 그 광경을 본 아밀은 만족스럽게 고개를 끄덕거렸다.

CHAPTER

9

현자의 선택을

　그롤에게 전령을 보내고 나서 사흘이 지났으나 노엘 부대는 아직껏 변함없이 라인의 거주 지역에서 휴식을 취하고 있었다. 약탈 따위의 만행은 엄격하게 금지했기에 주민들과 분쟁이 발생하지는 않았다. 노엘은 오래 머무를 의도가 없었고, 주민들도 조만간 바하르의 군대가 탈환을 위해 오리라 믿고 있었다. 그 때문에 불필요한 간섭은 서로 간에 자제하는 형태로 자연스럽게 수습될 수 있었다.

　그러나 무료함을 달래지 못한 노엘이 얌전히 지낼 리 없었다. 이런저런 이야기를 듣고 싶어서 견딜 수가 없었던 터라 주민들에게 적극적으로 말을 붙이고 다녔고, 그때마다 민폐라는 얼굴과 맞닥뜨려야 했다. 제대로 말 상대를 해주는 사람은 기껏해야 호기심 왕성한 아이들과 저택의 고용인밖에 없었다.

　아이들에게서 이런저런 이야기를 다 들은 노엘은 저택에 돌아온 뒤에도 기분 좋게 콧노래를 흥얼거렸다. 큰 소리로 흥얼거리지 않는 까닭은 근처에서 사무 작업을 처리하는 리그렛이 혀를 차기 때문이었다. 대놓고 들으란 듯이 거듭거듭. 일단은 지휘관인지라 노엘은 마음을 써주기로 했다.

"흐흥, 흥~."

"몹시 기분이 좋지 않은가, 노엘 공. 무엇인가 좋은 일이 있거든 소관에게도 가르쳐주시게."

카이가 말을 건넨다. 노엘은 노래를 중단하고 손뼉을 치며 대답했다.

"아이들에게 산행 노래를 배웠어. 이게 진짜 즐거운 곡이거든. 아까 전까지 다 같이 노래 불렀어."

"흥, 웃기지도 않아. 누가 아이인지 알 수가 없다니까."

혀를 차면서 리그렛이 험담을 늘어놓는다. 마음을 써서 안 들리는 척 넘어가줬다.

"그런 일이 있었군. 소관은 외형이 이러한 까닭에 아이들은 곧잘 겁을 집어먹는다오. 꽤나 부럽군."

유감스러워하는 카이. 곰과 비슷한 외모와 달리 감수성이 풍부한지도 모르겠다.

덧붙이자면 노엘도 처음에는 물론 아이들에게 기피당했었다. 증오해야 마땅한 적측 지휘관, 게다가 영주를 죽인 노엘에게 아이들이 다가가는 것을 달가워하는 부모는 전혀 없었다. 그러나 아이들의 끓어오르는 흥미를 멈추기란 누구에게도 불가능한 법이다. 부모의 눈을 피해서 노엘에게 다가든 아이들은 곧 마음을 열고 말았다. 노엘은 분위기가 무척 늠름했기에 아이들의 눈으로 봐도 영웅처럼 보였다. 그런 사람이 싹싹하게 말까지 건네는 데야 단번에 인기인이 될 수밖에.

"그래서 말야, 태수님이 보내주는 원군이 도착하면 바르케스 산맥을 오를 거잖아. 그때 다 같이 노래 부르려고. 잊어버리지 않게 꼭꼭 연습할 거야."

"노엘 대장, 저희는 놀러 가는 게 아닙니다. 그 모자란 머릿속에 잘 좀 새겨 넣으시죠. 애당초 아직 등반 허가는 내려오지 않았습니다. 성급하게 굴다가 또 바보 취급이나 받고 비웃음당할걸요."

"변함없이 꽥꽥 시끄럽군, 망할 계집이. 왜 자꾸 쓸데없는 소리나 지껄이는 거야. 걸리적거리니까 그 주둥이에 돌이나 집어넣고 다녀라."

"흰머리 원숭이에게 이러쿵저러쿵 잔소리를 들을 이유는 없거든? 도적 주제에 나한테 말 걸지 말아주겠어?"

"네년이 내 시야에 들어오기 때문이잖냐. 눈에 거슬리니까 구석에 계속 처박혀 있으라고. 아주 잘 어울릴 거다."

평소처럼 도르커스와 리그렛의 악담 응수가 시작됐다. 노엘도 딱히 제지하거나 하지는 않았다. 귀찮기도 하고 사이좋게 지내라고 말한들 듣지 않는다. 제대로 명령을 따라준다면 충분하다는 생각이었다. 동료끼리 서로 죽자고 칼부림이라도 벌이지 않는 한 특별히 화내지도 않았다.

"그 산의 정상에서 보는 경치는 분명 최고일 거야. 전에 올랐을 때는 차분하게 볼 짬이 전혀 없었거든."

노엘의 혼잣말에 카이가 반응했다.

"노엘 공은 바르케스 산맥에 오른 적이 있었는가?"

"여기가 맞나 잘 모르겠지만, 산에 올랐던 기억은 있어. 그때는 도망친다고 정신이 하나도 없어서 경치를 볼 틈이 없었고."

"……그러했던가. 한데 누구에게 쫓겼던 것인지 물어봐도 되겠나?"

"누구였더라? 미안, 잘 기억이 안 나네. 어쨌든 내게 보물을 빼앗으려고 하는 못된 녀석들이었어."

아하하, 웃으면서 노엘은 대답을 얼버무렸다. 도망칠 만큼 도망치고 못된 녀석들을 따로 고립시킨 뒤 각각에게 응보를 선사해줬다. 그 대가로 길을 헤맨 데다가 배도 고프고 혹독한 꼴을 겪었던 기억이 난다.

"그렇군. 하면 도적의 부류였다고 치고 넘어가도록 하겠네. ……이전부터 물어보고 싶은 사안이었는데, 그대는 어디에서 병법을 배워 익혔나? 들은 이야기에 따르면 코임브라에 출사하기 전에는 마을에서 사냥꾼 노릇을 했다던가. 그런 것치고는 이치에 닿는 지휘를 할 줄 안단 말이지. 소관은 신기해서 견딜 수가 없더군."

카이가 탐색하는 눈길로 또 질문을 던진다. 말다툼을 벌이던 도르커스, 거기에 리그렛도 어느 틈인가 이쪽으로 시선을 보내오고 있었다. 별로 속일 이유도 없었던 터라 노엘은 솔직하게 대답하기로 마음먹었다.

"내가 어릴 시절을 보낸 어느 교회에서 조금 배웠어. 태양제 베르기스가 남긴 병법은 전부 암기해야 했고, 죽기 직전까지 몰아붙이면서 싸우는 방법을 주입했어. 태양제를 거스르지 마라, 절대적인 충성을 맹세하라, 거듭거듭 거듭거듭 옳어야 했네. 그곳에서 같이 지냈던 친구들은 나를 제외하고 전부 죽어버렸지만."

"……또 평소처럼 지어낸 얘기인가요? 태양신께 기도를 올리는 곳이 교회죠. 신부와 수도녀는 그 때문에 엄격한 수련을 쌓는 인물뿐이라고요. 그 신성한 장소에서 사교도 따위나 할 법한 행위가 이루어질 리 없잖아요."

"아하하, 별로 안 믿어줘도 괜찮아. 이제 와서 누가 뭐라고 말하든 아무것도 안 바뀌고, 뭐가 어떻게 되지도 않으니까. 지금 중요한 것은—."

노엘은 그렇게 말하고 나서 전원에게 쭉 시선을 보냈다.

"내가 다른 친구들의 몫까지 행복해지는 것. 홀로 살아남은 내가 꼭 친구들 몫까지 행복하게 살아가야 해. 살고 살아서 마지막까지 살아서 견딜 거야. 그래서 나는 코임브라의 군인이 됐고, 온 힘을 다해서 싸우는 거야."

평소와 달리 진지하게 말하는 노엘을 보고 카이, 도르커스, 리그렛은 차마 말을 잇지 못했다.

꺼내고 싶은 말을 다 마친 노엘은 문을 열고 테라스로 나가 두 팔을 들어 올리면서 하늘을 우러러봤다. 날씨는 감탄이 나올 만큼 쾌청하다. 다만 살짝 마음에 들지 않았다.

"……아, 이거 안 되겠네."

"무엇이 안 되겠다는 말인가? 그대가 좋아하는 눈부신 태양이 하늘 높이 떠올라 비추어주고 있지 않은가."

다시 정신을 차린 카이도 바깥으로 나왔다.

"비 냄새가 난단 말이지. 응, 아마 틀림없이 비가 올 거야."

"소관은 그리 생각하지 않네만……. 뭐, 산의 날씨는 변덕이 심하다고 말들을 하지."

"나는 알 수 있거든. 어휴, 진짜 비 따위는 죽어버리면 좋을 텐데."

노엘은 혀를 차고는 실내로 돌아온 뒤 살기를 발하면서 융단 위에

드러누웠다. 보들보들한 촉감도 지금은 기쁘지 않다. 싫은 기억을 잊기 위해서 노엘은 눈을 꼭 감고 재액이 지나쳐 가는 때를 가만히 기다리기로 했다.

코임브라 군, 야영지. 카르나스 성채를 떠난 그롤은 계획대로 가도를 신중하게 동진하였고, 그러는 동안 주변의 거점 제압을 공들여서 진행했다. 특별히 무력으로 위압하지 않고 항복 권고만 보내도 영주들은 앞다투어 머리를 조아렸다. 침공을 개시하고 불과 2주가 지났을 뿐이건마는 이미 바하르의 3할가량은 코임브라 천칭 깃발의 지배하에 놓였다.

몹시 흡족했던 그롤은 항복하는 인원 모두의 영지를 인정해준다는 관대한 조처를 베풀었다. 실제로 그롤이 배제하고 싶은 대상은 아밀뿐이었기에 제위를 획득할 수 있다면 다른 사안은 아무래도 좋았기 때문이었다.

"태수님, 라르도 도시의 영주 번즈가 저희를 따르겠다고 밀서를 보내왔습니다."

"좋다, 영지를 인정해주는 대신 우리의 군에 합류하라고 전달하라."

"넷!"

"윌름, 아밀 녀석이 지금 어쩌고 있나 밀정에게서 보고는 들어왔던가?"

"최근 보고에 따르면 이제야 제도에서 출발했다는 소식입니다. 급한 출병이었던 까닭에 다대한 혼란이 발생한 듯 관찰됩니다. 더욱이 식량 조달에도 곤란을 겪고 있다던가요."

"그 무슨 추태인가. 황제를 노리려고 하는 작자가 고작 하루하루의 식량을 마련하는 데 곤란을 겪는단 말이더냐. 하하하, 그야말로 가소롭기 짝이 없구나!"

"정말이지 백번 옳으신 말씀입니다. 애당초 태수님과 바하르 공은 그릇의 크기 자체가 달랐던 게지요. 저희는 훌륭한 주군을 모실 수 있었기에 그저 영광, 또 영광이옵니다."

가디스가 아첨의 말을 꺼내자 그롤은 웃음을 터뜨렸다.

"쿡쿡, 그리 칭찬한들 아무것도 안 나온다네. 그보다 윌름, 자네의 예측에 따르면 놈들이 바하르로 돌아올 때까지 얼마나 시간이 걸릴 듯싶은가?"

"……흠, 글쎄요. 혼란에 빠진 병력을 통솔하여 행군을 실시한다면 제법 많은 시간을 낭비하게 되겠습니다. 제가 예상하는 바 역시 3개월쯤 걸리지 않을까 싶습니다."

"푸하하하! 베스타를 함락시키는 데 2개월도 걸리지 않으련마는 3개월이나 유예를 준단 말인가! 이래서는 우리가 바하르의 모든 영지를 정벌하고도 시간이 남지 않겠는가."

"네, 작전은 극히 순조롭습니다. 강행군을 피할 수 없는 바하르의 주력은 틀림없이 피폐해집니다. 그들을 기다리고 있다가 결전으로 몰아붙이면 승리는 흔들릴 수가 없을 것입니다."

"그래, 성미 까다로운 태양신께서 드디어 나를 거들어주시려는 마음이 들었나 보군. 이대로 가면 황제의 자리도 멀지 않았음이야."

기분 좋게 연신 고개를 끄덕거리는 그롤. 윌름을 비롯하여 다른 가신들과 막 축배를 올리려고 하던 때에 전령이 도착하여 서찰을 내밀었다. 무릎 꿇은 전령은 백포로 감싼 물품을 손에 들고 있었다.

"흠, 아무래도 노엘은 라인을 차질 없이 함락한 듯싶군. 영주 베로테가 저항하여 목을 베었다고 쓰여 있다. 그 적은 병력으로 용케도 함락시켰군. 과연 대단한 무용이로다!"

"태수님, 이쪽에 베로테의 목을 가져왔는데 직접 확인하시겠습니까?"

백포를 풀려고 하는 전령을 손짓으로 제지했다.

"아니, 모처럼 따라 둔 술맛이 달아날 테니 그만두도록 하지. 그나저나 영주가 저항을 벌이다니 별일이잖은가. 우리가 사절을 보낸 거점은 모두 순순히 검을 버리고 코임브라의 깃발을 내거는 데 동의했거늘."

"모두 태수님의 위광이 비추는 덕분 아니겠습니까. 이번에는 불필요한 피를 흘린 결과가 되겠습니다만, 라인을 함락시킨 것은 분명한 전공입니다. 축하드립니다."

가디스가 또 아부를 늘어놓는다. 그롤은 엷은 웃음을 머금은 채 손에 들고 있었던 서찰의 다음 내용을 읽었다.

"한데 말일세, 노엘이 서찰에 적기를 라인에서 바르케스 산맥을 넘어 베스타에 일격을 가하고 싶다 청하였네. 그에 필요한 증원군을 바란다는데 어찌 여기는가? 가능하면 신시아 부대만이라도 보내 달라는군."

글쎄, 어찌해야 하는가. 그롤은 상념에 잠겼다. 분명하게 말해서 이번에 노엘이 한 일은 허사로 여겨진다. 그런 벽지를 굳이 건드리지 않더라도 베스타를 함락시키면 알아서 복종하고 들어올 테니까.

그러나 그 소수의 병력으로 라인을 함락시킨 전공 자체는 칭찬받아 마땅했다. 게다가 산을 넘어서 베스타에 일격을 가하겠다는 요청도 아주 나쁜 수 같지는 않았다. 작전에 성공하여 영주들의 동요를 불러일으킨다면 침공은 더욱 수월해지리라.

"……좋다. 신시아에게 보급 물자를 들려 노엘의 위치로 보내도록 하지. 적의 동요를 유발하기에 딱 적당한 수단이겠군."

"네, 알겠습니다! 분부대로 조처하겠습니다!"

이름이 거론된 신시아는 급히 대답하고 나서 긴장한 낯빛으로 경례했다. 그롤은 쓴웃음 짓고 편히 있으라고 달랜 뒤 마저 명령을 내리려고 했다.

―그러나, 이때 이의를 제기하는 인물이 나타났다. 그롤이 가장 신뢰하는 인물, 윌름 장군이었다.

"태수님, 외람되오나 잠시 기다려주십시오. 어떤 대비도 없이 파견하면 틀림없이 신시아 상급 백인장을 잃게 될 것입니다."

"뭐라? 그 말은 도대체 무슨 뜻인가?"

의아한 표정을 짓고 윌름에게 설명을 요구한다. 목숨을 운운하는 불길한 말을 흘려들을 수는 없었다.

"태수님의 마음을 어지럽힐까 염려하여 내밀하게 조사를 진행시킬 계획이었습니다만. ……아무쪼록 이 서찰을 읽어주십시오."

윌름이 곁에 다가오더니 품에서 서찰을 꺼내 건넨다. 봉랍에는 바하르의 세 검 깃발 문장이 찍혀 있었다. 펼쳐서 보니 내용물은 한 장의 편지. 그 필적은 그롤에게도 낯익었다. 친동생 아밀의 필적이 틀림없었다.

그롤은 편지를 읽기 시작한 뒤 흐뭇함 가득하던 얼굴을 일순간에 일그러뜨렸다.

"뭐냐, 이 내용은. 윌름, 이 어처구니없는 서찰은 대체 무엇인가?!"

바하르 태수 아밀이 노엘을 수신인으로 보낸 이 서찰의 내용은 다음과 같았다.

─사전에 명령한 대로 코임브라 태수의 목을 쳐라. 혹여 불가능하다면 코임브라의 군세를 갉아먹고 전력이 분산되도록 부추겨라. 수단은 묻지 않겠다. 두 번의 배반은 결코 용서받지 못함을 명심하라. 준비금으로 추가의 금을 보낸다.

광분한 그롤은 서찰을 찢어버린 뒤 눈앞에 있는 술잔을 바닥에 내팽개쳤다.

"그, 그 수치도 모르는 계집년이! 그토록 총애를 아끼지 않았는데도 감히 나를 속였다는 말인가!!"

신시아가 절반으로 찢어진 서찰의 내용을 확인한 뒤 기겁하면서도 서둘러 발언했다.

"자, 잠시만 제 말을 들어주십시오, 태수님! 배반이라니요, 노엘이 어찌 배반을 한단 말씀이십니까!"

"외람되오나 저 역시 같은 의견입니다. 그 대단한 활약을 펼친 노엘 백인장은 결코 배반자일 수가 없습니다."

신시아와 디르크가 비호하려고 나선들 그롤의 분노에 기름을 붓는 결과가 되어버렸다.

"그렇다면 이 서찰은 무엇인가! 윌름, 이것을 대체 어디에서 손에 넣었나!!"

"넷. 리그렛 백인장이 아군 진영에 숨어들었던 수상한 남자를 붙잡아 은밀하게 입수했다고 보고받았습니다. 알고 계실 터인데 제딸 리그렛은 노엘의 부관입니다. 즉 이 서찰에는 충분한 신빙성이 있다고 판단됩니다. 그뿐 아니라 밀정은 대량의 금 또한 소지하고 있었습니다. 아마도 공작 자금이겠지요."

윌름이 턱을 쓰다듬으면서 무겁게 침음했다. 윌름의 딸 리그렛의 증언, 게다가 노엘의 부관이라는 위치를 더한다면 더는 의심할 여지가 없는 정보가 되지 않겠는가. 무관들도 북부 출신의 평민을 애당초 신뢰해서는 안 되었노라고 잇따라 험담을 늘어놓았다.

신시아는 책상을 두 손으로 내리쳐서 강제로 일동을 침묵시켰다. 온 얼굴이 분노에 젖어 새빨개졌고 관자놀이에는 핏대가 불끈 솟았다.

"무슨 말씀들을 하십니까! 리그렛 공이 입수했다는 서찰 자체가 적의 함정일 가능성도 있는 상황입니다. 실제로 우리는 아예 진위를 의심조차 하지 않고 노엘에게 배반자라는 낙인을 찍으려 하고 있습니다. 태수님, 이 서찰은 노엘을 배제하려고 하는 적의 간계입니다!"

신시아는 눈을 부릅뜨고 노엘의 결백을 주장했다. 그러나 윌름이 즉시 반론에 나섰다.

"고작 노엘 한 명을 함정에 빠뜨리자고 이렇듯 서찰을 만들고 밀정을 잠입시켰다고 말하는가? 애당초 리그렛이 밀정을 체포하지 못했다면 이 편지는 노엘의 손에 넘어갔을 것이다."

"그, 그 말씀은."

신시아는 우물거렸다. 확실히 윌름의 말이 옳았다. 다만 신시아는 이 편지가 역시 함정이라고 여겨졌다. 노엘이 배반 따위를 할 리가 없다. 그러나 그 뜻을 고수하겠다 함은 리그렛을 의심한다는 말과 다르지 않았다.

"노엘이 배반했다고 판단하는 것이 훨씬 더 사리에 닿다 여겨지네만. 내 말이 틀렸는가? 신시아 상급 백인장."

"그, 그러나, 적의 함정이 아니라고 단언할 수는 없습니다!"

윌름은 머리를 절레절레 흔들고 과장스럽게 어깨를 으쓱거려 보였다.

"귀관은 알지 못할 터이나 나는 노엘의 신상을 일전부터 쭉 조사했었다네. 태수님의 신변에 만에 하나의 사태가 일어나서는 안 되니까 말이지. 그자는 조임 마을의 출신이라고 하고 다닌다 하나 얼토당토않은 허위 사실이더군. 조임의 촌장에게 하문한 바, 노엘은 「동방」으로부터 왔다는 대답을 들었다. 코임브라의 동방에 위치한 지역, 즉 바하르밖에 없지 않은가."

거기에서 잠시 말을 멈추더니 힘주어 소리 높였다.

"애당초 말일세. 노엘은 우리를 애먹였던 흰개미당을 손쉽게 제압하여 제 측근으로 삼았지. 그 천한 인간들이 노엘은 순순히 따르는 이유는 무엇인가. 대답은 하나. 노엘이 바하르의 인간이었다면 전부 설명이 된다. 코임브라에 해를 끼치겠다는 목적은 같을 테니까. 즉 놈들은 비수를 숨긴 채 우리가 틈을 드러내는 순간만 기다리고 있었던 셈일지니!"

윌름의 말을 듣고 잇따라 납득의 말을 꺼내 놓는 무관들. 이의를 제기하려고 하는 인물은 신시아, 디르크, 그리고 일부 북부 출신의 무관뿐.

"……듣자 하니까 윌름의 말은 사리가 닿는군."

그롤은 윌름의 말이 옳다고 납득하고 말았다. 흰개미당이 노엘의 부하로 들어왔을 때 그롤은 약간이나마 위화감을 느낀 적이 있었다. 몇 년이 넘도록 반항했던 인간들이 대체 왜 이리도 순순히 투항했는가 이해가 되지 않아서였다. 게다가 노엘의 신상에 대해서는 한 번도 고려했던 적이 없었다. 돌이켜보면 꽤나 섬뜩하다. 누구인지도 알지 못하는 작자를 어떤 경계심도 갖지 않은 채 눈앞까지 불러들였었기에.

"사리에 닿다니요, 말도 안 됩니다! 지난 기억을 잘 떠올려보십시오. 도련님과 사라 님을 구한 사람은 바로 노엘이었습니다. 카난에서 궁지에 처한 태수님을 구한 사람도 노엘입니다. 고작 수상한 서찰 한 장 때문에 이제껏 쌓은 공을 전부 없었던 일로 치부한다는 것은 오히려 사리에 맞지 않습니다!"

"……확실히, 자네의 말도 일리가 있군."

당초의 분노가 조금 가라앉은 그롤은 신시아의 주장도 지당하다고 여길 수 있었다. 판단을 내리기 어려웠다. 어느 쪽이든 간에 방치할 수 없는 문제였다. 사기와 관련될 뿐 아니라 군에 치명적인 타격을 가할 수 있는 요인이었다.

"수상한 서찰이라는 말은 흘려듣지 못하겠군. 귀관은 나의 딸 리그렛을 우롱할 작정인가!"

"지금 누구보다도 궁지에 흠집이 난 사람은 바로 노엘이 아닙니까!"

신시아는 윌름을 정면으로 마주 노려봤다. 윌름이 발하는 위압감은 전혀 아랑곳하지 않고 노기를 드러내고 있었다. 말을 거들던 무관들도 그 기세에 눌려 위축되고 말았다.

윌름은 일단 시선을 돌린 뒤 씁쓸하게 표정을 흐렸다. 윌름에게 신시아까지 내통의 죄에 연좌시킬 마음은 털끝만큼도 없다. 신시아는 먼저 간 친구 시드니아의 딸이었고 착실한 성격 또한 마음에 들었다. 언젠가 로이에와 맺어지기를 은근히 기대할 만큼 기꺼워했다. 그런데 이토록 강경하게 반대하고 나서는 것은 예상 밖의 반응이었던 터라 윌름은 어떻게 논파해야 하나 필사적으로 머리를 굴려야 했다.

"잘 듣게, 신시아여. 노엘의 활약은 모두 우리에게 가까이 접근하기 위한 연극이었던 게다. 자객으로 육성된 인물이라면 손쉬운 일이지. 마음씨 선한 귀관은 노엘에게 감쪽같이 속았을 뿐이야."

"제가 그토록 어리석지는 않습니다! 애당초 노엘은 바하르의 장수 리스티히를 생포했을 뿐 아니라 호슬로와 베로테의 목을 베었습니다. 그 전공마저도 연극이었다고 말씀하시렵니까? 진실로 적과 내통했다면 이렇듯 큰 활약을 펼치는 것은 이상하지 않습니까!"

"노엘이 자객이라면 전혀 놀랍지 않네. 리스티히를 생포함으로써 노엘은 우리에게 바짝 접근할 수 있었지. 잠시 이쪽을 섬길 마음이 들었으나 바하르 공의 제안을 받아들여서 또다시 변심한 것이다. 편지에 쓰여 있는 「두 번의 배반」이 달리 무슨 뜻이겠는가. 게다가 제 자신의 보신을 위해서라면 베로테의 목쯤이야 간단히 베어버릴 수 있을 테지."

"어, 어찌 그런 말씀을."

"……귀관은 무턱대고 노엘을 비호하는군. 설마 바하르와 내통하는 것은 아닐 터인데? 아니, 귀관은 내 친구 시드니아의 하나 남은 딸이지. 그러한 사태는 만에 하나라도 없다고 믿기는 하네만."

"내통 따위 하지 않았습니다!"

"그렇다면 의심을 살 만한 발언은 삼가도록 하게!"

윌름의 도발에 더는 말문이 막히는 신시아. 본래 신시아는 말재주가 좋지 않았고 이런 자리에서 발언하기에는 도저히 역량이 모자라고 또 모자랐다. 말재간을 겨루기보다는 검을 휘두르는 것이 본분이라고 스스로도 주제를 잘 알고 있었다. 다만 노엘을 위해서라도 물러설 수는 없었기에 재차 기합을 넣었다.

"태수님, 저는 지난 반년간 노엘의 곁을 지키면서 갖은 교육을 실시했습니다. 배반을 의심할 만한 거동을 보인 적은 결단코 단 한 번도 없습니다. 의혹은커녕 언젠가 도련님을 위해 전력하는 날이 오기를 진심으로 기대하는 녀석입니다. 그 녀석은 도련님과 약속을 했기 때문입니다. 그리고 노엘은 절대 약속을 어기지 않습니다! 제가 보증합니다!"

"그따위 말은 어떤 증거도 되지 않는다. ……태수님, 즉시 토벌대를 편성하여 노엘을 처단하시죠. 저희가 속아 넘어가는 시늉을 하며 라인을 강습하면 아무리 강한 자일지라도 손쉽게 토벌할 수 있을 것입니다."

윌름이 강공책을 제시하자 신시아는 힘주어 고개를 흔들고 반대했다.

"절대로 안 됩니다! 정녕 의심을 못 거두시겠다면 적어도 노엘에게 해명의 기회를 허락해주십시오!"

"자비는 없다! 배반자에게는 죽음이 있을 뿐! 신시아, 귀관도 명색이 기사라면 그쯤은 분별하라!"

"만약 진실로 배반 행위를 저질렀다면 제가 노엘을 죽이겠습니다! 그런 뒤에 저 또한 책임을 다하기 위해 기꺼이 자결하지요!!"

신시아가 검을 뽑아 들더니 바닥에 깊숙이 박아 세웠다. 코임브라의 기사도에서 결의를 표명하는 방법이다. 어떤 결과를 맞이하든 간에 기필코 실행하겠다는 절대적인 의사 표명. 이러고도 혹여 깨뜨린다면 기사의 전부를 포기하겠다는 것과 같은 뜻이다.

그롤은 침음하면서 장고를 거듭한 끝에 간신히 결론 내렸다.

"……나는 어느 쪽이 올바른가 지금은 판단을 못 하겠군. 그러나 신시아가 감히 거짓을 아뢴다고 여기지도 않는다. 애당초 적륜군의 기습을 받았을 때 노엘이 아니었다면 나는 이미 죽었다. 그 활약이 설마 연기라는 생각은 들지 않는군."

"옳은 말씀입니다, 노엘은 결코 배반자가 아닙니다!"

"하나 인간의 마음은 변화하는 법. 나는 그 사실을 누구보다 잘 알고 있다. 윌름의 말처럼 잠시 나를 섬기려는 마음이 들었으나 또 다시 변심했을지도 모른다."

"틀림없습니다. 저의 딸, 리그렛을 모쪼록 믿어주십시오."

"……그러므로 노엘은 일시적으로 전선에서 경질, 카르나스 성채의 수비를 명하도록 한다. 이 명령을 거부한다면 즉시 주살할 수밖에 없겠지. 본격적인 조사는 전쟁을 끝낸 뒤 신중하게 진행하겠다."

그롤은 판단을 유보하는 방안으로 결정 내렸다. 배반 행위가 사실인지 아닌지 알 수 없었다. 냉정하게 돌아보면 노엘이 배반자일 리 없다는 마음도 든다. 특별히 돌봐준 사람이 바로 본인이었던 만큼 이 보고를 어떤 착오라고 믿고 싶었다.

그러나 그 무시무시한 무력이 자신에게 휘둘러지는 광경을 상상하면 실로 두려웠다. 승리가 가까운 이상, 만에 하나의 화근이라도 제거하고 싶은 마음이었다. 무엇보다도 가장 신뢰하는 월름의 말을 완전히 무시할 수는 없었다.

만에 하나, 이 서찰이 간계였다는 가능성을 감안하자면 섣부른 판단도 피해야 했다. 혹여 잘못된 정보였을 경우 노엘을 죽인다면 자신은 어리석음의 극치에 달한 오판을 내리는 격이었기에. 사실 역사를 돌이켜 봤을 때 간계나 모략에 엮여 지위를 잃은 자가 얼마나 많았던가.

어느 한쪽으로 판단 내리지 못하고, 또한 판단 내리는 행위를 두려워한 그롤은 「결론을 유보한다」는 애매한 결단밖에 내릴 수 없었다.

"……태수님께서 친히 내리신 결단이라면 저 월름은 따르겠습니다. 신시아, 귀관도 납득할 수 있겠지?"

"큭!"

물론 신시아는 불복하는 심정이었기에 원통함을 풀 길이 없었다. 노엘이 배반자라는 말은 얼토당토않은 모함이다. 어째서 결백한 사람이 굳이 경질을 당해야 한단 말인가. 그러나 지금 또 반발한들 아무것도 이룰 수 없다. 어찌어찌 사안이 수습되려고 하는 이때에 괜한 소란을 부린다면 더욱 상황이 악화될 가능성마저 있다. 배반이

확정되어 처형 판결이 떨어지지는 않았던 만큼 불행 중 다행일 수도 있겠다.

신시아는 원통함을 견디고자 이를 갈다가 깊숙이 고개를 끄덕거리고 말없이 경례했다.

"노엘의 조사는 디르크, 전쟁 후 상황이 안정되거든 자네가 실시하게. 무죄인가, 유죄인가. 사적인 감정을 개입시키지 말고 철저하게 조사하도록 하라."

"분부 받듭니다. 군법에 따라 공평한 조사를 실시하겠노라고 약속드립니다!"

"그러면 라인에는 교대 부대를 보내도록 하지요. 병력은 만에 하나를 대비하여 1천, 노엘을 감시하기 위해 헌병대도 동반시키겠습니다."

"음, 그리하게나. 결과가 분명하게 드러날 때까지는 노엘을 내 곁에 접근시키지 마라. 지금은 중대한 시기, 무익한 불안 요소는 제거하고 싶군."

"넷!"

그롤은 장탄식을 토한 뒤 어쩐지 지친 기색으로 자리에서 물러났다. 본인의 결단이 정말 올바른가 자신감을 가질 수 없기 때문이었다.

장내에 남은 무관들도 각각 다른 표정을 지은 채 떠나간다. 윌름은 입꼬리를 들어 올리고 있었다. 기어코 성공했다는 표정이었다.

신시아는 그 자리에서 무릎 꿇고 바닥에 박아 세웠던 검을 부여잡은 채 분을 삭일 수밖에 없었다. 윌름이 어째서 노엘을 눈엣가시로여기고 배제하려고 드는가 알 수 없었다. 윌름은 신시아의 망부 시드니아의 친우이자 자신도 꽤나 아껴준 인물이다. 존경할 수 있는 훌륭한 기사였고 유능한 장군이기도 했다. 그런데 대체 왜 노엘을 방해꾼 취급하면서 실각시키려 하는가 차마 이해가 되지 않았다. 신분과 출신의 차이 때문인가, 아니면 다른 의도를 갖고 있는가. 무엇이 옳은지는 알 수 없으나 단 한 가지는 확신이 있다.

노엘은 약속을 지킨다. 도련님과 자신을 배반하는 짓은 하지 않는다. 함께 행복해지자고 약속했다. 약속을 깨뜨리는 것은 노엘에게 있어서 절대로 저질러서는 안 되는 금기. 그러니까 배반은 어불성설이다. 그 절절함을 다른 자들에게 잘 설명하지 못했던 자기 자신이 진심으로 분했다.

'아니, 아직이다. 윌름 님과 직접 대화해서 설득을 하면, 어쩌면—.'

신시아는 급히 윌름의 천막을 찾아 설득을 시도했다.

"……귀관은 방금 전 결정에 이의를 제기하겠다는 건가?"

"그렇지 않습니다. 다만 노엘을 처벌하면 적을 이롭게 할 뿐입니다. 아무쪼록 경질 지시를 거두어주십시오."

"그 청은 들어줄 수 없네. 미안하지만 나는 귀관처럼 그자를 믿고 있지 않기에. 장군의 지위에 있는 자답게 대국적인 시점으로 매사를 주시하고 일시적인 감정에 휩쓸리는 불상사는 필히 회피해야 한다네. 귀관도 더 높은 지위에 오르려거든 그 부분을 유념하게나."

윌름은 세상 물정 모르는 딸을 대하듯 타일렀다. 신시아는 더 이상의 설득은 무의미함을 깨달아야 했다.

"……어째서, 그렇게까지 노엘은 배제하려고 하는가, 까닭을 여쭈어봐도 되겠습니까? 노엘이 임관했을 때부터 월름 님께서는 그 녀석을 적대시하는 듯 보였습니다."

"오호. 귀관의 눈에는 그리 보였는가?"

"예."

"나는 그자가 북부 출신이기에 미워하지도 않고, 눈부신 공적을 세웠다고 무인으로서 시샘하지도 않네. 다만—."

"……다만?"

"방해된다네. 태수님께서 영광을 거머쥐는 데 그자는 방해되는 존재로 자리매김했어. 그러니까 잠시나마 떼어 놓았지. ……조사는 디르크가 공평하게 실시할 게다. 그 결과에 따라서는 또다시 제 실력을 꽃피울 수도 있을 터. 이리하면 누구든 다 납득 가능한 결과라고 여기네만."

"……알겠습니다. 신시아 상급 백인장, 임무에 복귀하겠습니다."

"그래. 결전의 때가 가까웠네. 귀관도 결코 목숨을 소홀히 여기지 말고 온 힘을 다하여 코임브라를 위해 전력하도록!"

"……네!"

신시아는 월름의 천막을 나와 하늘을 우러러봤다. 태양을 뒤덮는 먹구름이 마치 신시아의 마음속을 대변해주는 듯 보였다.

"……노엘, 전부 내가 무력한 탓이다. 정말 미안하구나."

"그, 그만하라니까!! 너희가 지금 무슨 짓을 하는지 알아?! 저리 가란 말이야!"

"시끄럽다!! 어서, 이리 오라고!!"

바깥에서 볼일을 마치고 저택에 돌아왔다가 노엘은 시끄러운 상황을 맞닥뜨렸다. 웬일인지 흰개미당의 인원들이 검을 뽑아 든 채 리그렛을 포위하고 있었다. 고용인들은 핼쑥한 얼굴로 바짝 붙어서 모여 있었다.

파견을 나온 본대 헌병장과 대화 나누던 불과 10분 사이에 이런 꼴이다.

도르커스는 리그렛을 세차게 걷어차더니 목덜미에 대검을 들이밀었다.

"더는 못 참겠군. 우리한테 하는 막말은 쭉 참아왔지. 뭐라 변명을 댄들 도적이었던 과거는 그야 부정을 못 하니까. 그런데 말이다, 아무런 죄도 없는 대장을 모함하는 짓만큼은 절대로 용서 못 한다. 나는 그따위 지저분한 짓거리가 죽도록 싫단 말이다!!"

"나, 나는 아무 짓도 하지 않았어! 거짓말이 아니야, 나는 정말로 모른다고! 저, 전부 아버지가, 그 작자가 혼자 저지른 짓이야!"

"헹, 아무것도 모르시겠다? 거짓부렁 지껄이지 마

라! 네년이 월름의 명령을 받아 대장을 감시한다는 사실쯤은 벌써
알고 있었다! 있는 일 없는 일 날조해서 대장을 멋지게 경질시켰다
는 것도 말이지."

예상대로 흘러가는 전개를 보고 노엘은 가볍게 한숨 쉬었다.

'이렇게 될 것 같아서 혼자 마중 나갔던 건데. 흰개미당은 소식이
빠르네.'

본대 헌병장에게서 건네받은 명령서의 내용은 카르나스 성채로
이동하여 근신하라는 지시. 명령에 저항하는 경우는 반란으로 간주
하여 엄벌에 처하겠다고 쓰여 있었다. 라인은 본대의 천인장이 방
위 임무를 맡는다고 한다. 즉 노엘에게는 더 이상 기회가 없다는 뜻
이 되겠다.

소식을 들은 도르커스가 리그렛의 소행이라도 판단한 뒤 제재를
가하려고 했던 것이리라.

'그건 그렇고 월름 장군한테 제대로 한 방 먹었네. 신시아한테 융
단을 자랑할 수가 없어졌어.'

"자, 잠깐. 마, 말을 좀 들으라고. 나는 절대로, 아무것도 날조하
지 않았어."

"변명 따위는 듣고 싶지도 않다! 결국은 억지 부려서 처형장으로
끌고 갈 속셈이겠지만, 그 꼴을 두고 보지는 않는다. 이 지저분한
암여우 같으니라고!"

검 끝으로 리그렛의 턱을 들어 올리는 도르커스. 리그렛은 반쯤
정신을 놓은 채 아니야, 오해야, 나는 몰라, 몇 마디 말을 반복해서
외쳤다. 평소의 거만한 태도는 온데간데없었다. 얼굴은 새파랗게

질렸고, 몸은 덜덜 떨린다. 죽음이 목전으로 들이닥쳤기에 강한 척하는 가면이 벗겨져 나간 탓이었다.

"가, 감독을 명령받은 건 맞아. 그 부분은 인정하겠어. 그렇지만 이 사람이 내통을 저질렀다든가 하는 어떤 날조도 않았어! 이번에도 평소처럼 보고를 보낸 게 전부야! 딱히 수상한 낌새는 없었다고!"

"정말 어리석은 년이군. 아니, 어쩌면 다 알고도 시치미를 떼는 건가. 잘 들어라, 네년이 보낸 서찰을 월름 그 망할 놈이 살짝 손보기만 해도 전부 제 뜻대로 흘러간단 말이다. 이른바 백지 위임장이 되는 셈이지. 무엇을 보고했느냐, 그게 문제가 아니다. 감시 역할을 수행했다는 사실 자체가 배반이지!"

"그, 그런 건 그냥 트집이잖아! 애당초 내가 아버지의 명령을, 장군의 명령을 어떻게 거역하라는 건데?!"

"대장에게 트집을 잡은 게 네년의 아비지지. 빌어먹을 월름이 대장을 눈엣가시로 여긴다는 것은 잘 알고 있었다. 그리고 네가 그놈의 개나 다름없다는 것도. ……대장, 이 배반자를 어서 콱 죽여버리고 코임브라를 떠나 도망칩시다. 별것도 아닌 헌병 놈들이야 우리 흰개미당이 모조리 날려버리겠소."

"우리는 대장과 두령을 따를 겁니다. 두 분과 함께라면 어디든 따라갑지요. 애당초 코임브라 군에 지켜야 할 의리는 티끌만큼도 없습니다."

"그런 겁니다. 뭘요, 노엘 대장의 실력을 내세우면 어느 주에서도 환영받을 거요. 지금보다 더한 출세도 할 수 있겠소. ……코임브라 놈들은 이놈이고 저놈이고 대장의 진짜 실력을 못 알아본단 말이오. 그래, 우선은 카이 공을 따라서 겐부에 가는 게 좋겠군."

도르커스가 노엘에게 적극 제안했다.

"대, 대장. 나는 정말로, 거짓 보고는 올리지 않았어. 믿어줘, 저, 정말—."

눈물, 콧물에 젖어서 리그렛의 흑발이 뺨에 찰싹 달라붙었다. 노엘에게 구원을 바라며 간절하게 손을 내뻗고 있다. 다만 대검이 바짝 다가들어 있는 까닭에 더 이상은 움직이지 못했다.

"그래, 남길 말은 그게 전부냐? 그러면 이제 슬슬 이 세상과 작별을 시켜주도록 하지. 신경 거슬리게 째지는 목소리를 두 번 다시 안 들어도 된다 생각하니까 아주 진심으로 후련하군그래!"

도르커스가 대검을 치켜들었다가 아무 망설임도 없이 내리쳤다. 힉, 소리치면서 머리를 감싸 쥐는 리그렛. 그러나 선혈은 터져 나오지 않았다. 칼날은, 닿지 않았다.

"왜 이러는 거요? 대장."

"역시 도르커스. 정말 무거운 일격이야."

노엘은 이지창을 들어 억지로 저지했다. 충격이 자루에 전해져서 몸이 떨린다.

"……나는 통 모르겠군. 어째서 이따위 년을 감싸는 거요? 도저히 이해가 안 되는뎁쇼."

"내 소중한 부관이니까. 게다가 배반하지 않았다면 아직은 동료잖아. 응, 리그렛. 너는 배반하지 않았지?"

"네, 네! 나는, 정말, 정말로 배반하지 않았습니다! ……무, 물론 감시는 수행했어요, 그렇지만. 그렇지만!"

"그러면 이제 괜찮아. 감시했던 것도 신경 안 쓸게. 아버지이고 게다가 높은 장군에게 명령을 받는다면 어쩔 수 없겠지. 게다가 내가 특별히 못된 짓을 하고 다니진 않았잖아?"

노엘은 리그렛의 머리를 쓰다듬은 뒤 다정하게 웃어 보였다. 리그렛은 아주 죽을상을 짓는 얼굴로 노엘의 다리에 달라붙었다. 건방지고 야유를 늘어놓던 평소 모습은 온데간데없다.

노엘은 정말 옛날의 자신과 쏙 빼닮았다고 느꼈다. 건방진 성격이 아니라 이렇듯 죽음을 두려워하는 모습이 그랬다.

"그래, 마음 넓으신 노엘 대장께서는 이제 어쩌시려오? 설마 싶기는 한데 대책도 없이 카르나스로 돌아가려는 심산은 아닐 테고?"

"응. 명령대로 카르나스에 돌아갈 거야. 거기에서 잠깐 느긋하게 시간이나 때우려고."

"그게 웬 웃기는 소리요! 미안하지만 나는 사절이오. 빌어먹을 윌름이 뭐든 생트집을 잡아다가 결국은 처형장으로 끌고 가는 꼬락서니가 눈에 훤하군! 나 하나라면 모르겠으나 부하들까지 덩달아 횡액을 당하게 둘 수는 없단 말이오!"

도르커스가 침을 내뱉고 대검으로 바닥을 내리쳤다.

"맨 처음 약속했던 대로 위험하다 싶으면 너희라도 꼭 구해줄게. 내가 약속을 지킨다는 건 도르커스도 잘 알지?"

"……"

"무슨 일 생기면 내가 다 뒤집어엎을 테니까 그 틈에 도망치면 되잖아. 어때? 그러면 괜찮을까? 그러니까 같이 카르나스로 돌아가자."

"그렇게 마음먹은 대로 일이 풀릴까! 대장이 제아무리 강하더라도—."

"아하하, 틀림없이 잘 풀릴거야. 왜냐하면 내가 전력으로 난동을 부릴 테니까."

노엘이 재촉 삼아서 손을 내밀었다. 도르커스는 잠시 고민하다가, 신음하고 소리 지르면서 날뛰다가 이윽고 백발의 머리를 쥐어뜯은 끝에 그제야 손을 맞잡았다.

"젠장, 댁은 정말로 대책 없는 바보군! 아니, 바보를 넘어 아예 호구일세. 이따위 암여우를 감싼다는 게 말이나 되나!"

"그런가? 왜냐면 소중한 동료인걸."

"예예, 알겠수다, 알겠습니다요! 그래, 내친걸음이다, 마지막까지 지켜보는 게 옳겠지! 암여우의 목은 대장에게 맡길 테니까 어디 내 키는 대로 처분해보쇼!"

도르커스는 이제 후련하다는 듯이 대검을 검집에 도로 집어넣은 뒤 팔짱을 낀 채 제자리에 주저앉았다. 리그렛은 여전히 노엘의 허리에 매달려 있었다. 조금 걸리적거린다는 기분도 들었으나 걷어차기엔 가여웠기에 딱 몇 분만 더 참아주기로 했다.

"……꽤나 정취가 깊은 대화였군. 만약 소관이 같은 처지였다면 즉각 헌병과 리그렛 공을 베어 넘긴 뒤 주군을 직접 배알해서 담판을 지었을 테지. 어떠한 과오도 없이 경질당한다는 것은 무인의 긍지와 직결되기에. 사생결단을 내서라도 철회를 받아 내겠지."

"아하하, 카이다워서 괜찮지 않으려나? 그래도 내가 그렇게 하면 모두들 덤터기를 쓴단 말이야. ……게다가 또."

"게다가?"

"납득 안 되는 불행만 잔뜩 일어나는 게 세상 이치잖아? 그러니까 이번에도 어쩔 수 없다 치려고."

노엘이 살짝 웃자 카이는 조금이나마 발끈하는 표정을 내비쳤다. 한 차례 헛기침한 뒤 예리한 눈빛으로 말한다.

"이전부터 말하고 싶었는데, 이따금 내비치는 그대의 체념은 실로 탐탁지 않군. 아니, 탐탁지 않은 수준을 넘어 이보다 더욱 괘씸할 수가 없어. 어째서 대뜸 포기할 뿐 저항을 시도하지 않는가. 어떤 부조리든「어쩔 수 없다」는 말로 용납한다면 살아가는 의미가 아예 없잖나!"

"살아가는 의미가 없다고?"

"그렇다. 단지 휩쓸리기만 해서는―."

"그 말은 틀렸어. 나라고 마냥 포기하지는 않아. 단지 휩쓸리는 게 아니야. 나는 언제나 온 힘을 다해서 고민하고 행동하니까. ······ 카이, 나에게 살아가는 의미가 없다는 말은 두 번 다시 꺼내지 말아 줄래? 다음에는 용서 안 할 거야."

노엘은 끓어오르는 분노를 가까스로 내리눌렀다. 살아가는 의미가 없다고 하는 아무것도 모르는 발언은 대단히 괘씸했다. 자신은 시체가 아니다. 존재를 부정당하는 것을 노엘은 그 무엇보다도 싫어한다.

게다가 매사가 마음먹은 대로 풀리지 않을뿐더러 부조리투성이인 것이 이 세상이다. 그런 세계에서 노엘은 절절하게 고민한 끝에 최선이라고 여겨지는 판단을 내렸다고 자부할 수 있었다. 항상 포기한다는 평가는 실로 어처구니없었다.

"노, 노엘 공?"

"그 누구라도, 나의, 우리의 존재를 결코 부정하게 놔두지 않아. 나는 원하는 대로 살고 원하는 대로 움직일 뿐. 그 결과로 악귀라고 불린다 해도 전혀 신경 쓰지 않아. 가장 중요한 것은 쭉 살아 나가는 삶. 그렇지 않으면—."

노엘은 이제껏 보인 적 없는 기세로 연달아 말을 토했다. 그러다가 잠시 멈춘다.

"……그렇지 않으면?"

"죽어 간 친구들이 눈을 못 감을 거야."

그렇게 싸늘하게 말을 내뱉고 노엘은 리그렛을 억지로 떼어 냈다. 여전히 흐느껴 울던 리그렛을 일으켜 세운 뒤 도르커스에게 철수 명령을 내린다. 겸사겸사 리그렛의 뒤치다꺼리도 떠넘겼다. 기세에 눌린 도르커스는 순순히 경례하고 지시를 따랐다.

"카이, 우리는 이제 카르나스 성채로 이동하게 됐어. 너는 원하는 대로 움직이는 게 좋겠네. 용건 다 마쳤다면 그롤 님을 만나러 다시 돌아가도 괜찮을 거야. 여기에 남아도 별로 상관없고. 그렇잖아, 너는 겐부의 군인이니까."

"……아니, 소관도 동행하겠네. 방금 전 저지른 실례를 사죄하기 위해서라도 꼭 힘을 보태고 싶군. 물론 그대가 거부하지 않는다면 그리할 걸세."

"나는 별로 상관없는데. 단 사태가 어떻게 되든 나중에 불만 늘어놓으면 안 된다? 괜히 휘말려서 깜빡 죽어도 내 탓이라고 하지 마."

"죽을 작정은 털끝만큼도 없기는 하나 명심하겠네!"

　카이의 쓸데없이 큰 목소리가 저택 안에 울려 퍼졌기에 노엘은 절로 웃음이 새어 나왔다. 겁에 질린 고용인들을 곁눈질한 뒤 노엘은 방에 들어가서 마음에 쏙 드는 융단을 둥글게 말았다. 이것만큼은 꼭 갖고 돌아가고 싶었다. 해님의 빛을 받아 쬐면서 이 위에 누워 낮잠을 자면 최고로 기분 좋을 테니까. 신시아에게도 꼭 보여주고 자랑해야 한다.

　정오를 지난 때. 마을 아이들에게 성대한 배웅을 받은 노엘 부대는 도시 라인을 떠나 출발했다. 어른들은 진심으로 안도했다는 표정을 짓고 있었다.

　"인기가 엄청나더만요, 대장. 그야말로 영웅이라는 느낌이 듭디다."

　평소 분위기를 되찾은 도르커스가 노엘과 말 머리를 나란히 하여 말을 건넸다. 아이들에게 손 들어주기를 그만두고 고개 돌린 뒤 노엘은 말의 등에다가 묶어서 매단 융단에 몸을 기댔다.

　"또 만나면 좋겠네."

　"동의하고 싶긴 한데 말이오. 저희를 볼 때면 여전히 겁을 집어먹는지라. 아이들의 호감을 사는 요령이라도 있는 거요?"

　"닮은 사람끼리 만나면 저절로 사이좋아지는 법이야. 그러니까 내 내면은 아직 어린애라는 뜻이네."

　"그 소리를 어째 본인이 한답니까?"

　"계속 어린애로 살아도 딱히 문제는 없지 않을까? 어른이라고 특별히 좋은 일이 생기는 것 같지도 않고. 오히려 쓸데없는 고생거리만 늘어나지 않아?"

노엘은 대꾸한 뒤 다시 하늘을 우러러봤다. 이제 비는 그쳤지만 태양이 보이지 않는다. 흐린 날이었다. 냄새를 맡아 예상하자면 또 금방 쏟아질 듯싶다. 귀한 융단이 비를 맞아서 망가지면 큰일이겠다. 서둘러 카르나스에 가야 한다.

"……대, 대장, 저는."

"리그렛, 나팔 불어줘. 자, 알지? 산행 노래. 이왕 나서는 김에 기운차게 움직여보자!"

"……아, 알겠습니다."

리그렛이 주뼛주뼛 다가들었다. 아직 방금 전 사건의 영향이 가시지 않아 자신을 주체하지 못하는 듯 실로 안쓰러웠다. 아직껏 흰개미당의 인원들은 적의를 담아 쳐다보고 있었다. 혹여 노엘이 도중에 전사한다면 틀림없이 살해당하리라.

그토록 격한 증오를 받는 것도 어쩌면 리그렛의 재능이겠다. 본인은 기뻐하지 않겠지만.

리그렛이 나팔을 꺼내서 불자 시름없는 소리가 울려 나왔다. 도르커스는 음침한 선율을 듣고 불쾌한 표정을 지었으나 노엘은 신경 쓰지 않았다. 음악에 맞춰 라인에서 배운 산행 노래를 흥얼거렸다.

처음에는 의기소침했던 병사들 역시 점점 흥이 돋았는지 따라서 노래 부른다. 행군 속도가 천천히 올라갔다. 기분도 차차 고양된다. 노엘 부대의 두 철퇴 깃발이 드높이 내걸렸고, 마치 개선이라도 하는 듯 자신 가득한 표정으로 걸음을 옮겨 놓는다.

"언젠가 돌아올 수 있으면 좋겠네. 그렇지? 도르커스, 리그렛."

"헤헤, 그렇게 되면 좋겠수다."

"……"

"약속은 아니고 그냥 희망일까? 희망을 갖는 건 공짜잖아. 다들 더 많이 희망을 가지면 좋겠어."

"희망을 배반당하면 쓸데없이 더 기운 빠지지만 말이오."

"그때는 그때잖아. 이렇게 또 다 같이 떠들썩하게 지내면 되는 거야. 왜냐하면 우리는 동료니까!"

아하하, 쾌활하게 웃음을 터뜨린 뒤 노엘은 또다시 큰 목소리로 노래 불렀다. 그 노래는 동행하는 본대 헌병장에게 꾸중을 듣기 전까지 세 시간가량 줄곧 이어졌다.

1주일 후, 노엘 부대는 카르나스 성채에 도착했다. 도중에 코임브라의 본대와 엇갈렸으나 태수 알현은 불가라고 사전에 언질을 받았었다. 누군가와 면회조차 허락이 안 되는지 신시아와 대화도 나눌 수 없었다.

"역시 안 되는구나. 응, 유감이네!"

"뭐, 어쩔 수 없죠. 그래, 어쩌시려오?"

도르커스가 의미심장하게 묻는다. 신시아에게 연락을 취하고 싶거든 본인에게 맡겨달라는 표시이리라.

편지를 써서 『이제부터 힘내』라고 응원해 봤자 모양이 안 난다. 게다가 새 보물로 삼은 융단은 편지로 알려주기보다는 직접 보여주고 싶었던 터라 노엘은 사양하기로 했다.

"지금은 얌전하게 지나가자. 또 괜히 혼날 테니까."

"지금 운운은 또 무슨 의미인가, 노엘 백인장!"

"아하하, 나는 바보라서 잘 몰라요!"

"웃는 얼굴로 바보를 자처하는 사람이 어디 있나! 잘 들어라, 좀 더 반성하는 태도를 취하는 것이 도리잖나! 애당초—."

설교를 한동안 흘려듣다가 노엘이 한껏 입 벌리고 커다랗게 기지개를 켜자 헌병장은 거품을 뿜으면서 기절하고 말았다. 여러모로 한계를 넘어버린 듯싶었다. 다른 헌병들이 허둥지둥 부축해서 일으키고 있다. 홧김에 기절하는 사람을 노엘은 처음으로 목격했기에 무심코 감탄하고 말았다.

"역시 헌병장은 다르구나. 아무나 할 수 있는 게 아니야."

"저 녀석, 괜찮겠소? 너무 화내다가 머릿속 핏줄이 터져 나가는 거 아니오?"

"몸이 잘 움직이는 걸 보면 괜찮지 않으려나?"

사람들은 참 다양하기에 정말이지 재미가 있다. 대화 나누면 세계가 넓어져 간다. 노엘은 꿈틀꿈틀 경련하는 헌병장을 슬쩍 쳐다보면서 만족스럽게 고개를 끄덕였다.

본대에서 온 전령의 연락에 따르면 그롤 휘하의 코임브라 군은 순조롭게 지배권을 확대하고 있다고 했다. 그리고 드디어 가도를 따라 동진하기로 결정했다던가. 그 앞쪽에는 아르트베르 평원이 펼쳐지고, 가도를 가로지르는 형태로 트라이스 강이 흐르고 있다. 그곳을 지나가면 도시 토르드가 나타난다. 그 도시를 함락하면 주도 베스타까지 상당히 접근한 셈이 된다. 다만 여정이 긴 까닭에 코임브라 군 본대는 지금쯤 아마 트라이스 강을 앞에 두고 있지 않을까.

무슨 일이 벌어진다면 그 주변이리라. 신시아의 무운을 마음속으로
기원했다.

　도착하고 나서 며칠이 지나서 노엘이 무엇을 하고 있었느냐면 얌
전히 카르나스 성채에 틀어박혀 있을 뿐. 그것이 헌병장의 지시였
고, 거역하면 반역 행위로 간주한다고 엄격하게 통보받았기 때문이
다. 딱히 어딘가에 가보자는 기분도 없었던 데다 태양도 나오지 않
았던 터라 산책할 마음도 들지 않았다.

　그러나 지금 미리 할 수 있는 일은 해 두자고 갑자기 생각이 들었
기에 헌병장에게 허가를 받은 다음에 도르커스에게 지시를 내렸다.

　근처의 나무를 벌채해서 저지용 말뚝을 만들기 위한 통나무를 최
대한 대량으로 준비하라고. 헌병장에게는 전선에 보낼 방어용 물자
라고 설명했으나 정말로 보내려는 마음은 털끝만큼도 없었다. 주
외곽의 삼림 지대에 설치해서 여차할 때는 적을 유인하려는 목적이
었다.

　리그렛에게는 검게 칠한 밧줄을 준비시켰다. 그리고 물자 준비다.
전부 주 외곽의 삼림 지대에 옮겨서 숨겨 놓았다. 처형당할 낌새가
보일 때 도망치기 위한 경로와 식량도 확보해야 했다. 그게 도르커
스와 한 약속이기 때문이었다. 리그렛은 이러한 작업이 특기인 듯
능숙하게 헌병장을 몰아세웠다.

　"거참, 귀관의 부관은 대체 무엇을 어쩌자는 건가! 우리 헌병까지
차출해다가, 그뿐 아니라 밧줄에 색을 칠하는 작업까지 시키다니!"

　리그렛이라고 이름을 거론하지는 않고 부관이라는 애매한 호칭으

로 불만을 늘어놓는 헌병장. 평소 모습을 되찾은 리그렛에게 걸려서 진이 빠지도록 부려 먹히고 있는 듯했다. 월름 장군의 이름을 교묘하게 이용하지 않았을까.

리그렛은 무력도 약할뿐더러 나팔 연주도 엉망진창이다. 병사들 통솔도 서툴고, 입을 열었다 하면 야유하고 빈정거리고 악담을 잔뜩 늘어놓을 뿐. 그래도 명령받은 사안을 효율 좋게 실행하는 능력은 뛰어났다. 달리 재주가 없다고 말할 수도 있겠다만. 또한 상대의 약점을 발견하는 눈과 도발하는 솜씨도 정말 훌륭했다. 뭐랄까, 천부의 재능이다.

그런 생각을 하고 있던 때에 헌병장이 노엘에 손가락을 척 들이밀었다.

"듣고 있는 건가! 이게 전부 다 귀관의 부대는 군율이 엉망이기 때문이다!! 전부 귀관의 잘못이다!"

"싫으면 싫다고 말하면 될 텐데."

너무 큰 목소리였기에 귀를 막으면서 노엘이 불쑥 중얼거렸다. 헌병장은 그 말을 흘려듣지 않고 매섭게 눈을 부라렸다.

"내 처지에 싫다는 말을 어찌 하겠는가! 잘 들어라, 리그렛 백인장은 월름 장군님의 따님! 즉 이러한 잡무는 월름 님께서 직접 하달한 지시라는 가능성도 감안해야 한다. 그 부분을 고려하자면 설령 도리에 어긋나는 부탁일지라도 실행 가능한 사안이라면 수락할 수밖에 없단 말이다!"

"그렇구나. 나라면 귀찮으니까 거절할 텐데. 헌병 주제에 장군이랑 그 딸한테는 약하구나. 한심해라."

무심코 솔직한 심정을 입 밖에 내자 또 헌병장이 분통을 터뜨렸다. 역시 기절할까 봐 지켜봤지만, 이번에는 괜찮은 것 같았다. 조금 재미있어졌다.

"이, 입 다물어라! 우리 헌병들 또한 거역하지 못할 인물이 있단 말이다! 으음, 세상은 원래 그런 법이다!"

뭐라고 잘난 척하면서 말은 하는데 별로 멋있지 않았다. 권위에 지는 헌병 따위는 군대에 불필요하다. 그래도 입 밖에 내지는 않았다. 그쪽은 자신의 관할이 아니었다.

"그렇지, 나도 같이 도와주면 어떨까? 너무너무 심심해서 죽을 것 같거든!"

"어림없다! 귀관은 필히 이 방에서 근신해야 한다! 그것이 태수님께 받은 명령이다!"

"엥, 정말 안 돼?"

"정말 안 된다!"

"헌병장은 쩨쩨하구나."

"나는 명령에 충실할 뿐이다. 귀관처럼 명령 위반을 저지른 전력 따위는 한 번도 없다!"

헌병장은 자신만만하게 가슴을 펴 보였다. 그때 군모가 비뚤어져서 떨어지자 홀딱 벗겨진 머리가 드러났다. 얼굴을 붉히고 허둥지둥 모자를 다시 뒤집어쓰더니 으흠, 헛기침을 한다.

첫인상은 얄미운 사람이었지만, 대화를 나눠보면 의외로 재미있었다. 매사에 반응이 야단스러워서 싫증이 안 난다. 그렇게 솔직하게 말하면 또 분통을 터뜨릴 테니 지금은 꾹 참았다. 너무 자꾸 자극하면 내성이 자리 잡을 수도 있었다. 그러면 거품 뿜는 모습을 다시는 못 보게 된다.

"아무튼 얌전하게 지내도록 해라. 납득해서 하는 일은 아니다만 귀관의 몫까지 내가 힘을 써주마. 헌병인 이상 업무는 신속하게 수행해야지!"

"넷, 알겠습니다."

노엘은 대충 대답한 뒤 문을 닫고 침대를 향해 걸음을 뗐다. 장소가 성채인 만큼 아무 장식도 되어 있지 않은 방이었다. 일단은 사관실이라는데 좁고 어둡고 먼지도 많다. 마들레스에 있는 노엘의 방과 몹시도 달랐다. 그 방에는 노엘의 보물이 가득 들어차 있으니까. 그곳에 들어가 있기만 해도 행복한 기분에 잠길 수 있었다.

융단도 깔지 않고 가만뒀다. 귀한 보물이 먼지투성이가 되어버린다. 그렇다고 금방 나가야 하는 이 방을 청소하기도 귀찮았다.

"아아~ 심심해라. 그래도 바깥에 나가면 안 된다는 말을 들었으니까. 맞다, 오랜만에 그림책 내용이라도 떠올려볼까?"

노엘은 케르에게 주고 나왔던 그림책의 내용을 떠올렸다. 150번 소녀가 준 소중한 그림책을. 여기에 갖고 있지는 않아도 노엘의 소중한 보물이다.

노엘이 가장 마음에 들어 하는 것은 주인공으로 등장하는 기묘한 고양이가 귀신을 퇴치하러 가는 이야기였다. 바다와 강과 산으로 모험을 떠나 다양한 동물을 동료로 삼은 고양이는 멋지게 귀신을 퇴치하고 보물을 손에 넣는다. 그리고 고양이는 마음을 고쳐먹은 귀신을 용서한 뒤 친구가 되고, 마지막은 다 같이 사이좋게 행복해진다는 이야기였다.

"……그 이야기는 재미있었지만, 세상이 그렇게 아름답게 돌아가지는 않으니까."

노엘은 탄식했다. 모두가 행복하게 살아가는 세상 따위는 불가능하다. 누군가가 행복해지면 그만큼 손해를 보는 사람이 나타난다. 그 구조는 코임브라의 깃발에 있는 천칭과 비슷하리라. 이 천칭이 균등해지는 날은 결코 오지 않으리라.

누구든 다 행복해지고 싶다는 바람을 갖고 있기에 싸움이 사라지지 않는다. 싸워서 승리하지 못하면 행복을 얻을 수 없었다. 패자는 승자를 부러워하고, 승자의 입장을 얻기 위해서 힘을 길러 분쟁을 일으킨다. 승자는 자기 지위를 지키기 위해 온 힘을 다해 싸운다. 잔뜩 죽어 나갈 터이나 행복해지기 위해서라면 어쩔 수 없겠다.

다 같이 서로를 알아주지 못한다는 것은 지금 세계를 보면 잘 알 수 있었다.

"으음. 그래도 부러움을 느낄 만큼 행복해 보이는 사람이랑 아직 만난 적이 없단 말이야."

부러움은 질투 및 시기와 같은 부정한 감정으로 이어진다고 그 교회에서 들은 적이 있었다. 그러니까 마음을 비운 채 폐하를 위해 전력하면 된다는 헛소리를 끈질기게 늘어놓았다. 실천할 의향은 전혀 없는데도 왠지 인상에 남아 있었다.

그런 부정한 감정이 옛날에는 노엘에게도 잔뜩 있었을 텐데 이제는 점점 옅어지는 듯싶기도 하다. 누군가는 자신을 악귀라고 부른다니까 어쩌면 인간미가 사라져 간다는 증거인지도 모르겠다. 이런 생각을 하는 것 자체가 보통은 아니려나. 아무도 가르쳐주지 않는 터라 잘 모르겠다. 신시아에게 물어보면 분명 철권이 떨어질 테지.

"아~ 행복해지고 싶어라. 그러면 모두에게 나눠 줄 수 있을 텐데."

노엘은 누구에게 하는 말인지 홀로 중얼거렸다. 분명 노엘의 곁에 있을 소중한 친구들을 향해서.

딱딱한 침대에서 몸을 뒤척거리다가 왠지 울적해졌던 노엘은 기세를 붙여 일어서더니 창문을 열었다. 창문으로 하늘을 올려다보면 역시 태양은 여전히 모습을 감추고 있었다. 벌써 며칠째 태양을 못 봤을까. 무척 불쾌하고 우울하고 허전했다.

"또 비가 내리네. 그때와 같아, 불길한 냄새가 나."

어딘가에서 시취가 풍기는 것 같다. 죽은 친구들의 얼굴이 노엘의 뇌리에서 선명하게 되살아났다. 다 허물어져서 구더기에 파먹힌 끔찍한 얼굴이다. 모두가 텅 빈 눈동자로 어딘가 한곳을 바라보고 있다. 그 한곳이 유일하게 살아남았던 노엘이었는지는 모르겠다. 그러나 친구들은 어딘가를 오로지 바라다보고 있었다. 노엘은 모두가 가엾다고 진심으로 안타까워했다.

그날 내렸던 비는 마치 더러운 것을 감싸 감춰주려는 듯이 내렸다.

빗물이 진흙을 씻겨 내면서 친구들의 몸에 내리쏟아졌다. 자신의 몸에도. 두 번 다시 바깥에 나오려고 하면 안 된다고 말하는 듯이.

정말 차갑고 슬펐다.

그래서 노엘은 비를 몹시 싫어한다.

"……."

노엘은 리그렛을 보고 배운 대로 혀를 찬 뒤 창문을 세차게 닫았다.

이제부터 내리는 비는 단순한 비가 아니다.

그때와 비슷한 수준으로 최악의 비가 되리라.

이제부터 분명히 나쁜 일이 일어난다고 노엘에게 경고를 해주고 있다. 노엘을 몇 번이고 구해줬던 친구들의 목소리다. 그러니까 노엘은 몸을 둥글리고 이지창을 끌어안은 채 경계했다.

무슨 일이 일어나도 대응할 수 있도록.

11

천칭 붕괴

트라이스 강 상류 지대. 아직 한낮인데도 불구하고 시계는 몹시 악화됐다.

말에 탄 아밀이 높지막한 언덕 위에서 코임브라 군의 위치로 예상되는 장소를 내려다봤다. 흐릿하게나마 확인할 수 있는 불빛이 적의 야영지 위치를 나타내준다. 그들은 불어난 강물이 내려가기를 기다리고 있었다.

'이때 비가 내릴 줄이야. 이제 내 승리는 흔들리지 않는다. 그러나 방심은 금물임을 잊지 말도록 하자.'

말에 올라타서 옆쪽에 나란히 선 파리드에게 시선을 보내자 힘 있게 고개를 끄덕여준다. 마침내 때가 왔다는 동의의 표시였다.

"드디어 시작이다. 제군들, 이 한 번의 전투로 우리는 영광의 좌에 뛰어오르리라."

일단 말을 멈춘 뒤 전원의 얼굴을 둘러보고 나서 스스로의 심중을 밝혔다.

"내 몸에는 바르데카의 피가 흐르고 있지. 제군들의 나라를 멸한 피, 증오스러운 홀시드의 피다. 그러나 나의 혼은 바하르와 함께하며, 그 긍지를 분명하게 이어받았다고 자부한다."

『…….』

"바하르는 태양제 베르기스의 손 아래에서 패배를 새겨 넣어야 했다. 그러나 그 굴욕을 양분 삼아 온 대륙을 다 둘러봐도 손꼽히는 발전을 이룩해 냈다. 그리고 제군들의 옛 굴욕은 바하르 태수인 내가 마침내 황제가 됨으로써 청산되리라고 확신한다!"

『그렇다, 아밀 님은 우리의 동포다!』

『아밀 님은 바하르를 발전으로 이끌어주셨다!』

『아밀 님, 만세!』

병사들의 목소리를 가만히 들어주다가 아밀은 주먹을 꽉 쥐어 전방으로 쳐들었다.

"내가 제위를 거머쥐는 그날이 오면 반드시 제군들의 충성과 헌신에 보답하겠노라고 약속한다. 더한 번영을 동포들에게 선사하마. 나는 결코 거짓말을 하지 않는다. 그것은 제군들이 가장 잘 알고 있을 터이다. 나는 일단 한 약속은 기필코 실행에 옮겨왔기에. 그렇잖은가!"

『넷!』

"그렇다면 나를 위하여 힘을 빌려다오. 자네들의 생명을 나에게 맡겨다오. 역적 코임브라를 쳐부수고 영광의 좌에 올라설 때가 왔노라!! 더불어 승리와 번영을 거머쥘 때가 왔노라!!"

아밀이 일어서서 검을 뽑아 들자 모든 가신, 병사들이 그에 호응했다. 비바람 속에서 무시무시하도록 수많은 바하르의 세 검 깃발이 단박에 치켜 올라가 줄을 이뤘다.

『아밀 님에게 승리를 바쳐라!』

『바하르에 영광 있으라!』

『홀시드 제국을 계승할 인물, 아밀 님 말고 누가 있으랴!』

파리드의 흑양기가 정렬하여 돌격 준비를 갖췄다. 내걸고 있는 깃발에는 비룡의 문장. 인마가 두루 검은 무장으로 통일되었다. 새벽 계획을 견디고 살아남은 인원으로 편성한 바하르 최강의 부대였다.

"아밀 님, 명령을 내려주십시오!!"

"바하르 전군 돌격 개시! 코임브라의 역적 놈들을 몰살하라!! 거침없이 나아가라!!"

"지금이야말로 흑양기의 힘을 세상에 널리 떨칠 때이다!! 기필코 아밀 님을 영광의 좌에 모셔다드린다! 전원, 나를 따르라!!"

아밀의 호령에 이어 파리드는 선두에 서서 달려 나갔다. 이날, 이때를 위해 흑양기는 혹독한 훈련을 쌓았다. 오직 아밀을 영광의 좌로 인도하기 위하여. 나란히 달리는 레베카는 혀를 날름거리면서 대검을 굳게 쥐어 잡고 있었다. 아니, 레베카뿐이 아니다. 전 기병이 피를 바라면서 살기를 발출하고 있다.

말굽 소리를 울리면서 바하르 군이 단박에 내리닫는다. 기선은 기병 주체였다. 도중에 몇 명이 낙마하여 탈락했으나 아무도 멈추는 자가 없었다. 도달하면 유린을 펼칠 수 있다. 모두들 강한 확신을 품었다.

"이대로 돌격한다!! 진영에 돌입하고 나서는 결코 움직임을 멈추지 마라!"

"잘 알고 있다고, 형! 모조리 처죽여주겠어!"

선두에서 달려 나가는 파리드. 비가 내리는 와중에 눈에 힘을 주고 목표를 겨냥한다. 진흙탕을 차올리고 말 울음소리를 울리면서 기마의 무리가 코임브라 진영을 목표로 쇄도했다. 코임브라의 병사 대부분은 비를 피하기 위해 엉성한 천막 안에 몸을 숨기고 있었다. 더할 나위가 없도록 방심한 상태, 그뿐 아니라 아예 무장한 인원이 거의 없었다.

경계를 서고 있었던 코임브라의 병사가 홀로 뒤늦게 이변을 감지하고 일렁이는 횃불을 쳐들며 돌아선다.

"뭐, 뭐냐, 너희는—."

안면에 창을 처박자 비명이 터져 나왔다. 이번 전투의 첫 번째 수훈자는 파리드 아라인이었다. 동시에 뿔피리, 그리고 적을 위압하는 징 소리와 큰북 소리가 울려 퍼졌다.

코임브라 군, 윌름 진영. 죽죽 쏟아지는 빗소리를 지워 없애면서 전투의 개전을 알리는 소리가 울려 퍼졌다.

"윌름 장군님! 바하르 군이 공격을 개시했습니다!"

"드디어 시작되었는가. 즉시 코임브라의 깃발을 내리고 바하르의 깃발을 내걸어라!"

윌름은 소리 지르면서 미리 준비했던 말에 뛰어올랐다. 신속하게 행동해야 하는 상황이었다. 약속한 대로 바하르에 가담하겠다는 뜻을 행동으로 몸소 표명할 필요가 있다. 그 때문에 병력을 언제든지 출동 가능한 상태로 대기시켜 두었으니까.

"장군님, 저희도 반전하여 공격에 가담하면 어떻겠습니까? 아밀 님께 바치는 충성을 증명할 좋은 기회가 아닙니까?"

"그래서는 안 된다! 예정한 대로 우리는 일단 전선을 이탈한다. 휩쓸려 죽고 싶지 않다면 서둘러라!"

"그러나 손 놓고 전공을—."

"시키는 대로 움직이지 못할까!"

"네, 네엣!"

의견을 제시하려는 무관에게 일갈한 뒤 윌름은 지휘봉을 들어 병력을 통제했다. 이제 곧 트라이스 강은 사지가 된다. 다소의 점수 벌자고 미적거리는 짓는 자살행위였다.

윌름이 바하르와 내통한다는 것을 아는 인물은 몇몇 측근과 상급 무관뿐. 말단 사관, 병사들은 어째서 후퇴하는가 이해를 못 하는 상황이다. 바하르의 병사가 창을 들이밀고 들이닥치면 싫어도 응전할 수밖에 없을 것이다. 그렇게 되면 본대와 한 뭉텅이로 분쇄당할지도 모른다.

"서둘러 후퇴하라! 대열을 흩뜨리지 마라!"

"코임브라의 깃발을 내리도록! 명령에 복종하라!"

병사들의 군화 소리와 빗소리가 목청껏 외치고 있는 사관들의 목소리를 지워 없앤다. 코임브라의 깃발이 하나둘 내려갔고, 바하르의 깃발이 뻗쳐 올라갔다. 그 광경을 본 윌름은 온갖 만감과 함께 커다랗게 숨을 토했다.

"돌이켜보면 길고 긴 고난의 나날이었군. 무능한 애송이에게 휘둘리며 겪어야 했던 수많은 굴욕을 결코 잊지 못하리라. 그러나 이제 전부가 끝났다!"

윌름의 뇌리에 그롤과 보낸 나날이 떠올랐다. 어리석은 변덕에 휘둘린 끝에 허사로 끝난 수많은 정책들. 간언에 귀를 기울이기는커녕 충고한들 욕설만 돌아왔던가.

월름이 완전히 단념한 탓에 그롤의 행동을 가만 받아들여주게 되자 관계가 양호해졌다는 것도 정말이지 얄궂은 일이었다. 그 장본인은 본인이 포기당했다는 사실조차 전혀 알아차리지 못했다. 실로 어리석은 사내다. 몇 번을 이 손으로 찔러 죽여버리려는 충동에 휩싸였던가. 그롤이 황제의 혈연만 아니었다면 벌써 옛적에 처단했을 것이다. 그 남자의 행운은 황제 베프남의 자식으로 태어난 것이고, 동시에 코임브라에 있어서 가장 큰 불행이었다.

"이 한 번의 전투로 코임브라의 운명은 일변한다. 이미 흘러간 코임브라의 옛 영광을 되찾을지어다. 그 어리석은 사내 하나만 제거하면 전부가 바뀐다!!"

월름은 소리 높여서 외친 뒤 지휘봉을 굳게 잡아 쥐었다. 이 전투의 후에 기다리고 있는 것은 코임브라의 영광이 전부는 아니었다. 월름 본인에게도 영달이 도래한다. 오직 바람직한 결과를 맞이하리라. 월름은 끓어오르는 야심과 욕망에 몸을 내맡긴 채 바짝 소리 죽여서 줄곧 웃음 지었다.

트라이스 강의 중류에서 전투가 시작됐다. 아니, 전투라고 부르기에는 너무나 일방적인 양상이었다. 파리드 휘하의 흑양기가 코임브라군의 복판을 단번에 물어 찢자 아밀의 본대가 그 지점으로 돌입, 전열과 후열 각각에 부대를 산개하여 덮쳐들었다. 큰 혼란에 빠진 코임브라의 병사들은 거미 새끼가 흩어지듯이 우왕좌왕 도망쳤다.

동시에 밀즈 휘하의 전차대가 우회하여 카난 가도로 전개. 코임브라 군의 퇴로를 싹둑 끊어버렸다. 바하르가 운용하고 있는 전차란 말 두 마리를 달아 돌진하는 철갑 마차를 일컫는다. 활을 든 병사가 내부에 몸을 숨긴 채 저격에 집중할 수 있다. 전차를 횡으로 정렬시키면 즉석의 야전 축성도 된다. 결점을 꼽자면 막대한 비용이 필요하다는 것, 그리고 유연한 방향 전환이 어렵다는 것일까.

트라이스 강의 하류— 남쪽 방향에서는 발자크 장군 휘하의 2만 병력이 공세에 나섰다. 남북을 아우르는 협공, 더욱이 후방의 퇴로가 끊김으로써 코임브라 군은 대혼란에 빠져들었다. 지휘관들은 무슨 사태가 발생했는가 파악조차 하지 못한 까닭에 우왕좌왕할 뿐. 병사들은 스스로의 판단으로 싸울 것인가, 혹은 도망칠 것인가 선택해야 했다. 당연하게도 후자를 선택하는 자가 절대다수였다.

"머, 멈춰라, 제 위치를 벗어나지 마라! 즉시 대열을 짜서 창을 들어라! 적은 소수일 터, 침착하게 상대하면 아무것도 아니다!"

"헛소리 마라! 저게 어디를 봐서 소수냐! 눈이 보이는 전부가 바하르의 깃발이잖아!"

"잔말 말고 제 위치를 지켜라! 명령 위반은 용납 못 한다!"

"시끄럽다, 바보 자식아! 걸리적거리니까 비켜!"

"이봐, 밀지 마라! 이 앞은 강이다! 멈춰라!!"

"따지지 말고 빨리 가라! 꾸물거리면 죽어 나간다!"

주위에는 무시무시한 숫자의 적군, 그리고 전면에는 불어난 물이 세차게 흐르고 있는 트라이스 강. 어느 쪽으로 도망치는 것이 정답인가, 그 누구도 알 수 없었다. 다만 적의 칼날과 맞서 싸울 바에야 제 발로 트라이스 강에 뛰어들겠다는 자가 속출했다.

본진에 있던 그롤도 뒤늦게 이변을 알아차렸다. 비명과 쇳소리가 여기저기에서 들려오는 지금 상황이 대체 어찌 된 영문인가 짐작도 가지 않았다. 그럼에도 분명한 위기가 닥쳤다는 사실만큼은 이해할 수 있었다. 지독하게 나쁜 시계 속에서도 가증스러운 바하르의 세 겹 깃발만큼은 확인할 수 있는 까닭이었다.

"도대체 뭐가 어찌 되었는가! 적의 기습이라면 즉각 격퇴하지 못할까! 변변찮은 공격을 맞아 악평이 퍼져 나간다면 바하르의 영주들이 동요한단 말이다!"

"모, 모르겠습니다. 그러나 전방에 있는 병사들이 잇따라 탈주하고 있는 상황입니다! 아마도 이미 교전이 벌어진 듯싶습니다."

"이런 얼간이를 보았나! 교전 중인데 어찌 탈주한단 말이냐! 전령을 보내 상세한 상황을 파악토록 하라!!"

"네, 알겠습니다! 즉각 조처하겠습니다!"

"그리고 탈주하는 비겁한 자들에게 원대로 복귀하도록 명렬하라! 혹여 거역하거든 군법에 의거하여 처단해도 무방하다! 우리 5만의 군세로 몰아치면 단숨에 격퇴할 수 있다!"

"분부 받듭니다!"

가신이 허둥지둥 달려 나간다. 그와 교대하는 모양새로 신시아, 디르크가 뛰어들었다. 본진의 주위에 배치했던 터라 혼란에 휘말리지는 않았다.

"태수님, 적은 기병을 선두에 두고 우리 진영을 온통 어지럽히고 있습니다."

"사, 상류와 하류, 적은 남북의 각 방향에서 협공을 펼쳤습니다. 즉각 대처하지 않으면 모든 부대가 붕괴될 것입니다!"

"적의 규모는 대체 어느 수준인가! 어째서 소수의 적 병사에게 이리도 휘둘린다는 말인가!!"

"아무리 봐도 소수는 아니었습니다. 제가 관찰한 바, 북쪽 방향만으로도 적의 숫자는 1만에 달하는 줄로 판단됩니다!"

그롤이 비에 젖은 얼굴을 닦아 내면서 거친 목소리로 외쳤다.

"1만이라고? 그만한 적이 접근하는 와중에 누구 하나 알아차리지 못함은 어찌 된 영문인가! 상류 지역에 주둔 중이던 월름, 가디스는 무엇을 하고 있는가!!"

"그, 그게, 모르겠습니다. 그러나 공격을 받고 있음은 틀림없습니다."

디르크가 어두운 표정을 짓는다. 분명하게 말해서 현 상황이 어찌 돌아가고 있는가 그 누구도 알 수 없었다. 전령을 보내려고 해도 어디에 누가 있다는 위치조차 불분명했다. 내리쏟아지는 비와 불어닥치는 바람 때문에 시야와 청각을 빼앗겨서 명령이 전달되지 않는다. 그리고 행군 중이었던 까닭에 종렬 진형을 이루었던 것도 혼란에 박차를 가하는 요소로 작용했다. 토막토막 적에게 분단되어 각자가 상황을 판단해야 하는 처지를 강요당하고 있다. 이러한 상황에 익숙한 코임브라의 지휘관을 찾은들 한 손으로 꼽아도 모자라리라.

따라서 탈주하는 병사가 속출했기에 반쯤 패주하는 상태까지 몰려 있었다. 아직 그롤에게는 전달되지 않았을지언정 이미 이곳 본진도 안전 지대가 아니었다. 서둘러 몸을 피해야 하는 상황이건마는 후퇴의 판단을 내릴 근거도 얻지 못한다. 단지 적의 목소리가 점점 가까워지고 있음을 알게 될 뿐이었다.

"모조리 얼간이로다! 그러고도 코임브라의 군인인가!! 즉시 적을 쫓아내라고 명령 내려라! 디르크, 신시아, 본진 주변의 병력을 규합하여 응전하라!"

그롤이 지면을 걷어차자 흙탕물이 튀어 올랐다. 그때 거칠게 숨을 몰아쉬면서 전령이 몸도 제대로 가누지 못한 채 뛰어들었다.

"크, 큰일입니다! 위, 윌름 장군, 가디스 장군의 부대가 전선을 이탈! 바하르의 깃발을 내건 채 적측에 합류했습니다!!"

그 보고에 일순간 시간이 멈췄다. 가신들은 망연자실하여 꼼짝도 하지 못한다. 그롤도 말을 잃은 채 입술을 부들부들 떨 따름이었다. 그러나 서서히 그 안색이 핼쑥해졌고, 이윽고 격앙했다.

"헛소리 지껄이지 마라!"

"그, 그러나 틀림없는 사실입니다! 제 눈으로 직접 확인했습니다!"

"아직도 헛소리를 늘어놓는가!! 명색이 장군의 지위에 있는 인물들이 배반 따위 비겁한 짓을 저지를 리가 없잖느냐!!"

"그, 그렇기는 하나. 윌름 부대의 기병이 각 부대에 투항을 권고하고 다니는 형편입니다. 이러한 문서를 대량으로 뿌리고 있습니다!"

흙탕물에 젖은 서찰을 전령이 손에 들어서 바치자 그롤이 낚아채고는 서면을 들여다봤다.

내용은 다음과 같았다.

—금번의 전쟁에서 코임브라에는 어떤 대의도 없을뿐더러 모든 소요는 그롤 바르데카의 사적 원한에 의하여 발생하였다. 이러한

행위는 황제 폐하에 대한 반역 행위에 다름 아닌 바, 이에 가담하는 자는 역적으로 간주되리라. 그 죄는 결코 용서받을 수 없기에 일족 전원에게 해가 미치게 됨을 명심하라. 양식 있는 코임브라의 병사들이여, 즉각 검을 거두고 우리에게 합류하라. 함께 진정한 역적을 토벌하기 위하여 정의를 따라 행동하여라.

"뭐, 뭔가, 이것은—."

"외람되오나 태수님, 배반은 사실일 수도 있겠습니다. 그렇지 않다면 이곳 본진까지 적이 밀려들 리가 없습니다. 다만 본진의 방벽 역할을 맡아야 했을 윌름, 가디스 부대가 이탈했다면 지금 상황도 설명이 가능합니다."

그롤의 혼잣말에 대하여 디르크가 본인의 판단을 제시했다. 서면에 찍혀 있는 인장은 틀림없는 윌름 장군의 표식. 가디스가 그에 나란히 서명했다. 그러고 보니 윌름과 가까운 무관들의 모습도 보이지 않는다. 그들의 규모는 직할 병력만 5천, 징병된 인원을 더한다면 1만은 분명하게 넘는다. 그들이 바하르와 합류했다 가정하자면 실로 절체절명이었다.

"설마, 그럴 리가 없다. 장군의 지위에 있는 자가 배, 배반 따위를……."

"태수님, 정신 차리십시오! 즉시 대처하지 않으면—."

디르크가 거칠게 흔들어봐도 그롤은 정신을 수습하지 못했다. 그동안에도 비보는 잇따라 날아들었다.

"아뢰옵니다! 킬스, 다누쉬, 로스텀 천인장 전사! 비룡의 깃발을 내건 기병에게 유린당한 각 부대가 붕괴되고 말았습니다!"

"저희에게 가담했던 바하르 영주들이 이반했습니다! 바하르의 깃발을 내걸고 공격을 가하는 상황입니다!"

"게일, 랩, 도르스 부대가 명령을 위반하고 전선을 이탈했습니다! 트라이스 강 선봉 부대는 완전히 괴멸했습니다!"

"마, 말도 안 된다. 어찌, 이럴 수가."

전사한 장수는 북부 출신, 도주한 장수는 남부 출신. 그롤이 쭉 냉대했던 자가 죽음을 맞이했고 반대로 우대했던 자가 배반했다. 파벌의 역학 관계, 정치를 원활하게 펼치기 위해서는 부득이한 조치였다. 그러나 결과는 이러하다.

"……나, 나는."

"태수님, 저희 군문의 당면 방침을 당신께서 결정하셔야 합니다! 당신이 총지휘관이란 말입니다!"

"가, 가도 후방에 적 전차대가 나타났습니다! 철수하는 병사들이 활을 맞아서 죽어 나가는 상황입니다! 저희는 퇴로를 차단당했습니다!!"

스스로에게 절망한 그롤은 제자리에 무릎 꿇을 수밖에 없었다. 진흙을 부여잡은 채 온갖 감정이 뒤섞여 있는 신음 소리를 터뜨린다.

"아아, 으아아아아아아!"

그 모습을 본 디르크가 결심을 굳힌 표정으로 일어섰다. 그리고 사나운 어조로 발언했다.

"태수님, 일단은 후방으로 물러나서 어떤 수를 써서든 태세를 재정비하는 것이 급선무입니다. 그러자면 당신께서는 최후의 순간까지 살아남아 계셔야 하죠. 아직도 상황 파악이 안 되셨습니까!"

"디, 디르크."

"적의 총 숫자는 불분명하나 아마도 상당한 규모로 추측됩니다. 제 부대는 아직 건재하기에 전력으로 막아 시간을 벌어 보이겠습니다! 아무쪼록 그동안 몸을 피하십시오!"

"그, 그렇다면 저도 함께하겠습니다! 제 부대는 1천이나마 건재합니다! 마지막까지 싸울 각오는 되어 있습니다!"

"저, 저희도 남겠습니다!"

"디르크 님, 우리도 함께 싸우겠소이다!"

신시아와 무관들이 지원하는데도 디르크는 고개를 가로저었다.

"귀관들에게는 태수님을 호위하여 퇴로를 열어야 하는 임무가 있다. 내 부대는 정규병 3천과 징병된 인원 2천을 한데 모아 둔 5천. 이 숫자로는 웬만큼 분발한들 기병들을 떨치고 후퇴하기란 어림없다. 그렇다면 이곳에 남아 시간을 끄는 역할을 맡을 수밖에."

"그, 그러나, 그래서는 도저히 막을 수 없습니다!"

신시아가 반대해도 디르크는 단호히 거절했다.

"미안하네만 말다툼할 시간은 없군. 즉시 퇴각하여 가도상의 어느 거점이든 병력을 재집결시키도록. 비가 멎으면 적의 총 군세도 알아볼 수 있겠지. 그때 다시금 대책을 마련하도록 진언을 올려야 한다!"

"아, 알겠습니다. 신시아 상급 백인장, 태수님과 함께 후퇴하겠습니다!"

"좋다. 그리고 노엘 백인장에게 사죄의 말을 전해주게나. 역시 그 녀석의 말은 옳았어. 아군들 틈에 숨어든 적의 존재도 알아차리고 있었을 테지."

디르크의 그 말에 그롤이 퍼뜩 놀라서 얼굴을 들었다.

노엘은 당초부터 급진책을 고집했었다. 무엇보다 베스타 함락을 우선시하거나, 혹은 타격을 가해야 한다고. 그 의견에 비웃음 지은 채 완강하게 반대했던 자가 윌름이다. 당연하게도 그롤은 가장 신뢰하는 윌름의 의견을 채용했다. 그러나 윌름은 배반하여 제 본성을 드러냈다. 결국은 이렇게 됐다.

"전부 다 윌름의 함정이었다는 말인가! 아니, 아밀이 여태껏 배후에서 손을 쓰고 있었던가?!"

"유감이오나 아마도."

"강을 앞쪽에 둔 채 군을 정지시키자는 것도 놈의 진언이었다! 동의를 표한 자들은 윌름과 가디스의 일파. 노엘에게 뒤집어씌운 내통의 의혹도 모조리 놈의 간계였구나!"

라인을 소수 병력으로 함락한 노엘을 그롤은 의심했고 어리석게도 경질하고 말았다. 그롤이 지닌 코임브라 최강의 패였음에도.

적의 급소를 찌르고자 스스로 움직였던 패를 그롤은 말판 위에서 치워버렸다.

그 결과, 지금 그롤은 사지에 몰리게 됐다. 지난날 벌어졌던 카난 가도의 전투 때처럼. 그때와 다른 점은 더 이상 노엘이 구원하러 오지 못한다는 것. 어리석은 자신이 카르나스로 쫓아 보냈기 때문이다.

"어찌 이리되었나. 나, 나는, 스스로, 패배의 길을 나아갔던가……."

"태수님, 아무튼 이곳을 벗어나시죠! 제 부대가 선도하겠습니다! 근위병, 태수님을 지켜드려야 한다!!"

"넷!"

　신시아가 초조한 기색을 내비치면서 근위병에게 지시 내렸다. 더 이상 일각의 여유도 없었다.

　"……디르크 님. 아무쪼록 무운을 빌겠습니다."

　"그래. 자네도, 신시아 상급 백인장. 귀관의 무운을 빌겠네."

　디르크는 고개를 끄덕거리고 검을 뽑아 들더니 천막에서 나갔다.

　신시아는 힘없이 고개 수그리는 그롤의 억지로 일으켜 세운 뒤 근위병에게 인도했다. 그리고 지휘를 맡기 위하여 자신의 부대로 달음박질쳤다. 이 사지에서 탈출하기 위해 기필코 길을 만들어 내야 했다.

　본진에 남아 후위를 자처한 디르크 부대는 무시무시한 혼란 속에서 필사의 분투를 펼쳤다. 디르크의 부대원 대부분은 코임브라 북부 지대 출신이었기에 이전 반란에서 진 빚을 갚아주겠노라고 높은 전의를 갖고 있었기 때문이다.

　"북부 병사의 힘을 보여줘라! 우리는 마지막까지 살아 싸운다! 고향을 들쑤시고 갔던 역적은 바로 바하르 놈들이다!"

　"디르크 님! 이제 곧 적이 이곳까지 옵니다! 저희가 남을 테니까 제발 물러나주십시오! 이런 곳에서 죽을 분이 아니잖습니까!"

　"하하하, 그 마음 씀씀이는 기쁘나 이미 늦었다. 놈들의 주력은 기병이잖은가. 그러면 이곳에서 조금이라도 더 시간을 끌어 동포를 살릴 수밖에!"

　"그, 그러나!"

　"더 말하지 마라! 애당초 너희를 두고 어디를 간단 말인가!"

디르크 부대는 기적적인 강단을 보여주었다. 한 차례는 적 기병의 돌격을 맞받아치기도 했다. 그러나 이 혼란 상태에서 아무리 선전한들 손바닥으로 하늘 가리는 격이었다. 상황은 악화 일로로 치달았다.

그롤과 신시아가 철수하고 이제 한 시간은 지나지 않았을까. 본진 주변은 바하르의 세 검 깃발에 완전히 포위당했고, 디르크의 부하도 이미 1천에 미치지 못할 만큼 인원수가 줄었다. 사방을 포위하는 적을 상대로 용케 버텼다고 말할 수 있겠다.

"헉, 헉헉. 대, 대열을 재편성하라! 빈틈없이 방벽을 만들어야 한다!"

"흑양기, 일거에 돌파하라! 이 전투, 우리의 손으로 결판을 낸다!"

그때 기세를 올린 적 기병대가 돌격해 오는 광경이 보였다. 바하르 병사들이 길을 열어주자 비룡의 깃발을 내건 기이한 기병대가 나타난다. 검은빛 일색의 기병대였다. 마치 거미 새끼를 흩뜨리듯이 도망치는 코임브라의 병사를 베어 눕히고 그롤의 깃발이 걸려 있는 이 장소로 일직선을 그어 접근한다.

"이리도 강할 수가 있는가, 그야말로 태양제가 이끌었다는 병력과 같구나. 그러나 아직 더 시간을 끌어야만 한다. 전원, 말을 노려라!! 창을 겨누고 말을 찔러라!!"

디르크는 그렇게 지시한 뒤 검을 뽑아서 어깨 위로 들어 올리며 자세를 취했다. 기병을 죽이자면 먼저 말을 죽여야 한다. 자세를 무너뜨린 뒤 마상의 적을 무찔러야 한다. 그러나 전황은 뜻대로 흘러가지 않았다.

말에 창을 내찌르려고 했던 병사들은 마상의 병력에게 먼저 꿰뚫려 죽고 말았다. 머리에 대검을 맞아 박살 나는 병사도 있었다. 그리고 디르크에게 검은 말, 검은 갑옷에 검은 투구, 장창을 지닌 불꽃처럼 붉은 머리카락의 젊은 장수가 닥쳐들었다. 그대로 기세를 붙여 돌격하는가 싶더니 일단 정지하여 말 머리를 돌린 뒤 남자는 큰 목소리로 본인 신분을 밝혔다.

"그대가 적장인가 보오! 나는 흑양기의 지휘관 파리드! 그대의 목을 받아 가겠소!"

"오오, 빼어난 무위로다, 상대하기에 부족함이 없구나! 나는 코인브라 군 천인장 디르크일세. 오거라!"

"간다!!"

디르크는 왼손을 쭉 내밀어서 견제했다. 창을 내찌른다면 왼손의 희생을 무릅쓰고 접근할 작정이었다. 오른손으로 검을 잡고 신중하게 말을 겨눈다. 파리드가 먼저 움직이지 않음을 확인한 뒤 디르크는 단번에 검을 휘둘렀다.

그러나, 닿지 않는다. 검 끝은 말의 목 바로 앞에서 타의로 멈추고 말았다. 오른 어깨에 어느 틈인가 창이 박혀 있었다. 오른손에서 검이 떨어지려고 했다.

"큭. 그, 그러나, 아직이다!!"

디르크는 곧바로 몸을 빼내서 왼손으로 검을 바꿔 쥐었다.

"우리 코임브라는, 코임브라는 지지 않는다!!"

디르크는 마지막 힘을 쥐어짜서 사생결단의 각오로 검을 휘둘렀지만 결국 뜻을 이루지 못했다.

파리드가 창을 전력으로 후려치자 무방비했던 목이 하늘을 난다.

디르크의 몸체가 제자리에서 힘없이 쓰러졌다.

얼굴에는 원념의 형상이 각인되어 있다.

'약졸이라고 얕보이던 코임브라에도 이런 전사가 있었던가. 역시 마지막까지 방심할 수는 없군. 철저하게 괴멸시켜야 한다!'

파리드는 마음속으로 건투에 찬사를 보낸 뒤 창으로 목을 꿰질렀다. 주검을 채찍질하는 격이기는 하나 사기를 올리기 위해서라도 꼭 필요한 행위였다.

"적장 디르크, 처단했도다!! 코임브라의 본진은 우리 흑양기가 괴멸시켰다! 역적 그롤의 깃발을 태워 없애고 승리의 함성을 질러라!!"

파리드가 창을 쳐들자 한껏 전의를 불태우고 있던 기병들은 격한 소리를 우렁차게 터뜨렸다.

본진 함락으로는 만족하지 못한 흑양기, 그리고 철저한 섬멸을 결심한 파리드는 독단으로 그롤 추격을 개시했다.

밀즈의 전차대가 가도의 퇴로를 차단하고 있기 때문에 그롤을 비롯한 코임브라 군은 험준한 샛길을 지날 수밖에 없었다. 급한 마음과 달리 속도를 올리지 못한 코임브라 군은 격렬한 추격에 의해 무시무시한 희생자를 내야만 했다. 임무에 충실한 자가 가장 먼저 주검으로 화하는 형국. 병사들의 사기는 한없이 곤두박질쳤고, 탈주자와 투항자가 잇따라 발생했기에 더 이상 군대의 형태조차 갖추지 못한다고 봐도 무방하겠다.

코임브라를 떠나던 때는 5만에 달했던 군세가 이제 와서는 5천을 밑도는 상황이다. 대부분은 싸우지 않고 항복했다지만 사상자 수는 2만을 넘어섰다. 사상자 대다수를 점하는 것은 역시 복수전을 갈망했던 북부 코임브라의 인물들이었다. 이 배반 행위는 후세까지 화근이 되어 남으리라. 배반을 실행한 윌름, 그리고 가디스까지 두 장군은 북부 출신에게 사갈과 같이 증오받고 원망받는 꼴을 면하지 못할 것이다.

이렇듯 트라이스 강을 전장으로 코임브라가 겪어야 했던 대패는 훗날 「천칭 붕괴」로 일컬어졌다. 코임브라의 천칭 깃발에 얽힌 명예가 완전히 실추된 데서 유래한다. 그리고 천칭이 완전히 바하르로 기울어졌기에 더 이상 되돌릴 수단도 없다는 말이 세상에 널리 알려지게 된다.

태양제의 계책을 재현하여 일방적으로 승리를 거둔 아밀은 제위 획득의 권리를 명실공히 손에 넣었다. 눈부신 전과를 올린 파리드와 흑양기 또한 바하르 최강의 병력으로 큰 명성을 누릴 수 있었다.

한편 그롤은 최악의 위정자이자 대륙 제일의 어리석은 장수로서 역사에 이름을 남기게 됐다. 몸소 저지른 실정이 초래한 반란의 과오를 바하르에 전가하는 것도 모자라 제위를 노리고자 아밀의 방해를 꾀하였고 심지어는 사적 원한을 풀고자 같은 제국 소속의 바하르 주와 전쟁을 벌인 중죄인이라고.

본래 정의란 더 큰 목소리로 펼치는 주장이 통용되는 법. 또한 승자의 목소리는 항상 더 거대하다. 승패가 달라졌더라면 입장도 물론 반대로 자리매김하였으리라.

우연하게도 세상 정세는 노엘의 예측대로 흘러가게 됐다.

　카르나스 성채에 월름이 보낸 사절이 도착했다. 트라이스 강에서 코임브라 군이 치른 대패와 황제 베프남에게서 역적 그롤을 처단하라는 칙명이 떨어졌음을 전하는 통보였다. 코임브라 태수 대행으로 월름이 취임하였고 카르나스 성채의 수비를 맡을 장수로 리그렛을 지명한다고 서찰에 쓰여 있었다.

　"……차마 믿기지 않는군. 그러나 서찰에 있는 표시는 분명 홀시드의 인장. 베프남 폐하께서 내린 칙명이 틀림없다. ……그렇다 쳐도 태수 대행으로 월름 장군이 취임한다는 것은 너무나 뜻밖의 조치가 아닌가."

　"귀관은 베프남 폐하께서 명한 조치에 무엇인가 불만이라도 있단 말인가?"

　"아, 아뇨, 당치도 않습니다. 다만 저는 사태가 잘 이해되지 않는 터라."

　헌병장이 곤란한 기색으로 우왕좌왕한다. 헌병장뿐 아니라 도르커스 및 카이도 말문이 막혀서 아무 반응도 못하고 있다. 그토록 위풍당당한 진용을 자랑했던 코임브라가 불과 하루 만에 괴멸당했다는 소식을 누가 믿을 수 있을까. 머지않아 결전이 벌어지리라고 예측은 했을지언정 이리도 일방적인 패배를 겪었다는 말은 좀처럼 믿기 어려울 수밖에 없었다.

"윌름 님은 리그렛 님의 활약을 기대하고 계시오. 현재 역적 그롤은 여러 샛길을 지나 서쪽으로 이동하여 퇴각 중이라오. 카르나스의 병력을 동원하여 추격을 실시하라는 명령이오. 또한 노엘 보스하이트는 즉각 처단하라고 말씀하셨소."

사절이 은근무례하게 말을 늘어놓는다.

"……어이, 망할 계집아. 네년 아비는 멋지게 바하르로 갈아탔나 보군. 가디스 망할 자식도 한패였나. 장군 두 사람이 나란히 머리 조아리고 배반이라니 아주 대단하시군그래! 그놈들을 마지막까지 믿은 얼간이들도 그렇고, 정말 이따위 어리숙한 놈들은 처음 보았다!"

도르커스가 침을 퉤 뱉었다.

"언사에 주의를 기울이지 못할까. 우리는 위대하신 폐하의 칙명을 받은 정의로운 군사일지니."

"헹, 웃기는 소리! 네놈들이 정의라면 우리는 전부 하느님이겠다!"

사절은 도르커스의 말을 흘려듣고 카이에게 시선을 보냈다.

"그나저나 카이 공. 귀관이 속한 겐부도 바하르에 동조하여 코임브라로 침공을 개시했다더군. 겐부뿐 아니라 리벨덤, 기브, 호른, 롱스톰, 캄비즈 등 다른 주에서도 병력을 보냈다는 소식일세. 귀관도 리그렛 님과 협력하여 마음껏 공적을 쌓는 것이 좋겠군."

사절의 말에 카이가 미간을 찌푸렸다. 말없이 고개를 끄덕거리기는 하나 납득한 기색은 아니었다. 배반자에게 지시를 받을 이유는 없노라고 맞받아치고 싶어 하는 표정이다.

서찰을 다 읽고 상념에 잠겨 있었던 리그렛이 그제야 말문을 열었다.

"잠시 상황을 정리할 시간을 가져야겠어. 그쪽은 특별한 방을 준비할 테니까 거기에서 기다려줄 수 있을까?"

"웬 느긋한 소리를 하시는가. 그롤은 지금도 코임브라를 향해 도주 중이란 말이오! 즉시 병력을 준비해야 마땅하거늘!"

"에잇, 진짜. 심부름꾼 주제에 뭐 이리 잔말이 많아."

"지, 지금 뭐라 하였나!"

"못 들었어? 시끄럽다니까. 머리뿐 아니라 귀까지 나쁜가 봐."

"뭣!"

대놓고 욕설을 들은 사절이 말을 잇지 못했다.

"그건 그렇고 그 작자, 여차하면 나를 처분할 작정이었던 주제에 갑자기 뭘 기대한다는 거야. 진짜 웃기지도 않아. 애당초 노엘 대장을 처단하라는 게 뭔데? 그따위 짓을 했다가는 내가 먼저 죽어 나간다고, 이 쓰레기 놈아!"

"리, 리그렛 공?"

돌변한 리그렛의 기세 때문에 사절은 무의식중에 위축됐다.

"도르커스, 대화에 방해되니까 이 바보를 어디에든 좀 치워주겠어?"

"리그렛 공, 무슨 말을 하는가! 내게 해를 끼치는 행동은 곧 제국에 대한 반역으로 이어지거늘!"

"빨리 좀 데려가버려. 눈에 거슬리니까."

"나한테 명령질 하지 마라. 그래도 눈에 거슬린다는 의견은 같군. 이봐, 거 누구, 여기 바보 자식을 지하 감옥으로 끌고 가라!"

"네, 네놈들! 이런 짓을 하고도 무사할 줄―."

난동 부리는 사절은 즉각 제압되어 흰개미당의 병사에게 양쪽 겨

드랑이를 붙들린 채 끌려갔다. 그 광경을 지켜보다가 리그렛은 말을 시작했다.

"흥, 아버지는 나를 진심으로 싫어하거든. 대장을 경질했던 사유, 내 고발이 증거라고 날조까지 해치웠잖아? 자기 손을 더럽히지 않고 대장이든 댁이든 나를 죽이게 만들 작정이었던 거야. 실제로 그렇게 되기 직전이었고. 정말 웃기지도 않는다니까."

리그렛이 혀를 찬다. 그 위기에서 구해준 사람은 다름 아닌 매사에 바보 취급했던 노엘이었다. 그러니까 리그렛은 본의 아니게 노엘에게 커다란 빚을 지고 있는 셈이다.

"그렇다 해도 네가 수비를 맡을 장수로 임명됐잖나. 아주 잘됐군. 나와 대장은 이만 빠질 테니까 뒷일은 배반자끼리 내키는 대로 해라. 당장 안 처죽이는 걸 고맙게 여겨라."

"잠깐 기다려."

리그렛이 등을 보였던 도르커스에게 윌름의 서찰을 집어 던졌다.

"네 친구, 디르크 천인장도 전투 끝에 사망했다는데? 그런데도 빠질 거야?"

"뭐라고, 거짓말이지?!"

"사실이야. 거기에 쓰여 있잖아. 태수님을 살려 보내기 위해 최후방에 남았다가 적장 파리드에게 전사했다나 봐. 그 남자와 휘하 흑양기의 무용에 대한 평판을 온 코임브라에 퍼뜨리도록 명령이 내려왔어."

"……설마, 디르크 형씨가."

어깨를 늘어뜨리는 도르커스. 흰개미당의 인원들도 표정이 어두웠다.

"나는 그 작자의 의도대로 움직일 생각이 전혀 없거든. 일회용 도구 삼아서 쓰고 버리는 꼴이 훤하게 보이니까. 그래, 두 번 다시 이용당하지 않아."

리그렛은 윌름이 보낸 서찰을 주워 들고는 난폭하게 찢어 내버렸다.

이제껏 미움받고 있음을 자각하면서도 어떻게든 좋은 평가를 받고자 갖은 노력을 거듭했다고 자부한다. 그렇지만 이제는 오만 정이 다 떨어졌다. 쓰고 버릴 의도가 아니라면 윌름 본인의 곁에 두든가 로이에처럼 해상 방면으로 보냈을 테지. 즉 자신은 완전한 폐기 처분의 판정을 받은 셈이다. 이제 와서 서찰을 보내 비위를 맞추려고 하는 까닭은 쓸 만한 요소는 무엇이든 다 이용하겠다는 속셈이리라. 지시를 따른들 또 본인이 편리한 때에 내버리겠지.

'나라를 배반하든 무슨 짓을 하든 내 알 바 아니야. 다만 나를 이용하는 것도 모자라 아무렇지도 않게 내버렸던 짓은 절대로 용서하지 않겠어. 그 작자, 기필코 죽여버릴 거야!'

"……우리 헌병대는 어찌해야 하는가. 태수님을 지켜드리면 폐하를 거역하는 역적 신세잖은가. 그러나 태수님께 칼날을 들이대는 행위는 신하의 도리에 어긋나는 짓이거늘. 으음, 어느 쪽이 올바른가 나는 도무지 알 수가 없구나!"

헌병장이 머리에 쓴 군모를 두 손으로 부여잡고 무릎 꿇었다. 지난 세월 동안은 오직 코임브라의 법을 따라서 일심불란하게 전력했을 터이다. 그러나 코임브라는 홀시드 제국의 일원이다. 제국의 최고 권력자, 즉 베프남의 명령에 거역하는 행동은 결코 용납되지 않는다.

"자기 앞길은 스스로 고민할 줄 알아야지. 나는 이미 결정 내렸어."

"······귀관은 어쩔 작정인가?"

"대장더러 결정해달라고 할 거야. 그러면 나는 따를 테니까."

"얼씨구, 너도 스스로 결정 내린 게 아니잖냐. 뭔 잘난 척 입을 놀리나!"

"대장이 어떤 선택을 하든 기꺼이 따르겠다는 말이거든? 댁도 작작 떠들고 얼른 결정 내리는 게 좋지 않을까? 이곳을 떠나 도망치겠다면 시간이 별로 없잖아. 역적을 토벌하겠다고 정의로운 군인들께서 밀려닥칠 테니까."

리그렛은 쌀쌀맞게 내뱉은 뒤 노엘이 근신하고 있는 방을 향하여 걸음 옮겼다.

문을 열었을 때 방 안은 새카맸다. 드디어 비도 멎었건마는 창문이 온통 투박한 커튼으로 뒤덮여 있다. 마치 바깥 풍경을 일절 보고 싶지 않다고 주장하는 듯이. 방이 몹시 뜨거웠기에 가만히 서 있기만 해도 자꾸만 땀이 배어났다.

"······대장, 급하게 드릴 말씀이 있습니다. 한가롭게 쉴 때가 아니라고요."

리그렛은 방으로 발을 들여놓았다. 이유는 모르겠으나 무척 답답했다. 방 안이 이토록 넓었던가? 노엘은 안쪽 침대에서 수첩을 펼쳐 놓고 앉아 있었다. 그러나 그 뒷모습은 혼이 빠져나간 것처럼 힘이 담겨 있지 않았다.

더욱이 한 걸음 내디뎠다. 역시 이 방은 어디인가 이상하다. 등 뒤에 누군가의 기척이 느껴진다. 아니, 등 뒤가 전부는 아니다. 방 안 곳곳에 무엇인가 있는 듯하여 견딜 수가 없었다. 종종 뛰어 돌아다니는 발소리, 흥미진진하게 들여다보는 시선, 놀림조로 웃고 있는 기괴한 목소리. 환청일까, 혹은 진실일까. 이제 아무것도 알 수 없었다.

그 숫자는 하나, 둘, 아니, 수십인가. 이제 알겠다, 아이들의 웅성임이다. 이해하고 만 순간 천진난만한 웃음소리가 머릿속에서 메아리쳤다.

"히익."

"······무슨 일이야, 리그렛. 비는 이제 그쳤어?"

어쩐지 탁해 보이는 눈과 쉰 목소리로 노엘이 물음을 던진다.

정말 이 사람이 노엘일까? 확신은 들지 않았으나 리그렛은 꾹 버티면서 답했다.

"그, 그쳤습니다. 창문을 열면 하늘이 보일 텐데요."

"그렇구나, 그럼 열어봐야겠네. 빗소리가 자꾸 시끄러워서 꽉 닫아버렸거든. 아하하, 그랬더니 기분이 무척 좋아지더라."

노엘이 벌떡 일어서서 가장 가까운 커튼을 열어젖혔다. 눈부신 햇살이 어둠을 베어 가르면서 단박에 퍼져 나갔다. 동시에 어떤 기척도 완전히 자취를 감췄다. 이제 천진난만한 웃음소리는 들리지 않는다.

"······아직 구름이 끼어 있기는 해도 조금이나마 맑은 날씨가 됐네. 이제 나쁜 일은 다 일어난 다음인가 봐?"

"네, 네. 방금 전 흉보가 들어왔습니다. 코임브라 본대가 패배했다는 소식입니다."

"안 좋은 소식은 어디에서든 귀에 들어오는 법이지. 빗물이 지붕으로 새어 들어오는 것처럼."

노엘은 엷게 웃고는 리그렛에게 상황 설명을 요구했다.

일련의 사태에 대한 설명을 듣고 노엘은 화내지도 슬퍼하지도 않은 채 다만 그렇구나, 짧게 중얼거렸다.

"윌름의 배반 행위에 아무 느낌도 받지 않는 겁니까?"

"화내도 소용없잖아. 눈앞에 있다면야 죽이겠지만. 이제 와서는 벌써 늦었고."

"그러면 저를 처벌하지 않을 건가요? 당신이 경질되도록 수를 쓴 사람은 제 아버지였죠. 게다가 자신의 영달을 위해 동료를 판 비겁한 인간이고요. 그런 작자의 딸이 바로 접니다. 주살당한다 해도 불만은 못 가질 텐데요."

"그야 너는 소중한 부관이니까. 동료에게 화풀이는 하지 않아. 그때 배반했다는 고백을 들었다면 죽였겠지만."

노엘은 아무렇지도 않게 대답했다. 그리고 일단 다른 사람들을 만나보겠다고 말한 뒤 방에서 나가버렸다.

성주의 방에 도착한 노엘은 모든 병사를 모아 한마디 선언했다.

"구하러 갈 거야."

웅성거리는 일동을 둘러보고 노엘은 계속 말했다.

"역적이든 뭐든 코임브라 군의 모두는 우리 편이잖아. 게다가 신시아는 친구니까 구하고 싶어."

"……진심이시오? 여기 카르나스 성채에 남은 병사는 카이의 병력을 제외하면 불과 7백 남짓. 반면에 바하르 군은 5만을 훌쩍 뛰어넘는뎁쇼. 게다가 배반한 일당들이 이미 합류했겠고. 제대로 붙을 숫자가 아니란 말요."

"적은 태수님을 죽이려고 다짜고짜 추격에 나섰다고 했지? 그러면 분명 지쳤을 거야. 반면에 우리는 쭉 쉬었으니까 기운이 펄펄. 게다가 적 선발대는 기동력 중시니까 병력의 수가 별로 많지도 않을걸."

노엘이 낙관론을 펼친다. 그러나 도르커스를 비롯한 다른 인원들의 표정은 여전히 어두웠다.

"그러나 적의 기병은 정예가 한가득이라고 들었소만."

"응. 그러니까 싫으면 안 따라와도 괜찮아. 내가 외면하고 싶지 않을 뿐이니까. 다른 사람들은 원하는 대로 해. 군량은 필요한 만큼 갖고 가도 좋아."

노엘은 그렇게 말한 뒤 이지창을 붙들고 출발 준비에 착수했다.

"카이도 그동안 고마웠어. 이제 겐부로 돌아가는 거지? 놀러 간다는 약속은 아쉽지만 취소할게."

"어째서인가?"

"겐부는 코임브라의 적이 됐잖아. 그러니까 다음에 만날 때는 너도 적이야. 적은 봐주지 않을 테니까 각오하는 게 좋겠어."

"……그 말은 참으로 매력적인 제안이군. 한데 소관이 언제 이곳을 떠난다고 말했나? 지레짐작은 달갑지 않군."

카이가 불만스럽게 입을 삐죽였다.

"그럼 안 돌아가려고?"

"흠. 주군 시덴 님에게서 큰일이 벌어졌을 때는 본인의 판단으로 결정한 뒤 움직이도록 당부를 들었다네. 공교롭게도 소관은 머리가 나쁜 터라 신념을 따라 행동해야겠군. 짧은 만남이었을지언정 전우를 내버리는 행위는 소관의 신념에 위배되는 바."

카이가 단언하자 그를 따르는 경장병들도 동의했다.

"아하하, 카이랑 너희는 정말 싸움을 좋아하는구나. 일부러 지는 쪽에 붙다니 말야."

"어디 그대만 하겠는가. 게다가 싸움이 좋아한다는 말은 다소 적절치 않군. 이런 상황에서는 정취 깊다는 표현이 올바르지 않겠나?"

"아, 응. 맞다, 그렇겠네."

"아무튼 귀관을 초대한다는 약속을 취소할 마음은 없네."

"그렇구나. 그럼 사양 안 하고 놀러 갈게!"

카이가 내민 손을 굳세게 맞잡는 노엘. 그 위에 추가로 거대한 손이 놓였다.

"나도 도망치고 싶지는 않군. 대장은 동료이고, 디르크 형씨의 원수도 갚아줘야 하니까. 지금 도망칠 만한 놈이었으면 광산에서 몇 년이 넘도록 저항하고 버티지도 않았소. ……확실히 우리는 도적 출신이기는 하나 사나이의 고집이 있단 말이오! 바하르 놈들에게 호된 맛을 보여주지 않는 한 직성이 풀리지 않을 거요!"

"두령이 가겠다면 우리도 함께하리다! 우리 죽을 자리는 두령이나 노엘 대장의 곁이라고 이미 결정하지 않았나! 지옥의 귀신이 나타나도 이겨 보이고 말겠소!"

"나, 나도 갈 테다!"

"나도 가겠다! 헌병의 직책에 있다지만 나 또한 코임브라의 군인, 태수님께 마지막까지 충성을 다하겠다!"

흰개미당뿐 아니라 감정이 복받쳤던 헌병장 역시 노엘을 따르겠다고 소리 높였다. 노엘은 진심으로 즐겁게 웃은 뒤 이지창에 두 철퇴의 깃발을 묶어 달았다.

"그러면 모두 다 죽은 다음에는 내 곁으로 와. 나는 반드시 행복해질 테니까 조금씩 나눠 줄게. 이 깃발을 보고 돌아오면 돼."

"……대장, 죽어버리면 행복이고 개뿔이고 없지 않겠소?"

"헤헤, 살아 있는 동안에 곁을 따르고 싶습니다그려. 예를 들어서 밤중이라든가. 안 그렇소, 두령!"

"너는 입 다물어라! 대장이 좋은 말씀 해주시는데 망쳤잖아!"

도르커스와 흰개미당의 사람들이 농담을 주고받을 때 노엘이 진지한 표정으로 말했다.

"그래도 거짓말은 아니야. 그냥 기억만 해도 괜찮으니까."

"헤헤, 아주 고맙소. 그럼 우리가 죽으면 대장의 등에 냅다 씌도록 하겠소이다. 나중에 괜히 거짓말이었다는 둥 둘러대도 소용없는 줄 아쇼!"

"두령, 거 재수 없는 말씀은 삼가면 안 되겠소?"

흰개미당의 인원들이 옳소, 옳소, 큰 목소리로 외치자 도르커스는 「어이쿠, 미안타」라면서 웃어 얼버무렸다. 노엘도 함께 웃자 모두가 따라 웃었다. 표정 딱딱한 인물, 뺨이 실룩거리는 인물, 안면이 다

창백한 인물도 있었으나 다들 도망쳐야겠다는 생각은 머릿속에서 완전히 사라졌다. 죽음에 대한 공포는 있을 터이나 싸우겠다는 의지가 흘러넘치는 모습이다. 그런 전의가 마음 둘 곳이 되면서 다들 이곳에 남는 선택지를 관철하도록 거들어줬다.

"그러면 이제 출발할까? 바하르의 공격에 전황은 온통 뒤집어졌다지만 아직 패배하지는 않았어. 당했으면 당한 만큼 되갚아주면 돼. 나는 절대로 포기 안 할 테니까 마지막 순간까지 힘내자!"

『오오!!』

노엘이 소리 높여서 격려하자 신분, 출신이 각각 다른 8백의 병사들이 주먹을 치켜들고 기개를 떨쳤다. 기세에 휩쓸렸던 리그렛까지 손을 들어 올리고 있었다. 퍼뜩 놀라서 정신 차리고 금방 손을 내렸지만, 노엘은 그 광경을 똑똑히 목격했다. 리그렛의 얼굴이 태양처럼 새빨개지는 것은 몹시 재미있었다.

코임브라의 병사는 누구 할 것 없이 만신창이였기에 이미 무기를 쥘 힘조차 내지 못하는 난처한 형편이었다. 게다가 가차 없이 창날을 휘둘러 치는 적 기병대. 창에는 비룡의 깃발이 달려 있었다. 그 깃발이 진홍빛으로 물듦에 따라 수많은 코임브라 병사의 목숨을 빨아들였음을 알 수 있었다.

그 위험이 결국 신시아에게 바짝 다가들었다. 1천에 달했던 부하들은 이미 3백 근처까지 수가 줄었다. 도주한 자가 적었던 것은 신시아의 통솔력이 뛰어나다는 증거이겠으나 기합으로 체력을 보충하는 데도 한계가 있다. 도망치고 또 도망쳐도 적은 따라붙었다. 게다가 이쪽은 패색 농후, 피로가 쌓일수록 사기는 어쩔 수 없이 떨어지게 된다.

"……신시아 님, 저희는 대체 어디까지 도망쳐야 하는 겁니까?"

숨을 헐떡이면서 부관이 불안한 기색으로 묻는다.

"코임브라의 영토까지 돌아가면 뭔가 수가 생긴다. 원군이, 분명히 온다."

"그, 그러나, 전령이 전한 보고에 따르면 이미 각 주가 코임브라를 침공 중이라 했습니다. 게다가 우방으로 여겼던 겐부 주까지 말입니다. 그에 호응하여 영주들이 적에게 가담했다는 참담한 소문까지 들립니다."

"……적의 유언비어다. 병사들에게 쓸데없는 말을 전하지 마라. 여기에서 사기가 더 떨어지면 우리는 붕괴한다."

유언비어라고 부정했으나 아마도 사실이다. 코임브라의 영토로 돌아간들 도대체 누가 아군이고 누가 적인지 알 수 없는 상태이리라.

윌름과 가디스. 두 장군이 배반한 지금 누구를 믿어야 할지 신시아도 알 도리가 없었다.

분명한 아군이라고 믿을 수 있는 상대는 경질 처분을 받은 노엘, 지금 함께 퇴각하고 있는 코임브라 군의 인원들, 그리고 이미 트라이스 강에서 죽은 자들이다.

"유감스럽게도 적군이 적극 선전하고 있습니다. 퍼져 나가는 소문을 막기는 이미 불가능하다고 판단됩니다."

"……그런가."

신시아는 짧게 답한 뒤 대화를 중단했다. 이제는 깊이 고찰할 기력마저 다하려 한다. 이토록 고된 철수전을 치를 바에야 디르크와 함께 남아서 싸우다 죽는 것이 나았을 수도 있겠다는 망념이 머릿속으로 떠오른다.

'적의 수, 그리고 기세는 감당이 되지 않는다. 그에 더하여 무섭도록 강한 기병까지 공격해 온다. 이것이 바하르 군의 진정한 무력이었나.'

비룡의 깃발을 내걸고 흑의를 걸친 기병— 흑양기가 습격을 가할 때마다 부하의 수가 현저하게 줄어들었다. 이쪽도 반격을 시도한들 움직임이 전혀 달랐다. 전부를 다 꿰뚫어 보는 움직임으로 내찌르는 창을 받아넘긴 뒤 재차 공세를 펼친다. 신시아가 보고 확인한 바, 아직 단 한 기의 흑양기도 물리치지 못했다. 절대 정상적인 공방이 아니었다.

"아군이 몹시 지쳤다고는 하나 이토록 차이가 난다는 것은 심상치 않다. 저자들은 대체 정체가 뭐지?"

"시, 신시아 님! 또 흑양기가 나타났습니다! 후방에서 습격입니다!!"

"허둥대지 마라! 창진을 짜서 돌격을 저지하라! 태수님의 위치까지 결단코 길을 내줘선 안 된다! 우리가 방패가 되어야 한다!"

신시아가 노성을 질러 엉거주춤하는 병사들을 질타했다. 마지막 힘을 쥐어짜서 신시아의 부대원들이 대열을 구성하고 창을 들어 올린 채 대기한다.

대략 스무 기의 흑양기가 급정지하여 횡대로 전개하는가 싶더니 손에 들고 있었던 창을 일제히 투척했다. 무시무시한 속도로 쇄도

하는 창이 대열을 이뤄 버티고 서 있던 병사들에게 꽂혀 든다. 급하게 갖춘 대열이 일격에 무너지고 말았다. 비명과 피보라가 피어올랐다. 신시아의 얼굴에 내장 조각이 달라붙는다. 정면에서 투창의 직격을 당한 병사는 몸이 갑옷째 절단되었다.

흑양기 한 명이 조소를 띠더니 허리에 달아 둔 검을 뽑아 들고 다시 말을 달린다. 지휘관을, 자신을 죽일 작정이리라. 신시아도 검을 들었으나 체력이 거의 바닥난 터라 손아귀에 힘이 들어가지 않았다. 눈이 흐릿하다.

"그 복장, 분명 적장이겠군!!"

"나, 나를 먼저 상대해라!"

"졸자 주제에, 비켜라!!"

"캬아아아아아아아아아!!"

적을 막고자 앞으로 나선 부하를 베어 넘긴 뒤 흑양기가 단박에 닥쳐들었다.

"그 목도 내놓아라!!"

"큭."

'여기까지인가!'

마상의 높이를 더한 혼신의 일격이 신시아에게 적중되려고 했던 순간에. 흑양기의 몸이 부자연스럽게 허공으로 들려 올라갔다. 주인을 잃은 말이 애절하게 울부짖는다.

"끄, 끄흑."

"신시아는 내 친구니까 죽는 꼴 못 봐."

낯익은 이지창이 흑양기의 몸통을 꿰뚫었다. 그 창이 호쾌하게 휘둘러지자 붉은 색채를 흩뿌리면서 거목과 충돌했다.

"노엘! 너, 정말로 노엘인가?!"

"헤헤, 기다렸지! 다 데리고 같이 도와주러 왔어. 서로 또 무사히 만나서 정말 잘됐어!"

기뻐 보이는 노엘. 다만 다른 흑양기들은 아직껏 건재했다.

"바, 방심하지 마라! 이자들은 실로 만만치 않다! 저 흑양기들은 우리를 여태 속수무책으로 휘저었다!"

"그랬구나. 그래도 방금 전 검 움직임은 전부 보였으니까 내가 조금은 더 강한가 봐."

히죽 웃고 이지창을 들어 올리면서 서슴없이 적 기병에게 다가간다.

"잘도 우리 새벽의 형제를!"

"여자와 병사들을 죽여라! 절대 한 마리도 놓치지 마라!"

분개한 흑양기들이 전부 다 바스러뜨릴 기세로 쇄도한다. 노엘은 일부러 기병의 아래쪽으로 몸을 날린 뒤 말의 하복부부터 한 기를 꼬챙이로 만들었다. 그 비명을 신호로 주위에서 수많은 병사가 뛰어들었다.

그들이 내건 깃발에는 코임브라의 천칭 문장과 두 철퇴의 문장이 그려져 있다. 노엘의 복병이었다. 놀랍게도 바하르 쪽에 가담했다고 소식을 들은 겐부의 병사까지 포함됐다.

"저, 저 전투 복장은 겐부의 병력인가?! 그들은 이미 바하르 측에 참전했을 텐데. 어, 어째서, 우리를 돕는."

"결코 동료를 외면하지 않겠다 하는 노엘 공의 말에 찬동했을 따름이외다."

어느 사이에 옆쪽에 와 있었던가, 볼에 상처가 있는 거한— 겐부의 무관, 카이였다.

"귀관은 카이 공인가! 원군으로 와주어 진정 고맙습니다! 그러나, 이런 행동을 벌여서는—."

카이의 당면 행동은 명백한 명령 위반, 자칫하면 반역의 죄를 추궁당할 수도 있겠다. 굳이 재판을 열지 않아도 사형감이다.

"주군께 칼날을 겨누지는 않은 만큼 모반의 죄는 아닐 테지. 만에 하나의 때가 온다면 순순히 처벌을 받아들일 뿐. 그때는 악귀의 분전에 혼이 매료되었다고 변명할 작정이라네!"

카이는 호쾌하게 웃은 뒤 신시아를 보고 돌아섰다.

"그리고, 귀관과 코임브라 공이 진정 예의를 갖춰야 하는 인물은 구원을 결단한 노엘 공이잖은가. 노엘 공은 소관과 마찬가지로 영리하지는 않으나 아마 사람을 끌어들이는 매력을 갖고 있는가 보오. 아차, 영리하지 않다는 말은 바보스럽다는 뜻이 아니라 처세를 두고 한 표현일세."

"억울한 죄를 뒤집어쓰고 경질되었는데도 노엘은 우리를 구하러 와주었단 말인가. ……차마 얼굴을 마주 볼 수 없다는 말을 이런 때 하는가 봅니다."

"노엘 공은 신경 쓰지 않을 듯싶네만. 뭐, 여타의 반성은 훗날 하시는 것이 좋겠군. 지금은 이 상황을 벗어나는 게 최우선이니. 코임브라 공은 일단 카르나스로 들어가서 태세를 정비하도록 하세. 그때까지 우리 경장병 부대가 확실하게 지켜드리리다!"

"카이 공, 미안합니다! 저는 이곳에서 적의 추격대를 막겠습니다!

모쪼록 태수님을 잘 모셔다드려주십시오!"

노엘 부대의 활약 덕분에 구사일생으로 목숨을 건진 신시아. 병사들도 지금 이 순간이 마지막으로 버틸 때임을 알고 창으로 몸을 받치면서 일어선다. 한편 바하르의 병사들은 정예 흑양기가 이미 열 기쯤 격퇴당함으로써 위축되고 말았다. 증오스럽다는 듯이 원망이 서린 소리를 질러 대면서 후퇴하다가 수행 보병들도 뿔뿔이 흩어져 갔다.

"시, 신시아 님, 바하르 군이 물러납니다!"

"혁, 혁혁! 저, 정말인가!"

신시아는 거칠게 숨을 몰아쉬면서 도망치는 바하르의 병력을 바라봤다. 눈속임이 아니라 틀림없이 퇴각하는 모양새였다. 추격에 나설 여력 따위는 아예 없었다. 신시아는 즉시 부상자의 응급 처치를 명한 뒤 카르나스에 당장의 위기는 모면했다고 전령을 보냈다.

"가, 간신히, 빠져나오는 데 성공했군. 노엘, 다친 곳은 없나?"

"……."

신시아는 피와 진흙이 뒤섞인 땀을 닦은 뒤 이지창을 들고 쪼그려 있는 노엘에게 말을 건넸다. 격한 전투에 노엘도 지쳤나 보다. 하얀 얼굴이 붉어졌다.

노엘 부대의 인원들은 추격, 역습에 나서겠다는 시늉만 보이고 있다. 그 뒤쪽에서는 기병의 진로를 차단하기 위한 저지용 말뚝을 분주하게 때려 박고 있었고, 나무와 나무 사이에 검은 밧줄을 묶는 작업이 진행되고 있었다. 필요한 대비 조치는 노엘의 지시에 따라 전부 준비가 완료된 듯싶었다. 여유를 갖지 못하는 신시아보다 지휘관의 임무를 더욱 완전하게 수행하고 있다.

그런데 노엘이 쪼그려 앉은 채 움직이려고 하지 않았다. 의아하다는 생각이 들어 가까이 갔다.

"노엘?"

"이 사람, 아직 살아 있어. 내장이 바깥으로 튀어나갔는데도. 내 신기한 창에서 나온 불꽃이 상처 부위를 막아버렸나 봐. 그래서 못 죽는 거야."

맨 처음 노엘이 꼬챙이처럼 꿰뚫어서 집어 던졌던 흑양기였다. 신시아의 부하에게 저지른 행위를 얄궂게도 스스로 겪는 신세가 되었나 보다. 그러나 놀랍게도 생명의 불길이 다하지 않았다. 아니, 노엘의 말대로 못 죽었다는 표현이 더 옳겠다. 몸통에 난 상처가 불꽃에 닿아 눌어붙은 까닭에 실혈사(失血死)를 운 좋게도 모면할 수 있었다. 그러나 파손된 갑옷에서 원형을 부지하지 못한 장기가 흘러나오고 있다. 이 상태로 두면 죽음을 모면하기는 절대로 불가능할 터이다.

다른 흑양기도 한계까지 저항하다가 노엘 부대의 병사들에게 공격을 받아 몇 자루나 되는 창이 틀어박혀서 처참한 최후를 맞이했다.

"끄, 끄흑!"

"이만 편하게 보내줘라. 적이라고는 하나 불필요한 고통을 줄 필요는 없지."

"방금 말이야, 대화를 나눴거든. 이 사람, 새벽 계획의 완성품이라더라. 아직 전혀 전공을 못 세웠는데, 고된 훈련과 실험을 힘들게 견뎌 냈는데 이런 데서 개죽음하기는 싫다고 어린애처럼 울었어."

"······새벽 계획? 안타깝게도 나는 들은 기억이 없군. 도대체 무슨 말이지?"

"글쎄, 뭘까? 나도 잘 모르겠네."

노엘이 말을 흐렸다. 분위기를 보아하니 아마도 알면서도 대답을 피하고 있다 여겨졌으나 신시아는 굳이 더 캐묻지 않았다. 지금은 그럴 때가 아니기도 하고 무엇보다 노엘이 알리고 싶지 않다는 표정을 짓고 있었으니까.

"그나저나 이 꼴이 되어서도 정신을 잃지 않다니. 역시 평범한 인간은 아닌 듯하군."

이러한 인간으로 구성된 부대가 바로 흑양기이다. 실로 두려운 상대임을 신시아는 새삼 인식했다.

그리고 빈사에 처한 흑양기의 얼굴을 본다. 충혈된 눈에서는 분명 눈물이 흘러넘치고 있다. 그러나 입에서는 쉭쉭, 거친 호흡 소리가 들릴 뿐 무엇을 말하는가 들을 수가 없었다. 증오스러운 적이기는 하나 더 이상 뭐든 정보를 얻을 수 있을 것 같지는 않았다.

"······노엘, 이제 됐잖나. 안 내킨다면 내가 해도 되겠나?"

신시아의 말에 노엘은 고개를 가로저었다.

"맨 처음에 죽여서 편히 보내줄까, 물어봤더니 싫다고 대답했어. 그러니까 마지막까지 살아 있도록 가만둘까 싶어서. 음, 그게, 어쨌든 마지막은 자기 의지로 죽고 싶지 않을까? 그래서 나는 목숨을 끊어주지 않고 가만있었던 거야."

"그러나."

"······."

"……미안하지만 더 이상은 볼 수가 없군. 목숨을 거둬줘야겠다."

신시아는 잠시나마 고민한 뒤 검을 들어서 몸에 박아 넣으려고 했다. 노엘은 딱히 말리려고 하지 않았다. 왜냐하면 흑양기의 눈은 이미 감겨 있었고 흐트러졌던 호흡도 완전히 멈췄기 때문이었다.

"……죽었나. 마지막까지 괴로워할 필요는 없었을 텐데."

"뭐, 그렇기는 하지. ……그래도 이 사람은 아마 행복했을 거야."

"……어째서 그런 말을 할 수 있지?"

"혼자 죽으면 쓸쓸했을 테니까. 그래도 나는 잔뜩 이야기를 들어줬어. 마지막은 나랑 신시아가 함께 있어줬어. 그러니까 분명히 행복했을 거야."

노엘은 그렇게 중얼거린 뒤 이지창을 지팡이 삼아 일어서서 살짝 휘청거리는 모습으로 자기 부대를 향해 걸음을 옮겼다.

어쩐지 저 뒷모습이 쓸쓸해 보였던지라 뭐든 말을 건네야 할까 신시아는 고민했다. 겨우 결심하고 노엘을 쫓아가려고 했을 때 부하가 급히 달려왔다.

"신시아 님! 그롤 님께서 도착하셨습니다!"

"그, 그런가. 바로 마중을 나가도록 하자!"

카이 부대의 호위를 받는 그롤이 망연자실하는 모습으로 걸어온다. 신시아는 약간의 미련을 떨치지 못하면서도 애써 그롤의 곁으로 달려갔다.

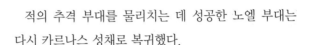

적의 추격 부대를 물리치는 데 성공한 노엘 부대는 다시 카르나스 성채로 복귀했다.

그롤도 무사했으나 완전히 의기소침한 탓에 도착 후 제대로 몸도 못 가누는 지경이었다.

가장 신뢰했었던 장군 두 사람에게 배반당했을 뿐 아니라 아밀의 공세에 철두철미하게 박살 난 만큼 어쩔 수 없다는 것이 신시아의 생각이었다. 본심을 말하자면 이러한 상황이기에 더욱더 분발해야 한다. 병사들의 사기에 못내 영향을 끼치게 된다.

반면에 노엘은 거추장스러울 만큼 기운 넘쳤다. 바깥에서는 그토록 지친 기색을 보였건마는 돌아오고 한 시간쯤 지나자 다시 평소 모습이다. 아마 격려의 말은 불필요하겠다.

"……이제 회복되었나? 아예 쓰러질 것 같은 얼굴이었건만."

"집중하면 진짜 피곤하니까 말이야. 그래도 조금 쉬었으니까 이제 괜찮아!"

"그런가. 그나저나 한숨 돌려서 다행이기는 해도 사태는 최악이군. 좋은 소식이 일절 들어오지 않는다. 대체 아군이 얼마나 남아 있는지도 알 수가 없어."

"있잖아, 신시아도 조금 쉬는 게 좋지 않을까? 행복이 도망칠 것 같은 얼굴이야."

"이미 다 도망쳤다는 기분이 드는 것은 분명하군. 앞날이 걱정되는구나."

"어머나."

'……노엘은 현 상황을 이해하고 있을까. 만약을 위해 설명해 두는 게 좋겠군.'

"……노엘, 잠시 말을 들어주겠나?"

"응, 뭔데?"

"내가 아는 사실 전부를 지금 미리 이야기하고 싶군. 서로의 정보를 정리하도록 하자."

"응, 알았어."

현 상황의 유일한 낭보는 마들레스는 간신히 코임브라의 지배력이 유효하다는 사실 정도이다. 간언을 되풀이한 탓에 근신 중이었던 페리우스가 반란을 일으키려고 했던 자의 구속에 성공했다. 이러한 사태가 발생할 가능성을 염두에 뒀는지도 모르겠다.

반대로 비보는 산더미처럼 날아들었다. 우선 윌름, 가디스의 입김이 닿은 코임브라의 영주들이 일제히 모반, 코임브라의 천칭 깃발을 내리고 부끄러운 줄도 모른 채 바하르의 세 검 깃발을 걸어 올렸다고 한다.

다음으로 겐부를 비롯한 각 주가 바하르 측에 참전했다는 정보가 확인됐다. 겐부와 기브는 북방의 관문을 제압하여 병력을 배치한 채 진격 가능한 태세를 갖추고 있다. 남쪽의 해상에서는 리벨덤 해군이 접근 중이다. 이쪽에는 배반자 로이에가 동행하고 있다고 했다. 그들이 일제 공격을 펼친다면 견고하기로 이름난 마들레스 성일지라도 오래 버티기는 어렵다.

신시아는 이 같은 상황을 포장하거나 숨기지 않고 노엘과 보좌들에게 전부 말했다. 그런 전제로 추후의 방침을 상의하고자 했다.

휴식을 취하면서 귀를 기울이던 인물들은 심한 곤경임은 대체로 예상했었던 듯 특별히 놀란 표정을 보이지는 않았다. 그렇다 해도 수집한 정보를 근거로 아직 건재한 거점, 모반한 거점, 각 주의 동향을 지도에 기록하는 사이에 얼굴 한가득 씁쓸한 표정이 묻어나고 있었다. ―단 한 사람의 예외를 제외하고.

"아하, 그렇구나. 응, 대강 알겠어!"

노엘의 기운찬 목소리가 울려 퍼진다. 신시아는 당황하면서도 대화의 본론으로 들어가려고 했다.

"그, 그런가. 아무튼, 추후의 방침을 논해야 할 텐데―."

"그 전에 한 잔 마셔도 될까? 와~ 가슴속까지 후련하네!"

술처럼 들이켜는데 그냥 물이다.

"……이봐. 조금 더 진지하게 말을 들어야 하지 않겠나."

"누가 한 잔 더 가져다줄래? 신시아가 이야기를 전부 다 마치려면 아마 시간이 꽤 걸릴 테니까."

노엘은 수통의 물을 단번에 들이켠 뒤 다시 물을 요구했다. 신시아는 설교 충동이 들었으나 실행할 기력도 남아 있지 않았다.

옆쪽에 있던 리그렛이 자신은 종자가 아니라고 격하게 혀를 차면서도 물을 길러 갔다. 저쪽도 더는 저항할 기력이 없는가 보다.

'……본래 리그렛 공은 처벌의 대상이겠지만.'

신시아는 리그렛의 신상에 대해서는 일단 묵인하고 있다. 내부에서는 처벌해야 한다는 목소리 역시 나왔지만, 지금은 달리 우선해야 하는 사안이 있다고 신시아가 달랬다.

무엇보다도 노엘에게 그럴 의사가 없는 만큼 더욱더 처치 곤란이었다. 그롤도 지금은 판단을 내릴 만한 처지가 아니었다. 이 소동이 전부 끝난 다음에 돌아봐도 되지 않을까. 훗날로 미룬다 해도 무방한 문제겠다.

'……전부 무사히 끝났을 때의 이야기다만.'

"대장, 요놈이라도 괜찮다면 마시겠소?"

"사실 마시고 싶기는 한데 진짜 혼날 테니까 그만둘게."

도르커스가 허리춤에 달아 둔 수통으로 시선을 보내는 노엘. 아무래도 술이 들어 있는 듯한데, 쓸데없이 붙임성 있게 「에헤헤」 하고 웃는다.

이 녀석이 얼마 전까지 사투를 펼치고 왔던 맹장이 정말 맞는가. 어쩌면 꿈이었을지도 모르겠으나 신시아는 분명히 살아 있었다. 그 전투는 틀림없이 현실이었다.

"노엘, 내 말을 잘 들었나? 지금이 어떤 상황인가 이해한 줄로 믿겠다."

"응, 귀 기울여서 들었어. 별로 모반한 영주들은 신경 쓰지 않아도 될걸? 불쑥 배반하는 놈들은 상황이 바뀌면 또 손바닥을 뒤집거든. 그러니까 아무래도 좋은 사람들보다는 바하르의 대군이 훨씬 더 골치 아파."

하품을 한 다음 지도 위쪽으로 시선을 쭉 훑는 노엘. 도중에 리그렛이 수통을 내밀자 이번에는 홀짝홀짝 마셨다. 장난스러운 듯 보이나 아마도 진지하게 고민하고 있었다.

"……상황은 시시각각 악화될 테지. 해가 지는 동시에 우리는 태수님을 호위하면서 마들레스로 귀환하겠다. 카르나스 주변의 가도, 샛길은 저지용 말뚝을 박아 봉쇄했으나 그리 긴 시간을 벌지는 못한다. 어둠을 틈타 단박에 마들레스까지 돌파할 수밖에 없다."

"응, 마들레스는 함락되면 안 되는 곳이야. 그곳은 가장 힘줘서 지켜야 해. 그래도 이 전쟁을 승리로 끝내려면 언젠가 승부에 나서야 할 때가 분명히 올 거야."

노엘이 마들레스로 이어지는 길, 라인 가도를 가리켰다. 정확히 산속으로 길을 뻗쳐 나가는 좁은 지점이었다.

"……설마 싶어서 묻겠다만, 아직 승리할 수 있다고 생각하는 건가?"

"지기 위해서 싸우는 사람이 어디 있겠어. 포기했다면 얼른 도망치는 게 낫잖아. 일부러 죽고 싶다면 좀 달라지겠지만."

"아니, 그야 그렇지만 말이오. 아무리 대장이 악귀 소리를 듣는다 해도 이 상황은 제법 어렵지 않겠소? 적은 5만 이상, 반면에 우리는 패잔군 1만이지. 이리 너덜너덜한 꼴을 해 갖고 제대로 싸움이나 되려나?"

도르커스가 딴죽을 걸어도 노엘은 문제없다고 단언했다.

"바하르 군도 저 대군을 마냥 유지할 수는 없거든. 그러니까 거점이 몇 군데 넘어가도 별문제 아냐. 나중에 되찾으면 그만이지. 최악의 경우 마들레스가 함락돼도 살아 있으면 싸울 수 있어. 이 넓은 코임브라 주가 우리의 성이자 전장이니까."

"……과연 대장이군, 언제든 긍정적일세. 본받아야겠구려."

"끙끙 앓아도 별 소용 없잖아. 그러니까 나는 끝까지 싸워 나가겠어. 빼앗기면 언젠가 다시 빼앗아야지. 그게 전부야."

노엘은 지도 위에 두 손을 벌려서 각 거점에 세워 둔 깃발을 휙 쓰러뜨렸다.

"흥, 그렇게 간단한 문제가 아니라고요. 뭐, 상대는 바보인가요? 저희를 확실하게 끝장내기 위해 달려들겠죠."

리그렛이 어이없어하면서 발언하자 노엘은 반론하지 않고 고개를 끄덕였다.

"그러니까 어떻게 해서든 이길 방법을 찾아야지. 자, 다 같이 고민하자!"

"……음, 고민이라. 그러나 소관의 머리에는 다소 어려운 문제군. 이런 사안은 하쿠세키 옹의 특기 분야이다만. 어쨌든 정면으로 부딪치는 것이 우책임은 분명하겠군."

"대군을 쉽게 격파할 만한 계책이 쑥쑥 튀어나온다면 세상만사가 어찌나 만만하겠소. 그 탓에 우리도 광산에 숨어 다녔던 거요."

진지하게 머리를 쥐어짜는 사람들. 실컷 야유를 늘어놓던 리그렛까지 함께 고민하고 있었다. 무슨 일을 겪었는가 모르겠다만 노엘과 사이가 다소 개선된 듯 보였다.

'……아차, 그런 생각을 할 때가 아니군.'

시간 여유가 없다 판단한 신시아는 일단 노엘을 데려가야겠다고 결심했다.

"미안하지만 기사회생의 계책을 궁리하는 회의는 일단 보류하지. 지금은 태수님을 마들레스로 모셔다드리는 것이 최우선이니까. 그곳은 우리의 생명선. 조금이라도 서둘러 복귀해야 한다."

"응, 알았어. 그럼 여기에서 헤어져야겠네. ……다음에도 또 무사히 만나면 좋겠다."

노엘이 살짝 쓸쓸한 목소리로 중얼거리자 신시아는 눈살을 찌푸리면서 의문을 표시했다. 자신은 가지 않겠다고 말하는 듯 들렸기 때문이었다.

"무슨 소리를 하나. 남 일이 아니다. 너희도 같이 가야 하잖나. 여기서 고립되면 확실하게 죽는다. 두고 갈 리가 없지."

이 성채는 방치해도 무방하다는 것이 신시아의 판단이다. 최후의 결전을 벌이자면 마들레스 성이 최선이었다.

"아까 신시아가 말했었잖아. 지금 봉쇄 수단은 시간을 얼마 못 번다고. 그러니까 적이 겁을 집어먹도록 손쓸 거야. 우리를 너무 얕보면 혹독한 꼴을 당한다고 말이야. 한 번만 깨닫게 해주면 분명히 신중해질 거야."

노엘이 히죽, 사나운 미소를 머금었다. 그 얼굴에서는 방금 전까지 묻어나던 어린아이와 같이 천진난만한 기색은 전혀 찾아볼 수 없었다.

"잠깐. 그렇다면 내 부대가 후방에 남아 시간을 끌겠다. 너에게 몇 번이나 도움받았다. 이번에는 내 차례지. 나 또한 죽을 각오는 이미 굳혀 두었다!"

"미안하지만 안 되겠네."

노엘이 일축한다. 반론을 용납하지 않는 위압감을 떨치며. 그러나 신시아도 물러설 수 없었다. 디르크에 이어서 노엘까지 후방에 남긴다? 그러한 짓은 기사로서 용납할 수 없었다.

"얼마 전 너는 우리를 궁지에서 구출했다. 이미 충분한 활약을 펼쳤지. 이번에는 꼭 내가 남아야겠다. 디르크 님의 죽음을 방관하고, 더욱이 너까지 죽을 곳으로 보낸다면 기사의 명예는 끝장이다!"

신시아는 세차게 책상을 내리쳐서 윽박질렀다. 그러나 노엘은 전혀 동요하지 않았다. 사나운 표정이 다시 온화한 인상으로 돌아갔다.

"저기, 신시아는 태수님을 지킬 임무가 있잖아? 게다가 지쳐 비틀대는 병력은 전혀 시간을 끌지 못할 거야. 그러니까 지금은 기운 넘치는 우리 부대가 남는 게 제일 좋아. 소소하게 「작전」도 있고 말이야."

"······그, 그러나!"

신시아는 격하게 갈등했다. 분명 신시아 부대의 병사들은 한동안 전투 수행은 어림없었다. 또다시 흑양기의 위협에 노출되었을 때 과연 검을 쥘 수는 있는가 의심스럽기까지 했다. 한 차례 공포를 겪어야 했던 병사들이다. 순식간에 붕괴될 가능성마저 있었다.

"또, 또다시 나더러 너를 내버리라고, 그리 말하는 건가?"

"왜 호들갑이야. 그냥 잠깐만 이별하는 건데. 괜찮아, 또 금방 만날 수 있어."

"······."

"그래도 태수님을 데려다주고 그다음에 도와주러 오면 기쁠 거야. 누가 도우러 와주는 기분도 한 번은 맛보고 싶거든. 헤헤."

노엘은 「농담이니까 신경 쓰지 마」라면서 신시아의 어깨를 토닥거린 뒤 전투를 준비하러 갔다.

　트라이스 강에서 승리를 거둔 바하르 군은 카르나스 성채로 이어지는 가도 위에서 장해물 제거를 실시하고 있었다. 저지용 말뚝을 파내고, 검은 밧줄을 절단하고, 드문드문 설치되어 있는 함정을 메운다. 전부가 다 기병에게 치명상을 가할 수 있는 수단인지라 공병들의 호위를 수행하고 있는 흑양기는 짜증이 정점에 달하려고 하는 상황이었다. 단번에 승부를 결판내려는 작정으로 전력 추격을 실시했으나 결국 불발로 끝났기 때문이기도 하다.

　그러나 가장 큰 원인은 새벽 계획을 통해 만들어진 동료, 형제라고도 말할 수 있는 존재가 스무 기나 미귀환했기 때문이었다. 이미 몇 사람의 시체가 발견되었기에 나머지 인원이 어떻게 되었는가 예측하기는 어렵지 않았다. 한 사람 한 사람이 검의 달인이었고, 평범한 인간과 격이 다른 완력의 소유자였다. 그들을 스무 기나 한꺼번에 잃고 말았다. 스스로의 무력에 다대한 자신감을 갖고 있는 레베카로서는 받아들일 수 없는 사태였다.

　"아!! 진짜 짜증 나네!! 이런 데서 꾸물거리는 사이에 빌어먹을 그롤 자식이 아주 도망쳐버린다고! 젠장, 빨리 좀 해라, 이 굼벵이들아!"

　흑양기 부장(副長) 레베카가 근처에 있던 공병을 걷어찼다. 적당히 힘을 뺐다 해도 공병의 입장에서 보면 황당한 봉변이겠다. 비명을 지르면서 다른 장소로 도망쳐버렸다.

　"이놈! 거기 서라! 작업을 내던지려는 거냐! 처 죽인다!"

레베카가 막 쫓아가려고 하던 때에 동료 탐색의 임무를 나갔던 흑양기들이 귀환했다.

"……레베카 님, 행방불명이었던 형제들을 발견했습니다."

"정말이야? 다들, 무사하고?!"

"아니요, 유감스럽게도 전원 사망했습니다. 귀환한 병사들의 말로는 적은 두 철퇴의 깃발을 내건 부대였다고 합니다."

"젠장, 또 노엘인가 하는 암돼지냐! 빌어먹을!"

"정녕, 정녕코 원통합니다!"

"기필코 원수를 갚겠습니다!"

눈물 흘리는 흑양기들. 레베카도 하마터면 따라서 울 뻔했으나 애써 견뎠다. 지금은 눈물 흘릴 때가 아니었다. 어떻게든 원수를 갚아 원통함을 풀어야 한다. 이따위 말뚝이니 밧줄이니 치졸한 짓을 하는 쓰레기들에게 당한 원통함이 얼마나 크겠는가. 레베카는 대검으로 말뚝을 거듭거듭 거듭거듭 내리쳐 분쇄했다.

"절대로 용서 안 한다! 악귀인지 뭔지 모르겠는데, 갈가리 찢어서 돼지 먹이로 줄 테다!"

"레베카 님, 노엘의 두 철퇴 깃발은 아직 카르나스 성채에 걸려 있습니다. 반드시 저희 손으로 처단하여 형제의 혼에 바칩시다!"

"당연하지! 우리 흑양기를 우습게 본 놈들, 기필코 후회의 구렁텅이로 처박아주마!"

분개하는 흑양기들. 그때 정찰을 마친 파리드도 귀환했다. 그의 창은 피에 젖어서 더러워졌다. 도망쳤던 코임브라의 병사들을 소탕하고 오는 길이다.

"카르나스 성채의 낌새가 조금 이상하더군. 깃발은 걸려 있는데 적군의 병사가 전혀 보이지 않는다. 뭔가 속셈이 있을지도 모른다."

"함정이 있든 말든 쳐부수면 되지. 안 그래, 형! 우리는 기병이지만 보병으로 나서도 최강이야. 말은 단순히 이동 수단이니까!"

절규하는 레베카를 보고 파리드는 기가 막힌다는 표정이었다.

"이 녀석아, 조금은 침착하게 고민해봐라. 어째서 적의 모습이 보이지 않을까, 그 이유가 뭐겠나."

"고민할 틈이 있으면 함락시키고 확인해도 되잖아!"

그때 적습을 알리는 고함 소리가 들려왔다. 화살이 몇 대 날아오는 수준이었으나 작업은 중단되고 말았다. 때때로 주위에 숨어든 적군이 산발적으로 공격을 펼치고는 했다. 쫓아가도 형체는 보이지 않는다. 나무 위에서 적당히 활을 쏘고 재빨리 이동하는 듯했다. 큰 피해는 아니어도 이보다 더 걸리적거릴 수가 없었다. 섬멸하기 위해 병력을 보내면 작업은 당연히 더욱 지연된다.

"아, 진짜 귀찮게 구네! 아까부터 왜 자꾸 얼빠진 공격만 해 대는 거냐고! 지금 당장 쳐 죽여버리겠어!"

쳐서 떨어뜨린 화살을 거듭거듭 거듭거듭 가증스럽다는 듯이 짓밟는 레베카. 파리드는 그 모습을 보다가 레베카의 멱살을 틀어잡았다. 흑양기는 분명 강하나 걸핏하면 격앙한다는 결점이 있다. 성질이 숫제 짐승과 가까웠다. 그들을 길들이려면 적절히 공포를 주어야 한다.

"머리를 식혀라, 레베카. 어째서 적이 이런 짓을 하는가 고민해라."

"그, 그래도!"

"너는 부장이잖나, 감정에 휩쓸리지 말고 머리를 써라! 똑같은 말을 몇 번 반복해야 하나!!"

파리드가 매섭게 노려보자 레베카는 얼굴이 창백해지고 눈물을 글썽거렸다.

"모, 모르겠다고! 나는 바보라서 전혀 모른단 말야! 그 노엘인가 하는 녀석이 우리를 약 올리려고 하는 짓이 아니면 뭐겠어!"

"그래, 맞는 말이다. 그러나 어째서 약을 올리고 화를 부추기는가— 거기까지 고민해봐라. 나라면 틀림없이 함정을 파 놓고 기다릴 테지. 네가 화나서 들이닥치는 순간 타격하기 위해서."

"이 짓거리가 우리를 끌어내는 수작이라고?"

"그래, 맞다. 이른바 유인의 계책이지. 또 한 가지를 배웠군."

파리드는 멱살을 놓아주고는 고개 숙이는 레베카의 머리를 다정하게 쓰다듬어줬다. 사탕과 채찍, 짐승을 교육하는 데 가장 효과적인 수단이다. 일찍이 자신도 교회에서 같은 방식의 교육을 받았던 만큼 틀림없었다. 파리드는 단지 본인을 가르쳐줬던 사람들과 같은 방법을 취하고 있을 뿐이다.

"오오, 멋집니다. 아주 훌륭한 교육 방법이에요. 역시 아밀 님께서 눈여겨보는 분다워요. 후후후, 그야말로 제 취향의 방식이군요."

유쾌하게 박수 치면서 나타난 인물은 참모 밀즈. 말을 매달아 끄는 전차에 타서 창문 너머로 몸을 내밀고 있다.

"이런, 밀즈 님. 설마 이곳까지 오실 줄이야. 못난 꼴을 보여드렸습니다."

"아이고, 아닙니다, 아니에요. 제가 할 주의를 대신 해주셨는데 감사 인사를 드려야죠. 카르나스에 섣불리 손을 대는 행동은 위험하다는 생각이 든단 말이죠. 특히 한창 유명한 흑양기의 명성에 조금이라도 흠집이 날까 봐 염려돼서 제가 자랑하는 전차를 타고 서둘러 날아온 겁니다."

"그러면 역시 함정이라고 판단하시는지요?"

"그냥 감이라서 확증은 없지만요. 뭐, 집요하게 아군을 자극하는 모습을 보면 틀림없을 겁니다. 노엘인가 하는 사람 말이죠. 그 악귀는 자기 본진으로 끌어들여서 호된 맛을 보여주는 전법을 특기로 쓰는 듯싶더군요. 단지 위대한 태양제 베르기스 님의 흉내질이겠으나 일단은 경계하고 볼 일입니다. 그런 원숭이 흉내에 걸려들면 안 되죠."

밀즈는 전차에서 내려 지휘봉으로 지면을 툭툭 찍었다.

"밀즈 님께서는 어떻게 하는 것이 최선이라고 판단하십니까? 저로서는 카르나스를 아예 무시할 수는 없는 형편입니다만."

"물론 파리드 공의 말씀이 옳습니다. 눈 위에 혹이자 후환거리가 될 만한 카르나스를 아무러면 방치할 수야 있겠습니까. 게다가 그 성채에는 악귀의 깃발이 걸려 있단 말이죠. 대놓고 당당하게 구는 상대를 앞에 두고도 살금살금 못 본 척이나 하면 병사들의 사기에 놀랄 만큼 영향을 끼칠 겁니다."

밀즈는 히죽거리면서 지휘봉을 흔들어 부서져 나간 말뚝의 파편을 튕겨 날렸다. 그리고 말을 계속한다.

"……그런데, 그런데 말입니다. 대책도 없이 다짜고짜 들이쳤다가 라인의 베로테 백작처럼 나가떨어지는 신세가 된다면 또 얼마나 어리석은 짓입니까. 그렇다면 어떻게 해야 하느냐. 후후후, 아밀 님과 상의한 결과 버림패를 사용하기로 결정했습니다."

"……버림패?"

"예. 얼마나 죽어 나가든 상관없는 인원이 요즘 확 늘어났잖습니까. 군량만 축내도록 놓아두기도 조금 뭣하니까 조금은 바하르를 위해 활약할 기회를 허락하자는 겁니다. 수가 좀 줄어든다면 식량을 절약할 수 있겠죠. 후후후, 이 말이 새어 나가면 그 사람들은 저를 찔러 죽이려고 하겠지만요. 후후후!"

웃음을 터뜨리는 밀즈. 그 모습을 파리드는 감정이 드러나지 않도록 주의하면서 관찰했다. 이 미남의 지혜는 틀림없이 경지에 달하였기에 분명 도움이 된다. 참모에게 필요한 냉철함도 갖추고 있다. 다만 수단을 가리기는커녕 솔선하여 독수를 실행하는 그 방식은 언젠가 아밀에게 장해물로 작용할 가능성이 있다. 독초는 약으로도 쓸 수 있으나 결국 본질은 독일 따름이었다.

"역시 밀즈 참모이십니다. 훌륭한 책략에 감복하였습니다."

"후후후, 칭찬하신들 아무것도 안 나옵니다? 아, 맞다. 다 끝나면 승리를 축하하기 위한 자리를 마련해 두죠. 당신도 꼭 참가해주셔야 합니다."

"명심하겠습니다."

그때가 오면 제일 먼저 처분하겠노라고 마음속 깊이 다짐하고 파리드는 만면의 미소로 맞장구를 쳤다.

드디어 장해물 제거를 완료한 다음 날, 바하르 군은 만반의 준비를 갖춰 카르나스 성채로 밀려들었다.

"전진, 전진! 역적이 숨어 있는 카르나스를 단박에 쳐서 함락시켜라!"

지휘를 맡은 장수는 바하르 군에 막 투항한 가디스였다. 코임브라 출신의 5천 병력을 이끌고 코임브라의 깃발이 걸린 성채에 공격을 명한다. 현재 지위는 코임브라 태수 대행 보좌로서 윌름의 부장 대우를 받고 있다. 분명히 동렬인데도 대우가 다르다는 것이 납득되지 않았으나 가디스가 아밀의 결정에 정면으로 거역할 수는 없는 노릇이었다. 분한 심정을 꾹 숨긴 채 수긍해야만 했다.

'그러나 이곳에서 공을 올리면 윌름과 나란히 서거나, 혹은 입장을 역전시키는 것도 불가능은 아닐 터이다. 아직은 치를 전투가 여럿 남아 있으니.'

배반할 때까지는 갈등의 나날을 보냈건마는 막상 행동에 나서고 보니 별일도 아니었다. 오히려 우세한 편에 가담할 수 있었기에 진심으로 안도되는 기분이었다. 아마 병사들도 마찬가지인 듯 모든 인원의 얼굴이 하나같이 밝았다. 사기는 유례를 찾기 어려울 만큼 높아진 듯 보였다.

"이것은 역적을 토벌하기 위한 전투다! 우리는 올바른 길을 선택했을 뿐! 부끄러워하지 마라, 우리야말로 정의일지니! 폐하의 적을 싹 쓸어버려라!"

병력을 고무하고 자신 또한 굳게 닫혀 있는 문 앞까지 다가들었다. 성벽에서 반격이 없는 것을 보고 가디스는 적이 도망쳤다는 확신을 가졌다. 설령 남아 있더라도 소수에 불과하리라. 그렇지 않다면 성벽에서 이미 화살이 날아와야 했다. 내걸어 놓은 두 철퇴의 부대기를 보면 그 노엘인가 하는 벼락출세꾼이 지키고 있을 텐데, 혹시 깃발을 놓고 벌써 도망친 게 아닐까.

'제 부대기를 두고 도망치다니, 역시 비천한 벼락출세자로다. 기사의 긍지 따위는 티끌만큼도 없는가 보군. 정말이지 그롤은 안목이 없는 사내다.'

약간의 행운으로 흔한 떠돌이에서 백인장까지 치고 올라갔던 노엘. 항상 적대시했던 윌름과 달리 가디스는 특별히 아무 감정도 갖고 있지 않았으나 방해를 하고 나선다면 상황이 달라진다. 경험의 차이라는 벽을 가르쳐준 뒤 철저하게 박살 내야만 했다. 공교롭게도 이번에는 직접 손을 쓸 기회가 없는 듯싶다만.

"코임브라 군에 감히 악귀라 불릴 만한 존재가 없음은 우리가 가장 잘 알잖은가! 제군들, 결코 겁먹지 마라! 전진하라!"

일절 저항이 없는 성문의 격파를 손쉽게 성공. 공성 사다리 및 투석기 따위는 쓸 필요조차 없었다. 성내에도 코임브라 병사의 모습은 없는 듯했다.

'이토록 쉬운 전투는 없으리라. 대뜸 도망친 노엘에게 감사의 말이라도 전하고 싶을 따름이군.'

아무래도 동포를 학살하자니까 저항감이 솟았으나 상황을 보니 별걱정은 안 해도 되겠다며 가디스는 후후, 숨을 토했다. 막상 때가 온다면 병사들은 동포에게 검을 겨눌 터이나. 자신도 틀림없이 그리하리라.

가까운 일가친척이라면 또 모를까, 단지 태어난 주가 같을 뿐이잖은가. 결국은 타인으로 구성된 집단일뿐더러 군대라는 조직에 넣어 강제적으로 동료 의식을 심어 넣은 것이 전부이다.

"가디스 님, 역시 적군의 모습은 발견되지 않았습니다. 그러나 상당한 양의 물자가 남아 있습니다!"

"어지러운 꼴을 보건대 모든 물자를 운반할 여유가 없던 것으로 추측됩니다. 상당히 다급했던가 봅니다."

"좋다, 전 병력을 투입하여 물자를 회수하도록 하라. 아밀 님께 바치면 우리를 더욱 좋게 봐주시겠지. 그리고 성내 수색은 계속하라, 어디에 병력을 숨겨 놓았을지 모르니까 말이다! 정보를 캐내야 하니 가능한 한 살려서 잡아들이도록!"

"분부를 따르겠습니다!"

"……흥, 도대체 누가 코임브라의 악귀인가. 그룔은 대단히 높이 평가했다만 결국은 계집년이지. 감히 지휘관 행세를 하지 않나, 실로 웃기지도 않는 꼬락서니였다!"

가디스는 악담을 늘어놓으면서 입구 부근에 적당히 걸터앉았다. 더 안쪽으로 들어가지 않는 이유는 복병이 있을 가능성을 감안해야 하기 때문이었다. 전쟁 후 코임브라의 통치를 맡아볼 수 있도록 약정을 맺었다. 본인의 안위에는 조심, 또 조심하는 것이 당연하다. 그렇다 해도 겁쟁이라고 불릴 수는 없는 노릇인지라 이렇듯 성안으로 걸음을 들여놓기는 했다.

"거참, 굉장하군. 이봐, 보라고. 금덩어리가 아주 데굴데굴 떨어지는군."

"헤헤, 음식도 넘쳐나는군. 다 못 마실 만큼 술도 잔뜩이야!"

"다른 보물도 아주 많다네. 음, 이게 뭐냐. 무슨 광석인가?"

"그딴 건 내버려 둬. 그보다 돈 되는 물건을 찾자고. 조금은 가디스 님도 눈감아주실지도 모르잖냐. 이제 곧 태수가 되신다고 대단히 심기가 좋으시거든!"

"진짜냐?! 좋다, 쇠뿔은 단김에 빼랬지!"

성내에는 군량과 금덩이가 여기저기 뿌려 모양새로 흩어져 있었다. 아마 도망치던 중 혼란 때문에 이리되었다고 여긴 병사들은 특별히 의심을 품지 않았다. 실제로는 군량과 금덩어리에 섞여서 기묘한 포대가 균등하게 배치되어 있었음에도.

가디스 부대가 전원 다 성채 안에 진입할 때까지 지켜보다가 몸을 숨기고 있던 흰개미당의 한 명이 신호를 보낸다. 그러자 잠복 중이던 인원들이 동시에 불화살을 날렸다. 그들은 결과를 확인할 짬도 없이 밧줄을 붙들고 성벽 아래로 재빨리 도주했다.

"……이봐, 뭔가 냄새 안 나나?"

"확실히 냄새가 나는군. 음? 이런, 연기 아닌가?"

"착각이 아니다. 어딘가에 불이 났다! 빨리 찾아서 꺼라!"

"여, 연기의 기세가—."

그로부터 몇 분 사이에 카르나스 성채의 내부는 순식간에 형상이 바뀌게 된다. 불길이 성채 내부의 온갖 구역에서 피어올랐다.

격렬하게 불타오르는 화염이 남아 있었던 물자에 옮겨붙었고, 사전에 뿌려 놓았던 기름을 연료 삼아서 기세를 떨친다. 균등하게 배치해 놓은 연소석에 인화, 파열하여 가차 없이 희생자에게 덮쳐들었다.

아비규환의 참상이 벌어지고 있는 성채에서 탈출구는 오직 성문뿐이었다. 동료를 밀어젖히고 사력을 다해 도망쳐 나온 병사들. 그러나 공황 상태에 빠진 병사들은 냉정하게 행동할 정신이 없었다. 짓눌려 압사당한 병사, 착란하여 죽고 죽이는 병사, 땅바닥을 파고 숨으려다가 연기에 파묻혀 질식사하는 병사. 카르나스 성채가 인간 불사르는 냄새로 가득 차오른다.

그렇게 시간을 빼앗기는 동안 카르나스 성채 전부가 화염에 뒤덮였다. 새빨갛게 타오르는 화염의 성채, 불타 죽는 인간들의 비명, 그 정점에서 악귀의 두 철퇴 깃발이 펄럭인다. 흡사 연옥과 같은 광경은 바하르 병사들의 뇌리에 깊이 각인될 수밖에 없었다.

간신히 불길이 수그러들었을 때 가디스 부대의 생존자는 불과 5백, 사상자 수는 4천을 넘었다. 거의 전멸과 다름없는 비참한 상태였다.

제일 먼저 탈출한 가디스는 간신히 제 목숨은 건졌으나 허물어지는 파편을 맞아 오른 다리가 으스러지는 중상을 입고 말았다.

"와, 활활 타는구나. 작전은 대성공이야!"

"헤헤! 아주 잘 먹혔소. 저거 꼴을 보니까 안에 있는 놈들은 무사할 수가 없겠소이다."

"뭐, 그렇겠네. 으음, 그건 그렇고 참 멋진 경치야. 새빨간 태양이랑 새빨간 요새, 정말 신비한 광경이네. 어때? 리그렛도 보고 싶지 않아?"

높은 나무에 올라 즐겁게 바라보다가 노엘이 묻는다. 옆쪽에는 도

르커스도 있었다. 아래에는 나무 타기를 못 하는 리그렛이 토라져
서 서 있었다.

"흥, 됐습니다. 그나저나 알고 있나요? 바보와 연기는 높은 곳을
좋아한다죠. 당신들에게 아주 잘 어울리는 장소군요."

"또 시작이군, 저놈의 주둥이."

"그러면 리그렛도 여기에 같이 올라와야 되는 거 아니야? 뭐, 올
라올 수 있다면 말야!"

야유를 되돌려받은 리그렛의 얼굴이 새빨개진다. 그러나 못 올라
온다는 말이 사실인지라 한마디도 받아치지 못했다.

"하하! 맞는 말이군! 그나저나 대장도 말솜씨가 제법이시오."

"아하하, 얄미운 말버릇이 옮아버렸나 봐. 자, 이제 곧 다들 돌아
올 테니까 도망 준비를 시작할까!"

"넷!"

노엘은 나무 아래로 뛰어내려서 퇴각 준비에 착수했다. 그리고 불
놓기 임무를 마친 뒤 귀환한 흰개미당과 합류하여 철수를 개시했다.

노엘은 비장의 수단으로 남겨 둔 연소석 대부분을 이번 카르나스
성채의 화계(火計)에 써버렸다. 그럼에도 충분한 효과를 거둔다는
판단에 떨떠름한 반응의 도르커스를 설득해서 실행에 옮겼다. 섣불
리 치고 들어온다면 이렇게 된다는 으름장을 놓아 강력하게 과시함
으로써 적의 사기, 그리고 진군 속도의 저하를 노릴 수 있었다.

노엘의 책략은 멋지게 들어맞았다.

이후 바하르 군은 무저항의 거점일지라도 신중한 진입을 강요당
했다. 어디에 악귀의 수하가 숨어 있다가 또다시 예의 연옥을 재현

시키고자 준비 중인지 모르는 일이잖은가.

악귀는 거점을 죄다 불살라버리는 괴물, 방심하면 끔찍한 사태가 벌어진다.

따라서 바하르 군은 항복하는 영주들에게도 의심을 시선을 보내야 했고 면밀하게 조사를 실시한다는 원칙을 세워 철저히 따랐다. 카르나스가 파괴되었을지언정 바하르의 우세에는 변함이 없었으나 노엘의 의도대로 진군 속도는 떨어졌다.

현장에서 참극을 목격했던 바하르의 병사, 그리고 배반한 코임브라의 병사들은 훗날까지 쭉 악귀의 환영에 시달리며 두려워했다. 『악귀 노엘은 신출귀몰, 거역하는 자는 모조리 연옥에 밀어 떨어뜨린다』, 『배반자는 저주를 받아 반드시 비참한 말로를 맞이하리라』 등등의 수상쩍은 뜬소문까지 퍼져 나가는 형편이었다. 이 계책은 노엘이 아니라 리그렛이 포로를 이용하여 독단으로 손을 썼다만.

윌름, 그리고 바하르의 장수들은 어떻게든 소문을 가라앉히고자 기를 썼으나 헛수고로 끝났다. 본래 소문이란 가라앉히려고 하면 할수록 신빙성이 붙어나는 법이다. 게다가 실제로 목격했다는 병사도 다수 있었다. 결과적으로 노엘의 이름은 더욱 널리 퍼져 나가게 됐다.

그러나 노엘은 악귀라는 이명을 별로 마음에 들어 하지 않았다. 악독한 짓을 저질렀다는 생각이 전혀 없었기 때문이다.

「뭐, 어쩔 수 없네」라며 웃은 뒤 노엘은 손수 제작한 귀신 가면— 밤중에 맞닥뜨리면 비명을 지르고도 남을 만큼 섬뜩하고 뿔 달린 하얀색 가면을 뒤집어쓴 채 휴식 중이던 리그렛을 놀리러 갔다.

―이쪽도 효과는 발군이었다.

아밀 휘하의 바하르 군 5만은 바하르의 영지 탈환을 순조롭게 완료. 더한 약진을 이루기 위해 주도 마들레스를 목표로 코임브라 침입을 개시했다. 황제 베프남에게 직접 하사받은 태양의 깃발을 내건 진군이다. 이 고귀한 깃발을 거역하는 자는 전부가 역적이 된다. 자신이야말로 태양 제국의 후계자라고 과시하면서 아밀은 위풍당당하게 가도를 따라 서진(西進)을 개시했다.

한편 카르나스에 화공을 가한 뒤 위치를 옮긴 노엘 부대는 무사히 코임브라의 영역까지 돌아오는 데 성공했다. 바하르 군의 진군 속도가 떨어졌을 뿐 아니라 추적대가 없었던 까닭으로 신속하게 행동할 수 있었던 덕분이다.

그렇다 해도 코임브라 내부의 정세는 근 1개월 사이에 크게 변화했다. 이미 대부분의 영주들이 이반했고, 그 숫자는 날마다 늘어나고 있다. 각 마을에서도 슬슬 상황을 파악할 수 있었기에 자발적으로 코임브라의 깃발을 내리는 형편이었다. 본래는 아군의 영역이어야 하나 이곳을 노엘 부대에게 안전지대라고 말하기는 어려워졌다.

"신호 보내면 평소처럼 리그렛은 돌격 나팔을 불어

울려줘. 물론 진짜로 돌격하면 안 된다?"

"……이런 짓을 반복해 봤자 아무 의미도 없다고요. 손바닥으로 하늘 가리는 격이죠."

"또 망할 계집이 재수 없는 소리를 지껄이는군. 우리 편 사기를 내리는 재주만큼은 진짜 대단하다니까."

"시끄러워! 저 대군 상대로 맨날맨날 잔재주나 부리려니까 이게 도대체 뭔 의미가 있나 고민했을 뿐이야!"

리그렛이 세차게 혀를 찬다. 맨 처음에는 효과적이라고 찬성했었지만, 막상 자신이 실행해보니 피로가 쌓였나 보다. 그러자 푸념을 쏟아붓는다. 그 말을 들은 병사들이 기막힌 표정을 지었다.

노엘은 교회에서 마지못해 배웠던 내용을 떠올렸다. 탁상에서 대책을 마련하라고 닦달하기는 좋아하는 주제에 스스로 실행하지 못하는 인물형. 지휘를 맡겨서는 안 되는 부류의 인간이라고 선생이 말했었다. 가르침을 지키겠다는 뜻은 특별히 없었으나 아하, 그렇구나, 납득도 되는 기분이다.

물론 이러한 속마음을 얼굴 보면서 말하지는 않는다. 분명 상처를 받을 테니까. 중요한 것은 적재적소이다. 실행하는 역할은 자신이 맡으면 된다. 그리고 푸념을 쏟아 내는 리그렛은 억지로 데려간다. 데려다 놓으면 가끔 재미있는 의견을 말해주기도 했다. 어쩌면 이게 지휘관과 부관의 올바른 형태일 수도 있겠다. 이른바 노엘류 군사학이다.

"할 수 있는 견제는 전부 해야지. 게다가 상대가 싫어하는 행동을 하는 게 전쟁이니까 말이야. 적도 처음에는 웃어넘기겠지만, 조만간에 안달복달할 거야."

"흥, 그렇게 되면 좋겠네요. 오히려 이쪽이 안달복달하는 처지니까요."

또 혀를 차는 리그렛. 옆에서 밉살맞다는 듯이 노려보는 도르커스. 수수방관하는 카이. 정말이지 평소와 전혀 다를 바 없는 광경이었다.

노엘은 바하르 군이 나아가는 가도를 따라, 특히 언덕과 숲 따위가 드문드문 위치하는 장소에 병력을 배치했다. 밤낮을 가리지 않고 걸핏하면 돌격 나팔을 불거나, 혹은 큰북을 요란하게 마구 쳐 댔다. 카르나스의 참극을 목격했던 바하르의 병사들은 허둥지둥 대열을 짜서 요격 태세를 갖췄다. 그 악귀가 무슨 짓을 벌일지 모른다는 공포가 병사들의 정신에 각인되었기에 항상 엄중한 경계 태세가 펼쳐졌다. 최강을 자랑하는 흑양기가 스무 기 희생되었다는 사실도 있었던 터라 소문은 여전히 더욱 살이 붙어서 퍼져 나가는 형편이었다.

그러나 아무리 기다려도 도무지 적이 나타나지 않는다. 익숙한 나팔 소리가 들리면서 두 철퇴의 깃발이 펄럭이고 있기는 한데, 실제로 습격이 이루어지는 경우는 한 번도 없었다. 처음에는 잔뜩 긴장감에 휩싸였던 병사들도 같은 허탕이 몇 차례 반복되면 저절로 익숙해진다. 점점 경계를 게을리했고 나팔 소리를 신경 쓰지 않게 되었다. 악귀를 운운하는 말은 역시 단순한 소문일 뿐 아군을 두려워하여 못 나타난다는 등등 여유를 보이기 시작했다.

바로 이때를 기다렸다는 듯이 노엘은 흰개미당을 이끌고 불쑥 습격에 나섰다. 목표는 움직임이 둔한 병참 부대. 모든 물자를 철저하게 불사른 뒤 본대가 달려오는 무렵에는 행적을 감춘다. 이러한 유격전은 광산을 거점 삼아서 생존했던 흰개미당이 가장 자신 있는 분야였다. 뛰어난 전투력을 발휘하는 노엘이 선두에 서서 종횡무진으로 휩쓸고 다녔다.

이 게릴라 전법에 골머리를 앓던 바하르 군은 병참 부대 주변의 경비병을 필요 이상으로 증강함으로써 해결을 보려고 했다. 전 병력에게 결코 방심하지 말라는 통보와 함께 위반하는 자는 참수하겠다는 엄명이 떨어졌다. 바하르 병사들은 긴장감의 유지를 강제당했을 뿐 아니라 또다시 거짓 위협만 반복하면서 태도를 바꾼 노엘에게 한껏 정신력을 갉아먹혀야 했다.

"경비가 꽤나 엄중해졌어. 적도 많이 지쳤나 봐. 리그렛, 의미는 제법 있었던 게 아닐까?"

"······흥, 아직은 모르는 거죠."

"진짜로 입만 산 여자일세. 엄청나게 잘 먹히고 있잖냐. 이놈이고 저놈이고 지쳐 죽겠다는 얼굴인데. 저놈들이 어디를 봐서 고귀한 태양의 깃발을 내건 정의와 영광의 군세냐?"

망원경을 든 도르커스가 다박수염을 뽑으면서 비웃었다.

바하르 병사들의 걸음걸이는 척 봐도 무거웠고 안색도 좋지 않았다. 항상 습격을 두려워해야 하는 처지가 상당한 압력으로 작용했으리라. 노엘은 손가락을 딱 튕기면서 원하는 대로 됐다고 기뻐했다.

"소관이 적의 입장이었다면 정녕 정신을 못 차렸겠군. 보이지 않

은 적을 대비하자면 어찌나 어렵겠나. 매일같이 대비 태세를 유지
하면 곧 피폐해지고, 그렇다고 방심했다가는 악귀가 덮쳐들겠지.
애써 추적한들 쏜살같이 도망쳐버리는 데야. ……그대는 사실 진정
으로 귀신이 아닌가?"

카이가 진지한 얼굴로 말을 꺼내기에 노엘은 유쾌하게 웃었다.

"혹시 진짜라면 어떡할 거야?"

"절실하게 귀신이 되는 비결을 배워 익히고 싶군. 소관도 나라를
지키는 귀신이 되어 싸우고 싶은 심정일세."

"아하하, 머리에 뿔을 붙이면 누구든 될 수 있어! 나중에 만드는 방
법을 가르쳐줄게. 혹시 알아? 리그렛은 바닥에 털썩 주저앉아서―."

"바보 같은 소리를 할 때가 아니잖아요! 확실히 피로를 강제하고
있기는 한데, 적은 순조롭게 코임브라의 영토를 진군 중입니다. 어
떻게 해야 적에게 큰 타격을 입힐 수 있나 진지하게 고찰하세요!"

리그렛의 말이 분명 옳기는 하나 딱 써먹기 좋은 획기적인 계책이
있었다면 벌써 실행했겠다. 어쨌든 포기할 수는 없는 노릇이었다.
그러니까 가능한 한 효과가 올라가도록 지금은 먹이를 뿌리고 있는
셈이다. 기회는 한 번밖에 없을 터이다. 그때를 놓친다면 더는 승산
이 없다.

"……달리 할 수 있는 게 없잖아. 우리는 1천 이하지만, 상대는 5
만을 넘는 대군인걸. 우리가 유리한 점은 날렵하게 태세 전환이 가
능하다는 정도. 그러니까 지금은 이렇게 하면 충분하지 않을까?"

"대화 도중에 죄송합니다. 대장, 이제 곧 개시할 때입니다."

"응응, 알았어."

그렇게 말한 뒤 노엘은 흰개미당의 인원에게 손을 들어서 신호 보냈다. 바하르 군의 진영에 불을 지르라는 신호였다. 잘 타는 마른풀을 가져다 놓고 기름을 끼얹어서 불화살만 쏘면 타오르는 간단한 발화 장치다. 상대가 화계를 거리낀다는 것을 대충 알 수 있었던 만큼 가끔은 기대에 보답해줘야 하지 않겠는가. 소규모의 화재인지라 상대에게 딱히 피해를 가하기는 어려울 터이나 괴롭히는 것이 목적이니까 문제없었다.

흰개미당의 궁병, 그리고 노엘도 활을 겨누고 발화 장치에 불화살을 쏘아 박았다. 겸사겸사 선두에서 달리는 바하르 기병에게도 화살을 쏘아 박다가 낙마시키기도 했다. 시끌시끌하게 소동이 난 바하르 군의 대열이 이쪽으로 방향을 바꾼다. 그러나 울창한 숲이 가로막기에 이곳까지 단박에 달려들기는 꽤 어려웠다. 게다가 상대는 복병까지 경계하면서 이동해야 하는 처지였다.

"오늘은 이만하고 다음 장소로 가자. 다른 적들도 썩어 넘치도록 많으니까."

"넷!"

노엘은 후퇴 신호를 보내고 풀숲에 몸을 숨겨서 철수를 개시했다.

자유롭게 행동 가능한 입장에 놓인 노엘은 이제 본인의 의도대로 즉각 작전을 실행할 수 있었다. 그동안 일일이 허가를 받아야 했고 어떤 행동을 하든 일단은 상관의 뜻을 확인해야 했지만, 속박에서 벗어난 노엘은 실컷 자유를 만끽했다.

노엘이 도시를 탈환하는 방법은 단순 명쾌했다. 적에게 빼앗은 바하르의 깃발을 내세워서 모반했다고 지목된 소도시를 당당하게 방문한다. 군복이 코임브라의 복식이어도 윌름의 휘하라고 알리면 어떤 의심도 없이 문을 열고 들여보내줬다. 이런 상황에서 굳이 코임브라의 편을 드는 인물 따위는 물론 없을 테니까 당연하다. 윌름에게는 이래저래 빚이 많았기에 미리 이런 식으로 조금씩 갚아줘야 했다.

"주민들 분위기는 어때?"

"처음에는 덜덜 떨다가도 지금은 얌전하외다. 우리가 코임브라 사람이라는 말을 듣고 안심했는갑죠."

도르커스가 대답했다. 손쉽게 도시로 진입했던 노엘은 면회를 온 영주를 그 자리에서 구속, 동요하는 수비병의 무장을 거둔 뒤 재빠른 몸놀림으로 제압을 마쳤다.

노엘은 바하르 군에 위병(僞兵)의 계책을 거듭 반복하는 한편, 모반한 도시의 함락 작전을 병행하여 실시했다. 도시에는 물자가 있고 휴식할 만한 장소도 마련돼 있다. 확보 가능한 자원을 이용했을 뿐. 이제는 아군이 아닌 만큼 어떻게 처리하든 상관없겠다.

함락시킨 도시는 이번이 다섯 번째였다. 언뜻 어처구니없다는 느낌이 들 법도 하나 당당한 거짓말은 무척 효과적인 수단이었다. 누가 적인지 누가 아군인지 알 수 없는 현 상황에서 피아를 식별하자면 내걸고 있는 깃발을 보는 방법뿐이다. 아마도 괜찮을 테지, 다른 사람은 몰라도 나는 무사하리라는 여유가 방심을 낳는다. 아예 전선에 나간 경험도 없는 영주, 수비대는 긴장감의 흔적조차 찾아볼 수 없었다. 그 부분을 치고 들어가는 것은 바하르 군을 상대하는 작전과 비교하면 훨씬 더 수월했다.

"그렇구나. 다행이야, 잘됐어. 반항하면 귀찮을 테니까."

둘러본 바로 주민들은 집에 틀어박힌 채 나오려고 하지 않았다. 본래 별달리 번화한 곳은 아니었으나 마치 폐허처럼 적막했다.

"저 녀석들에게는 배짱도 없소이다. 지금쯤 재앙이 닥치지만 말라고 죽을 둥 살 둥 태양신에게 매달리고 있을 테지요."

"불쑥 기도한다고 하느님이 다 도와주면 세상은 훨씬 행복할 텐데."

"거 아주 옳으신 말씀입니다."

노엘이 중얼거리자 주위의 흰개미당 인원들이 연신 고개를 끄덕거리면서 동의했다.

"대장, 슬슬 영주 놈을 처리해도 될깝쇼?"

"물론이지. 배반자는 빠짐없이 죽여야 해. 평소처럼 목을 베어서 걸어 놔."

"알겠수다!"

"여기 영주는 제법 발이 넓은 인물이기에 이용하는 방법도 있을 텐데요?"

리그렛이 재차 확인해도 노엘은 고개를 가로저었다.

"신용할 수가 없으니까 관둘래. 틀림없이 금방 또 배반할 거야. 이제 와서 별 쓸모도 없고. 그러니까 얼른 목을 쳐버리고 끝내자."

노엘은 자신의 목을 엄지손가락으로 쓱 그어 보였다. 디르크가 했던 말이다. 군법은 꼭 지켜야 한다. 배반 행위의 대가는 오직 죽음뿐. 그렇다면 신속한 사형이 올바르지 않을까. 디르크는 이제 죽고 없다지만 하다못해 생전의 당부는 지켜주고 싶었다. 가능한 범위

안에서.

"그러면 처형 방법은 제게 맡겨주실 수 있나요?"

무엇인가 발상을 떠올린 듯한 리그렛이 거무칙칙한 미소를 짓는다.

"뭐, 괜찮은데. 어떡하려고?"

"애써 퍼뜨린 악귀의 명성을 더욱 잘 활용하자는 생각이 들어서요. 시도할 가치는 있을 겁니다."

"으음. 뭔가 걱정은 되지만, 영주를 처형하는 방법은 리그렛한테 맡길게. 미안, 도르커스."

"아니, 전혀 문제없수다. 그러면 도시 수비대 녀석들은 거하게 겁 좀 주고서 풀어주기로 하겠소."

"응, 두 번 다시 검을 들기 싫어질 만큼 철저하게 버릇을 들여 놔. 팔 하나 정도는 부러뜨려도 괜찮겠다."

"그럴 작정이외다. 그나저나 1개월 전까지는 아군이었잖소. 세상 참 씁쓸하다고 할까, 아주 진력이 납니다그려."

"세상은 원래 그런 법이잖아. 깊이 고민하면 피곤하니까 그만두는 게 좋아."

노엘이 도르커스에게 수통을 받아 들고는 입으로 가져갔다. 수통 안에는 원기를 자극하기 위한 술이 들어 있었다. 잔뜩 마실 수는 없는 노릇이겠으나 조금은 마셔도 문제없었다.

"어디든 판을 벌여서 성대하게 술잔치를 열고 싶군. 이렇게 홀짝홀짝한들 뭘 마신 기분도 안 든단 말이오."

"아하하, 전쟁이 끝나면 아주 들이붓고 마시자. 그때는 신시아도 꼭 데려와야지."

"신시아 님을 데려온다면 또 혼쭐이 나지 않겠소?"

"응, 분명히 혼날 거야. ……같이 있으면 잔소리가 시끄럽고, 다른 데 있으면 되게 쓸쓸하더라. 어휴, 계속 전투만 치러야 하는 처지도 제법 지치는구나."

노엘은 거창하게 한숨 쉬었다.

"전투가 원래 그런 게 아니겠소. 대장에게는 정취 깊은 행사일지도 모르겠는데, 보통은 고통스럽고 괴로운 법이라오. 나는 오래도록 보르크 광산에서 숨어 지냈던지라 잘 알지요."

"응, 경험하고 나서 깨닫게 되는 교훈도 있구나. 여러모로 많이 배웠어."

도르커스의 말에 노엘은 맞장구를 쳤다.

노엘은 함락시킨 도시의 주민에게는 관대한 태도로 대우했다. 참수형에 처하는 대상 또한 영주뿐. 아예 일족을 전부 몰살하지도 않는다. 수비병은 다소의 벌을 가한 뒤 풀어줄 뿐 주민들을 약탈하지도 않았다. 노엘은 그들을 아군은 아닐지언정 적도 아닌 존재라고 간주하기로 했다.

"……아, 술을 더 마시고 싶어라."

노엘은 한 잔만 더, 영주가 고이 모셔 둔 와인을 유리잔에 따랐다. 쭉 들이켜자 떫은맛과 쓴맛이 입속에 퍼져 나갔다. 조금은 단맛을 기대했던 터라 낙담했다. 달콤할 듯한 외관과 달리 내용물은 기대에 못 미쳤기에 물을 마셔서 입가심했다.

"……대장, 이번에도 도시에 직접 화공은 안 하는 방침으로 부탁드리겠소."

"같은 말 자꾸 안 해도 제대로 기억하고 있어. 안 한다고 약속했으니까 절대 안 해. 나는 절대로 약속을 깨뜨리지 않아."

노엘이 입을 삐죽거렸다. 같은 소리를 거듭거듭 귀찮도록 듣는 것은 별로 좋아하지 않는다. 안 믿어준다는 기분이 들어서였다. 그렇다 해도 이번만큼은 어쩔 수 없는지도 모르겠다.

노엘이 수비대는 몰살, 도시와 전답은 완전히 불태우겠다고 말했을 때 도르커스는 격노했다. 당장 칼부림을 벌일 기세로. 만약 동료가 검을 휘두르면서 달려들 경우 자신은 과연 어떻게 대응할까? 살해당해서 죽고 싶지는 않으니까 역시 반격하지 않았을까. 또한 싸워서 죽인 다음에 슬퍼했겠지. 아마도 그랬겠지.

"면목 없소. 다만 도저히 다짐을 안 받을 수가 없는지라."

"도르커스는 정말 좋은 사람이네. 분명히 좋은 아버지가 될 거야!"

노엘이 그렇게 말하면서 부둥켜안자 도르커스가 술을 뿜었다.

"……거 놀리지 마쇼. 심장이 멎는 줄 알았군."

"머리는 하얗고 얼굴은 새빨갛네. 재미있어라!"

"대장! 적당히 좀 하라니까!"

"아하하, 미안. 내가 장난이 좀 지나쳤어."

노엘은 웃음 지으면서 몸을 떼어 냈다.

"거참, 내게도 체면이란 게 있단 말이오. 지킬 건 지킵시다."

"헤헤, 두령. 왜 자꾸 히죽히죽하시오?"

"시끄럽다!"

맨 처음 노엘은 영주가 배반했다면 그 도시 전체가 배반했다는 인식을 갖고 있었다. 적은 한 사람이라도 적어야 좋다. 당연히 수비병은 몰살이다. 거점도 물자도 상대에게 고스란히 넘겨주기는 몹시 아깝다. 배반한다면 이렇게 된다는 본보기를 보이기 위해서라도 모조리 불살라버리는 것이 좋다는 생각이었다. 악귀 운운하면서 저절로 퍼져 나가는 평판에 더욱 살을 붙여주자는 생각도 했다.

그러나 동료 도르커스가 강하게 반대하고 나섰다. 「영주가 배반했을 뿐 주민들은 아무 관계가 없다. 주민들의 터전을 불사른들 아무것도 바뀌지 않는다. 오히려 적이 늘어날 뿐이다」라고. 또한 「대장은 이전에 코임브라를 두고 자신의 성이라고 말했다. 그렇다면 그 성에 사는 사람을 괴롭히는 건 잘못된 짓이다」라고도.

아하, 납득이 되었던 터라 노엘은 함락시킨 도시에 불을 놓지 않겠노라고 순순히 약속했다.

"그러면 필요한 만큼 회수한 다음 도시 주민들에게 다 나눠 주자. 어차피 운반도 못하고, 원래 사람들이 일해서 마련한 물자니까."

"매번 묻는 말이오만, 정말로 다 나눠 줘도 되겠소? 일단 넘기고 나면 두 번 다시 안 돌아올 텐데."

"매번 하는 대답이잖아. 괜찮아, 이제 곧 이 도시에도 바하르 군이 올 테니까. 걔네한테 넘어가는 꼴은 못 봐."

노엘은 불을 놓는 대신에 영주가 세금으로 징수했던 물자를 주민들에게 전부 분배하기로 결정했다. 전부 들고 이동하자니 어림이 없는 데다가 그렇다고 두고 간다면 바하르가 접수하리라. 그럴 바에야 선심을 써서 다 분배한다면 기분도 더 좋다. 만약 바하르가 들이닥쳐서 주민들에게 나눠 준 물자를 거둬 간다면 확실하게 반발 감정이 발생한다. 훗날을 위한 싹을 심어 두는 안배도 나쁘지 않고,

무엇보다 노엘은 어떤 손해도 보지 않는다. 지금뿐 아니라 추후를 감안하여 행동하라는 것. 태양제가 남긴 가르침 중 하나다. 태양제를 존경하는 마음 따위야 티끌만큼도 없으나 이왕 상황이 갖춰진 만큼 실행해보기로 했다.

"……이 도시까지 온다고 치면, 슬슬 때가 된 거요?"

"응, 이제 곧 할 거야. 기습을 가하려면 전에 말했던 그 장소밖에 기회가 없을 테니까. 숨을 만한 장소도 잔뜩, 게다가 길이 좁아서 싫어도 대열이 늘어지거든. 방해꾼 기병도 자유롭게 못 움직이잖아. 정말 절호의 장소라고나 할까?"

도르커스의 물음에 품에서 보물 안경을 꺼내 쓰고는 머리가 좋아 보이는 동작을 취해 보였다. 이 안경을 쓰면 실제로 머리가 맑아지는 기분이 든다. 게다가 문득 신시아의 설교까지 들리는 기분이 드는 까닭에 괜히 즐거워졌다. 그래도 혹시 망가지면 큰일이니까 평소에는 고이 간수해 둔다.

노엘의 현재 목적은 바하르 태수 아밀의 목이었다. 아밀을 죽이지 않는 한 이 열세를 뒤집을 방도가 달리 없을 테니까. 최후까지 온 힘을 다할 작정이기는 하나 노력만 갖고 전부를 뒤집어엎을 수 있다고 맹신할 만큼 바보는 아니었다.

습격 지점은 카난 가도 중반의 산간 지대. 산속에 몸을 숨기고 최전열에 양동을 걸어 동요가 발생했을 때 아밀이 위치하는 집단에 노엘의 본대가 돌격한다.

이때를 위해 노엘은 거듭거듭 교란 행위를 되풀이했다. 경계는 엄중해졌다 해도 긴장감을 쭉 유지하자면 지치는 법이다. 피로를 강제함으로써 적의 사기를 끌어내리는 것이 목적이었다. 사기가 떨어지면 규율이 흐트러지고 방심이 발생한다. 사람 마음은 별수 없다고 헌병장도 말했으니까 틀림없다.

그리고 빈번하게 화계를 펼친 이유는 적에게 화계의 위협을 철저하게 심어 넣고 싶어서였다. 양동 부대가 불을 지르는 시늉만 해도 적은 달려들 수밖에 없다. 소규모일지언정 좁은 길에서는 족히 치명상으로 작용한다. 싫어도 방해하고 추격에 나서야 한다. 아마도 대열의 복판에 있을 아밀의 다리가 멈춘다. 그때가 기회였다.

"좀이 쑤시는구려. 잘 먹히기만 하면 세상을 뒤흔들 큰 전공이오. 노엘 대장은 분명 쭉쭉 출세할 테고, 우리는 곧장 코임브라의 영웅이 되는 거지!"

"두령, 우, 우리도 영웅 소리를 들을 수 있는 거요?"

"당연하잖냐. 아밀을 쳐 죽이면 전부가 다 뒤집어진다. 그롤 자식이 어떻게 되든 알 바 아니다만, 바하르가 대혼란에 빠지는 건 틀림없지. 다시 일어서기 충분한 시간을 벌고도 남아."

이래저래 낙관이 지나친 듯싶기도 한데, 어쨌든 노엘은 달리 최선의 수단은 없다고 판단했다. 우선 바하르의 병사가 퇴각하는 것은 틀림없겠다. 그롤은 물론 이 전쟁의 책임을 추궁당하게 될 터이나 노엘의 입장에선 엘가와 신시아만 무사하다면 나머지는 아무래도 좋았다.

"……으음. 그래도 살짝 걸리네."

"뭐가 말이오?"

"정말 노림수대로 다 먹힐까? 적도 아주 바보는 아닐 텐데."

"왜 갑자기 약한 소리를 하쇼. 할 수 있는 준비는 전부 했잖소. 이제 기합을 넣고 덤빌 일만 남았소. 그 망할 계집한테 평소보다 더 우렁차게 나팔이나 불어 대라고 당부할 테니 아무런 걱정 마십시다."

도르커스의 말대로 노엘은 할 수 있는 준비를 전부 했다. 자부할 수 있다. 아밀의 목을 베어서 아예 판을 철저하게 다 휘저어 놓고 대등한 상황으로 몰아넣는다. 그롤이 뒤집어쓴 역적이라는 오명은 사라지지 않겠지만, 아밀의 즉위가 무산되면 이 전쟁의 의미는 완전히 없어진다. 아밀의 죽음은 노엘이 승리하기 위한 절대 조건이었다.

그러나 아무래도 날씨가 살짝 어정쩡했다. 본래 기습을 가하는 입장에서 시야가 악화되는 것은 유리한 요소이나 비는 달갑지 않았다. 나쁜 일은 반드시 비 내리는 날에 일어난다. 지금은 어떤 방향으로 변화할까 짐작이 안 되는 회색빛 하늘. 바라건대 날이 맑아졌으면 좋겠다. 최고는 맑은 날씨에 안개가 끼는 상황이겠지만, 그래서는 바람이 조금 지나치겠다.

"그래도 여기까지 온 이상 어쩔 수 없겠네. 응, 어쩔 수 없겠어. 해내야겠지."

노엘은 안경을 집어넣고 일어서서 도르커스에게 내일 출격한다고 말한 뒤 마지막 휴식을 가지면서 결전에 대비하라고 명령했다. 힘차게 답한 도르커스는 흰개미당의 인원들을 데리고 방에서 나갔다. 리그렛은 영주의 처형, 카이는 물자 확인 작업을 수행 중이다. 지금 방에 남은 사람은 노엘뿐이었다.

"왠지 심심하네. 그래도 지금은 힘을 아껴 둬야지."

노엘은 무의식중에 이마 보호대를 어루만지다가 두 뺨을 두드려서 다시 기합을 넣었다. 마음이 늘어지면 잘 풀릴 일도 꼬인다. 지금이야말로 힘을 발휘할 때였다. 적의 총대장 아밀을 친다. 모든 친구와 동료를 위해, 자기 자신을 위해서.

"정말로 나랑 같이 싸워주는 거야?"

"넷, 저희는 지원하여 이곳으로 찾아뵈었습니다! 디르크 천인장의 원수를 갚기 위하여, 그리고 코임브라를 지키기 위해서라도 아무쪼록 전열 한쪽에 자리를 마련해주십시오!"

"알았어, 앞으로 잘 부탁할게!"

출격 전날 밤, 주도 마들레스에서 2백의 증원군과 약간의 물자가 도착했다. 이제 노엘 부대의 총 병력은 1천. 일격을 가하는 데 충분한 인원수였다. 노엘에게는 기쁜 오산이었다.

이번 증원군은 마들레스에 귀환한 그롤의 뒷받침 덕에 편성됐다. 노엘이 고군분투하여 모반한 영주들을 잇따라 처단하고 있다는 소식을 듣고, 그 활약에 어떻게든 보답하고자 했던 까닭이었다.

그렇다 해도 간신히 편성을 마치고 보낸 인원은 디르크 부대의 생존자— 2백의 보병뿐. 제대로 된 물자를 들려 보내기도 버거웠다. 더 이상의 병력과 물자를 할애하면 마들레스의 방비가 허술해지기 때문이다.

마들레스의 항구는 리벨덤 해군이 접근함에 따라 해상 봉쇄가 이루어졌고 물자 유통도 역시 끊어져버렸다. 육상도 각 관문이 이미 제압되어 있는 상황인 터라 현재 보유한 물자를 잘 변통할 수밖에 없는 처지였다. 선단의 상륙을 해변에서 저지해야 함을 감안한다면 여분의 병력 따위는 전혀 없었다. 그런 곤경 속에서도 쥐어짜 내서 파견한 증원 부대였다.

덧붙이자면 화의 교섭은 비록 개시는 되었을지언정 극히 난항을 겪고 있었다. 빈 주도를 지키고 있던 페리우스는 패배 소식을 듣는 동시에 화의를 청하고 싶다고 그롤에게 연락을 보냈었다. 완전히 전의를 상실했었던 그롤은 요청을 허가, 페리우스는 직접 사절의 직분을 맡아 바하르 진영을 방문한 뒤 수면하에서 교섭을 개시했다.

승리를 확신하고 있는 바하르 측은 몹시 고압적으로 굴었고, 무조건 항복 이외의 길은 없다고 되풀이할 뿐. 교섭을 담당하는 페리우스 또한 당연한 요구임은 이해할 수 있었으나 적어도 그롤과 태수 가족의 안전, 코임브라의 장병에게 죄를 묻지 않겠다는 확약은 필히 받아 내야만 했다. 코임브라의 가신으로서 수치도 체면도 버리고 마지막까지 힘을 다하겠노라고 결의를 단단히 다지고 있다. 상대에게서 어떻게든 양보를 끌어내고자 페리우스는 아밀을 만나 집요하게 탄원을 반복했다. 위협에 굴하지 않고, 모멸의 시선을 내내 견디면서.

수차례의 교섭 후, 코임브라 태수 대행으로 임명된 윌름이 그의 천막을 찾아 지친 기색을 숨기지 못하는 페리우스에게 바하르 공 아밀이 보낸 최후통첩의 내용을 전달했다.

"자, 오랜만에 맛보는 진수성찬이니까 맛있게 먹고 즐기자! 건배!"

"건배!"

노엘은 새로 합류한 동료를 환경하기 위해 소소하게 식사 자리를 만들었다. 본래 출격 전 기운을 북돋아주기 위해 맛있는 대접할 계획이었던 터라 특별히 문제는 없다. 인원수가 늘어난 만큼 더욱더 떠들썩했기에 기꺼웠다.

술은 소량만 꺼내 놓았다지만 그럼에도 노엘은 기뻐하며 까불거렸다. 이토록 기분 흐뭇한 까닭은 그롤에게 둘이나 상을 받았기 때문이었다. 하나는 코임브라 주에서 가장 영예로운 훈장— 금륜 천칭 훈장을 수여받은 것. 천칭을 본뜬 정교하고 치밀한 장식과 당당한 금빛의 륜이 정말 훌륭한 만듦새였다. 상당한 활약을 펼치지 않는 한 수여하는 사례가 없었으나 이 시기를 놓치면 더는 두 번 다시 기회가 없으리라는 판단에 그롤은 결단 내렸다.

그리고 또 하나는 천인장 승진이었다. 상급 백인장을 생략하고 2계급 특진이다. 전달받은 그롤의 서찰에는 지난날 뒤집어썼던 누명으로 인한 경질의 건, 그리고 본인의 어리석음을 진심으로 사죄한다는 회한과 함께 자기 자신을 탓하는 말이 잔뜩 쓰여 있었다. 마지막에는 엘가를 잘 부탁한다고, 마치 유언과 같은 문장까지 있었다.

노엘에게는 그롤에 대한 충성심은 별반 없었으나 함께 싸우는 아군이라는 인식은 갖고 있었다. 봉급을 잔뜩 주기도 했고 자신이 머무를 곳을 군대에 만들어준 사람이기도 했다. 그러니까 승리를 거둘 수 있도록 간곡하게 진언한다거나 주제넘는 행동도 했다.

도르커스 등등은 「이제 와서 뭔 소리를 지껄이는 거냐!」라고 분개했기에 노엘이 자신은 괜찮다면서 열심히 달랬다. 상대도 뒤늦게나

마 사과를 했고 선물까지 줬다. 그러니까 이제는 괜찮다는 것이 노엘의 생각이었다. 나쁜 짓을 저질렀다면 고분고분 사과한다. 그리고 사과받은 사람은 웃는 얼굴로 용서해준다. 친구를 사귀는 기본이라고 일찍이 150번 소녀에게 배운 적이 있었다.

"아, 신시아도 천인장으로 승진했다나 봐. 나랑 똑같은 계급이야."

"축하드리오, 대장! 진짜 이제 와서 뭔 짓인가 싶긴 하오만, 어쨌든 축하할 일이기는 하군. 자, 기분 좋게 한 잔 더 마십시다!"

"고마워, 도르커스. 아차차."

빈 유리잔에 흘러넘치도록 술을 따라준다. 이번이 마지막 잔이라고 노엘은 결정했다. 내일 전투에 만에 하나라도 악영향을 끼쳐서는 안 된다. 도르커스와 다른 사람들도 그쯤은 분별해서 즐길 것이다. 평소와 마찬가지로 떠들썩해도 술의 소비량은 몹시 적었다.

"……뭔가 잘못됐어. 왜 나만 찬밥이야. 나도 꽤 활약했을 텐데? 대체 왜 승진 대상에서 빠진 거야?"

"엉? 웬 웃기는 소리를 하고 자빠졌냐? 네년 아비가 누구인가 그 유쾌한 머리통으로 잘 떠올려봐라. 대장이 아니었다면 네년은 일찌감치 처형당했다고."

기막혀하는 도르커스의 목소리. 리그렛도 진심은 아니었던 듯 살짝 혀를 차고 넘겼다. 단지 아무런 말도 안 하려니까 답답했을 테지. 이런 자리에서도 순순히 축하한다는 말을 못 하는 것이 리그렛의 리그렛다운 바탕이었다.

"흥, 그딴 작자는 이미 연을 끊었거든? 하필이면 나를 함정에 빠뜨리다니. 기필코 복수할 거야."

"그래그래. 뭐, 앞으로는 되도록 말버릇 좀 조심하면서 살아라. 특히 혀 차는 소리는 귀에 거슬리니까 두 번 다시 하지 말고."

"쳇, 진짜 매사에 시끄럽게 구네. 이러니까 도적 출신은 싫단 말이야."

"어이쿠, 말을 꺼내자마자 이 모양인가. 역시 콱 죽여버려야 했거늘."

"흥, 아쉬워서 어쩐데?"

리그렛과 도르커스의 재미있는 응수를 지켜보면서 저 혀 차기와 말버릇은 아마 안 고쳐지겠다고 느꼈다. 신시아에게 몇 번 철권을 얻어맞고도 노엘의 말투는 고쳐지지 않았다. 사람의 본성은 쉬이 바뀌지 않는 법이다. 같은 계급에 오른 만큼 철권의 횟수는 줄어들 것도 같다만, 어쨌든 분명 거침없이 날아들리라. 그래도 나름 재미있을 테니까 아무 문제가 없었다.

"짜잔~ 이게 천인장 표시랍니다. 어때, 멋있지! 이 훈장도 예쁘기는 한데 쓸데없이 덩치만 크고!"

천인장의 계급장과 훈장을 곧바로 군복에 꿰매 붙였던 노엘은 여봐란듯이 내보이면서 웃는 얼굴로 병사들 사이에 끼어들었다. 기본적으로 천진난만하고 붙임성 좋은 성격을 지닌 노엘은 병사들 사이에서 인기가 높다. 게다가 강할 뿐 아니라 부하를 내버리는 짓은 하지 않는다. 병사들은 박수갈채와 함께 노엘 천인장 만세, 하고 환호했다. 앞날은 전혀 안 보일지언정 지금 이 순간이나마 온 힘을 다하여 살고 즐겨야 할 때는 즐기자고 각오를 다진 모습이었다.

"에헴, 천인장이올시다!"

"정말 근사합니다! 제가 평생 모시겠습니다!"

"아하하, 고마워!"

노엘이 병사들과 함께 웃고 있자니 너도나도 축하의 말을 전하겠다면서 병사들이 잇따라 몰려든다. 그들 한 사람 한 사람에게 고맙다고 답례할 뿐 아니라 노엘은 어깨를 토닥여주고 힘내자면서 격려의 말을 아끼지 않았다.

"그나저나 대장은 예쁘장하고 몸매도 멋진데 말이야."

"음, 유감스럽게도 색기가 없지! 어이구, 정말 유감스럽군!"

젊은 병사가 이마를 감싸 쥐고 탄식한다. 살집은 문제가 없고 용모도 단정하다. 외모만 보고 한눈에 반하는 자도 잔뜩 있을 것이다. 그러나 일단 내면을 알면 연애 대상으로 아예 안 보이게 된다. 성격이 어린아이와 다를 바 없어서다. 희로애락을 곧바로 표출하고 평소 말투는 도무지 군인답지 않다.

그럼에도 무엇인가 신비한 매력이 있다. 맑은 날에는 생기발랄하고, 비 오는 날에는 죽도록 기분 나빠한다. 그러면서도 귀신과 같은 무력과 살벌함, 또한 적군을 태워 죽이는 잔인한 책략마저 구사할 때가 있다. 코임브라의 지휘관 중 이토록 기묘하면서 은근한 매력을 발휘하는 인간은 이제까지 없었다. 실로 균형이 맞지 않는 인물이기에 젊은 병사들은 팔짱을 낀 채 침음했다.

"내 딸도 저렇게 기운 넘친다면 좋겠군. 그럼 하루하루가 즐거워서 아주 살맛이 날 게야."

"으음, 과연 그럴까? 철퇴를 들고 거하게 난동 부리면 말릴 방도가 없단 말이지. 게다가 대장은 방화가 특기일세."

"아니, 뭐, 요란하고 좋지 않은가. 어린아이는 저 정도로 기운이 넘쳐야 좋은 게야."

"엉, 그런가?"

"뭐, 죽든 살든 마지막 최후까지 재밌잖겠나. 진짜 빌어먹을 전쟁이기는 한데 어쨌든 조금이나마 의미가 있는 듯싶으이."

"대장의 말을 빌리자면 전쟁은 재미있는 게 아니라 정취가 깊다하더군. 뭔가 함축이 있는 말 같지 않은가?"

"엉, 그런가?"

"아니, 뭐, 꽤니 의미심장한 말 같으이."

연배 있는 병사들이 흐뭇하게 미소 짓고 바라본다. 북부 출신의 이자들은 코임브라의 영광도 몰락도 두루 맛봤다. 딱히 미래에 대한 기대도 갖고 있지 않았고, 앞날이야 어찌 되든 될 대로 되겠지 하는 낙관론자였다. 이러한 인간들의 눈에 노엘과 같이 굳세고 생기가 두드러지는 삶은 매력 넘치는 바람직한 모습으로 비쳤다.

즐거운 식사를 마친 뒤 노엘은 점령했던 도시를 내버린 채 전 병력을 이끌고 카난 가도의 험지로 이름난 야비츠 고개를 목표로 출발했다. 이 지점은 비록 가도은 정비되어 있을지언정 주위 경사가 급하고 울창한 덤불이며 높지막한 나무가 무성하게 자라난 곳이다. 실제로 도적 및 곰, 늑대 따위도 다수 출몰하는 험지이기에 여행자들은 지금도 제법 두려워한다.

"어디 보자."

　가랑비가 내리쏟아지는 야비츠 고개의 높은 곳에서 노엘은 눈 아래의 가도를 내려다봤다. 이미 바하르 군은 행군을 시작했고, 태양의 깃발을 드높이 내건 선봉 부대가 아래쪽으로 지나가고 있었다. 여기에서 조금 떨어진 서쪽의 장소에는 도르커스와 휘하 병력을 3백 배치했다. 노엘의 신호와 함께 불을 질러서 행군 대열의 선두를 혼란으로 몰아넣는다. 그러면 진로가 막힌 아밀의 본대를 노엘이 급습하는 계획이었다.

　"……대장. 이제 곧 아밀의 본대가 다가듭니다. 저 깃발은 아밀을 나타내는 문장이 틀림없습니다."

　세 개의 일륜에 십자로 배치한 검. 리그렛의 말에 따르면 저것이 아밀의 문장이라고 한다. 태수로 임명받은 직후부터 이미 제위를 노려왔다는 증거라고도 말할 수 있다던가. 아밀의 야망은 실현의 직전 단계까지 이루어졌다고 리그렛은 살짝 체념하는 어조로 설명했다. 더는 막을 방도가 없다고 판단한 듯싶었다. 물론 노엘은 아직 포기하지 않았다.

　"그렇게 황제가 되고 싶은 걸까?"

　"그야 그렇겠죠. 이 대륙의 지배자가 될 수 있잖아요. 따지고 보면 이 전쟁도 역시 제위 계승 전쟁이나 마찬가지, 역적 운운은 전부 구실에 지나지 않습니다."

　"흐음. 별로 잘 모르겠는데."

　"당신만 그런 겁니다. 아무튼 천인장 계급에 오른 만큼 조금이나마 긴장감을 가져보세요. 백인장에 불과한 제 말 따위는 이제 듣는 척도 안 하겠다는 겁니까?"

"에이, 빠짐없이 듣고 있는걸."

리그렛의 야유를 흘려듣고 노엘은 망원경으로 아밀의 본대를 관찰했다. 근위병으로 짐작되는 기병 및 보병이 지나간 다음 두 필의 마차로 끄는 전차대가 뒤를 따른다.

"저 안에 있는 걸까? 살짝 귀찮겠네."

"궁병을 경계해서 짠 배치겠지. 황제의 좌가 보이는 이때, 불쑥 화살을 맞아 어이없게 전사한다면 우스갯소리도 못 될 테니까. 이래서는 직접 부딪칠 수밖에 없지 싶네만."

카이가 꾹 눌러 죽인 목소리로 말했다.

"활로 저격하는 방법도 괜찮을 것 같았는데. 역시 확실하게 죽이려면 냅다 덮쳐서 목을 베어야겠네."

노엘은 활도 다룰 줄 알지만, 특기라고 할 만한 수준은 아니었다. 이 거리에서 일격으로 숨통을 끊을 자신은 없었다. 게다가 비가 내리는 상황인지라 손가락이 조금 미끄러웠다. 다른 사람은 신경 쓰지 않더라도 노엘은 신경 쓰여서 견딜 수가 없었다. 아마도 쏴 봤자 빗나가리라.

"아마도 제일 호화로운 저 전차에 타고 있겠지. 지휘관에게 어울리는 근사한 깃발을 세워 놓았군."

"응, 쓱 봐도 알겠어. 눈에 잘 띄라고 금박까지 붙여 놨잖아. 내가 대장이라고 당당하게 선언하는 것 같아."

"그렇게 하면 아무래도 사기가 올라가죠. 자신은 적을 전혀 두려워하지 않노라고 아군에게 과시하는 겁니다."

리그렛이 수고스럽게도 효과에 대해 가르쳐줬다.

금박 장식을 붙인 전차가 자신이야말로 총대장일지어다, 라고 강조하면서 다가든다. 이제 슬슬 도르커스에게 신호한 뒤 작전을 개시해야 하는 시기였다. 별동대가 적의 걸음을 묶고, 노엘이 지휘하는 7백의 병력이 달려 내려가서 목을 친다. 비록 적의 총수가 5만일지라도 이 지점만 놓고 본다면 노엘의 병력이 더 많았다. 분명 모든 조건이 계획대로 들어맞았다.

"……관찰한 바로 적의 경계는 허술하네. 가랑비뿐 아니라 조금이나마 안개까지 끼었군. 다시없을 호기회일세. 산악 지대는 우리 겐부 병사들의 안마당과도 같은 지형이지. 습격한다면 틀림없이 무찌를 수 있겠어."

카이가 습격 개시를 제안했다. 그 표정에서 자신감이 엿보인다. 리그렛도 뒤따라서 말했다.

"그야말로 신께서 돕는 상황이죠. 지금 치면 틀림없이 성공합니다."

"……으음. 어떡하지. 있잖아, 왠지 엄청나게 불길한 예감이 들거든."

"웬 잠꼬대를 하는 겁니까? 이 상황에서 공격을 개시하지 않는 게 말이나 되나요."

리그렛이 경멸의 표정을 짓고 노려본다. 승기가 보인 까닭에 웬일로 의욕이 넘치는가 보다.

"그야 그렇기는 한데."

"이제까지 미끼를 뿌렸던 게 전부 이때를 위해서였죠? ……당신이 정히 결정을 못 하겠다면 내가 신호하죠. 전원, 준비하세요."

리그렛이 손에 들고 있었던 나팔을 불어 올리려고 했다. 노엘은 반사적으로 손을 뻗어서 제지하고 말았다. 비난의 시선을 보내는 리그렛. 그러나 노엘은 손을 떼지 않는다. 떼어 내면 큰일이 벌어진다.

"……어떡하지."

"노엘 공, 지휘관은 그대요. 어찌하든 간에 그대가 결정할 일. 우리는 단지 따를 뿐이네."

"꾸물대지 말고 어서 공격해! 망설이는 사이에 기회가 사라진단 말이야. 빨리 신호를 안 보내면 흰머리 아저씨가 못 움직이잖아!"

거친 말투로 쏘아붙이면서 리그렛이 노엘을 책망했다.

실제로 옳은 말임은 분명하다. 지금 안 움직이면 이런 기회는 두 번 다시 오지 않는다. 지금이 최대이자 최후의 습격 기회이니까. 이 이후는 넓게 트인 평야가 이어지는 만큼 아밀의 주변에 항상 엄중한 호위 부대가 따라다닐 것이다.

—그럼에도, 노엘은 불안했다.

너무나도 상황이 잘 들어맞았다. 적은 매번 번번이 노엘의 계책에 걸려들었고, 속절없이 습격을 당해 혼란에 빠지면서 점점 더 피폐해졌다. 지금 자신들이 사지에 들어왔다는 사실을 정녕코 적은 알아차리지 못했을까? 그롤에게 계책을 써서 함정에 빠뜨렸던 아밀이 정녕 알아차리지 못했다는 말인가? 승리를 거두고자 심사숙고하는 사람은 자신 혼자가 아니련마는.

노엘의 머리가 휙휙 돌아갔다. 신시아가 함께 있었다면 어떤 말을 했을까. 아마도 리그렛과 같은 소리를 꺼냈을 듯싶었다. 공격해야 한다고. 지금 안 움직이면 역전의 불가능하다. 마지막 기회다. 신시아였다면 벌써 돌격을 개시했겠다. 기사도를 중시하는 신시아라면.

 그러나 노엘은 신시아가 아니었다. 따라서 자신의 판단으로 확실하게 숙고함으로써 방안을 도출해야 했다. 단지 누군가의 흉내만 낸들 지휘관의 역할을 수행할 수 없다. 신시아에게 붙잡힌 채 억지로 주입당해야 했던 가르침 중 하나다.

 노엘은 말없이 10초만 짧게 고민한 뒤 간신히 결론 내렸다.

 "작전 중지. 이대로 철수하겠어. 리그렛, 돌격 나팔은 절대로 불지 마. 불면 기절시켜서라도 멈출 테니까."

 "무, 무슨 소리를——."

 "질문 받아줄 시간이 없어. 당장 물러날 거야. 도르커스한테 즉시 전령을 보내."

 도르커스에게 공격 중지의 뜻을 알려야 했다. 신호를 받지 않는 한 도르커스는 공격을 개시하지 않는다. 작전은 분명 그렇다. 다만 다시없을 기회라고 판단한 뒤 독단으로 돌격에 나설 가능성이 있었다. 스스로 판단할 줄 아는 부분이 도르커스의 장점이기도 했고 동시에 단점이었다. 전령을 보내기 위해 병사를 불러들였다.

 "자, 잠깐만. 설령 천인장일지라도 이적 행위는 용납되지 않아. 공격을 중지하는 이유라도 설명해!"

 "불길한 예감이 들거든. 게다가 가랑비도 내리고. 엄청나게 기분 나빠."

 "그, 그게 전부야? 비가 좀 내린다고 이보다 더 좋을 수 없는 기회에서 공격을 안 하겠다는 거야?"

 "나한테는 충분한 이유야. 거짓말을 해도 된다면 적당한 이유를 둘러댈 수는 있어. 그래도 시간이 아까우니까 되도록 하고 싶지는 않네. 내 말 알아들었으면 빨리 전령을 보내주겠어?"

대답을 듣고 분노로 얼굴을 새빨갛게 물들이는 리그렛. 곧 폭발하겠구나 싶어서 노엘이 귀를 막으려고 했을 때, 저편 도르커스가 잠복한 주변에서 비명과 노성이 들려왔다.

"무, 무슨 일이야?!"

"역시나. 매복을 당한 건 우리였구나."

"……실로 유감스럽게도 노엘 공의 감이 맞아떨어졌군."

"설마, 적이 복병을? 이 장소를 어떻게 알고?!"

"적은 인형이 아니니까 우리가 사용할 만한 계책을 당연히 예측하겠지. 나는 감쪽같이 함정에 빠졌던 거야. 그래도 역전을 위한 방법이 달리 안 떠올랐거든. 저쪽 입장에서는 뻔한 수법을 반대로 이용하면 그만이니까 대응도 쉬웠겠네."

"하, 함정? 그럼 오히려 우리가 뭣도 모른 채 유인당한 거야?!"

"그렇게 되겠네. ……리그렛, 그리고 다들. 작전은 실패했어, 정말 미안해."

노엘은 머리 숙여서 사죄한 뒤 나팔에서 손을 떼고 옆쪽에 놓아두었던 이지창을 잡아 들었다.

"잠깐만, 설마 구하러 갈 작정은 아니겠지. 이 인원수로 원군을 가는 건 무모해! 흰머리한테는 미안하지만 이미 손쓸 시기를 놓쳤잖아, 지금은 우리만이라도 도망치는 게 상책. 그게 지휘관의 올바른 판단이라고!"

"작전 실패는 내 책임이야. 나는 동료를 절대 내버리지 않아. 도르커스도 다른 병사들도 소중한 동료인걸. 게다가 만약 자신이 버림받는다면 슬프겠지?"

"그, 그런 이유로?"

"싸우기에는 충분한 이유잖아."

노엘은 단호하게 말한 뒤 전율하는 리그렛, 그리고 침묵을 지키고 있던 카이에게 모종의 명령을 내렸다.

복병에게 공격을 당한 도르커스의 별동대는 혼란 상태에 빠져 있었다. 기습을 위해 잠복 중이었건만 반대로 습격을 당한 만큼 당연한 결과였다. 흰개미당의 인원들은 곧장 응전에 나섰으나 코임브라의 병사들은 유감스럽게도 움직임이 둔했다. 노엘 부대에 소속됨으로써 사기는 높아졌지만, 적의 민첩한 움직임에 제때 대응하지 못했다. 검은 갑옷을 걸친 적 병사들에게 눈 깜짝할 사이에 베여 나뒹군다.

"젠장! 이놈들, 흑양기인가! 말이나 타고 일찌감치 지나쳐 갔다면 좋았을 텐데!"

"두, 두령!"

"자, 버티면 원군이 온다! 흰개미당의 저력을 보여줘라!"

"이봐, 네가 지휘관이냐? 좋아, 냉큼 죽어버려! 우리를 방해하는 놈은 모조리 다 목을 쳐주마!"

소리 높여서 질타하는 도르커스를 노리고 날카롭게 대검을 내리후린다. 도르커스가 허둥지둥 몸을 젖히면서 본인도 대검을 들어 올리고 대치했다. 상대는 다른 적과 마찬가지로 검은 갑옷을 입었다. 다만 투구는 쓰지 않았고, 짤막한 갈색 머리가 유난히 눈에 띄었다. 여자 같지가 않을 만큼 근육 다부진 체격임은 갑옷을 걸쳐 놓아도 알아볼 수 있었다. 이렇다면 대검을 거뜬히 휘둘러 대는 완력도 납득이 간다. 여자가 어쩌고 방심했다가는 즉각 살해당한다.

"요즘은 여자가 아주 강해져서 진짜 곤란하군. 대장이라든가 네년도 마찬가지다! 젠장, 세상이 어찌 돌아가려고 이러나!!"

"너희 대장이 노엘인가 하는 년이지? 내 형제를 잔뜩 죽였다고. 그 여자, 기필코 죽여버릴 테다!!"

"어이쿠, 어림없다. 이 망할 계집아!"

"앙?! 곧 망할 놈은 너잖냐!"

도르커스는 분노에 몸을 떠는 여자의 일격을 다시 막았다. 충격 때문에 손이 떨린다. 물어 죽일 것처럼 사나운 표정이었기에 도르커스는 그만 기가 죽었다.

'이, 이 녀석, 진짜로 세군! 힘만 보자면 대장과 비슷한, 아니, 더한 수준인가?!'

"인마, 뭐하냐. 막기만 하면 못 이기잖아! 악귀의 부하라면 조금은 싸울 맛이 있어야 하지 않겠냐!!"

"끄, 끄흑! 제, 젠장!"

웃음 지으면서 여자는 거듭거듭 내리찍었다. 대검의 이가 빠진다. 서서히, 그러나 확실하게 기세에서 밀리고 있다. 이대로 가면 두 번쯤 더 공격을 받았을 때 도르커스는 대검째 머리가 박살 나게 되리라. 그러나 빠져나가려고 해도 다른 병사들 또한 흑양기를 상대하느라 애먹고, 아니, 되레 밀리고 있다. 적들은 마치 장난을 치는 듯 보이기도 했다. 언제든 죽일 수 있음에도 일부러 괴롭히는 양상이었다.

"몇 명은 살려서 악귀의 위치를 캐내주겠어. 단 네놈은 쳐 죽인다. 나를 망할 계집이라고 불렀겠다, 여기서 뒈져!"

"헹! 거 미안하게 됐다, 망할 계집아. 네 꼬락서니를 보니까 어디에 가도 남자는 제대로 못 만나겠군."

도르커스는 무심코 도발의 말을 내뱉고 말았다. 여자가 이빨을 드러내면서 살기를 발출한다. 찔러서는 안 되는 부분이었나 보다.

"이 망할 놈!! 그 흰머리를 당장 빨갛게 물들여주마!!"

여자는 있는 힘껏 대검을 치켜 올렸다가 혼신의 일격을 내리 휘둘렀다.

─죽음, 강렬한 예감에 휩싸였던 그 순간 누군가가 도르커스의 등을 걷어차더니 곧바로 여자에게 몸통 부딪기를 감행했다. 여자는 땅바닥에 안면을 세차게 들이받고 코피를 줄줄 흘리면서 분노에 젖어 몸을 부들부들 떨었다.

"젠장, 아파라! 너는 또 뭐야, 빌어먹을!"

"살짝 늦었구나. 그래도 더 이상은 절대 죽이게 두지 않아."

철제 이마 보호대로 박치기를 먹인 노엘이 살의를 담아 노려본다.

"네년이 악귀가 어쩌고저쩌고 지껄여 대는 암퇘지냐! 나, 나는 흑양기 부장 레베카다, 형제의 원한을 뼈저리도록 새겨주마!!"

"저기, 코피 나오는데."

"시, 시끄러워!!"

노엘이 자신의 콧등을 손가락으로 가리키자 도발로 받아들였던 레베카가 격앙했다. 코의 출혈이 더욱 심각해졌기에 안면이 새빨개진다. 분노 때문에 집중력을 잃어버렸다.

"멈춰라."

상대하던 병사를 해치우고 파리드가 달려와서 레베카의 어깨를 세게 붙잡았다.

"파리드 형! 이년은 내가 죽일 테니까 형은 다른 놈들한테 가!"

"아니, 한창 흥분한 지금의 너는 오히려 당할 가능성이 있다. 저 자는 내가 대신 맡도록 하마."

"그런 게 어디 있어! 이년은 내가 죽일 거야!"

반론하는 레베카의 머리를 후려갈기고 파리드는 손가락을 들이밀 었다.

"닥쳐라, 내 명령에 복종해라. 너는 포위망을 펼쳐서 적의 퇴로를 끊도록. 악귀를 유인하는 계책은 성공했다. 이제 이곳에서 확실하 게 처단하는 일만 남았지."

"그, 그래도! 원수를 눈앞에 두고 어떻게 물러나라고!"

"대답 못 하겠나?"

"알겠어, 알겠다고. 아, 젠장!"

파리드라고 불린 검은 투구에 검은 갑옷의 남자가 이 자리에 남았 다. 투구 틈으로 피처럼 붉은 머리카락이 엿보인다. 그렇다, 흡사 노엘와 같은 색깔의 머리카락.

"도르커스, 이 틈에 병사들을 구해줘."

"그, 그런데 대장, 저 근육 여자에게 퇴로를 끊으면 도망칠 길이 없소!"

"빨리 움직여!"

노엘은 도르커스를 걷어찬 다음 빨리 가라고 지시했다. 그리고 눈앞에 있는 남자를 상대한다.

"네 무용은 익히 소문을 들었지. 나는 바하르 군 천인장이자 흑양기의 대장을 맡은 파리드라고 한다. ……너는?"

"코임브라 군 천인장, 노엘. 얼마 전에 막 승진한 계급이지만."

"그렇다면 축하의 말을 전해야겠군."

"어머나, 고마워라!"

노엘이 가볍게 웃었을 때, 특유의 붉은 머리카락이 그제야 파리드의 눈에도 들어왔다. 이제껏 오직 노엘의 움직임과 이지창에 주의를 집중했던지라 미처 알아차리지 못했었다. 평범하게 대화 나누는 듯 보임에도 일순간일지언정 긴장을 풀 수 없었다. 물론 노엘도 마찬가지다. 빈틈을 내보인다면 틀림없이 목청을 꿰뚫린다는 사실을 잘 알고 있었다.

"뭐지, 너도 붉은 머리인가?"

"아하하, 짝 맞춤이네."

"별 우연도 다 있군. ……그래, 악귀의 이름도 몸소 경청했겠다, 서로의 역할을 다하도록 하자!"

그렇게 말한 뒤 파리드가 창을 사리살짝 찔러 넣는다. 노엘은 자신의 창으로 급히 걷어 냈다. 그동안에도 파리드는 거리를 좁히고 있었고, 노엘의 몸통에 강력한 발차기를 날렸다.

"큭."

"끝까지 잘 보아 놓고도 몸이 제때 반응을 못 하는군. ……뭐지, 묘한 느낌이야. 이런 경험을, 전에도 분명—"

파리드가 일순간 움직임을 멈춘다. 노엘은 곧장 태세를 다시 갖추고 이지창을 찔러 넣으며 역습했다. 파리드는 전부 예상했다는 듯이 신체를 비틀어서 회피한 뒤 창의 물미를 노엘의 머리에 때려 박았다. 붉은 머리카락을 스쳤으나 직격은 모면했다. 그러나 회전시킨 창날이 다시 덮쳐든다. 역시 지면을 볼품없이 구름으로써 간신히 회피. 다만 반격을 위한 기회가 노엘의 눈에 보이지 않는다. 손을 쓰면 곧 빈틈이 되는 까닭에 뒤이어 몸을 꿰뚫리는 광경이 머릿속에 떠오를 뿐이었다.

"이 공격을 피할 줄이야. 과연, 악귀처럼 두려운 존재가 될 수 있었겠어."

"헉, 헉헉."

"그러나 너는 나를 이기지 못한다. 비록 내 움직임을 끝까지 보고 간파하더라도 네 몸이 따라오지 못하니까. 게다가 많이 지친 듯싶군. 체력에는 자신이 없나? ……그런 모습도 어딘가에서 본 기억이 있는 것 같은데."

파리드의 말처럼 노엘은 상대를 잘 볼 수 있었다. 노엘이 이제껏 살아남아서 전공을 세울 수 있었던 까닭은 끝까지 잘 봤기 때문이다. 신경을 전력으로 집중하여 상대의 움직임을 간파한다. 그렇게 하면 어쩐지 상대의 움직임이 느릿느릿하게 보이는 기분이 들었다. 그 동작에 맞춰 자신이 공격을 펼치면 대부분은 일격으로 해치울 수 있었다. 몹시 지치기는 해도 상대를 손쉽게 쓰러뜨릴 수 있는 노엘의 특기였다.

그러나 이 파리드라는 남자의 움직임은 잘 보이지를 않는다. 제아무리 신경을 집중시켜도 별 차이가 없었다. 오히려 자신의 움직임을 읽어 내는 것처럼 적확하게 공격을 펼친다. 피하는 것이 고작이었다. 이대로는 못 이긴다.

"아아아아아!!"

노엘은 하는 수 없이 견제를 섞은 공격으로 싸우겠다고 마음먹었다. 이렇게 하면 반격당하도록 빈틈이 생기지는 않는다. 허를 잔뜩 섞어 넣는 와중에 진실로 힘이 실리는 칼날을 숨겨 둔다. 노엘이 맨 처음 주입받았던 전투술. 잘 들여다봐도 어쩔 도리가 없다면 남은 것은 이 방법밖에 없었다.

셋, 넷, 다섯 번째 공격. 그리고 진짜 혼신의 일격. 몸을 반전시켜서 기세를 더해다가 파리드의 머리 부위로 전력의 후려치기를 날렸다. 이지창의 어느 부위에 적중되어도 족히 혼절할 만한 위력을 실은 회심의 일격이다. 이보다 더욱 강력한 공격을 펼치기는 노엘에게도 분명 무리일 만큼.

"나도 상대의 공격을 차분하게 관찰하거든. 방심도 하지 않아. 그러니까 너는 절대로 나를 이길 수 없어."

닿지 않는다. 파리드는 즉각 창을 버린 뒤 들이닥치는 공격에 검을 뽑아 들어서 가뿐하게 받아넘겼다. 정면으로 막아 냈다면 확실하게 자세가 무너졌을 텐데. 파리드는 노엘의 옆구리에 발차기를 날려서 강제로 자세를 무너뜨렸다. 곧장 덮쳐누른 뒤 검을 내리찍어서 찔러 죽이려고 했다.

그러나 파리드의 검도 닿지 않았다. 노엘이 짐승처럼 웃음 짓고는 검을 맨손으로 붙들었기에. 칼날이 손바닥으로 파고들어서 뚝뚝 피가 흐른다. 붉은 방울이 노엘의 얼굴에 떨어졌다.

그 순간 파리드의 뇌리에 어느 소녀의 표정이 스쳐 지나갔다.

"너, 너는."

"내게 패배는 오직 죽음의 순간뿐이야. 너보다 1초라도 오래 살면 내 승리지. 그러니까 이제 놓치지 않아."

노엘이 손에 더욱더 힘을 준 순간, 주위 덤불에서 불길이 솟아올랐다. 불길은 곧장 후방의 나무숲으로 옮겨붙었고 연기가 눈 깜짝할 사이에 병사들의 사이로 들어찼다. 고작 가랑비가 내린다고 꺼질 불길이 절대로 아니었다. 분명 사람의 손길이 닿은 화염이었다. 파리드의 머릿속에 카르나스의 연옥이 떠올랐다.

"화계라니? 설마 아군까지 함께 불태울 작정인가! 이대로는 너마저 불타 죽는다!"

불이 갑옷을 뜨겁게 가열한다. 딱딱, 귀에 거슬리는 소리가 터져나왔다. 숨이 답답하다. 카르나스 성채의 말로를 떠올렸던 파리드는 아래쪽에 있는 노엘의 얼굴을 봤다. 죽음을 각오한 탁한 눈이었다. 반시체에 어중간한 통증은 소용이 없다. 검을 놓고 옆쪽에 떨어져 있는 창을 주울까 싶었다만 그리하기도 어려웠다. 빈틈을 내보이는 순간 노엘은 파리드에게 몸을 날려서 함께 불길 속으로 뛰어들고자 할 테니까. 움직임이 보일지언정 회피 불가능한 공격은 있는 법이다.

"혼자 죽기는 좀 쓸쓸해도 모두와 함께라면 나는 괜찮아. 그러니까 너희도 전부 다 데려가주겠어."

노엘은 미친 사람처럼 웃었다. 제아무리 대단한 흑양기들도 연기에 휘말려서 괴로워하고 있다. 죽음은 비록 두렵지 않을지라도 이런 곳에서 불타 죽는 신세는 농담도 안 된다고 각자가 파리드에게 눈빛으로 호소했다. 레베카도 역시.

그때 퇴각의 종소리가 울려 퍼졌다. 아밀이 보내는 철수 지시였다.

"절대로 놓치지 않아. 너도 여기에서 같이 타 죽어버려."

"미안하지만 이런 곳에서 죽을 수는 없지! 흑양기, 즉시 철수한다!"

"졸병 놈들이 못 이긴다고 더러운 짓이나 하고! 네놈들 전부 잿더미나 돼라!"

검을 놓자마자 파리드는 재빨리 몸을 빼낸 뒤 흑양기를 데리고 언덕을 전력으로 내려갔다. 불길이 활활 타오르고 연기가 충만한 그 장소에는 바닥에 나뒹구는 코임브라의 병사들만 남겨졌다. 살아 있는가 죽어버렸는가 분간도 되지 않는다.

"대, 대장. 구하러 와주어, 고맙, 고맙소. 부, 불타 죽는 신세는 살짝 좀 싫지만 말이오."

"아하하, 나도, 싫거든? 이렇게 뜨거운 거, 정말 싫어."

"전원을, 길동무로 데려가는 거, 아니었소?"

"그, 그 말은, 그냥 허세야. 역시, 타 죽기는, 싫잖아."

슬슬 호흡이 괴로워졌던 노엘은 이제는 좀 위험하다는 생각이 드는 참이었다. 그때 귀에 익은 혀 차는 소리를 울리면서 리그렛이 병사들과 함께 달려왔다. 얼굴에 두꺼운 천을 두르고, 몸은 물로 흠뻑 적시고.

"정말 머리가 이상한 거 아니야? 적군과 한꺼번에 불을 지르라니, 제정신이 아니야!"

"그래도 내 말, 들어줬구나?"

"시, 시끄럽네! 망설일 틈도 없었단 말이야!!"

불분명한 목소리로 리그렛이 눈을 부릅뜨고 외친다. 연기가 들어
갔는지 조금 괴로워 보였다.

"주, 죽을 때까지, 마, 망할 계집의 귀에 거슬리는 목소리가. 으,
으, 재수도, 없군."

"시끄러워! 자, 살아 있는 사람들 빨리 옮겨! 나는 이 바보 여자를
옮길 테니까! 카이가 어떻게든 불이 안 번지도록 막고 있지만, 오래
는 못 버텨!"

거칠게 손을 내뻗는 리그렛의 등에 업혀서 노엘은 도르커스에게
말을 건넸다.

"흐, 흑양기는, 강하니까, 이 방법밖에 없을 테니까. 우, 우리가,
병력도 더 적고. 미안해."

"아, 아니, 어, 어쩔 수 없지, 않겠소. 신경 쓰지, 마쇼."

노엘이 리그렛에게 내린 지시는 연소석을 써서 화계를 실행하라
는 명령. 표적은 도르커스의 별동대가 몸을 숨겼던 장소이다. 당연
히 아군까지 휘말리게 될 터이나 흑양기를 따돌리기 위한 방법이
달리 없다고 판단했다. 노엘이 홀로 열심히 싸운들 흑양기와 맞닥
뜨리면 동료들이 잔뜩 죽어버릴 테니까. 따라서 아밀 습격이 실패
한 지금, 한 명이라도 많은 동료를 살리기 위한 방법을 선택했을
뿐. 화계를 준비할 때 한 군데 퇴로를 남겨 달라고, 그리고 마음이
내키면 구하러 와달라고 부탁했다. 명령이 아니라 부탁이었다. 리
그렛은 부탁한 대로 와줬다. 그러니까 노엘은 몹시 기뻤다.

"전부, 허세였지만, 모두와 함께라면, 쓸쓸하지 않다는 말은, 진짜야."

"거, 영광이오."

"시끄럽다고, 바보들아! 정신 사나우니까 입 좀 다물어!! 큰마음 먹고 왔단 말이야, 더는 죽는 꼴 못 봐! 그건 그렇고 웬 연기가 이렇게 독해! 이것도 전부 다 쓰레기 같은 윌름 때문이야!"

욕설을 내뱉으면서 안간힘을 다하여 후퇴하는 리그렛. 검은 연기가 가득 차오른 수풀 안쪽에서 노엘은 낯익은 얼굴을 발견하고 말았다. 피투성이가 되어 고통에 찬 표정을 수습하지도 못한 채 죽어 있는 헌병장의 시체를. 성격이 다소 거만하다 뿐 의외로 재미있는 사람이었다. 더 많은 이야기를 나누고 싶었건마는 이곳에서 죽어버렸으니 이제 두 번 다시 기회가 없다. 머지않아 화염에 휩싸여서 시체도 완전히 소각되어버릴 테지. 저들의 주검까지 옮길 여유는 없었다.

'같이 못 죽어줘서 미안해. 다들, 약속을 기억해줄까?'

노엘은 헌병장, 그리고 이 자리에서 목숨을 잃은 병사들을 위해 애도했다. 들키지 않게 살짝 눈물을 몇 방울 흘리고, 곧 얼굴을 훔친 뒤 죽을힘을 다하여 다리를 내뻗었다. 끊어지려고 하는 의식을 애써 붙들고 노엘은 리그렛에게서 떨어지지 않고자, 동료들을 놓치고 허물어지지 않고자 있는 힘껏 끝까지 달려 나아갔다. 그리하지 않으면 또 외톨이가 되어버릴 것 같았기에.

이렇게 야비츠 고개의 전투는 끝을 맞이했다. 전투 자체는 분명

소규모였다. 본래 아밀은 몇 명의 「대역」을 준비한 채 다녔기에 깃발 아래에 몸을 둔 자는 전부가 가짜였다. 이러한 위험 지대에서 마음을 놓을 만큼 어리석은 인물이 결코 아니었다. 만에 하나 노엘이 그대로 습격을 감행했다면 전차에서 근위병이 뛰어내렸을 테고, 주위의 덤불에 숨어 있었던 부대에 의해 완전히 포위되어 섬멸당했으리라.

적을 놓치고 만 아밀은 다소 불만에 찬 기색이었으나 파리드가 악귀 노엘을 압도했음을 알고는 손뼉을 치며 기뻐하면서 그 무용을 극구 칭찬했다. 화계의 정황을 보고받았을 때 아밀은 「진정 악귀는 두려워할 만하군」 하고 평가했다.

험지를 지난 바하르 군은 서진을 재개. 오직 마들레스를 목표로 전진했다. 이 앞쪽에는 미처 부흥을 이루지 못한 록벨이 있고, 그다음은 주도 마들레스를 남겨 두었을 뿐. 전쟁의 종언이 가까웠음은 이제 누구의 눈으로 봐도 명백했다.

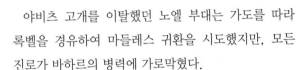

야비츠 고개를 이탈했던 노엘 부대는 가도를 따라 록벨을 경유하여 마들레스 귀환을 시도했지만, 모든 진로가 바하르의 병력에 가로막혔다.

노엘의 마들레스 입성을 허용했다가는 상황이 대단히 까다로워질까 염려했던 아밀이 선수를 쳤기 때문이다. 흑양기가 노엘의 진로를 차단하도록 병력을 배치하고, 견제가 들어오면 요격할 뿐 과한 추적은 절대로 삼가라는 방침 아래에서 이루어지는 방해 작전. 언뜻 소극적으로 보이기도 하나 자기 자신을 미끼 삼아서 적을 길동무 삼으려고 했던 노엘을 아밀은 강하게 경계했다. 만에 하나라도 오른팔이나 다름없는 파리드를 잃는다면 완전한 승리에 흠집이 난다. 이미 대세는 기울었으니 일부러 위험을 무릅쓸 필요는 전혀 없지 않겠는가.

그리고 전쟁의 마무리 단계에 착수했다.

"월름, 마들레스 공략의 선봉을 명한다. 훗날을 위해서라도 전공을 거두는 게 좋을 테지."

"넷, 황공무지로소이다. 저 월름에게 맡겨주십시오."

아밀은 월름을 선봉으로 세워 그롤이 농성하는 마들레스를 포위하라고 지시했다. 최후통첩을 받아들이도록 리벨덤 해군과 함께 압력을 가하기 위함이었다. 거부한다면 총 공격에 나설 작정이나 가능한 한 온전하게 점령하고 싶다는 마음도 있었다. 마들레스 항구는 대륙의 최서단. 문도노보 대륙 원정 때에 는 이 도시와 리벨덤을 출발 거점으로 활용해야 한다. 인원, 물자, 시설 따위를 고스란히 활용할 수 있다면 그보다 더 좋은 결과가 없 겠다.

한편 마들레스로 복귀하고자 했던 노엘은 이렇듯 집요한 방해 때 문에 진로 변경을 강제당했다. 병력은 피해를 받아 8백까지 숫자가 줄어들었다. 더욱이 지휘관 노엘도 손에 부상을 당한 처지였다. 강 행 돌파를 시도할 만한 상황이 아니었다.

부득이하게 마들레스 입성을 포기한 노엘은 일단 보르보로 이동 을 개시했다. 마들레스의 북부에 위치하는 이 도시는 아직껏 코임 브라의 지배하에 놓여 있었다.

다만 코임브라는 가망 없다고 판단한 영주가 이미 전 재산을 들고 도망쳤다. 보르크 광산의 금이 고갈된 이후 쭉 몰락했던 탓에 전략 상 딱히 중요한 거점도 아니었다. 바하르 군 또한 구태여 이 도시를 점령하려고 들지 않았다. 북쪽의 겐부도 아직껏 관문 주변에 병력 을 주둔하고 관망 중이다. 우연이 겹쳐 발생한 전력의 공백 지대라 고 말할 수 있겠다.

도중 노엘은 코임브라를 배반하고 돌아선 영주 및 귀족들에게 여 러 차례 습격을 받는 상황과 맞닥뜨렸다. 아밀이 위험시하고 있는 노엘을 격파하면 막대한 포상은 따 놓은 당상이잖은가. 그런 보물이 타격을 당한 상태에서 돌아다니는 데야. 모두들 욕망에 젖어 눈을 번뜩이면서 서둘러 긁어모은 1백 정도의 병력을 이끌고 의기양양하게 정면 공격을 개시했다.

"병력도 더 적은데 맨날맨날 정면으로. 그렇게 우리가 약해 보이는 걸까?"

팔짱을 낀 노엘은 상념에 잠겼다. 같은 수에 가까운 병력 규모를 갖췄다면 정면에서 정공법으로 부딪치는 방법이 꼭 어리석은 계책은 아니었다. 섣불리 기습을 펼치다가 실패하면 큰 패배를 겪을 가능성도 있다. 그러나 명백하게 열세인데도 굳이 지겠다고 와서 덤비는 행동은 당최 이해가 되지 않았다.

"아뇨, 그냥 싸울 줄을 몰라서 저러는 거요. 우리가 전투에 져서 달아나는 부대인 줄 알고 얕보는 게지요."

"겐부에서는 패전 무사 사냥이라고도 부르지. 농민들까지 두루 무기를 들고 적의 소지품을 모조리 빼앗고 목을 친다오."

패잔병을 죽이고 장비를 약탈한다. 운 좋게도 장수의 목을 거두어 바친다면 포상을 받는 경우도 있다. 카이의 말에 따르면 보상이 큰 만큼 위험함을 뻔히 알면서도 공격에 나선다고 한다. 영주가 솔선하여 이러는 경우는 들은 적이 없다는 설명 또한 이어졌다만.

"아하. 그런데 역습당해서 꽥 죽어버리면 의미 없지 않아?"

"거참, 동감이오. 영주가 할 일이란 모름지기 돈벌이와 접대가 전부 아니겠소? 제깟 놈이 뭘 안다고 싸우려 들어?"

"정말 바보네. 그게 다 편견이거든? 유능한 영주도 분명 있다고."

"공교롭게도 나는 본 적이 없군. 영주도 결국 귀족이잖나? 귀족은 전부 망할 놈팽이밖에 없단 말이지. 예를 들어서 네 녀석이라든가."

도르커스가 코웃음 치자 리그렛이 입가에 경련을 일으키면서 반론했다.

"신시아 님도 귀족이야. 나중에 그 말 꼭 전해줄게."

"그 사람은 귀족이어도 훌륭한 기사잖냐. 헤헤, 즉 예외란 말씀이지."

"흥, 그따위 변명이 과연 통하려나?"

"멋대로 지껄여봐라!"

"자자, 슬슬 움직이자. 리그렛, 퇴각 나팔. 다들, 일단 도망치자!"

노엘은 병력을 후퇴시켜서 도망치는 듯 가장했다. 적이 기세에 휩쓸려서 들이닥쳤을 때 좌우의 복병으로 일망타진. 어떤 특별한 전술도 구사하지 않았으나 이제껏 덤벼들었던 영주들은 모두 이 방법에 박살 났다.

실전 경험도 없고 제대로 지휘를 맡아본 적도 없는 귀족 따위야 노엘 부대의 적수가 되지 못한다. 협공을 받는 즉시 공황 상태에 빠져들어서 도주를 감행했다. 노엘은 제일 먼저 도망치려고 드는 높아 보이는 남자의 말에 활을 날려서 떨어뜨리고 포로로 잡았다. 역시 매번 치르는 행사였다.

"자, 잠깐만. 나는 코임브라 건국 이래로 쭉 유서 깊은 가문의—."

"쓸데없는 말은 안 해도 괜찮아. 제일 첫 번째 사람한테 이야기를 많이 들어 놨거든. 음, 또 하는 거지?"

"네. 시간이 아까우니까 당장 하죠. 자, 이리 끌어와."

"무, 무슨 짓을 하려는 게냐! 그만, 그만둬라! 죽이지 마라!"

리그렛은 병사들에게 병령해서 나무 말뚝에 묶어다 놓고 울부짖는 영주의 발치에 기름을 뿌린 뒤 불을 붙였다. 불이 조금씩 영주의 몸으로 옮겨붙는다. 그리고 겹겹이 쌓은 짚에 인화하자 단박에 불이 번져서 영주의 몸을 휘감았다. 포로의 비명과 영주의 절규가 메아리치고 메스꺼운 냄새가 바람을 타고 감돈다. 잠시 후 영주의 목소리가 완전히 사그라졌다.

다른 포로는 무력화한 후 도르커스에게 맡겨서 풀어주기로 했다. 당분간 싸우지 못할 상태로 타격을 줬다.

"죽고 싶지 않다면 영지에서 얌전히 지내는 게 맞지 않아? 왜 굳이 덤벼드는 걸까?"

"강한 쪽에 붙으면 자신도 강해진 줄 알고 착각하는 겝니다. 뭐, 결과는 보다시피 이런 꼴입죠."

"이제 슬슬 대장의 악명이 위세를 떨칠 무렵이군요. 악귀 노엘을 건드리면 화형을 당해 지옥으로 떨어진다고요. 이렇게 어리석은 자는 더 이상 나타나지 않을 겁니다."

득의양양한 리그렛. 으흠, 한껏 뽐내는 표정이었다.

"으음, 좋은 방법이 맞나 잘 모르겠어. 왠지 내 악명만 자꾸 퍼져나가는 것 같고."

노엘은 고개를 갸웃거렸다. 적의 습격이 거추장스러웠던 노엘에게 『제게 멋진 대책이 있습니다』라고 리그렛이 제안했었다. 붙잡은 영주를 화형에 처함으로써 제 힘을 분별할 줄 모르는 자의 말로가 어떻게 되는가 강렬하게 과시해주면 된다고. 먼저 점령했던 도시의 영주로 이미 실천을 했다고 한다. 어쨌든 시도라도 하자 싶어서 시켜봤는데 딱히 적의 습격이 줄어들지는 않았다.

"아뇨, 틀림없이 습격은 줄어듭니다. 게다가 본보기를 보이면 적의 사기가 떨어지죠. 그러니까 아무 문제도 없습니다."

"그런가? 그냥 귀찮은 작업만 늘지 않았어? 매번 장작을 준비하는 것도 큰일이잖아."

"전혀 문제 없습니다."

처형 준비를 하지 않는 리그렛이 말해도 설득력은 없다는 것이 노엘의 생각이었다. 그런 리그렛을 보고는 「저 녀석을 태워 죽이고 싶소」라고 도르커스가 요구했던 건에 대해서는 잘 달랜 다음에 각하했다.

그다음 날, 근처 소초로부터 습격을 받았다. 소초의 병사장이 배반했었나 보다. 가볍게 격퇴했다.

그 다음다음 날, 화형에 처해서 죽인 영주의 동생이 원수를 갚겠다는 명목으로 습격하러 왔다. 목을 한 번 찔러서 죽여줬다. 리그렛은 이럴 리가 없다고 몇 번이고 혀를 찼다.

그 다음다음 다음 날. 또 어딘가의 귀족이 습격하러 왔다. 귀찮아서 활로 쏴 죽이자 적은 금세 뿔뿔이 흩어졌다. 리그렛은 아예 얼굴을 외면하고 눈도 안 마주쳤다. 어떤 말이든 듣기 싫다는 눈치였다.

본보기는 분명히 효과적이었으나 카르나스와 달리 목격자가 적었다. 두려움을 품는 사람은 그 도시의 주민과 병사 정도일까. 그들의 입을 통해서 소문이 퍼질 때까지는 꽤나 긴 시간이 걸릴 것이다. 역시 효과의 여부는 미묘하다고 말할 수 있겠다.

노엘에게 비난 어린 시선을 받은 리그렛은 「이게 다 나중을 위한 포석이야. 그래, 천 리 길도 한 걸음부터잖아」라면서 자신을 타일렀다. 긍정적이니까 좋은 태도라고 칭찬해준 노엘은 답례로 회심의 혀 차기를 돌려받았다.

이러니저러니 열흘이 지난 뒤 노엘은 드디어 보르보에 도착했다. 영주가 도망쳐서 부재였기에 아무도 없는 공관에 멋대로 눌러앉았다. 노엘은 먼저 도시의 빈약한 방비를 강화하라고 지시, 주민들에게 돈을 치르고 통나무를 잘라다가 저지용 말뚝을 설치한 뒤 해자를 파서 다소나마 시간을 벌 수 있도록 했다.

아무 대비도 하지 않으면 적의 기병이 곧장 밀려닥친다. 이곳을 사수할 계획은 아니었으나 소수의 흑양기에게 엉망진창으로 농락당하는 사태는 피해야 했다.

"있잖아, 여기 주민들은 왜 피난을 안 가는 거야?"

"이 도시에 남아 있는 녀석들은 이미 세상 다 포기했기 때문이라오. 그날 하루를 산다 뿐이지 훗날을 기대하지 않는 거요. 이제 와서 갈 데도 딱히 없을 터이고, 내키는 대로 하고 다녀도 문제없소이다."

도르커스가 약간 동정의 빛을 내비치면서 답했다.

한때는 황금향이라고 불렸던 도시 보르보. 옛 영광에 잠긴 채 가난한 생활을 견디는 것이 이 도시의 주민들이다. 재기를 시도하려는 자는 이미 다른 지방으로 이주했다.

납득이 간 노엘은 알겠다면서 고개를 끄덕였다. 그리고 도르커스에게 방비를 단단히 하라는 것과 다른 명령을 하달했다.

"연소석 제조 말이오? 그야, 뭐, 상관없소만. 시간은 제법 좀 걸릴 거요."

"응, 상관없어. 그래도 가능한 한 많이 만들어줄래?"

"그 물건을 대량으로 조달해다가 도대체 뭘 태우려는 거요? ……설마 적에게 포위당한 마들레스를 태울 작정이시오?"

성 바깥에 불을 놓으면 포위에 가담하고 있는 부대에도 약간의 피해를 입힐 수 있을 테지만, 그 이상으로 코임브라의 사람들이 죽을 것이다. 도대체가, 그런 짓을 할 만한 의미가 전혀 없었다.

"아니야! 성을 태우면 신시아랑 도련님까지 죽어버리잖아. 잠깐 이걸 봐줄래?"

노엘은 화내면서 부정한 뒤 허리에 달아 둔 작은 단지를 꺼내 들었다. 갈색의 단지 뚜껑 바깥으로 새끼줄 비슷한 끈이 삐져나왔고, 그와 별도로 단지를 매달고 다니기 위한 줄을 묶어 놓았다. 새끼줄 비슷한 끈에 이지창의 끄트머리로 불을 붙여서 착화시키고 줄을 빙글빙글 회전시키다가 저 멀리 전방을 과녁 삼아 세차게 집어 던졌다.

몇 초 후, 폭음을 울려 퍼뜨리면서 단지가 터져 나갔다. 안쪽에서 불붙은 자갈이 지상으로 내리쏟아진다. 다행히 사람은 없었지만, 만약 누가 있었다면 심한 화상을 입었을 것이다.

"이, 이거 굉장하군. 저런 걸 맞았다가는 적도 눈깔이 튀어나오도록 놀랄 거요."

"광산에서는 이걸 써서 작업했던 거지? 어째서 투척 무기로 만들어서 쓰지 않았던 거야?"

"아니, 그게 말이오. 그곳이야 나무에 둘러싸인 곳이잖소. 이런 걸 집어 던졌다간 엄청난 산불이 난단 말이오. 그래서 바깥 사용은 엄금했소이다. 코임브라의 병사를 진짜 죽일 작정은 아니었기도 했고. 이 녀석은 사용 방법을 그르친다면 아주 큰일이 나오. 세상에 꺼내다 놓는 짓은 가급적 삼가야 한다 판단했습죠."

"아하. 그러면 어쩔 수 없었겠네."

호방하게 보이면서도 도르커스는 의외로 신중한 성격이다. 그 때문에 이제까지 살아남을 수 있었겠다.

"그래, 이 녀석을 잔뜩 만들자는 거요?"

"응.「아직」사람을 해칠 위력은 안 나오지만, 이런 걸 집어 던지면 많이 놀라겠지? 이걸 써서 마들레스의 포위망을 돌파하고 단번에 안으로 들어가려고. 그 밖에도 도발 용도로 쓸 만하고. 한창 잠 잘 때 던지면 짜증 날 거야."

노엘은 또 하나 단지를 꺼내 들더니 도르커스에게 집어 던졌다. 도르커스가 비명을 지르면서 허둥지둥 받아 든다만, 안쪽은 텅 비었기에 문제없었다.

마들레스가 결국 포위당하고 말았다는 소식을 들었을 때부터 노엘은 어떻게 해야 돌파가 가능할까 줄곧 궁리했다. 어떻게 해서든 신시아가 있는 곳으로 가고 싶었고, 또한 엘가를 지키기 위해 싸워야 했다. 약속은 반드시 지켜야 한다.

은근히 귀찮아하는 리그렛을 억지로 붙잡아 놓고 고민에 고민을 거듭한 결과 이 발상이 번뜩 떠올랐다.

적은 화계를 두려워한다. 그리고 그 부분을 최대한 이용하자면 연소석을 활용하는 방법이 제일이다. 게다가 보르크 광산은 이 도시에서 엎어지면 코 닿을 데에 있었다. 노엘은 이 단지를 노엘식 투척

탄이라고 이름 붙인 뒤 충분한 숫자를 갖추고자 마음먹었다.

너무 자주 사용하면 적도 의심스럽게 여기고 조사에 나설 것이다. 정체가 발각되면 놀라움은 반감된다. 그렇게 되기 전에 이 무기를 써서 큰 타격을 가하고 싶은 심정이었다.

명령을 받은 도르커스는 즉시 보르크 광산에 흰개미당을 파견하여 연소석 채굴과 제조를 개시했다. 대량으로 숫자를 갖추자면 1개월은 걸린다. 노엘 부대의 임무는 그때까지 시간을 끄는 지연작전이다.

중간에 바하르 군의 사절이 와서 순순히 투항하는 것이 상책이라고 거만하게 말을 늘어놓았다. 노엘은 말과 다리를 써서 사절을 걸어찼다. 그 광경을 본 노엘 부대의 병사들은 냅다 환성을 질렀고, 어째서인지 보르보의 주민들까지 몹시 즐거워했다. 분명 막다른 곳에 몰린 처지인데도 전혀 비장하지 않은 사람들을 보면서 노엘은 만족스럽게 고개를 끄덕였고, 리그렛은 혀를 차더니 땅이 꺼져라 한숨을 쏟아 냈다.

그와 달리 답답한 분위기가 감돌고 있는 마들레스 성의 알현장. 얼굴은 병자처럼 핏기가 없고 볼이 홀쭉하게 여윈 그롤을 찾아 바하르 측의 사절 자격으로 윌름이 나타났다. 윌름의 복식에는 코임브라의 문장이 아닌 영예로운 홀시드 제국의 태양 문장이 달려 있었다. 이미 코임브라의 신하가 아니라고 선언하는 것처럼.

"흠, 오랜만입니다, 그롤 님. 어디 보자, 트라이스 강 이후 처음 뵙던가요. 후후, 무사하니 정녕 다행이외다."

월름의 조소에 그롤은 격앙하여 입술을 꽉 깨물었다. 심로를 못 이기고 줄곧 울적함에 시달렸으나 월름을 앞에 두자 지난날의 분노 가 한꺼번에 터져 나왔다.

"배반자 놈아, 잘도 내 앞에 낯짝을 들이미는구나! 수치를 안다면 지금 당장 자결하라!"

"군의 최고 지위에 있던 장군이 어찌 제일 먼저 배반 행위를 저지 른단 말인가! 그 죄는 백번 죽어야 마땅하오!"

"부자가 나란히 기사의 긍지를 내다 버렸군!"

"이런 매국노를 보았나! 수치를 알라!"

가신들도 욕설을 쏟아부었고 비난의 시선이 집중됐다. 그중 한 사 람, 신시아도 배알이 뒤틀리는 기분이었다. 자신도 노성을 지르고 싶었으나 그랬다가는 분을 못 이기고 검마저 뽑아 들 것 같았기에 애써 견뎌야 했다.

"큭큭, 자결이 대체 웬 말이오? 내 긍지와 충성심은 이 태양의 문 장이 증명해주고 있잖소. 올바른 판단, 올바른 행동을 했다는 증거 지요. 그리고 우리 그란블 가문의 최고 영예가 되었소. 수치를 느낄 만한 이유가 무엇 하나도 없구려."

"이리도 뻔뻔할 수가 있는가! 월름, 지난 전쟁이 전부 네 사주가 아니었더냐! 우리를 패배로 이끄는 것도 모자라 심지어는 아밀에게 꼬리를 흔들다니! 네놈, 도대체 언제부터 배반자 노릇을 했나!"

"하하하, 「이끌었다」는 말씀은 참 이상한 표현이시군. 전쟁을 결 단한 자는 바로 당신이었잖은가. 그리고 나의 제안을 받아들인 자 도 당신이었소. 이 사태를 초래한 장본인은 최고 지휘관, 즉 당신의 책임이지. 내가 책망을 들은 까닭은 전혀 없소이다. ……흠, 언제부터였는가, 그 시기는 당신의 상상에 맡기도록 합시다."

코웃음 치는 윌름. 죽을힘을 다하여 분노를 꾹 눌러 참았던 신시아도 결국 인내가 바닥나서 검을 뽑고자 손을 뻗었다.

"역적 주제에! 거기 가만있거라! 내가 그 목을 베어주겠다!"

"흠, 나를 죽이려는가? 시드니아의 친구였던 나를? 내 친히 갖은 관심을 보이며 귀관을 돌보아줬었건만. 비록 여아로 태어났음에도 그 지위를 손에 넣을 수 있었던 까닭은 전부 내가 주변을 정리해준 덕분이 아니었는가."

"닥쳐라! 아버지가 살아 계셨더라면 분명 똑같은 말씀을 하셨을 것이다! 이 자리에서 네 목을 베어서 죽은 자들의 영전에 바치겠다!"

"마음은 이해가 되나 진정하게, 신시아 공! 분명히 윌름 공은 가증스러운 변절자, 한데 지금은 바하르의 특사가 아닌가! 화평 교섭을 진행하기 위해서라도 대화가 우선이다!"

"하, 하오나!!"

"당장 물러나시게!!"

페리우스의 일갈에 신시아는 자칫 발검할 뻔한 손을 멈췄다. 분노에 젖어 손이 떨림에도 이를 악물고 간신히 견뎌 댔다.

"흥, 지금 나는 코임브라 태수 대행의 지위를 갖고 있다네. 즉 역적은 본인이 아닌 자네들일세. 그 부분을 각별히 유념하도록 하게."

"윌름 공, 대화를 진행하고 싶군. 피차 이 이상 시간 낭비를 할 이유는 없지 싶소만."

신시아만 홀로 분노를 견디고 있는 것은 아니었다. 페리우스도 역시 똑같은 심정이다. 그러나 교섭은 필히 진행해야 한다. 저쪽에서 제시하려는 조건의 내용은 이미 알고 있었다. 뒷일은 그롤의 판단에 달렸다. 마지막 판단은 주군에게 일임하겠다고 페리우스는 각오를 다지고 나와서 섰다.

"바하르 공 아밀 님께서 화평을 받아들이기 위해 제시하신 조건은 셋이오. 하나, 즉각 마들레스의 문을 개방하고 아군과 해상에 있는 리벨덤 선단 인원들의 입성을 수용할 것. 그때 저항하려는 낌새를 결코 보이지 말 것."

"……."

"둘, 모든 코임브라 병력의 즉각 무장 해제, 아울러 전투 행위의 중지. 이 조건은 보르보에서 농성하고 있는 노엘 부대에도 물론 적용되오. 노엘이 투항하지 않는 한 화평은 절대로 용납하지 않겠다고 아밀 님께서 직접 말씀하셨소."

윌름은 사리살짝 불만을 내비치면서 발언했다. 윌름은 목을 바치도록 요구하는 것이 옳다고 극구 주장하였으나 아밀은 결국 물리쳤다. 그런 조건을 통보한들 악귀는 틀림없이 산야로 종적을 감출 터인데, 괜한 불씨만 키우는 셈이 아니겠느냐는 이유를 들어.

"……마지막은 무엇인가."

"셋, 분란의 수모자 그롤 바르데카는 일련의 전쟁에 대한 모든 죄를 인정하고 순순히 심판을 받을 것. 그리하면 처자식에게는 손을 쓰지 않을 것이며 전 장병의 목숨을 보장하겠다는 것이 아밀 님의 말씀이시오. 그 눈으로 직접 확인해도 좋소."

윌름이 품에서 서찰을 꺼내 그롤에게 내보였다. 서면을 생기가 없는 표정으로 확인한 뒤 그롤은 쉰 목소리로 되물었다.

"전 장병들과, 또한 사라와 엘가의 목숨을 보장해주는 것은 분명한가?"

"물론, 틀림없소이다. 단 당신은 이 무익한 전쟁을 일으킴으로써 수많은 피해자를 만든 장본인이 되어 죽어주셔야겠소. 홀시드 제국을 거역한 어리석은 역적이라는 오명은 당신이 홀로 떠안아야 한다오. 무능한 당신께서도 족히 감당할 만한 마지막 소임이겠군."

"……."

"도련님과 부인분만큼은 확실하게 구해드리겠노라고 나 윌름이 약속드리는 바요."

윌름이 비웃음을 머금은 채 고했다. 말이 없는 그롤을 대신해서 신시아가 거친 목소리로 외쳤다.

"헛소리, 이따위 조건을 어찌 받아들이란 말인가! 분명 전쟁을 일으킨 것은 코임브라였다. 그러나 근본 원인을 따지면 바하르의 모략 때문이잖은가! 하다못해 공평한 조사가 선결되어야 마땅하다!"

"신시아, 이제 되었네."

"태수님, 당신 한 분의 책임이 아닙니다! 이런 결말로 끝난다면 죽은 자들이 너무나 원통합니다!"

"……이제 다 되었다. 더 이상 불필요한 희생은 필요하지 않아. 죽음을 맞은 자들에게는 내가 직접 용서를 청하도록 하지."

"태수님!!"

"내 목숨 하나로 장병들을 살릴 수 있다면 그리하는 것이 최선이구나. 그뿐 아니라 연좌가 마땅함에도 사라와 엘가의 목숨을 보장

해주는 것도 보통은 어림없는 조건이잖은가. ……이리된 이상 아밀에게 항복하고 순순히 심판을 받도록 하마. 이것이 내가 태수로서할 수 있는 마지막 소임일세."

그롤은 담담하게 말한 뒤 깊숙이 고개를 끄덕였다. 각오가 선 표정을 짓고 있었다.

"하오나, 노엘은 아직 싸우고 있습니다. 그 녀석은 절대 포기하지않습니다. 도련님을 위해서 전력하고, 함께 행복을 손에 넣자고 노엘은 약속했습니다. 마지막 최후의 순간까지 노엘은 필시 저항할것입니다!"

"……정말이지 면목이 없을 따름이다. 노엘의 가장 큰 불행은 섬겨야 하는 주군을 잘못 선택했다는 것뿐. 전부가 다 나의 책임, 정말이지 대할 낯이 없구나."

"아닙니다, 아직 전쟁은 끝나지 않았습니다! 마들레스는 두 겹의성벽을 둘러싼 요새, 보르보에 있는 노엘과 협력한다면 1년은 더 싸울 수 있습니다. 최후까지 철저 항전으로 맞서겠다는 각오를 보이면 더 좋은 조건으로 화평을 맺을 수 있습니다!"

노엘은 약속을 절대 깨뜨리지 않는다. 그 사실을 잘 아는 신시아는 그롤에게 재고를 촉구했다. 아직 마들레스에는 1만의 병력이 있다. 마들레스의 방비는 견고하니 수비에 철저한다면 대군으로 밀어닥치더라도 1년은 충분히 버틸 수 있었다. 그동안 교섭을 벌여 유리한 조건을 끌어내면 된다.

한 번의 교전조차 없이 마들레스를 넘겨주는 것은 어불성설이다. 무엇을 위해 디르크는 결사대의 역할을 자처했단 말인가. 무엇을 위해 노엘은 분투를 이어 나가고 있는가. 코임브라의 병사들은 무엇을 위해 죽어야 했는가. 이래서는 너무나 원통하지 않은가.

"신시아, 귀관은 젊네. 작고한 부친 시드니아를 닮아 참으로 용감하군. 그러나 더 버틴다 한들 아밀 님께서는 결코 양보하지 않으실 걸세."

"코임브라와 관계없는 인간은 끼어들지 말고 가만 계시오!"

"나는 코임브라의 인간이다! 사리사욕에 치달은 행동이 아닐지니!"

윌름이 일갈하자 신시아도 지지 않겠노라고 거친 목소리로 외쳤다.

"내통을 벌인 작자가 이리 뻔뻔한 말을 하는가! 태수 대행의 지위를 대가로 받아 내고자 한 짓이 아니었던가!"

"코임브라의 안정을 위함이다! ……신시아여, 네가 주장하는 헛된 저항 때문에 발생할 수많은 피해자의 앞날을 헤아리거라. 마들레스는 견고한 성, 저 무능한 자가 지휘해도 아마 반년은 버티리라. 그러나 백성들이 받을 피해는 이루 형용할 수가 없을 터. 귀관은 그 많은 사람들의 생명을 책임질 수 있단 말인가?"

"망발 집어치워라! 너의 비겁한 배반 행위로 얼마나 많은 코임브라의 백성들이 죽은 줄 아는가!!"

"전부가 코임브라의 장래, 그리고 백성들의 생명을 지키기 위한 결단이었네. 죽은 자들이 가엾기는 하나 그들을 위해서라도 전쟁을 조기에 종결시키고 싶은 마음이군. 물론 귀족에게는 훗날 충분한 보상을 베풀도록 하지. 나 또한 나름의 책임은 질 작정이다."

윌름이 타이르는 어조로 신시아에게 말을 건넸다. 윌름은 신시아를 마음에 들어 하기에 이런 전쟁으로 죽게 놓아둘 마음은 털끝만큼도 없다. 어떤 악담을 듣든 간에 죽은 친구의 하나 남은 딸을 해칠 의도도 없었다.

"네놈의 말을 어찌 믿을까!"

"일시적인 감정에 휩쓸리지 말고 냉정하게 헤아려보거라. 보르보에서 농성하는 노엘과 힘을 더하여 다소나마 시간을 더 벌 수는 있겠지. 그러나 승산이 없는 전쟁임은 명백하잖느냐. 그 부분은 전선에 있던 귀관이 더 잘 알겠지. 마지막까지 싸우고 싶은 마음은 족히 이해가 된다. 그러나 기사로서도 정녕 올바른 판단이더냐?"

"……큭."

입술을 꽉 깨무는 신시아에게 그롤이 얼굴을 들고 말했다.

"이제 되었다, 신시아. 귀관과, 그리고 마지막까지 나를 따라준 자들의 충성에는 진심으로 감사하는 바이다. ……윌름, 아밀에게 모든 조건을 수용하겠다고 전하라. 우리는 내일 당장에라도 성문을 열고 병력들의 무장 해제를 실시하겠다. 신시아 천인장, 노엘의 설득은 귀관에게 맡기겠네."

"……하, 하오나, 노엘은 분명 따르지 않을 겁니다!"

"혹여 노엘을 설득하는 데 실패한다면 그때는 나와 처자의 목숨을 바쳐 장병들의 목숨을 구걸해야겠지. 설령 노엘이 내 명을 거역할지라도 어쩔 수 없는 일이다. 나는 노엘과 얼굴을 마주할 만한 입장이 아니기에. 하물며 탓할 수는 없는 노릇이지."

죽은 사람처럼 핼쑥한 얼굴로 작게 중얼거리는 그롤. 이제는 싸울 의지도, 재기를 꾀하겠다는 야심도 남지 않았다. 제 죽음을 완전하게 수용한 모습이었다.

"실로 훌륭한 결단이시오, 그롤 님. 지금 판단이 당신이 코임브라의 태수 자리에 오르고 나서 보여준 가장 훌륭한 행적이겠군. 나 윌름, 진심으로 감복하였소이다."

윌름이 입가를 비뚤어뜨린 채 손뼉을 치자 그롤은 분한 기색으로 쏘아봤다.

"……윌름. 나는 분명히 무능하였으나 머지않아 네놈에게도 응보가 떨어지리라. 결코 잊지 말도록 하라."

"큭큭, 아주 기묘한 말씀을 하시는군. 먼저 우리의 기대를 배반한 자는 당신이오. 아니, 배반의 연속이라 말한다 해도 과언이 아니로군. 응보든 죗값이든 감당할 자는 당신뿐. 내가 책망을 들을 까닭은 전혀 없소이다!"

"……."

"당신의 모든 불행은 기량도 갖추지 못한 주제에 태수 임명을 받은 데서 비롯되었소. 뒷일은 우리 코임브라의 사람에게 맡겨주시지요. 기필코 부흥을 이룩하여 옛 번영을 되찾겠소이다. 당신은 무덤 속에서 그 광경을 느긋하게 바라보시면 되오. 그렇지, 도련님과 부인분께는 적당한 거처를 마련하여 없는 사람처럼 살도록 조치할 테니 아무쪼록 안심하시길."

윌름은 기분 좋게 웃음을 터뜨리더니 침묵을 지키고 있는 페리우스과 가신들을 일별한 뒤 당당하게 알현장 바깥으로 떠나갔다.

그롤이 비틀비틀 일어서서 종자들에게 부축을 받아 물러난다. 가신들도 이제 운명은 결정되었노라고 체념이 어린 얼굴이었다.

신시아는 망연자실하여 한동안 가만히 못 박혀 있다가 이윽고 명령받은 임무를 수행하기 위해 걸음을 옮겼다. 방금 전 윌름을 베어 죽일 수도 있었다. 필시 기분은 후련했겠지. 그러나 수만 백성의 죽음으로 대가를 치러야 했을 터. 전쟁이 끝나지 않을 테니까.

노엘이라면 어떻게 했을까. 아마도 실행에 옮기지 않았을까. 단순 명쾌하고 거침없는 성격이니까. 본심을 말하자면 신시아도 노엘과 함께 계속 싸우고 싶었다. 그러나 그롤은 이미 마음을 정하고 말았다. 더 이상의 불필요한 희생은 막겠노라고, 아울러 엘가와 사라의 목숨만큼은 살리고 싶었을 그 심경을 차분한 사고가 돌아온 지금 와서는 뼈저리도록 통감할 수 있었다.

'정말이지 부조리가 너무도 많기에 견딜 도리가 없는 세상이로구나. ……안 그런가? 노엘.'

신시아는 땅이 꺼져라 숨을 내뱉고 어느 한 가지 결의를 굳혔다.

그리고 한 시간 후, 신시아는 자신의 부대 백 명을 데리고 마들레스를 나섰다. 이미 연락을 받았는지 성의 포위가 일시적으로 풀려 있었기에 신시아 부대는 곧장 전진할 수 있었다.

목적지는 북부의 도시 보르보— 노엘이 농성하고 있는 코임브라의 영광과 몰락을 상징하는 지역이었다.

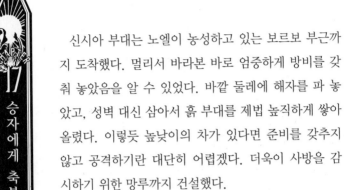

신시아 부대는 노엘이 농성하고 있는 보르보 부근까지 도착했다. 멀리서 바라본 바로 엄중하게 방비를 갖춰 놓았음을 알 수 있었다. 바깥 둘레에 해자를 파 놓았고, 성벽 대신 삼아서 흙 부대를 제법 높직하게 쌓아 올렸다. 이렇듯 높낮이의 차가 있다면 준비를 갖추지 않고 공격하기란 대단히 어렵겠다. 더욱이 사방을 감시하기 위한 망루까지 건설했다.

짧은 날 동안 영락한 도시가 전투용 요새처럼 모습을 바꿨다. 가로로 뻗어 펄럭이는 두 철퇴의 깃발을 보면 바하르 군 병사들은 전의가 제법 꺾여 나가리라.

'역시 노엘은 철저 항전의 준비를 갖춰 놓았군. …… 약속은 반드시 지키는 녀석이니까.'

신시아는 느릿하게 부대 병력을 전진시켰다. 너무 서두르면 적군으로 오인한 궁병에게 공격을 받을지도 모른다.

아니나 다를까, 망루에 있던 감시병에게 발견된 듯 요란한 경종 소리가 울려 퍼졌다. 즉각 흙 부대 위쪽으로 노엘의 병사들이 늘어서더니 활을 쥐어 들고 이쪽 방향을 겨냥한다. 신호가 떨어지면 곧장 화살을 날릴 것이다.

"멈춰라! 나는, 코임브라 군 천인장 신시아다! 나는 제군들의 적이 아니다, 아무쪼록 문을 열어다오!"

앞쪽으로 나와 선 신시아는 크게 소리 높여서 외치고 제 부대가 내걸고 있는 코임브라 군의 깃발을 가리켰다. 잠시 후 흙 부대 위쪽에 서 있던 병사들은 안도한 기색으로 활을 내려뜨렸다. 그리고 도시의 문이 천천히 열렸다.

신시아는 병사들에게 이 자리에 대기하도록 명한 뒤 단신으로 보르보에 진입했다. 신시아 부대가 위치한 곳의 더욱 후방에는 바하르의 병사가 5천 정도 대기하고 있었다. 만약 신시아가 설득에 실패했을 경우 즉시 포위하여 공세에 나설 계획이었다. 아밀은 제 안위조차 돌보지 않는 노엘의 전법을 위협적으로 여기는 듯싶었다. 어떠한 수를 써서라도 종적을 놓쳐서는 안 된다고 엄명을 내릴 정도로.

신시아가 도시에 들어서자 노엘이 나는 듯한 기세로 달려왔다.

"오랜만이네!"

"……그래, 확실히 오랜만이라는 느낌을 받는군. 그리 긴 시간이 흐르지는 않았을 텐데."

"또 무사히 만나서 정말 잘됐어! 설마 아군일 줄은 예상을 못 했거든. 그래서 깜빡 활을 겨냥하고 말았네. 미안, 신시아."

조잘조잘 입을 놀리는 노엘. 신시아는 신경 안 써도 된다고 조용하게 답했다.

"이런 상황에서는 당연한 대응이지. 네 행동은 올바르다. ……나도, 다시 만나서 기쁘구나."

"여전히 말투가 참 딱딱하네. 이 도시에는 나보다 높은 사람은 없으니까 신경 안 써도 괜찮은데. 아무튼 이거 봐봐! 나도 신시아랑 똑같이 승진했거든. 어때? 천인장! 이제는 진짜 짝꿍이야!"

노엘이 천인장의 계급장을 보여준다. 하얗게 이를 내보이면서 즐겁게.

"이토록 빨리 따라잡힐 줄은 생각을 못 했지. 과연 귀신이라고 두려움을 살 만큼 뛰어난 실력이다. ……본래는 축하의 말을 전하고 싶은 마음이다만, 그런 상황이 되지 못하기에 유감스럽군."

애써 목소리를 쥐어짜 내는 신시아. 말투가 자연스레 무겁고 답답해진다. 아직 한 차례도 웃어주지 못했다. 아니, 이제부터 전해야 하는 말을 떠올리면 도저히 차마 웃음을 지을 마음 따위는 들지 않았다.

노엘도 뭔가 분위기가 이상하다고 알아차린 듯했다. 웃음을 거두고 짧게 슬픈 기색으로 눈을 내리깔았다. 옆쪽에 있는 카이, 도르커스, 리그렛도 의아한 표정을 지은 채 이쪽으로 시선을 보내왔다.

"그러고 보니 어떻게 여기까지 올 수 있었던 거야? 마들레스는 바하르 군에 포위당했다고 얘기를 들었는데. 혹시 단순한 소문이었던 걸까?"

"……"

"아니면 무리해서 힘들게 와준 거야? 혹시 그러면 기쁠 텐데. 내가 있잖아, 나를 누가 도와주러 온 적이 한 번도 없거든."

아하하, 메마른 목소리로 웃는 노엘. 노엘은 등에 메어 두었던 이지창을 지면에 박아 세우고는 도르커스에게 눈짓으로 신호해서 문을 닫게 했다. 아마도 빈틈을 찔러 돌입하는 적이 있을까 경계심을 품었기 때문이리라. 더욱이 손을 살짝 들어서 흙 부대 위쪽으로 다시 병력을 정렬시켰다.

"……역시 알아차리는군. 너는 정말로 감이 좋은 녀석이니까."

"바깥에 있는 신시아의 부대 말고 누가 또 숨어 있는 거네. 혹시 원군이라면 기쁠 텐데. 병력을 잔뜩 모으면 마들레스에 돌입하기도 더 편해질 거야. 일단 마들레스에 진입만 하면 우리가 아주 유리해지고."

신시아는 진실을 털어놓아야 했다. 노엘에게 얼마나 큰 상처를 입히게 되든 아랑곳 않고. 더 이상 노엘이 어떤 행동을 지시하면 바하르 군은 교섭이 결렬되었다고 잘못 판단할 가능성이 있었다. 그렇게 되면 끝장이다.

"노엘, 분명하게 말하마. 내가 이곳에 온 이유는 너를 돕기 위해서가 아니다. 너에게, 투항을 요구하기 위해서다."

그 말에 주위에 있던 병사들이 술렁거렸다. 노엘 부대는 분명히 높은 전의를 갖고 있었다. 전원이 말도 안 된다는 표정을 짓는다. 거의 곧바로 노성과 욕설이 쏟아졌다. 누구의 목소리도 항복 따위를 할 리가 없다는 부류였다.

당연한 반응이겠다. 내심 항복을 염두에 두었다면 도시를 요새화해서 농성할 리가 없다. 진지 작업 중 벌써 도망쳤겠다.

노엘은 격분하는 부하들에게 손을 들어 보여서 제지한 뒤 마치 대지를 짓밟는 기세로 천천히 다가들었다. 허리춤에는 노엘이 애용하는 철퇴가, 이지창은 여전히 지면에 꽂혀 있었다. 신시아는 기습에

대비했다. 그런 짓을 할 리 없다고 믿기는 하나 자신은 아직 죽어서
는 안 되는 입장이었다. 헛되이 죽기만 하면 아무도 구하지 못하는
최악의 결과를 불러일으킨다.

"아하하, 신시아도 농담을 하는구나. 만나고 나서 처음으로 듣는
것 같아."

"……유감스럽게도 내 말은 농담이 아니다. 태수님께서는 바하르
에 항복하기로 결의하셨다. 그리고 아직까지도 계속 싸우고 있는
너를 설득할 사절로서 내가 선발되었지."

신시아가 타이르는 어조로 말을 건네자 노엘은 지면을 난폭하게
짓누르면서 격앙했다.

"항복? 내가 항복을 할 리 없잖아. 절대로 말도 안 된다고!"

"……노엘."

"왜 항복해야 되는데? 나는 싫어. 싸우지도 않고 죽는 신세는 절
대로 싫어. 나는 여기에 있는 동료 모두와 마지막까지 싸우기로 결
정 내렸어."

"그렇다! 우리는 노엘 대장을 따라갈 테다!"

"대장과 두령이 힘 좀 쓰면 바하르 놈들 따위야 별것도 아니라고!"

"우리 흰개미당이 여기 광산 지대에 틀어박히면 몇 년이든 싸울
수 있지!"

"흰개미당만 있는 게 아니다! 코임브라 군인의 힘을 보여주마!"

노엘의 말에 끓어오르는 병사들. 이들의 사기는 하늘마저도 찌를
듯했다.

"들었지? 모두 이렇게 기운이 넘치거든. 그러니까 신시아도 같이

싸우자. 우선 마들레스의 포위를 돌파해서 태수님과 도련님을 구하는 거야. 그다음은 광산 지대에 숨어서 기회를 기다리면 돼. 적이 두 손 들 때까지 계속 싸우면 언젠가는 분명히 이길 수 있어."

노엘도 실현 가능하다는 생각을 갖고 있지는 않을 것이다. 발언과 달리 내심 자신감 없는 표정으로 보였다. 그러나 패배만큼은 절대로 인정하지 않겠다는 의지가 전해진다.

실제로 마들레스 돌파는 무리라고 해도 노엘이 종적을 숨긴 채 게릴라전을 벌인다면 바하르는 상당한 괴로움에 시달리게 될 것이다. 수비가 약한 거점을 노려서 신출귀몰하게 나타나서 습격하는 악귀의 집단. 그러한 활동이 실행 가능하다는 것은 이미 몇 개의 도시를 함락시킴으로써 증명이 완료됐다.

"……이미 마들레스는 성문을 열었고, 코임브라 군은 무장을 해제했다. 지금 코임브라는 바하르의 지배하에 있지. 태수님은 모든 죄와 오명을 뒤집어쓰고 죽음을 받아들이겠다고 결심하셨다. 모든 것은 백성과 장병들, 그리고 도련님과 사라 님을 살리기 위해."

"어째서 마지막까지 안 싸우는 거야? 마들레스에서 농성하면 1년은 넘도록 버틸 텐데! 게다가 우리가 아직 싸우고 있잖아!"

"희생을 최소한으로 억제하기 위해서 고심 끝에 결단을 내리셨을 뿐이다! 잘 들어라! 네가 이 이상 저항의 뜻을 나타내면 태수님의 결의도 허사로 돌아간다. 약속은 폐기될 테고, 도련님과 사라 님마저 생명을 잃게 된단 말이다!"

"왜 내 잘못으로 돌리는 건데! 나는 싫어. 덜컥 항복해서 아무 저항도 못 한 채 살해당하는 신세는 죽어도 싫어!"

노엘은 비통한 목소리로 외쳤다. 노엘은 인정할 수 없을 것이다. 노엘은 아직 패배하지 않았다. 패배하지 않았는데 대체 왜 항복을 해야 한다는 말인가. 지금 마음속으로 부르짖고 있겠지.

"바하르 공과 맺은 약정의 하나로, 모든 코임브라 병력의 생명을 보장한다는 조항이 있다. 너는 살해당하지 않아."

"그 녀석들 말을 어떻게 믿으라고. 그러지 말고, 응? 이대로 같이 싸우자. 괜찮아, 분명히 이길 거야. 엄청난 무기도 만들었거든. 그걸 잘 쓰면 바하르의 병력을 전부 싹 태워 죽일 수 있어. 그래서 말야, 도련님을 구하는 거야. 우리가 잔뜩 힘내서 다음 장군이 되자."

간절하게 말을 쥐어짜는 노엘. 그 연약한 모습을 보고 신시아는 마음이 일순간이나마 흔들렸다. 자신도 아직 납득한 것이 아니었다. 그러나 어쩔 수 없는 결단이었다. 더 이상의 전투는 누구도 행복하게 만들어주지 못한다. 그롤의 마지막 결의를 존중하여 아내와 아들이나마 삶을 이어 나가도록 도와야 했다.

"미안하다, 그리할 수는 없어. 나는 태수님의 결단을 존중한다. 마들레스가 이미 문을 연 이상 다른 수단의 가능성은 사라졌다. 너도 명령에 따라 무장을 해제하고 어서 문을 열도록 해라!"

"싫은데? 진짜 웃기는 소리야. 아무리 신시아라도 그런 명령에는 절대로 안 따를 거야."

"……그런가. 그럼 어쩔 수 없겠군. 이 자리에서 베어버릴 수밖에!"

신시아는 검을 뽑아 들었다. 주위의 병사들도 허둥지둥 무기를 쥐고 겨눈다. 반면에 노엘은 아직 손도 움직이지 않았다. 전혀 이해가 안 된다고 눈을 동그랗게 뜬 채 놀라는 모습이었다.

"어, 어라? 신시아는, 아직은 나랑 친구잖아? 우리는, 친구 맞잖아? 응?"

"너는 나의 소중한 동료이자 벗이지. 적어도 나는 너를 둘도 없는 첫째가는 벗으로 여긴다."

한 점 거짓도 없는 본심이었다. 알고 지냈던 기간은 짧으나 이토록 가깝게 사귀었던 사람은 달리 없었다. 노엘이 까불거리고, 그러면 신시아가 호통친다. 그런 시간에서 언제부터인가 즐거움을 느낄수 있었다. 그러니까 사실은 결코 검을 겨누고 싶지 않았다.

"그러나 나는 코임브라의 기사이기도 하다. 정녕코 말을 듣지 못하겠다면 너를 벨 수밖에 없다. 백성들의 생명을 지키기 위해서라면 나 또한 악귀가 되마."

"치, 친구끼리는, 서로 죽이는 거 아니야. 응, 친구인걸. 그러니까 검을 휘두르면 안 돼. 이상하잖아."

노엘은 떨리는 손으로 철퇴를 잡아 쥐었다.

"신시아 님, 일단 진정들 하시고 말씀 나눕시다. 애당초 두 분이 싸울 필요가 대체 뭐랍니까. 이런 웃기는 꼴은 내 처음 보았소!"

둘 사이에 들어오려고 하는 도르커스를 신시아는 매섭게 노려봐서 위협했다.

"미안하지만 느긋하게 대화나 나눌 시간이 없군. 근처에서 바하르 군이 교섭의 향방을 감시 중이네. 내가 이대로 돌아가지 않으면 즉시 총공격이 시작되겠지."

"혹시, 혹시 싫다고 말하면, 진짜 신시아는 나를 죽이는 거야? 그러면, 어째서 나를 첫째가는 친구라고 말하는 건데?! 너무 치사하잖아!!"

"……너를 죽이면 곧 나도 뒤를 따라가마. 어찌 벗을 혼자서 보낼 수 있겠나. 반대로 네가 나를 죽인다면, 그것은 어쩔 수 없는 일이다. 서로 간에 신념을 지키고자 행동한 결과일 뿐. 결코 원망하지 않겠다."

"뭐, 뭐야, 그게—."

절망에 젖어 얼굴을 일그러뜨리는 노엘. 눈은 초점을 잃었고 철퇴를 쥔 손은 부들부들 떨린다.

"노엘, 마지막으로 말하마. 검을 버리고 투항해라!"

신시아는 처음으로 살의를 담아 노엘을 노려봤다. 격렬하게 동요하는 노엘은 빈틈투성이였고, 평소의 위압감은 전혀 느껴지지 않았다. 지금 공격하면 확실하게 목숨을 거둘 수 있겠다. 이 거리에서는 주위의 병사가 끼어든다고 해도 치명상을 입힐 자신이 있었다.

노엘이 본 실력을 발휘하면 신시아에게는 도저히 승산이 없다. 노엘의 대답에 따라서는 할 수밖에 없다고 결의를 굳혔다.

"……"

"……"

"……으흑."

노엘은 정신없이 시선을 휘돌리다가 가슴이 메이는 듯 신음하면서 그 자리에 털썩 주저앉았다.

"신시아는, 진짜 치사하구나."

"……잘 알고 있다. 그러나 너를 멈추기 위해서 달리 방법이 없었다."

"만약 내가 신시아를 죽이면, 그래서 도련님까지 처형당하게 되면. 나는 한 번에 두 개나 약속을 깨뜨리는 거야. 그런 짓 나는 절대로 못 해, 절대로 못 한다고! 진짜, 진짜로 치사하잖아!!"

"……미안하다."

"으으, 으아아아아앙!"

노엘은 주저앉은 채 어린아이처럼 몸을 덜덜 떨면서 울음을 터뜨렸다. 어디에서 잘못됐을까, 무엇을 잘못했을까. 노엘은 알 수 없었다. 자신은 지닌 바 온 힘을 다했다. 가능한 모든 시도를 했다. 누가 비웃고 화내고 깔봐도 승리하기 위해 할 수 있는 시도라면 온 힘을 다하여 해냈다. 더할 나위가 없을 만큼 힘냈다.

그런데도 마지막에 기다리고 있는 것은 이런 결말이었다. 세상이 부조리하다는 것은 온 마음으로 이해하고 있었다. 그래도 역시 슬플 때는 슬픈 법이다. 분할 때는 분한 법이다. 그런 생각이 들었을 때 노엘은 흘러넘치는 눈물을 도저히 견딜 수가 없었다.

"……또 비가 내리는가."

신시아는 검을 거두고 뺨에 떨어지는 차가운 물방울을 느꼈다. 똑똑 소리를 내기 시작한 비가 어느 순간부터는 세차게 내리쏟아졌다. 장대비 속에서 입술을 꽉 깨물고 못 박혀 있는 병사들. 하늘을 우러러보는 카이, 주먹을 땅바닥에 내리치는 도르커스, 분한 모습으로 눈을 돌리는 리그렛. 그리고 쉰 목소리로 내내 울음을 터뜨리는 노엘. 주저앉은 채 비를 맞고 있는 그 모습은 마치 누군가에게 용서를 청하는 듯 보이기도 했다.

신시아는 자신이 두른 코임브라의 문장이 들어가 있는 망토를 노

엘에게 씌워주고는 빗방울에 젖은 붉은 머리카락을 가만히 쓰다듬
었다. 달리 아무것도 해줄 것이 없었다.

노엘이 투항했다는 소식은 근처에 있던 바하르 군에 곧바로 전달
되었다. 준비에 두 시간만 달라고 신시아가 말하자 바하르의 지휘
관은 떨떠름하게 수긍했다. 투항의 증거로 노엘 부대에서 두 철퇴
의 깃발을 받아 왔다. 부대, 그리고 지휘관의 긍지이기에 이 깃발을
적에게 빼앗긴다는 것은 최대의 굴욕으로 간주된다. 바하르의 지휘
관도 잘 아는 사실이었기에 일말의 자비라면서 두 시간의 유예를
허락해줬다.

조금이나마 마음을 가라앉힌 노엘은 카이와 도르커스를 호출했
다. 그리고 이 호우를 틈타 도망치라는 지시를 내렸다. 카이는 겐부
소속인 터라 이곳에서 붙들리면 사태가 번거로워진다. 그리고 도르
커스는 본래 도적이었다. 두 사람 모두 자칫하면 사형 명령이 떨어
질 수도 있었다.

마지막까지 함께하겠다고 고집부리는 두 사람에게 노엘은 고개를
가로저어 보였다. 그리고 제발 부탁할 테니까 도망치라고 깊숙이
머리 숙였다. 특히 도르커스에게는 일전에 한 약속을 지키게 해달
라고 거듭거듭 머리 숙였다. 「처벌을 받게 될 낌새가 보이면 꼭 도
망칠 길을 마련해주겠다」라고 노엘이 흰개미당과 맺은 약속이었다.

그 말을 이해했던 도르커스는 잠시 머뭇거리다가 고개만 살짝 끄
덕였다. 카이도 비록 떨떠름한 기색이었으나 따라주기로 했다.

그리고 이별 직전에—.

"소관과 한 약속은 기억하고 있는가?"

"응. 겐부에 놀러 간다는 약속. 지킬 수 있도록 노력할게."

"……잊지 않았다니까 다행이군. 귀관의 무사를 진심으로 기원하겠네. 반드시 다시 만나세."

카이는 경장병들을 이끌고 북문을 지나 탈출했다.

도르커스는 흰개미당의 인원들과 함께 당분간 보르크 광산에서 숨어 있기로 결정했다. 전원이 넝마를 둘러 간단하게 변장을 했다.

작은 목소리로 불러 세운 뒤 노엘은 애용하던 이지창을 도르커스에게 내밀었다.

"있잖아, 잠깐 맡아줄래?"

"대체 뭔 의도요? 유품 대신이라면 정중하게 거절하겠소. 댁은 기필코 살아 돌아올 테니 말이오."

"다시 만나자는 맹세 대신이야. 내가 갖고 있어도 무기는 저 녀석들이 다 빼앗을 텐데, 뭐. 그러니까 부탁할게."

"……말뜻은 알겠군, 한데 어차피 나는 못 만지잖소. 다른 녀석이 손대면 화상 당한다는 것쯤은 대장도 잘."

"괜찮아, 걱정 마! 지금은 아마 괜찮을 거야!"

노엘이 억지로 이지창을 쥐여주었다. 도르커스는 격한 열기에 대비했으나 화상의 징조는 없었다. 노엘을 제외하고는 분명 붙들지도 못했던 저주받은 이지창이 도르커스의 손에 얌전히 쥐여졌다. 그러나 이상하게도 몹시 무겁게 느껴지는지라 제대로 사용하기는 도저히 무리일 듯싶었다.

"이, 이거 더럽게 무겁군. 역시 나는 써먹을 수가 없겠소."

"아하하, 많이 힘들겠지만 힘 좀 써줘. 그리고, 혹시 내가 죽는다면."

"대장!"

"만약의 이야기야. 내가 죽으면 그 창은 바다에 버려버려. 안 그러면 큰일 날 테니까."

"아마 다 까먹을 거요. 내가 건망증이 좀 있어서."

"아하하, 도르커스답네. 응, 꼭 다시 만나자!"

노엘은 밝게 말하고 웃은 뒤 도르커스의 어깨를 퍽퍽 두드려줬다.

마들레스로 연행된 노엘은 다리에는 족쇄, 두 손에는 밧줄로 엄중하게 결박당한 채 죄인과 같은 모습으로 아밀과 대면했다. 일찍이 그롤이 앉아 있었던 성주의 자리에는 이제 아밀이 여유로운 자세로 앉아 있었다. 또한 파리드, 밀즈를 필두로 하는 바하르의 장수들이 줄지어 섰다. 그리고 윌름과 로이에, 한쪽 다리가 의족으로 바뀐 가디스 등등 코임브라를 배반한 인물들도.

"노엘 보스하이트를 끌고 왔습니다!"

"수고 많았네."

위병들이 손에 쥔 창으로 전력을 다해 노엘의 몸을 억눌렀다. 조금이라도 수상한 움직임이 보인다면 즉각 찔러서 죽이겠다는 적의가 가득 찬 표정이다. 노엘의 무용은 바하르의 병사들 사이에서 모르는 자가 없을 만큼 유명하다. 카르나스의 연옥은 그들에게 몸이 덜덜 떨리도록 격한 공포를 선사했다. 따라서 만에 하나의 사태를 확실하게 저지하기 위하여 위병들은 필요 이상의 경계 태세를 갖추고 있었다.

"네가 악귀라 불리면서 두려움을 샀던 노엘인가? 제법 많이도 우리를 번거롭게 해줬군. 이렇게 마주하고 보면 평범한 소녀로밖에 안 보이는군. ……파리드, 이자가 틀림없는가?"

"넷, 틀림없습니다. 이자는 겉모습과 달리 대단히 강한 완력의 소유자입니다. 흑양기 중에도 호각으로 대적할 수 있는 인원은 불과 몇몇뿐이겠지요. 저와 창을 겨루고도 이자는 살아남았습니다."

"흠, 그렇다면 바하르의 장병, 그리고 우리에게 가담했던 코임브라의 영주들을 격멸했다는 보고 또한 사실이겠군. 그 소행은 그야말로 골백번 죽어 마땅할지니."

아밀이 흥미진진하게 노엘을 내려다본다. 꼼짝 못하게 제압당한 채 노엘은 아무 표정을 짓지 않았고 특별히 감정을 드러내지도 않았다. 분노를 내비치지도 않을뿐더러 두려움에 휩싸여 목숨을 구걸하지도 않는다. 다만 제자리에 무릎 꿇고 가만히 눈을 내리깔 뿐. 오직 타오르는 듯한 붉은 머리카락이 노엘의 내심을 나타내줬다.

"……그러나 나를 섬긴다면 네가 저지른 죄를 전부 용서해줄 수도 있다. 또한 천인장의 지위와 함께 코임브라에 영지도 하사해주마."

아밀의 말에 눈이 휘둥그레져서 경악하는 월름과 가디스. 분명코 사형 명령이 떨어질 것을 확신했던 까닭이었다.

"말씀 올리겠습니다! 이자를 신용하면 안 되십니다. 도무지 무슨 생각을 하는가 알 수 없는 괴물입니다. 장래의 화근을 끊기 위해서라도 지금 처단하는 것이 마땅한 줄로 압니다!"

"저, 저 또한 월름과 같은 의견입니다. 귀신에게 인간의 도리는 통용되지 않습니다. 카르나스의 일례를 돌아보면 공감할 수 있으실

터! 귀신에게 살해당한 자들의 원통함을 풀어주기 위해서라도 필히 엄벌에 처하심이 옳습니다!"

정작 본인들의 소행은 외면하고 있는 윌름과 가디스의 발언에 바하르 측의 무관들이 피식 웃음 지었다. 어떤 구실을 붙이든 간에 배반자는 결국 배반자이다. 바하르 무관들의 본심을 들추자면 의리를 저버린 두 인물보다는 마지막 최후까지 싸우려고 했던 노엘에게 동정하는 경향이 있었다. 수많은 전우가 살해당했다고는 하나 어쨌든 전쟁의 소산 아니겠는가. 두려움을 느끼는 마음은 물론 있었으나 이 가엾은 모습을 보면 먼저 동정심부터 솟는다. 승자의 여유 덕분에 공포가 누그러지는 까닭이었다.

"귀관들은 어찌 웃는가. 우리가 뭔가 잘못된 발언이라도 했다는 게요?"

"하하하, 실례했소. 다만 귀공들이 진지한 얼굴로 신용을 운운하는 꼴이 좀 우스워야지. 배반자가 할 말은 차마 아니지 않소."

"큭큭, 배꼽이 빠진다는 말을 이런 때 쓰는가 보오. 그 잘 돌아가는 혓바닥이 과연 몇 장이나 더 있나 궁금하구려!"

바하르 무관들에게 통렬한 조롱을 듣고 윌름, 가디스의 얼굴이 붉게 물들었다.

"입 다무시오! 우리는 단지 올바른 판단을 내렸을 따름이외다! 게다가 나는 폐하께 태수 대행의 지위를 임명받은 신분이오! 무례는 용납하지 않겠소!"

"하하하, 우리 바하르 사람은 그런 위협에 굴하지 않소. 나약한 귀공들과는 아예 각오가 다르다오."

"코임브라의 양대 장군께서는 실로 처세에 밝으시오. 그러나 노엘 공의 절개를 조금이나마 보고 배우는 것이 좋겠군. 자결하겠다면 언제든 손을 빌려드리리다."

"네놈, 우리를 우롱하는가! 발언을 취소하고 사죄하라!"

"안타깝게도 귀관처럼 두 말을 하는 혓바닥은 갖고 있지 않다네. 취소할 의향 따위 털끝만큼도 없구려!"

야유의 응수가 벌어졌다. 개중에는 검에 손을 가져가는 바하르 사람까지 있었다. 애당초 두 주의 관계는 험악했었다. 이제는 같은 진영에 속했을지언정 지난날의 악감정이 갑자기 해소되지는 않는다. 양측이 일촉즉발의 상황에 들어섰을 때 아밀은 멈추라고 한 손을 들어 보여서 제지했다.

"볼썽사납군. 다들 조금이나마 자제심을 발휘하도록 하게. 우리는 모두 홀시드 제국을 섬기는 신하잖은가. 분쟁이 수습된 이상 더 싸울 필요는 없지. 그렇지 않나?"

"넷. 실례를 저질렀습니다!"

"며, 면목 없습니다."

소란스러웠던 장내가 순식간에 고요해졌다. 지금 거역이라도 했다가는 애써 손에 넣은 영광의 기회를 잃어버릴 수도 있겠다. 양군의 장수는 서로 노려보면서도 말은 삼갔다.

아밀이 눈짓으로 신호를 보내자 파리드가 고개를 끄덕이더니 한 걸음 나섰다.

"노엘 공, 아밀 님께서는 조만간 영광의 지위에 오르시게 된다. 이분이야말로 가장 많은 인간을 행복으로 이끌어주실 테지. 귀공도 그 무용을 발휘하여 힘을 보태줄 수는 없겠는가? 나를 보면 알 수 있듯이 활약에는 반드시 포상을 내려주는 분이시다."

파리드는 노엘의 곁에 한쪽 무릎을 대고 앉아서 정중하게 권유했다. 분명 일대일 대결에서 승리를 거두기는 했으나 노엘이 레베카 이상의 자질을 갖고 있음은 확실했다. 힘만 견주자면 레베카와 동등할 수도 있겠으나 지휘관에게 필요한 통솔력과 판단력을 두루 갖췄다. 아밀이 나아가는 패도를 위하여 필히 영입하고 싶은 인재였다.

무엇보다도 이 낯익은 붉은 머리카락에 파리드는 은근히 마음 끌리는 기분을 받아야 했다. 어렴풋하게 짐작되는 바가 있기는 하나 아직 확신의 단계는 아니다.

"대단히 죄송하오나 거절하겠습니다. 저는 엘가 님을 섬기겠다고 이미 약속했습니다. 그 약속을 결코 깨뜨릴 수 없습니다."

노엘이 조용하게, 그러나 단호하게 힘주어 대답했다. 아밀은 그런가, 한 마디만 하고 고개를 끄덕거린다. 파리드는 노엘의 어깨를 붙들면서 마음을 돌리고자 시도했다. 이런 곳에서 죽는다 한들 아무 의미도 없노라고.

"차분하게 헤아려봐라. 지금 끝끝내 고집을 부린다 한들 아무것도 되지 않는다. 그쯤은 알고 있을 텐데?"

"……거절하겠습니다. 저는, 약속을 지킵니다."

재차 설득의 말을 건네려고 하는 파리드를 아밀이 제지했다.

"확실히 약속을 지키는 것은 중요하지. 억지로 강요할 수도 없는 노릇이다. 그러나 네 죄를 가만히 묻어 두기도 역시 불가능하다."

"그렇다면 사형의 명령을 내려주십시오! 저 여자는 반드시 지금 죽여야 합니다! 재앙의 싹을 방치해서는 안 되십니다!"

"윌름 공, 아밀 님께서는 그롤 공에게 전 장병의 목숨을 보장하겠다고 약속하셨소. 그 뜻을 귀공은 지금 파기하라고 아뢰는 거요?"

파리드가 반론한다. 시선에 적의가 담겨 있었다. 기가 죽은 윌름이 일순간 몸을 움츠렸다.

"그, 그러나! 저자는, 틀림없는 악귀, 섣불리 풀어놓는다면 지극히 위험해지오! 그 점은 귀관도 잘 알고 있을 터인데!"

이제 곧 코임브라를 다스려야 하는 윌름은 장래의 적이 될 만한 인물을 지금 확실하게 처분하고 싶었다. 게다가 노엘은 자신에게 원한을 갖고 있지 않겠는가. 가장 먼저 폭거를 저지를 만한 대상이 바로 자신이다. 그 아찔한 광경을 떠올려보면 무슨 수를 써서라도 죽여야 했다.

윌름의 속내를 뻔히 알면서도 참모 밀즈는 모종의 대안을 제시했다. 그래야 장래의 사태가 더욱 재미있게 돌아갈 테니까.

"윌름 님의 마음도 아프도록 잘 이해가 갑니다. 한데 아밀 님께서는 조만간 위대한 자리에 오를 분이십니다. 그 전에 약속을 저버리는 전례를 남기는 것도 꽤 곤란하단 말이죠."

"밀즈 공! 지금은 약속보다 장래의 화근을—."

윌름의 반론을 아밀이 손을 들어서 제지했다. 더 이상 코임브라에서 두려워할 인물 따위는 없다. 장래의 화근이 될 수도 있었던 그롤은 완전하게 처분을 마쳤고, 이제는 황제의 좌에 오르는 일만 남았다. 쓸 만한 패를 어째서 굳이 제거한단 말인가. 젊은 아밀에게는 많은 시간이 남아 있었다. 서두를 필요가 전혀 없다.

"밀즈의 의견은 지당하다. 변변찮은 일로 내 이름을 더럽힐 필요는 없지. 오히려 지금은 관대함을 베풀어 용서하는 것이 옳겠다."

"그렇다 해도 분명한 죄를 묻지 않는다면 또 위엄이 손상된단 말이죠. 후후후, 그럼 귀양을 보내는 게 어떻겠습니까? 귀신이 마음을 고쳐먹을 때까지 먼 섬에 유폐시키는 겁니다. 그렇죠, 유명한 옛날이야기에 나오듯 말입니다."

"흠, 섬으로 귀양 보낸다? 그러면 허튼짓을 할 수도 없겠군."

"맞습니다. 또한 갖은 악명을 떨친 악귀에게 항복을 받아 낸 명군으로서 아밀 님의 이름과 관대한 자비심이 세상을 뒤흔들 겁니다. 아주 훌륭한 방안이 아닐는지요?"

밀즈의 제안을 잠시 숙고한 뒤 아밀은 노엘을 살려 두기로 결정했다. 재기 있는 인물이라면 신분 및 출신을 따지지 않고 활용하겠다는 방침이 여지없이 관철되었다. 이 같은 방침 덕택에 아밀의 휘하에는 유능한 인재가 모여들었다. 그리고 앞으로도 쭉 모여들 것이다. 그릇의 거대함을 나타내는 것은 큰 세력을 통솔하는 데 있어 중요한 역할을 한다.

바하르의 무관들도 타당한 조처라고 여기는 표정을 내보였다. 비록 노엘을 두려워한다지만, 그 이상으로 배반자 주제에 승자 행세를 하는 윌름과 가디스에 대한 반발심이 웃돌았기 때문이었다.

윌름과 가디스는 더 이상 반대하지도 못한 채 가증스럽다는 듯이 노엘을 쏘아보는 것이 고작이었다.

"좋다, 그리함이 최선일 테지. 네 방안을 채용하겠다."

"오오, 정말이십니까? 황공무지로소이다!"

밀즈는 호들갑스럽게 반색하는 반응을 보였다. 아밀은 그 모습을 일별한 뒤 노엘에게 말했다.

"노엘이여, 코임브라의 남서 방면에 윌라라는 이름의 작은 섬이 있다. 너를 그 섬으로 유배 보내도록 하겠다. 그곳에서 태양신께 기도를 올리고, 자기 자신의 소행을 날마다 뉘우치며 개심하도록 하라. 속죄의 의지를 모든 사람이 인정했을 때 나는 같은 질문을 다시 한 번 하겠다. 너의 무용을 가만히 썩히기는 아깝구나."

"……네, 알겠습니다."

"그 힘을 내가 원하고 있다는 사실만큼은 기억해 둬라. 후한 대우를 약속하겠다."

이렇듯 행운이 닿아 노엘은 목숨을 보존할 수 있게 되었다.

다음 날, 전 코임브라 태수이자 홀시드 제국의 제1황자, 그롤 바르데카에게 사형 판결이 떨어졌다. 공개 재판에서는 백에 달하는 죄상을 몸소 진술해야 했고, 더욱이 아밀의 앞에서 무릎 꿇고 자비를 구걸하는 연극에 적극 협조까지 하는 처지를 면할 수 없었다.

처형은 당일의 즉각 집행이 결정되었던 터라 곧 마들레스의 대광장에 단두대가 설치됐다. 흥미 본위로 구경을 나온 주민들에게 그롤은 무릎 꿇은 채 지난날의 소행을 사죄했다. 혹여 반항한다면 자신의 죽음은 전부 무위로 돌아간다. 그롤은 굴욕감에 휩싸여 몸을 부들거리면서 엎드렸다.

반면에 이제까지 위세 등등했던 남자가 이토록 몰락했음을 목격한 주민들은 비릿한 우월감을 품기 시작했다. 주민 한 명이 욕설을 퍼붓자 즉시 분위기가 어지럽게 과열되면서 죽여라, 죽여라, 대합창이 벌어졌다.

"이것이 무능한 자의 말로인가. 엘가, 사라, 어리석은 나를 용서해다오. 그리고 노엘, 진정 미안하구나. 나는, 정녕코—."

그롤이 중얼거렸던 직후, 아릿하게 빛을 발하는 칼날이 떨어지면서 통 속으로 목이 데굴데굴 굴러떨어졌다. 피가 맺혀서 뚝뚝 떨어지는 목이 처형인의 손에 들려서 높이 올라갔다. 제위 계승 전쟁에서 아밀이 승리했음을 하늘에 보이려는 듯이.

그 순간 마들레스의 주민들은 쾌재를 불렀다. 새 시대에 대한 기대와 이제껏 쌓인 불만을 발산하는 그 목소리는 한동안 잦아들 줄을 몰랐다.

그롤의 목은 성문 앞쪽에 효수되었고, 마들레스의 주민들에게는 증오의 대상으로 자리매김했다. 그롤과 가까웠던 까닭에 몰락을 면할 수 없게 된 영주들은 욕설뿐 아니라 돌까지 집어 던지는 형편이다. 한때는 황제의 좌에 가장 가까운 인물이라고 여겨졌던 남자의 가련한 최후였다.

연좌를 피한 그롤의 처 사라는 남편의 죽음을 지켜보지 못한 채 혼수상태에서 숨을 거뒀다. 어떤 의미로 보면 행복한 최후였을 수도 있겠다. 결국 살아남은 자는 엘가 혼자뿐. 태양제의 일족이라는 증거였던 바르데카 성씨는 박탈, 어머니의 옛 성이었던 루트윙을 받아 북부의 작은 도시에서 칩거하는 신세가 됐다.

"이제부터는 아비가 저질렀던 큰 과오를 속죄하면서 살아가고 싶을 따름입니다. 그리고 폐하와 제국에 충성을 다하겠다고 거듭 맹세하겠습니다."

어린 엘가는 아버지의 처형을 지켜본 뒤 아밀의 앞에 공손하게 무릎 꿇었다. 배반자 윌름과 가디스에게도 아버지의 지난 우행을 사죄하고 앞으로는 코임브라를 위해 땀 흘리고 싶다는 기특한 말을 입에 담았다. 증오와 복수의 칼날을 마음에 숨긴 채. 아버지의 죽음에 웃음 지었던 놈들, 아버지를 기만했던 놈들에게 언젠가 받아 마땅한 응보를 기필코 내려주겠노라고 원념의 업화를 마음속에 피어올리면서.

노엘이 윌라 섬으로 유배를 가는 날이 찾아왔다. 마들레스의 항구에서 배웅을 나온 사람들이 기다리고 있었다. 피로한 기색이 짙은 신시아, 침울한 표정을 지은 엘가, 그리고 평민의 복장으로 정렬한 노엘 부대의 병사들이다.

"노엘, 지금은 많은 말을 할 수가 없구나. 사실 마주할 면목도 없는 입장이지. ……언젠가 네가 돌아왔을 때 나는 전부를 받아들이겠다. 그날까지 나는 수치를 무릅쓰고 살아 나가련다. 그러니까 반드시 돌아와라."

신시아는 윌름의 제안을 거절하고 엘가를 곁에서 수행하기로 결정했다. 고된 나날이 기다리고 있을 터이나 그럼에도 지금 자신이 감당할 수 있는 유일한 속죄라고 여겼기 때문이었다.

"그렇게 침울하게 굴지 않아도 되는데. 별로 이제는 화도 안 나는걸. 응, 도련님 앞이니까 밝게 웃어줘야지!"

노엘이 익살 부려도 신시아의 표정은 바뀌지 않았다. 소용없겠다고 생각한 노엘은 대신 엘가에게 말을 건넸다.

"저기, 결국 아버지를 구해주지 못했어. 미안, 온 힘을 다해서 노력했는데."

"아니, 노엘은 정말로 많은 일들을 해줬다. ……처형 전, 아버님께서 사죄의 말을 하셨지. 그때 네 말을 믿었어야 했다고, 진실로 후회하면서. 나는 아버님의 그런 얼굴을 처음으로 봤다. 그리고 사람의 속마음을 꿰뚫어 보는 시야를 배워 갖추라는 말을 남긴 뒤 아버님께서는 떠나가셨다."

입술을 꽉 깨무는 엘가에게 노엘은 부둥켜안는 시늉을 하며 귓가에 대고 속삭였다. 이렇게 하면 이별을 아쉬워하는 분위기로 보일 테니까. 근처에서 바하르의 병력이 대기 중이기에 혹시라도 말이 새어 나가면 번거로워진다.

"당했으면 당한 만큼 되갚아줘야지. 그렇잖아? 왜냐하면 우리는 아직 살아 있으니까."

"노, 노엘, 도대체, 무슨."

얼굴이 빨개지는 엘가에게 노엘은 웃음 지었다.

"나는 반드시 돌아올 거야. 그때는 꼭 약속을 지킬게. 괜찮아, 살아 있는 한 패배가 아니야."

"……그래, 알겠다. 나도, 자신을 힘껏 수양하면서 기다리도록 하지. 그러니까 무슨 일이 있어도 돌아와다오."

"응! 그러면 슬슬 가야겠네. 신시아, 도련님을 잘 부탁해. 내가 돌아올 때까지 건강하게 잘 지내고!"

노엘이 일부러 밝게 행동하면서 손을 들어 올렸다. 신시아도 조금이나마 입매를 누그러뜨리더니 알겠다고 짧게 한 마디를 중얼거렸다.

노엘이 바하르의 배에 올라탔다. 족쇄를 채워 놓았을지언정 손은 자유로웠다. 배웅 나와준 사람들에게 힘차게 휙휙 손을 흔들어주자 노엘 부대의 병사들이 대열을 짜기 시작했다.

"노엘 대장님께 경례!! 다시 돌아오실 날을 언제까지고 기다리겠습니다!!"

"대장, 건강하게 지내십시오! 우리가 진짜 기다리고 있겠습니다!!"

"노엘 부대 행진곡, 연주 개시!!"

출항에 맞춰 어딘가에 숨겨 놓았던 나팔 및 작은 북 따위를 꺼내 들더니 연주를 개시한다. 마치 노엘의 출진을 축하하려는 듯이 화려하고 떠들썩했다. 근처를 순회하던 바하르 군의 병사가 보고 다가와서 멈추라는 명령을 하자 실랑이질이 벌어졌다. 정말 즐겁고 재미있는 동료들이다. 그들이 시야에서 사라질 때까지 노엘은 줄곧 눈을 떼지 않았다.

모두의 모습이 완전히 보이지 않게 되자 노엘은 배 위에서 외톨이가 되고 말았다. 바하르 병사들은 노엘이 악귀라고 불렸다는 사실을 물론 알고 있었기에 꼭 필요한 상황이 아닌 한 전혀 다가들지 않았다. 대화 상대도 없다. 들려오는 것은 바닷새의 울음소리뿐. 바닷바람이 코를 간질여서 별로 기분은 좋지 않았다.

"아아~ 또 혼자구나. 갑자기 힘이 쭉 빠지네. 역시 혼자는 쓸쓸하구나."

옛 친구들은 함께라지만 함께 수다 떨거나 놀아주는 사람이 없다 보니까 역시 힘이 빠진다. 노엘은 낙담해서 한숨 쉬었다.

"그것참, 유감이네요. 아무래도 나는 방해꾼이었나 봐요."

뒹굴거리던 노엘의 바로 위쪽으로 낯익은 음침한 얼굴이 보였다. 구깃구깃한 표정으로 혀를 차면서 나타난 사람은 검은 장발을 나부끼는 리그렛이었다. 코임브라 헌병의 군복을 차려입었다.

"어라, 언제 따라왔어? 리그렛은 아마도 나를 미워하니까 인사도 안 하는 줄 알았는데."

"흥, 언제 따라왔는지도 몰랐던 겁니까. 걱정 마시죠. 당신을 미워한다는 것은 틀림없으니까요."

"어머나, 유감. 아, 헌병 군복을 입었네. 잘 어울린다!"

"칭찬해줘도 전혀 기쁘지가 않군요. 지금 제 직책은 당신의 감시 역입니다. 웃기지도 않아."

흥, 코웃음 치는 리그렛. 노엘은 몸을 일으켜서 이상하다는 듯이 바라봤다.

"영예로운 유배 조치에 저 또한 휘말렸다고 보면 됩니다. 그 작자가 나름대로 적당히 모양을 갖춰 골칫덩이를 쫓아낸 거죠. 대단히 불쾌하나 불복종하면 살해당할 수도 있었던지라."

정말로 살쌀맞은 리그렛. 제대로 작별 인사도 못 나눴기에 사실은 무척 쓸쓸했었다. 노엘은 기쁜 마음이 솟아서 리그렛에게 기분 좋게 말을 붙였다.

"그랬구나. 그나저나 있잖아, 윌라 섬은 어떤 곳이야?"

"제가 조사한 바로 섬을 다스리는 수장의 저택이 있고, 그런대로 규모가 있는 어촌이라고 하더군요. 유서 깊은 교회도 있는지라 당신이 반성을 하기에는 딱 알맞은 환경입니다. 즉 나한테는 빌어먹도록 따분한 장소라는 뜻이죠."

"그것참, 유감이겠네."

"그러게나 말이죠. 뭐, 저는 당신이 어떻게 죽나 끝까지 지켜봐야
하는 입장이니까요. 제멋대로 죽기라도 하면 민폐니까 허튼짓은 하
지 마세요."

"응, 알았어!"

노엘은 힘차게 대답하고 근처에 있던 커다란 짐 자루를 뒤적거렸
다. 무기 및 흉기로 쓸 만한 물품은 금지당했다만, 그 밖의 허가가
떨어진 다른 소지품은 들고 올 수 있었다. 챙긴 물건은 마들레스에
서 사 모은 보물과 말판, 장난감, 나팔, 그리고 은밀하게 철퇴도 숨
겨 놓았다. 배에 적재하는 공구 상자에다가 넣어 두도록 노엘 부대
의 병사에게 슬쩍 부탁했었다.

노엘은 짐 자루의 안에서 오셀로 말판을 꺼내다가 리그렛의 앞에
놓았다.

"뭘 어쩌자는 거죠? 당신 신분은 죄인입니다, 조용히 자숙하세
요."

"심심하니까 잠깐만 놀자. 갈 길이 멀다잖아. 닷새나 더 배를 타
야 한다더라."

"거절하겠습니다. 닷새나 더 남았는데 벌써부터 당신 상대를 하
면 과로사를 못 면할 테니까요."

"에이, 지는 게 무서우면 어쩔 수 없겠네. 그럼 내가 이겼다고 치
자."

"흥, 무서울 리가 없잖아요. 좋아요, 한 번만 상대해드리죠."

도발에 응한 리그렛을 상대로 백색과 흑색의 말을 둘씩 늘어놓는다. 노엘은 이 놀이가 특기였다. 이제까지 승률은 8할을 넘을 것이다. 지겨워지면 집중력이 바닥나는 터라 맥없이 져버리지만.

분명히 코임브라에서 치른 전쟁은 지고 말았다. 그러나 큰 시점으로 보면 아직 절대로 지지 않았다.

왜냐하면 노엘이 이렇게 살아 있을 뿐 아니라 약속을 맺은 신시아, 엘가, 도르커스, 리그렛도 살아 있으니까. 카이도 겐부로 돌아갔다.

그렇다면 얼마든지 다시 싸울 수 있다.

"……당신이 손을 안 움직이면 시작을 못 하는데요."

"잠깐만 고민 좀 할게."

"첫 번째 수부터 고민한다고요? 혹시 바보인가요?"

"아하하, 혹시 리그렛이 지면 나보다 더 바보가 되겠네."

혀를 차는 리그렛.

노엘은 씩씩하게 하얀 말을 들어 올렸다가 기세 좋게 내리쳤다.

진짜 승부는 이제부터다.

잠시 휴식을 취하면 더욱 강해진다. 그 적발의 남자에게도 지지 않을 만큼.

"……지금 떠올랐는데 말이야."

"뭡니까?"

말을 내려놓으면서 귀찮은 기색으로 대답하는 리그렛.

"내가 비를 엄청 싫어하잖아."

"물론 알죠. 정말 어린애 같다니까요. 섬에서 지내는 동안 버릇을 고치세요."

"비 오는 날에는 최악으로 나쁜 일만 잔뜩 일어나거든. 그런데 잘 생각하면 그날도 비가 내렸는데 내가 살아남았어. 이번에도 틀림없이 죽게 될 줄 알았는데 아슬아슬하게 살아남았던 거야. 이거, 되게 놀랍지 않아?"

"네?"

"살아남았다, 즉 운이 좋았다는 거지. 어쩌면 비 오는 날에도 나쁜 일만 일어나지는 않나 싶어서."

"날씨가 인생을 결정해주면 그보다 편할 수가 없겠네요. 정말 웃기지도 않아."

하긴 그렇지, 대답한 뒤 노엘은 놀이에 집중했다. 결국 귀퉁이를 전부 점령한 노엘이 리그렛에게 압도적인 승리를 거뒀다. 히죽거리는 노엘에게 리그렛은 혀 차기를 연발했다. 그리고 한 번 더 하자면서 재도전을 청한다. 머리에 피가 오른 상대를 농락하기는 정말로 쉽다. 앞으로도 당분간 질 일은 없겠다.

"그래도 말야, 역시 맑은 날이 기분은 더 좋아."

"……지금 나는 최고로 기분이 나빠요."

"다음에 돌아올 때도 맑은 날이면 좋겠어."

노엘은 멀어져 가는 마들레스 성을 바라보면서 미소 지었다.

―그렇고말고, 싸움은 아직 끝나지 않았다.

항구에서 노엘이 탄 배를 배웅한 사람은 노엘 부대의 인원뿐이 아니었다. 파리드 또한 으슥한 위치에 서서 바라보고 있었다.

"……노엘 보스하이트인가."

혼잣말을 중얼거리고 일전의 기억을 떠올린다. 레베카가 노엘에게 사적 제재를 가했던 사건이다.

아밀과의 알현을 마친 뒤 감옥으로 끌려가던 노엘의 앞에 분노로 얼굴을 구긴 레베카가 나타났다. 흑양기를 몇 명 동반하고서. 위병을 강제로 세워다 놓고 노엘의 배에 예리한 주먹질을 날려서 허물어뜨린 뒤 강렬한 발차기를 거듭 먹였다. 흑양기들도 노엘을 둘러싼 채 욕설을 퍼붓고 걷어찼다.

위병은 딱히 제지하려고 하지 않았다. 바하르 최강을 자랑하는 흑양기의 부장 직책에 있는 레베카의 뜻을 거슬렀다가는 자신 또한 폭력에 휘말리게 된다.

레베카는 쓰러져 있는 노엘의 붉은 머리카락을 휘어잡고 얼굴을 가까이 대서 으발질렀다.

"이봐, 암퇘지. 네년, 목숨이 아깝다고 아밀 님에게 꼬리를 흔들었겠다? 감히 내 형제를 몇 사람이나 죽인 주제에! 마지막까지 버텨서 싸우다가 죽었어야지! 그래, 죽어야 돼. 지금 당장 죽어!!"

"……."

"패배자가! 네년은 말할 줄도 모르는 거냐? 그럼 입을 열고 싶어질 때까지 계속 두드려 패줄까? 앙?!"

관자놀이에 예리한 일격을 날렸다. 그럼에도 반응하지 않는 노엘에게 레베카는 짜증을 감추지 않았다. 또다시 주먹을 힘껏 휘둘러 올렸다가 안면에 먹였다. 털썩 쓰러지는 노엘의 머리를 전력으로 걷어찼다. 거듭거듭 거듭거듭.

"레베카 님, 더 이상 손을 쓰시면 죽어버립니다만."

흑양기의 말에 레베카는 입가를 비뚤어뜨렸다.

"뭐, 어때. 도망치길래 때려 죽였다고 말하면 아무한테도 혼나지 않아. 지금 콱 죽여버리자. 헤헤, 네년의 더러운 시체는 개 먹이로 주겠어! 뼈까지 다 먹여주마!"

레베카가 허리의 검에 손을 가져갔을 때 제지의 목소리가 울려 퍼졌다. 비록 침착한 음색이었으나 얼굴에는 노기가 여실히 드러났다.

"너희는 무슨 짓을 하고 있는가? 나는 성 주변을 순찰하라고 명령했을 텐데. 뭔가 긴급 사태라도 벌어졌었나?"

"파, 파리드 님?!"

"이, 이것은, 그러니까!"

당황하는 흑양기들을 가로막고 레베카가 앞쪽으로 나섰다.

"아니야, 형! 내가 동료들의 원통함을 풀어주려고 했던 거야! 원수를 내버려 두고 어떻게 꾸물꾸물 순찰이나 돌라는 건데! 애당초 그런 시시한 임무는 졸병 놈들한테 시키면 되잖아!"

"마들레스는 이제 막 함락된 시기이기에 반란 분자가 아직 남아 있다. 그래서 나는 정예 흑양기에게 순찰을 명령한 거야. 아밀 님의 안전을 지키는 임무가 시시하다고, 그렇게 말하는 건가?"

"이, 이 녀석만 죽이면 당장 순찰하러 갈 테니까!! 그러면 되는 거잖아!"

"아밀 님께서는 코임브라 전 장병의 목숨을 보장하셨다. 그 말씀을 너희가 깨뜨리겠다고?"

파리드는 감정을 싣지 않고 두 번이나 확인을 반복했다. 레베카는 내심 공포에 휩싸였으나 형제들의 원수를 갚고 싶다는 분노가 먼저 터져 나왔다.

"그러면 형은 이 녀석을 용서하라고 말하는 거야?!"

"내 명령을 무시한 죄, 그리고 아밀 님의 뜻을 거역한 반역 행위를 더하면 죽음으로 죗값을 치러야겠군. 부관을 잃게 되어 정말로 유감스럽다."

"혀, 형?"

파리드가 품에서 단검을 꺼내더니 레베카의 발치에 집어 던졌다.

"전원 목을 찔러서 죽어라. 이전에도 말했을 텐데, 명령에 따르지 않는 녀석은 필요 없다. 너희는 흑양기에 불필요하다."

"너, 너무해!"

"변명은 듣지 않겠다. 지금 당장 자결해라."

"자, 잘못했어! 나는, 나는 이렇게 허망하게 죽고 싶지 않단 말이야!!"

"……그래서?"

"으, 으윽! 내, 내가 나빴어! 이제 안 할 테니까 용서해줘, 형! 진짜, 진짜로!"

"알아들었다면 됐다. 단 또 같은 짓을 저지른다면 내가 죽여주마. 노엘 공은 윌라 섬으로 유배가 결정됐다. 주제넘는 개입은 결코 허락하지 않는다. 알아들었다면 임무에 복귀해라!"

파리드가 엄하게 호통치자 흑양기들은 겁에 질린 개처럼 덜덜 떨었다.

"부, 분부 받듭니다!"

"아, 알겠다고! 나, 나는 저, 절대로 자결 따위는 사절이야! 절대
로 싫어!!"

그렇게 말한 뒤 레베카와 흑양기는 겁에 질린 모습으로 달려가버
렸다. 파리드는 단검을 주워 갈무리한 뒤 노엘에게 사과했다. 아직
껏 쓰러져 있는 노엘을 일으켜 세워준다. 상당히 강한 힘으로 타격
당했을 텐데도 노엘은 딱히 괴로워하는 기색을 보이지 않았다.

다만 얼굴에는 푸른 멍이 들었고, 입에서는 피가 흐르고 있다. 파
리드가 손수건으로 피를 닦아줬다. 어쩌면 뼈가 부러졌을 가능성이
있었다.

"괜찮나? 치료가 필요하다면 바로 사람을 불러주지."

"멀쩡해."

"정말 미안하다. 레베카도 나쁜 녀석은 아닌데, 음, 매사에 울컥
하는 성격이거든. 뭐, 그리되도록 만들어졌으니까 어쩔 수 없지만."

파리드의 의미심장한 말에 노엘이 살짝 얼굴을 들어 올렸다.

"……만들어졌다고?"

"그래, 뭔가 신경 쓰이는 것이라도 있나?"

"……."

침묵을 지키는 노엘. 파리드는 노엘의 어깨에 손을 얹은 채 질문
을 던졌다.

"한 가지 묻고 싶군. 너는 여명 계획이라는 말을 들은 적이 있나?"

"여명, 계획?"

"제국에 태양의 교회라는 장소가 있지. 그곳에서 실행되었던 슬

픈 결말로 끝난 계획이다. 혹시 네가 알고 있는 게 아닌가 싶어서."

파리드의 물음에 노엘은 잠시 고민한 뒤 모른다고 짧게 대답했다.

"……그런가. 묘한 소리를 해서 미안하다. 그러나 혹시 어쩌다가 잠깐 잊게 되었는지도 모르지. 떠올랐을 때 내게 가르쳐주면 좋겠군."

파리드가 미소를 머금는다. 노엘은 이상하다는 듯이 고개를 갸웃거렸다.

"……."

"그리고 방금 전 이야기를 다시 하는 셈이다만. 아밀 님께서는 틀림없이 우리를 행복으로 이끌어주실 분이다. 나는 그렇게 믿고 있지. 너도, 윌라 섬에서 마음이 조금 가라앉거든 곰곰이 고민해줄 수는 없겠나? 아밀 님을 위해서 검을 휘두르는 것은 반드시 옳은 행위임을 깨닫게 될 거다."

"……응, 알았어. 언젠가 아밀 님을 위해서, 검을 휘두를게. 약속이야."

"그런가. 응, 정말 기대되는구나. 너와 더불어 싸울 날이 오기를 진심으로 바라고 있을게. 그때는 더 느긋하게 이야기를 나눠보자."

"응. 그때, 다시 만나자."

그렇게 말하고 웃은 뒤, 다시 노엘은 위병에게 이끌려서 천천히 걸어 나아갔다.

파리드는 그 뒷모습을 가만히 바라보다가 어릴 적 특별한 감정을 품었던 어느 소녀를 떠올렸다.

우연히 닮은 사람이라는 생각은 도저히 들지 않았다.

'……그래도, 너는 모른다고 말했지. 잊어버렸을까. 잊어버린 시능을 한 걸까. 그래도 살아 있다면 다시 만날 거야. 그때 잔뜩 이야기를 나누면 알아주겠지. 그래, 정말 기대되는구나.'

　파리드는 흑양기의 가면을 벗고 천진난만한 어린아이처럼 웃었다.

(3권에서 계속)

태양을 품은 소녀 2
악귀

1판 1쇄 발행 2018년 8월 10일
1판 3쇄 발행 2019년 12월 12일

지은이_ Matari Nanasawa
일러스트_ Andromeda Rukeichi
옮긴이_ 김성래

발행인_ 신현호
편집장_ 김은주
편집진행_ 최은진 · 김기준 · 김승신 · 원현선 · 권세라
편집디자인_ 양우연
국제업무_ 정아라 · 전은지
관리 · 영업_ 김민원 · 조은걸 · 조인희

펴낸곳_ (주)디앤씨미디어
등록_ 2002년 4월 25일 제20-260호
주소_ 서울시 구로구 디지털로 26길 111 JnK디지털타워 503호
전화_ 02-333-2513(대표)
팩시밀리_ 02-333-2514
이메일_ lnovelpiya@naver.com
ㄴ노벨 공식 카페_ http://cafe.naver.com/lnovel11

KARIN WO IDAITA SHOJO Vol.2 AKKI
ⓒ 2016 Matari Nanasawa
All Rights Reserved.
First published in Japan in 2016 by KADOKAWA CORPORATION ENTERBRAIN
Korean translation rights arranged with KADOKAWA CORPORATION ENTERBRAIN

ISBN 979-11-278-4592-6 04830
ISBN 979-11-278-4486-8 (세트)

값 9,000원

변변찮은 마술강사와 금기교전 1~11권

히츠지 타로 지음 | 미시마 쿠로네 일러스트 | 최승원 옮김

알자노 제국 마술 학원의 계약직 강사인 글렌 레이더스는 수업 중
자습 → 취침 상습범.
그러다 웬일로 교단에 서나 싶으면 칠판에 교과서를 못으로 고정해놓는 둥,
그야말로 학생들도 기가 막혀 하는 변변찮은 강사다.
결국 그런 글렌에게 진심으로 화가 난 학생,
「교사 킬러」로 악명이 자자한 시스티나 피벨이 결투를 신청하지만—
이 해프닝은 글렌이 허무하게 패배하는 안타까운 결말로 막을 내린다.
하지만 학원에 닥친 미증유의 테러 사건에 학생들이 휘말리자,
"내 학생에게 손대지 마!"
비로소 글렌의 본성이 발휘된다!

TV애니메이션 방영 화제작!!

발할라의 저녁 식사 1~3권

미카가미 카즈토시 지음 | fal maro 일러스트 | 이신 옮김

신계의 부엌 『발할라 키친』의 저녁 준비 시간은 언제나 매우 바쁘다!
말할 수 있는 멧돼지인 나, 세이는 주신 오딘 님의 지명을 받아
이곳의 식사 준비에 도움을 주러 왔어.
―『요리되는 쪽』으로서!
아니, 확실히 내가 「하루 한 번 되살아난다」는
신기한 능력을 갖고 있기는 하지만,
그렇다고 해서 「매일 죽어서 밥이 되어라」라니 너무하지 않아?!
……뭐, 그 덕분에 아름답고 귀여운 발키리 브룬힐데 님 곁에 있을 수 있으니까
모든 게 다 괴로운 건 아니지만 말이지…….
응? 어라? 신계 No.2 로키 님이 어째서 이곳에?
어? 신계에 위기가 찾아왔으니 함께 가자고?!
아니, 나는 평범한 멧돼지인데요으아아아아아아―!

제22회 전격 소설 대상 《금상》수상작!
신들의 부엌을 무대로 펼쳐지는 『부드러운 신화』 판타지!

라이트노벨의 새로운 빛! 드노벨의 신간은 매월 10일에 발매됩니다. http://cafe.naver.com/lnovel11

©Yuichiro Higashide, Koushi Tachibana, NOCO 2018
KADOKAWA CORPORATION

데이트 어 불릿 1~3권

히가시데 유이치로 지음 | 타치바나 코우시 원안 · 감수 | NOCO 일러스트 | 이승원 옮김

엠프티
"……저는 이름이 없어요. 빈껍데기예요. 당신은 이름이 뭐죠?"
"제 이름은 토키사키 쿠루미랍니다."
기억을 잃은 채 인계라 불리는 장소에서 눈을 뜬 소녀,
엠프티는 토키사키 쿠루미와 만난다.
그녀의 안내를 받아 도착한 학교에는 준정령이라 불리는 소녀들이 있었다.
서로를 죽이기 위해 모인 열 명의 소녀들.
그리고 비정상적인 존재이자 빈껍데기인 소녀.
"저는 쿠루미 씨의 일행이자 미끼…… 미끼인가요?!"
"아, 미끼가 싫다면 디코라고……."
"똑같은 의미잖아요!"

이것은 토키사키 쿠루미의 알려지지 않은 이야기.
자— 저희의 새로운 전쟁을 시작하죠
데이트

©KAGEROU PROJECT / 1st PLACE
KADOKAWA CORPORATION

아지랑이 데이즈 1~8권

진(자연의적P) 지음 | 시즈 일러스트 | 이수지 옮김

『아지랑이 데이즈』를 비롯하여 투고한 곡의 관련
동영상 재생수가 1,000만을 넘는 초인기 크리에이터 · 진(자연의적P).
그 본인이 새로 쓴 소설 등장!
관련된 모든 곡을 연결하는 이야기가 처음으로 밝혀지면서
한층 더 「수수께끼」를 불러일으킨다!

―이것은, 8월 14일과 15일의 이야기.
몹시 시끄러운 매미 소리, 일렁이는 아지랑이. 어느 한여름 날 어떤
거리에서 일어난 하나의 사건을 중심으로, 다양한 시점이 뒤얽힌다……

일본 현지 시리즈 누계 850만부 돌파!
(소설 · 코믹 · 서적)

새로운 감각의 찬연한 청춘 엔터테인먼트 소설!

라이트노벨의 새로운 빛! L노벨의 신간은 매월 10일에 발매됩니다. http://cafe.naver.com/lnovel11